# 小説のように

アリス・マンロー



ある夜、一冊の本を読み始めた音楽家の女性。その物語では、音楽教師として教えながら、夫との不和を抱えていた若き日の彼女自身の姿が、どこか面影のある少女の目を通じて綴《つづ》られていた——表題作「小説のように」ほか、孤独に暮らす女性と逃走中の殺人犯との対話が震えるほどの余韻をもたらす「遊離基《フリーラジカル》」や、長じてのち、少女の日の無邪気な行いが回想される「子供の遊び」など、ありふれた人生ががらりと様相を変える瞬間を捉えた十の物語。ノーベル文学賞、国際ブッカー賞受賞の「短篇小説の女王」が魂を込めて書き上げた燦然《さんぜん》たる作品集。

# 小説のように

アリス・マンロー
小竹由美子訳

創元文芸文庫

TOO MUCH HAPPINESS

by

Alice Munro


This book is published in Japan
by TOKYO SOGENSHA Co., Ltd.
Japanese translation rights arranged with
William Morris Endeavor Entertainment, LLC, New York,
through Tuttle-Mori Agency, Inc., Tokyo

# 目次

# 小説のように

デイヴィッド・コネリーへ

# 次元

# Dimensions

ドーリーはバスを三つ乗り換えなければならなかった——まずはキンカーディンへ、そこでロンドン行きを待って、ロンドンでまた施設へ行く市営バスを待つのだ。日曜の午前九時に、ドーリーは出発した。バスとバスのあいだの待ち時間もあるし、百マイルあまりの移動に午後二時ごろまでかかる。バスのなかあるいはバス停ですわっているのは、べつにかまわなかった。ドーリーの毎日の仕事は、腰を下ろしていられるような類のものではないのだから。

ドーリーは宿泊施設ブルー・スプルース・インの客室係だった。浴室を磨き、ベッドの寝具をひっぺがして新たに整え、絨毯に掃除機をかけて鏡を拭く。仕事は好きだった——ある程度頭がそのことでいっぱいになるし、疲れはてるから夜も眠れる。ドーリーはそこまでの惨状に出くわしたことはほとんどないが、いっしょに働いている女たちのなかにはぎょっとするような話を語れる者もいた。女たちはドーリーより年上で、あんたは頑張ってもっといい仕事に就きなさい、というのが皆の意見だった。まだ若くて見映えもそこそこのうちに事務職に就く教育を受けたほうがいいというのだ。でもドーリーは自分のやっている仕事に満足していた。人と話をしなければならないのは嫌だった。

職場では、何があったか知っている者は誰もいなかった。たとえ知っていたとしても、口にはしなかった。ドーリーの写真は新聞に出たのだ――彼が撮った、三人の子供たちとの写真が使われていた。生まれたばかりの赤ん坊ディミトリを腕に抱いて、両側にはバーバラ・アンとサーシャがいて、じっとレンズを見つめている写真だ。あの頃ドーリーの髪は長く波うっていて茶色だった。色もカールも自然のままで、彼の好みだった。そして、はにかんだもの柔らかな顔つき――実際の彼女というよりはむしろ彼の望む彼女がうつっていた。

あれ以来、ドーリーは髪を短く切って漂白して立たせ、体重もかなり減った。それに、今では姓で呼ばれている。フルアだ。しかも世話してもらった仕事口は、以前住んでいたところからはうんと離れた町だった。

訪れるのはこれで三度目だった。最初の二回は、彼が会うのを拒んだ。また拒まれたら、もう来るのはやめるつもりだった。彼が会ってくれたとしても、しばらくは来ないかもしれない。無理をするつもりはない。じつのところ自分がどうするつもりなのか、ドーリーにはよくわかっていなかった。

最初のバスはさほど問題なかった。ただすわって景色を見ていればいい。ドーリーは海辺で育ったのだが、そこでは春というものがあった。ところがここでは冬は一足飛びに夏になってしまう。一ヶ月まえには雪があったのに、今では腕をむきだしにしていられるほど暑い。野原のあちこちで水がキラキラ輝き、裸の木の枝を通して陽の光が降り注ぐ。

二番目のバスに乗るとドーリーは落ち着かなくなり、周囲にいるどの女が自分と同じ場所を目指しているのだろう、などとつい考えてしまった。そういうのは一人で乗っている女で、たいていはちょっと改まった、教会へでも行くように見える格好をしていたりする。年配の女は、スカートにストッキングをはいて何らかの種類の帽子をかぶらなければならないような、厳格な昔風の教会の信者のように見えるし、若い女だと、パンツスーツや色鮮やかなスカーフやイヤリング、ふくらませた髪型などが認められている、もっと陽気な信徒団の一員のような姿だ。

ドーリーはどちらのカテゴリーにも当てはまらなかった。丸一年と半年働いてきたが、新しい衣類などただの一枚も買ってはいなかった。職場では制服を着て、ほかはどこでもジーンズで済ませる。彼が許してくれなかったので化粧はしなくなっていたのだが、できるようになった今でもしていなかった。すっぴんの痩せた顔に薄い黄色のツンツンヘアは似あわなかったが、そんなことはどうでもよかった。

三番目のバスでは、ドーリーは窓際の席にすわって、看板を読んで心を落ち着けようと努めた——広告と道路標識の両方を。余計なことを考えないようにしておくためにドーリーがやるようになった、ちょっとしたゲームがあるのだ。何でもいいから目にとまった言葉の文字を使って、そこからいくつ新しい言葉が作れるか考える。たとえば「Coffee」という言葉なら、「fee（料金）」、それに「foe（敵）」「off（離れて）」、そして「of（〜の）」。「shop（店）」だったら「hop（はねる）」「sop（びしょぬれにする）」「so（そう）」それから——ええっと——

「posh（優雅な）」。町の外へと向かう道すがら、言葉はおびただしくあった。通りすぎる広告板や巨大な店、車売り場、セールの宣伝用に屋根に繋がれたアドバルーンまで。

これまで二度訪問を試みたことを、ドーリーはミセス・サンズには話していないし、今回のこともたぶん言わないだろう。ミセス・サンズとは毎月曜の午後に会うことになっているのだが、気持ちを切り替えろと言われていた。とはいえ、それには時間がかかるし物事は急いてはいけない、ともいつも言われていたが。ドーリーはよくやっている、徐々に自分の力を見出している、とミセス・サンズは言った。

「こんなことはもう死ぬほど聞かされているでしょうけどね」と彼女は言った。「でも、本当よ」

つい口にしてしまった言葉――「死」――に顔を赤らめながらも、ミセス・サンズは、謝ることによって事態をいっそう悪くしたりはしなかった。

十六のとき――それは七年まえのことだが――ドーリーは学校が終わると毎日病院の母親を見舞っていた。母親は背中の手術の予後を過ごしていた。容易なものではないが危険はないということだった。ロイドは病院の雑役夫だった。彼とドーリーの母親には、二人とも年をくったヒッピーだという共通項があり――じつはロイドのほうが幾つか年下だったのだが――暇さえあればやってきて、二人のどちらもが参加したコンサートや抗議デモのことや、知り合いのぶっ飛んだ連中のこと、ヤクにノックアウトされた時のことなどを話しこむのだった。

ロイドは患者に人気があった。冗談がうまいし、手つきがしっかりして力強いのだ。肩幅が広くてがっしりしており、威厳たっぷりで医者に間違えられることもあった（彼はべつにそれを喜んだりはしなかった――彼に言わせると薬の多くはインチキで、医者の多くは阿呆なのだった）。彼の皮膚は敏感で赤みがかっていて、髪の色は薄く、大胆不敵な目つきだった。

彼はドーリーにエレベーターのなかでキスして、きみは砂漠の一輪の花だと言った。それから、自分で自分を笑った。「陳腐な言い草だよな？」

「あなたは詩人なのに、それをわかってないのよ」彼女はお愛想でそう答えた。

ある夜、ドーリーの母親がとつぜん死んだ。塞栓症《そくせん》だった。母親にはたくさん女友だちがいて、彼女たちならドーリーを迎え入れてくれたことだろう――そして誰かのところでしばらく厄介になれただろう――ところが、ドーリーが選んだのは新しい友人のロイドだった。つぎの誕生日の頃には、ドーリーは妊娠していて、そして結婚した。ロイドにはそれまで結婚歴はなかった。彼がはっきりとは所在を知らない子供が少なくとも二人いたが。どっちにしろ、その頃にはもう大きくなっているはずだった。ロイドの人生哲学は年をとるにつれて変わった――彼は今では結婚制度や志操堅固を良しとし、バースコントロールはすべきでないと思っていた。そして、ドーリーと暮らしていたシーシェルト半島は今ではどうも人が多すぎると思うようになった――昔の友だち、昔の生活スタイル、昔の愛人たち。間もなく彼とドーリーは国を横切って、二人して地図を見て名前で選んだ町へ引っ越した。マイルドメイへ。街中には住まなかった。田舎に家を借りた。ロイドはアイスクリーム工場で働くことになった。二人は菜園をこしらえた。ロイドは園芸に詳しかった。それに家周りの大工仕事や薪ストーヴの使い方、古い車が動くようにしておくことにも詳しかった。

サーシャが生まれた。

「まったく自然なことですよ」とミセス・サンズは言った。

「そうですか?」とドーリー。

ドーリーはいつも机の前の背もたれのまっすぐな椅子にすわった。クッションが置いてある花柄のソファではなく。ミセス・サンズは自分の椅子を机の横へ移動させて、あいだに何の障害物もなしに話ができるようにした。

「あなたはそうするんじゃないかしら、なんて思っていたの」とミセス・サンズは言った。「わたしがあなたの立場でも、そうしていたかもしれないと思うわ」

最初の頃なら、ミセス・サンズはそんなことは言わなかっただろう。一年まえでさえもっと用心したことだろう。誰かが、誰か他の人間がドーリーの立場だったら、などという言葉に、あの頃のドーリーがどれほどの不快感を覚えるか承知していたからだ。今なら、こちらが理解しようとするひとつの方法、謙虚な態度ですらあるとドーリーは受け取ってくれるだろうと、ミセス・サンズにはわかっていた。

ミセス・サンズはこの職種の一部の人たちとは違っていた。きびきびしてもいなかったし、痩せてもおらず、美人でもなかった。さほど年をとってもいなかった。ドーリーの母親が生きていたら同年輩だったはずだ。ミセス・サンズはとても元ヒッピーには見えなかったが。灰色の髪を短く切って、片方の頰骨の上にほくろがあった。ベタ底の靴にゆったりしたパンツ、花柄のトップスという格好だった。たとえ着ているのがラズベリーやターコイズの色のトップスであっても、べつに自分の服装にそれほど留意しているようには見えなかった──むしろ、もっときれいにしなさいと誰かに言われてそれらしく思えるものを素直に買ってきた、といったふうに見えた。彼女のゆったりして優しい、個人的感情を表さない生真面目さが、そういったトップスの攻撃的な陽気さや無礼さをすっかり吸いとってしまうのだった。

「あの、最初の二回は会えなかったんです」とドーリーは話した。「あの人、出てこようとしなかったもんで」

「でも、今回は出てきたのね？　出てきたんでしょう？」

「そうなんです、出てきました。でも、ほとんど見分けがつかなくて」

「老けていたの？」

「そうだと思います。痩せたようでした。それにあの服装。制服なんです。あんな服装のあの人、見たことなかったから」

「違った人みたいに見えたのね？」

「いいえ」ドーリーは上唇を吸いこむようにして、どこが違っていたのか考えた。彼はひどく静かだった。あんなに静かな彼は見たことがなかった。自分はドーリーのむかいにすわるのだということさえわかっていないように見えた。ドーリーが彼にかけた最初の言葉は「すわらないの?」だった。すると彼は「かまわないのかな?」と訊いた。

「あの人、なんだか空っぽに見えました」とドーリーは言った。「薬でも飲まされてるのかな、と思ったんですけど?」

「精神状態を安定させておくようなものを何か飲ませているのかもしれないわね。まあでも、わたしにはわからないけど。話はしたの?」

あれが会話と言えるだろうかとドーリーは思った。ドーリーは彼にくだらないありふれた質問をいくつかした。気分はどう? (いいよ。) 食べるものはじゅうぶんある? (あると思う。) 散歩したいと思ったらできるような場所はあるの? (あるよ、監視つきだが。場所、と言えるだろうな。散歩、と言えるだろう。)

ドーリーは言った。「新鮮な空気を吸わなくちゃ」

彼は答えた。「そのとおりだ」

友だちはできたかと、ドーリーは訊きそうになった。自分の子供に学校のことを訊くときのように。子供が学校に通っていたら、そんなふうに訊いてみるだろう。

「そうね、そうね」ミセス・サンズは手元のティッシュの箱を前へ押しやった。ドーリーには必要なかった。目は乾いていた。問題は胃の奥底だった。吐き気がした。

そっとしておくことを心得ているミセス・サンズは、そのまま待った。

するとロイドは、ドーリーが何を言おうとしているか察知したかのように、ここには精神科医がひとりいて、しょっちゅう話をしに来るのだと言った。

「時間の無駄だと言ってやるんだ」とロイドは言った。「医者が知ってる程度のことは俺も知ってる」

その言葉だけは、ドーリーの知っている彼らしかった。

面会のあいだずっと、ドーリーの心臓はどきどきいっていた。自分は気絶するとか死んでしまうとかするかもしれないという気がした。彼を見ているのは、大変な努力が必要なのだ。あの細くて灰色で、おずおずしてはいるが冷たく、機械的なのに調整のとれていない動き方をする男を視界に収めておくのは。

こういったことは、ミセス・サンズには一切話さなかった。話していたら、ミセス・サンズは質問を発していたかもしれない——そつなく——あなたは誰を恐れているのか、と。自分自身、それとも彼？

でもドーリーは恐れてはいなかった。

サーシャが一歳半になったとき、バーバラ・アンが生まれ、そしてバーバラ・アンが二歳のときにディミトリが生まれた。サーシャは二人でいっしょに名前を考え、そのあと、男の子はロイド、女の子はドーリーが名前をつける、そういう取り決めをした。

疝痛《せんつう》を起こしたのはディミトリが初めてだった。お乳が足りないか、自分の母乳にじゅうぶんな栄養がないのかもしれない、とドーリーは思った。それとも栄養がありすぎるとか？　ともかく、問題があるのだ。ロイドは母乳育児支援団体ラ・レーチェ・リーグの女の人に、ドーリーと話をしに来てもらった。間違ってもミルクを足したりしちゃだめよ、とその女の人は言った。それがきっかけになるの。そしてあっという間に、坊やはまったく母乳を受けつけなくなってしまうわ。

ドーリーがもうすでにミルクを足していることを、相手は知る由もなかった。そして、どうやらディミトリは確かにミルクのほうが好きなようだった――どんどん母乳を嫌がるようになったのだ。三ヶ月の頃には完全にミルクだけになってしまい、そうなるとロイドに隠しておくわけにはいかなかった。母乳が出なくなったので、やむなく粉ミルクを使い始めたのだと、彼女はロイドに話した。ロイドは決死の意気込みで乳房を交互に揉みしだき、哀れげな二、三滴の乳をなんとか絞り出した。彼はドーリーを嘘つきだと言った。喧嘩になった。おまえは母親とおなじ売女《ばいた》だと彼は言った。

ああいうヒッピー連中はみんな売女だと彼は言った。

二人はすぐに仲直りした。だが、ディミトリがむずかるときまって、風邪をひいたりサーシャのペットのウサギをこわがったり、兄や姉が支えなしで歩いていた歳になってもまだ椅子にしがみついていたりするときまって、母乳で育てられなかったことがまた持ち出されるのだった。

ドーリーが初めてミセス・サンズのオフィスへ行ったとき、そこにいた女性のひとりがパンフレットをくれた。表紙には金色の十字架と、金と紫の文字でこんな言葉が記されていた。

「大切な人を失った悲しみに耐えられないと思うときには……」内側には柔らかな色合いで描かれたイエスの絵ともっと細かな文字が印刷されていたが、ドーリーは読まなかった。

机の前の椅子にすわって、まだパンフレットを握りしめたまま、ドーリーは震え始めた。ミセス・サンズはドーリーの手をこじ開けるようにしてパンフレットを取らねばならなかった。

「これ、誰かにもらったの？」ミセス・サンズは訊ねた。

ドーリーは、「あの人」と、閉じられたドアのほうへ頭をぐいと動かした。

「これはいらないのね？」

「こっちが参ってると、近づいてこようとする」ドーリーはそう言ってから、これは似たようなメッセージを携えた女性たちが幾人か病室へ訪ねてきたときに母親が言った言葉だと気がついた。「ひざまずきさえすれば、それでもうだいじょうぶだと思ってるんだから」

ミセス・サンズはため息をついた。

「そうねえ」と彼女は言った。「そんなに簡単なわけないわよねえ」

「可能性さえありません」とドーリー。

「そうかもしれないわね」

あの頃はロイドのことは決して話題にのぼらなかった。ドーリーは極力ロイドのことは考えず、それからようやく、恐ろしい自然災害か何かのようなものとして考えるようになったのだ。

「たとえそういうのを信じていたとしても」とドーリーはパンフレットの中身について話した。「だとしても、それはただ……」そういうことを信じていれば便利だろう、地獄で焼かれているロイドとかそういった類のことを想像できるから、と言いたかったのだが、言葉を続けることができなかった。あまりに馬鹿げていて話せなかったのだ。それと、ハンマーで腹を殴られているようないつもの感覚で言葉が詰まるせいで。

ロイドは、子供たちは家庭で教育すべきだという考えだった。これはべつに宗教的な理由――恐竜とか穴居人《けっきょ》とか猿とかいったことは認められないという――によるものではなく、子供は親の身近に置いておいて、世間にぽんと放りこむのではなく注意深く徐々に慣らしていきたいからなのだった。「俺の子供らなんだぞって思うんだよな」と彼は言った。「つまりその、俺たちの子供だってことだ、教育省の子供じゃなくてさ」

自分になんとかできるかどうかドーリーには自信がなかったのだが、結局、教育省にはガイドラインがあり、校区の学校で授業計画をもらえることがわかった。サーシャは賢くてほとんど自力で文字が読めるようになっていたし、他の二人はまだあれこれ覚えるには小さすぎた。毎夕と週末にロイドはサーシャに、地理や太陽系のこと、動物の冬眠や車が走る原理について、疑問が出てくるたびにそれぞれのテーマについて説明するというやり方で教えていた。あっという間にサーシャは学校の授業計画より先に進んでしまったが、ドーリーはともかく授業計画をもらってきては、ちゃんとそれに合った課題をやらせて、規則に適うようにしておいた。

校区には在宅教育を行っている母親がもうひとりいた。マギーという名前で、ミニバンを持っていた。ロイドが職場へ行くのに車が必要だったし、ドーリーは運転ができなかったので、週に一度やり終えた課題を提出して新しいのをもらいに行くのに、学校まで乗せていってあげようかとマギーが言ってくれたときには、ありがたかった。もちろん、二人の母親は子供を全員いっしょに連れていった。マギーには男の子が二人いた。上の子にはアレルギーがいろいろあるので、息子が口にするものすべてをマギーは厳重に監視していなければならない——それが在宅学習の理由だった。そして、下の子のほうも同じにすればいいじゃないかということになったのだ。下の子も兄といっしょに家にいたがったし、どっちみち喘息《ぜんそく》を抱えていたし。

それとひき比べて、ドーリーは自分の三人の子供たちが健康なのをありがたいと思った。ドーリーはまだ若いうちに三人を産んでいるのに、マギーは閉経の間際まで待ってから産んだりしたせいだ、とロイドは言った。ロイドはマギーが年だということを強調してみせたのだが、産むのを待っていたというのは本当だった。マギーは検眼医だった。ずっと夫と共同でやっていて、マギーが仕事を辞められるようになって田舎に家を持つまで、子供をつくらなかったのだ。

マギーの髪はごま塩で、地肌近くまで刈りこまれていた。背が高くて胸はぺちゃんこ、快活で、自分の意見を持っていた。ロイドはマギーをレズさんと呼んだ。もちろん、陰でだが。ロイドは電話をかけてきたマギーに軽口を叩きながら、声は出さずに唇だけ動かして「あのレズさんだ」とドーリーに言うのだった。ドーリーはべつに気にならなかった——ロイドがレズさんと呼ぶ女はたくさんいた。でも、軽口を叩くなんて馴れ馴れしすぎるとマギーに思われるんじゃないかと気がかりだった。邪魔な割り込みのように、あるいは、少なくとも時間を無駄にしていると思われるんじゃないかと。

「うちのやつと話したい？　わかった。ちょうどここにいるよ。洗濯板でゴシゴシやってる。ああ、俺は女房をこきつかってるんでね。あいつから聞いてるだろ？」

ドーリーとマギーは学校で教材を受けとったあと、いっしょに食料品を買いにいくのが習慣となった。ときにはそれからドーリーナツ・チェーンのティム・ホートンズでテイクアウトのコーヒーを買って、子供たちを車でリヴァーサイド公園まで連れて行くこともあった。母親二人はベンチに腰を下ろし、サーシャとマギーの息子たちは走りまわったりよじ登り遊具からぶら下がったりし、バーバラ・アンはブランコを漕ぎ、ディミトリは砂場で遊ぶ。寒いと、母親たちはミニバンのなかですわっていた。話すのはおもに子供のことや料理のことだったが、ドーリーはなんとなく、マギーが検眼医としての研鑽《けんさん》を積むまえにヨーロッパをあちこち歩きまわったことを知るようになり、マギーは、ドーリーが若くして結婚したことを知るようになった。それに、ドーリーが最初にどれほど簡単に妊娠してしまったか、なのにもうそれほど簡単には妊娠しなくなって、そのためにロイドが疑いを抱き、避妊用ピルがないかと妻のドレッサーの引き出しを探る――ドーリーがこっそり飲んでいるに違いないと思って――ということも。

「で、飲んでるの？」マギーは訊いた。

ドーリーはぎょっとした。とてもそんなことできない、と彼女は答えた。

「だって、あの人に言わないでそんなことするなんて、とんでもないわ。あの人がピルを探すのは、ただのオフザケみたいなもんよ」

「へえ」とマギー。

そして一度マギーはこう訊いた。「あなた、何も問題はないの？　あの、結婚生活にってことだけど？　あなたは幸せ？」

ドーリーはためらうことなく幸せだと答えた。それからは、ドーリーは言葉に気をつけるようになった。自分は慣れっこになっているけれど他人にはわかってもらえないかもしれないことがあると気づいたのだ。ロイドには彼なりの物の見方があった。彼はともかくそういう人間だったのだ。ドーリーが病院で初めて彼に会ったときでさえ、彼はそんなふうだった。婦長は堅苦しいタイプだったが、彼は婦長をミッチェルさんという本名ではなく、「地獄の売女《ビッチ・アウト・オブ・ヘル》」さんと呼んでいた。ほとんど識別できないほどすごい早口で言うのだ。婦長にはお気に入りがいて、自分はそのなかに入っていないと彼は思っていた。今はアイスクリーム工場に彼が嫌っている男がいた。彼が棒舐め《サック・スティック》ルイと呼ぶ男だ。ドーリーは男の本名は知らない。でもともかくこれで、ロイドを怒らせるのは女だけじゃないということがわかった。

彼らはまず間違いなくロイドが思っているほど悪い人間じゃないだろうとドーリーにはわかっていたが、反論したところで役には立たなかった。たぶん男というのは敵を持たないではいられないのだろう、冗談を言わないではいられないのと同じように。そしてロイドは、ときには敵を冗談の種にしてしまうこともあった。自分で自分を笑うようなぐあいに。ドーリーもいっしょに笑うことさえできたのだ、先に笑い出しさえしなければ。

ロイドがマギーにはそんなふうにならないでほしいとドーリーは思っていた。そんなふうになりそうな気配を、ときおり感じていたのだ。マギーに学校と食料品店まで乗せていってもらっているのを彼にやめさせられたら、ひどく不便になる。だが、さらに困るのは恥ずかしい思いをすることだ。ドーリーは事態を説明するのに馬鹿げた嘘をつかなくてはならなくなる。でもマギーにはわかってしまうだろう——すくなくともドーリーが嘘をついているということは。そして、おそらくそれを、ドーリーが実際より悪い状況にいることを意味すると解釈するだろう。マギーは物の見方に鋭いところがあるのだ。

それからドーリーは、なんだってマギーがどう思うか気にしなくちゃならないんだろう、と自問した。マギーは外部の人間だ。ドーリーが親しみを感じる人間でさえない。そういったのはロイドだが、そのとおりだった。彼ら夫婦のあいだの真実は、絆は、他人に理解できるようなものではないし、他人の知ったことでもない。ドーリーが自分の忠誠心に気を留めてさえいれば、問題はないだろう。

状況はしだいに悪くなった。はっきり禁止されることはなかったが、批判が増えた。ロイドは、マギーの息子たちのアレルギーや喘息はマギーのせいだと言い出した。原因は母親にあることが多いんだ、と彼は言った。始終そういうのを病院で見てきたんだ、と。管理しすぎるんだ、たいていは高学歴の母親だな。

「その子の生まれつきってこともあるでしょ」ドーリーは愚かにもそう言った。「いつも母親のせいだとは言えないわよ」

「へえ。なんで俺がそう言っちゃいけないんだ？」

「べつに、あなたがっていうんじゃないわ。あなたが言っちゃいけない、なんて言ってない。あのね、もって生まれたものだってあるでしょ？」

「おまえはいつからそんなに医学の権威になったんだ？」

「医学の権威だなんて言ってないわよ」

「そうだな。そんなわけないし」

さらにまずいことになった。ロイドは二人が、ドーリーとマギーが何を話しているのか知りたがった。

「さあねえ。べつに何も」

「そりゃあおかしいなあ。女二人で車に乗る。最初にそう言っただろ。で、女二人は何もしゃべらないっていうのか。彼女、俺たちの仲を割こうとしてるんだ」

「誰が？　マギーが？」

「ああいう種類の女には出会ったことがある」

「どういう種類？」

「あの女みたいな種類だ」

「馬鹿なこと言わないで」

「言葉に気をつけろ。俺に馬鹿なんて言うな」

「あの人がなんのためにそんなことしなきゃならないのよ？」
「俺が知るわけないだろ？　ただそうしたいんだろうよ。まあ見てろって。そのうちわかるさ。あの女はな、俺がどれほどひどい男かおまえがわあわあ泣きながら愚痴るように仕向けるぞ。そのうちな」

そして実際に、ロイドが言ったようになってしまった。すくなくとも、確かにそう見えたことだろう。ロイドにとっては。ある日気がついてみると、ドーリーは夜の十時頃にマギーの家の台所で鼻をすすって涙をこらえながらハーブティーを飲んでいたのだ。ドアをノックしたとき、マギーの夫は「いったい何事だ？」と言った——ドア越しに聞こえたのだ。マギーの夫はドーリーのことを知らなかった。「お邪魔して、ほんとうにすみませんが——」眉をあげ、口をへの字にして見つめる相手にむかって、ドーリーはそう言った。するとマギーが出てきたのだった。

ドーリーは暗いなかをずっと歩いてきたのだ。最初はロイドと暮らす家の前の砂利道を、そして幹線道路を。車が来るたびに側溝のほうへ行っていたので、かなり時間がかかってしまった。通り過ぎる車をロイドの車かもしれないと思っては、いちいち見ていたのだ。ロイドに見つかりたくはなかった。まだだめだ、夫が不安になって頭が冷えるまでは。いつもは、夫をぎょっとさせて頭を冷やさせることができた。泣きわめいて、頭を床に打ちつけたりもしながら、「そんなことない、そんなことない、そんなことない」と何度も何度も繰り返す。しまいにロイドは引き下がる。「わかった、わかった。おまえの言うことを信じるよ。さあ、もう黙れよ。子供たちのことを考えろ。おまえの言うことを信じるから、ほんとだ。もうやめろったら」などと言うのだ。

だが今夜ドーリーは、そういうことを始めようとしたその時に、はっと気を取り直した。そしてコートを羽織ると玄関から出て行った。「そんなことはやめろ。これは警告だぞ！」というロイドの声を背中に聞きながら。

マギーの夫はベッドへ行ったが、この事態には相変わらず不機嫌な面持ちで、ドーリーは「すみません。ほんとうにすみません、こんなに夜遅くに押しかけてきて」と謝り続けた。

「さあ、そんなこと言わないで」マギーは優しくてきぱきした口調で言った。「ワインでも一杯どう？」

「お酒は飲まないの」

「じゃあ、こんな時に飲み始めないほうがいいわね。お茶を淹《い》れるわ。すごく気持ちを落ち着ける効果があるの。ラズベリー・カモミールよ。子供さんのことじゃないわよね？」

「ちがうわ」

マギーはドーリーのコートを受け取ると、涙と洟《はな》を拭きなさいとティッシュの束を渡した。

「まだ何も話さなくていいのよ。すぐに落ち着くわ」

ある程度落ち着いてきてからも、ドーリーは、本当のところを全部ぶちまけて、マギー自身が問題の中心なのだと教える気にはなれなかった。それ以上に、ロイドについてあれこれしゃべらなくてはならなくなるのが嫌だった。どれほど夫にうんざりしていようと、ドーリーにとって彼はやはりこの世で最も身近な存在で、彼が実際にはどういう人間なのか誰かに話さねばならないようなことになったら、彼をまるっきり裏切るようなことになったら、すべてが崩壊してしまうように思えるのだった。

ロイドとよくある口論を始めてしまったのだが、ほとほと嫌気がさしてきて、とにかく家から飛び出したくなったのだ、とドーリーは話した。でも、仲直りするわ、とドーリーは言った。夫婦で仲直りできるから。

「どこの夫婦にもあることよ」マギーは言った。

すると、電話が鳴り、マギーが出た。

「はい。彼女は大丈夫よ。ちょっと歩いて憂さを晴らしたかったみたい。そうね。わかったわ、じゃあ、明日の朝、車で家まで送っていきます。べつにかまわないのよ。はい。おやすみなさい」

「ご主人だったわ」とマギー。「聞いてたでしょ」

「あの人、どんな様子だった？ 普通だった？」

マギーは笑った。「あのねえ、どんなら普通なのか、わたしにわかるわけないでしょ？ 酔っ払ってる様子ではなかったわ」

「あの人も、飲まないの。うちにはコーヒーさえないのよ」

「トーストでも食べる？」

朝早く、マギーはドーリーを家へ送っていった。マギーの夫はまだ仕事に出るまえで、息子たちと家に残った。

マギーは急いで引き返したかったので、「バイバイ。話したかったら電話してね」とだけ言って、庭でミニバンの向きを変えた。

早春の寒い朝で、地面にはまだ雪があったが、そこにはジャケットも着ないで入口の段にすわっているロイドの姿があった。

「おはようございます」いやに馬鹿丁寧な大声でロイドは言った。ドーリーはそんな彼の口調に気づかない振りをしながら、おはようと答えた。

彼は脇へ寄ってドーリーを通してやろうとはしなかった。

「なかへ入っちゃだめだ」と彼は言った。

ドーリーはこれを軽く受け止めることにした。

「お願いって言ってもだめ？　ねえお願い」

彼はドーリーの顔を見つめたが、何も答えなかった。彼は口を引き結んだまま、にっと笑った。

「ロイド？　ねえ、ロイドったら？」

「入らないほうがいい」

「マギーには何も言ってないわ、ロイド。出ていったりしてごめんなさい。あたし、ちょっと一息つきたかっただけだと思うの」

「入らないほうがいい」

「いったいどうしたの？子供たちはどこ？」

彼は首を振った。彼が聞きたくないようなことを――「くっそぉ」などといった、いささか下品な言葉を――ドーリーが口にしたときにするように。

「ロイド。子供たちはどこ？」

彼はほんのちょっと体を動かした。ドーリーが通ろうと思ったらそうできるくらい。

ディミトリはまだベビーベッドで、横向きに寝ていた。バーバラ・アンは自分のベッドの横の床に、起き出したか、あるいは引っ張りだされたかのように。サーシャは台所のドアの横――逃げようとしたのだ。サーシャだけが、喉に痣《あざ》ができていた。あとの二人には枕が使われたのだ。

「昨日の晩、電話しただろ？」とロイドが言った。「電話したときには、もうこうなってたんだ」

「何もかも、おまえが招いたことだ」とロイドは言った。

彼は精神障害者であり裁くことはできない、という評決が下された。彼は触法精神障害者である――しっかりした施設に収監せねばならない、と。

ドーリーは家から飛び出し、よろめきながら庭を走った。切り開かれた体を綴《と》じ合わせておこうとするかのように、両腕でぎゅっと腹を押さえながら。それが、引き返してきたマギーの見た光景だった。胸騒ぎがして、バンをUターンさせたのだ。マギーが最初に考えたのは、ドーリーは夫に腹を殴られるか蹴られるかしたのではないか、ということだった。ドーリーが叫んでいることはさっぱり理解できなかった。だが、入口の段に腰を下ろしたままだったロイドは、一言も言わず礼儀正しく脇へ寄って通してくれたので、マギーは家のなかに入り、今や予期しかけていたとおりのものを見つけた。マギーは警察に電話した。

しばらくのあいだ、ドーリーは摑めるものを手当たり次第口に詰めこんだ。土や草のあとはシーツやタオルや自分の服。こみあげてくるわめき声だけでなく、頭に刻まれた光景をも抑えつけようとするかのように。ドーリーは落ち着かせるための注射を定期的に打たれ、それが効いた。実のところひどく静かになってしまった。ぼうっとして反応がないというのではなかったが。彼女は安定したと言われた。退院して、ソーシャル・ワーカーにこの新しい土地へ連れてきてもらうと、ミセス・サンズが引き継いで、住まいと職場を見つけて、一週間に一度の面接のスケジュールを組んでくれた。マギーも会いに来たがったのだが、ドーリーはマギーに会うことだけは耐えられなかった。そう思うのは自然なことだとミセス・サンズは言った──連想してしまうからだ。マギーはわかってくれるだろうと、彼女は言った。

ロイドとの面会を続けるかどうかはドーリー次第だとミセス・サンズは言った。「わたしはね、認めたり否定したりするためにここにいるんじゃないんですからね。ご主人に会うと気分が良くなるの？　それとも悪くなる？」

「さあ、わかりません」

自分が会っているのが夫だという気があまりしないのだ、とはドーリーには説明できなかった。まるで幽霊に会っているみたいだったのだ。ひどく青白くて。白っぽい、だぶだぶの服を着て、ぜんぜん足音をたてない靴をはいて——たぶんスリッパだったのだろう。髪の毛がいくぶん少なくなっているような印象を受けた。あの豊かに波打っていた蜂蜜色の髪が。肩にはまったく厚みというものがないように見えた。いつもドーリーが頭をもたせかけていた鎖骨のくぼみも。

あのあと彼が警官に言った言葉は——そしてそれは新聞でも引用されたが——「子供たちに惨めな思いをさせないためにやったんだ」というものだった。

「惨めな思いとは?」

「母親が自分たちを捨てて出ていったということを知る惨めさだ」と彼は答えた。

その言葉はドーリーの頭に焼き付いた。もしかすると夫に面会にいこうと決めたとき、ドーリーはあの言葉を夫に取り消させようと思っていたのかもしれない。本当のところはどうだったのかを夫に理解させ、認めさせて。

「俺にたてつくのはやめろ、でなきゃ家から出てけって、あなたが言ったのよ。だからあたしは出てったんだわ」

「マギーの家に一晩行っただけでしょ。ちゃんと戻ってくるつもりだったのよ。あたしは誰も捨てたりするつもりはなかったわ」

口論がどんなふうに始まったか、ドーリーは完璧に覚えていた。ドーリーはほんのちょっとへこんだスパゲティの缶詰を買った。へこんでいたから安くなっていた。で、ドーリーは自分の倹約ぶりが得意だった。自分はそつなくやっていると思えたのだ。でも、夫にそのことを問いただされると、そうは答えなかった。なんとなく、気がついていなかった振りをしたほうがいいような気がしたからだ。

誰だって気がつくぞ、と夫は言った。俺たち全員が毒を食わされるところだったんだ。おまえはどうかしてるんじゃないか？　それとも、そんなことを企んでいるのか？　子供たちや俺に試してみようと思ってるのか？

ヘンなこと言わないでよ、とドーリーは言った。

ヘンなのは俺じゃないぞ、と彼は答えた。家族に食わすのに有毒物を買うなんて、頭のヘンな女のやることだろ？

子供たちが居間の入口からじっと見ていた。ドーリーが三人の生きている姿を見たのは、それが最後だった。

つまりドーリーはそう考えていたのだろうか――しまいには夫に、頭がヘンなのはどっちだったのかわからせることができると？

自分が何を考えていたのか悟ったとき、ドーリーはバスを降りるべきだったのだ。ゲートのところで降りたってよかったのに。車道をとぼとぼ上っていった他の幾人かの女たちとともに。

道を渡って町へ戻るバスを待てばよかったのだ。たぶん、そうする人だっているだろう。面会にいくつもりでいて、でもそれからやめようと思う。たぶん皆、始終そんなことをやっているのだ。

でも、そのまま続けてよかったのかもしれない。見慣れない、衰えた彼に会って。何にせよ、責任を問う価値などない人間だ。人間ではない。彼は夢のなかに出てくる人みたいだった。

ドーリーは夢を見た。ある夢では、子供たちを見つけたあとで家から駆け出すと、ロイドがいつもの気楽な調子で笑い出し、すると背後でサーシャが笑っている声が聞こえてきて、喜ばしいことに、みんなでふざけていたのだと気づくのだった。

「あの人に会うと気分が良くなるか、それとも悪くなるかって、訊きましたよね？　このまえのとき、そう訊いたでしょう？」

「そうね、訊きましたよ」とミセス・サンズは答えた。

「そのことをどうしても考えちゃって」

「そう」

「気分が悪くなると思ったんです。だから、もう行ってません」

ミセス・サンズの本心はなかなかわからないのだが、うなずく様子からは、満足あるいは肯定が見てとれるように思えた。

だから、やっぱりまた面会にいこうと思ったとき、そのことは言わないほうがいいだろうとドーリーは考えた。そして、なんであれ自分の経験した出来事についてしゃべらないでいるのは難しかったので——たいていの場合、ほとんど何もなかったが——ドーリーは電話して面接の予約をキャンセルした。休みをとって出かける、と言ったのだ。夏に入っていて、休みをとるのはふつうのことだった。友だちと行くんです、と彼女は言った。

「先週のジャケットじゃないな」

「あれは先週じゃないわ」

「そうか？」

「三週間まえよ。今は暑くなってるの。こっちのほうが軽いのよ。でも、べつに必要ないんだけど。ジャケットなんか必要ないくらい」

彼はどうやって来たのか訊ねた。マイルドメイからはどのバスに乗ってきたのか、と。

ドーリーは、もうあそこには住んでいないのだと夫に話した。今住んでいる場所を告げ、バスを三つ乗り換えることを説明した。

「そりゃあなかなか大旅行だなあ。大きな町に住むほうがいいか？」

「そのほうが仕事が見つかりやすいもの」

「じゃあ、働いてるのか？」

このまえも彼に、今住んでいる場所のこと、バスの乗り換えのこと、職場のことを話していた。

「モーテルで部屋の掃除をしているの」とドーリーは説明した。「話したでしょ」

「そうだ、そうだ。忘れてたよ。悪かったな。学校へ戻ろうとは思わないのか？　夜学とか？」

そのことも考えてはみたけれど、実際に何かしようかというほど真剣にではない、とドーリーは答えた。今の掃除の仕事はべつに嫌いじゃないとドーリーは言った。

すると、二人ともそれ以上話すことを思いつけなくなったようだった。

彼はため息をついた。「ごめん。ごめん。どうも、話をするのに慣れていなくて」

「じゃあ、いつも何してるの？」

「本はよく読むな。瞑想もいくらか。形にはこだわらないで」

「ああ」

「来てくれて感謝してる。俺にはありがたいことだ。だけどな、続けなきゃいけないなんて思わないでくれ。つまり、来たいときだけでいいってことだ。何かがあったり、そういう気分になったりしたときだけで――何が言いたいかっていうとだな、おまえが来てくれるというそのことだけで、たとえ一度でもおまえが来てくれたというだけで、俺にとっては思いがけない幸せなんだ。俺が言ってること、わかるか？」

うん、わかると思う、と彼女は答えた。

おまえの人生を邪魔したくないんだ、と彼は言った。

「あなたは邪魔なんかしてない」とドーリー。

「おまえが言おうとしていたのはそれか？　何か他のことを言おうとしてるのかと思ったが」

実のところドーリーは、人生ってどういうことよ？　と言いかけていたのだ。

いや、そんなことない、他には何もないわよ、と彼女は言った。

「ならいい」

三週間が過ぎ、ドーリーに電話がかかってきた。ミセス・サンズ本人からだった。オフィスの他の女の人ではなく。

「あら、ドーリー。まだ帰ってきていないかもしれないと思ってたのよ。休暇旅行からね。じゃあ、戻ってたのね？」

「はい」どこに行っていたことにすればいいだろうかと考えながら、ドーリーは答えた。

「ところで、あなた、つぎの予約はまだとっていないわよねえ？」

「はい、まだです」

「べつにいいのよ。確認しただけだから。あなた、だいじょうぶなのね？」

「だいじょうぶです」

「けっこう。けっこう。わたしが必要な場合は、ここへ来ればいいのよ。ちょっと話したくなったりしたらね」

「はい」

「じゃあ、元気でね」

ミセス・サンズはロイドのことは口にしなかった。まだ面会は続いているのか、とは訊かなかった。そりゃあもちろん、面会はもう続けないとドーリーは言ってある。でも、ミセス・サンズはいつも、どういうことになっているのか察知するのがなかなかうまいのだ。質問しても何もならないのではないかと気づいたときに手を引くのも、なかなかうまい。訊かれていたら自分がどう答えていたか、ドーリーにはわからなかった——前言を撤回して嘘をついていただろうか、あるいは、本当のことをしゃべってしまっていただろうか。じつのところドーリーは、面会に来ても来なくてもどっちでもいいというようなことを夫から言われた、そのすぐ次の日曜に、また訪れていた。

ロイドは風邪をひいていた。どうして風邪なんぞひきこんだのか、彼にもわからないらしかった。

もしかしたらこのまえドーリーと面会したときにもうかかっていて、それであんなに陰鬱になっていたのかもしれない、と彼は言った。

「陰鬱」ドーリーはこのところ、そんな言葉を使う人間とはほとんど関わることがなかったので、その言葉は奇妙に聞こえた。でも、彼はいつもそんな言葉を使うのが習慣だったし、もちろんかつてはドーリーもそういう言葉に今のような印象は持たなかった。

「俺がべつな人間になったように、おまえには思えるか？」と彼は訊いた。

「ううん、見かけはまえと違うわね」ドーリーは用心深く答えた。「あたしはそんなことない？」

「おまえはきれいだよ」彼は悲しげに言った。

ドーリーのなかで何かが和らいだ。だが彼女はそれに抗った。

「おまえは変わった気がするか？」と彼はたずねた。「べつの人間になったような気がするか？」

わからない、と彼女は答えた。「あなたは？」

彼は、「まるっきり」と答えた。


その週の後半になって、大きな封筒が職場のドーリーに届いた。モーテル気付になっていたのだ。なかには両面に書き記した紙が数枚入っていた。ドーリーは最初夫からだとは思わなかった――なんとなく、刑務所に入っている人は手紙を書かせてもらえないと思っていたのだ。だがもちろん、彼は違う種類の囚人だ。彼は犯罪者ではない。触法精神障害者であるにすぎないのだ。

書面には日付は記されておらず、「親愛なるドーリー」という頭語さえなかった。宗教への勧誘のようなものに違いないとドーリーには思える口調での語りかけで始まっていた。

人々は解決を求めて、あちこち探し回っている。彼らの心は痛んでいる（探すことによって）。あまりに多くのものがせめぎ合い、彼らを傷つける。彼らの顔にはもろもろの傷や苦痛が見て取れる。彼らは悩んでいる。彼らは駆けずり回る。買い物もしなければならないし、コインランドリーにも行かなくちゃならないし、髪も切りに行かなきゃならないし、生活費を稼ぐとか生活保護手当の小切手を貰うとかしに行かなきゃならないし。貧乏人はそんなことをやらなければならないし、金持ちは金を最も有効に使う方法を懸命に探さねばならない。それも仕事だ。彼らは湯と水の出る金色の蛇口つきの最高の家を建てなければならない。それに、アウディや魔法の歯ブラシやその他もろもろの手に入る限りの機器、それから虐殺などから身を守るための防犯ベル、金持ちも貧乏人も（隣）どちらも、心に安らぎはまったくない。「neither（どちらも〜ない）」の代わりに「neighbor（隣人）」と書くところだったが、なぜだろう？　ここにはひとりも隣人はいない。今いるところでは、少なくとも人々は多くの混乱の及ばないところにいる。自分の所有物は何か、この先ずっと何なのかわかっているし、自分の食べ物を買ったり料理したりする必要さえない。選ぶ必要も。選択は排除されている。

ここにいる者すべてが手に入れられるのは自分の心のなかから手に入れられるものだ。初めは、頭のなかのすべてが混ラン（どんな字だったかな？）していた。果てしない嵐が吹き荒れていて、それを追い出そうと、頭をセメントに打ちつけていた。この苦しみを、人生を終わりにしようと。それで罰を与えられた。ホースで水をかけられ、縛りつけられて、血管に薬を注入された。べつに文句も言わないが。文句を言っても得にはならないということを学ばせられたからな。いわゆる実社会というものとなんら違いはないんだ。実社会では、みんなが酒を飲んだり騒いだり悪事を働いたりして、苦しい思いを消し去ろうとする。そしてしばしばしょっ引かれて投獄されるが、むこう側へ出られるほど長いあいだではない。だがむこう側とは何だ？　それはまったき狂気か、あるいは安らぎの、いずれかなのだ。

安らぎ。俺は安らぎに到達し、そしてなおも正気だ。今これを読みながら、俺が神イエスとかブッダについて何か、回心にでも至ったかのように話すつもりなんじゃないかとおまえは考えているだろう。ちがうよ。俺は目を閉じて、ある特定の崇高な力によって精神を高められたりはしない。そういうことにどういう意味があるのか、俺にはよくわからないんだ。俺がやってるのは「自分自身を知る」ということだ。「己を知れ」というのはどこかの戒律か何かで、たぶん聖書かな、ということは、少なくともそれについては俺はキリスト教に従っているわけだ。それと「己に忠実であれ」――俺はそう努めてきたがこれも聖書かな。どちらの部分――悪いほうか良いほうか――に忠実であるべきかということは言っていないから、道徳性へ導くためのものではない。それに「己を知れ」も道徳とは関係ない、我々の知る道徳とは「行動」に表れているものだからね。だが「行動」は、俺の知ったことじゃない、俺はまさにどう行動すべきかの判断が怪しい人間であると判定されて、それでここにいるんだからな。

「己を知れ」の「知る」ことへ戻ろう。まったくまともな頭で言えるんだ、俺は己を知っている、自分にできる最悪のことがわかっていて、自分がそれをやったと知っている、とね。俺は「社会」から「怪物」と判断されているが、それについて異議は唱えない。ちなみに、爆弾を雨あられと降らせたり、都市を焼き払ったり、数多くの人々を飢えさせたり殺したりした連中はたいていが「怪物」とは看做《みな》されずに勲章や名誉を浴びせられる、少ない人数に対する行為だけが衝撃的で邪悪だと看做されるんだ、なんて言ってしまうかもしれないがな。これは言い訳のつもりじゃなくて、ただの見解だ。

俺が「自分について知っている」のは、自分の「悪」だ。それが俺の安らぎの秘訣なんだ。俺は「最悪の自分」を知っているということだよ。他の人間の最悪よりまだ悪いかもしれないが、実際俺はそれについて考えたり心配したりする必要がないんだ。言い訳じゃない。俺は心穏やかだ。俺は「怪物」か？　「社会」はそう言うし、そう言われれば俺は同意する。だが言っておくが、俺にとって「社会」には真の意味はない。俺は俺「自身」であり、他の「自身」になる可能性はない。あの時は頭がおかしかったと言うこともできただろうが、何の意味がある？　狂気。正気。俺は俺だ。あの時自分の「己」を変えることはできなかったし、今もできない。

ドーリー、もしもここまで読んでくれたなら、おまえに話しておきたいが書くことはできない大事なことがひとつある。ここへまた来てくれる気になったら、話せるかもしれない。俺のことを冷酷だとは思わないでくれ。いろいろな事を変えられるのにそうしないというわけじゃない、俺には変えられないんだ。

これはおまえの職場に送る。職場と町の名前は覚えているんだ。ということは、俺の頭はちゃんと働いている部分もあるんだろう。

つぎの面会のときにはこの書面について話しあうことになるだろうと思って、ドーリーは何度か読み返したのだが、何も言うことが思い浮かばなかった。本当に話したかったのは、書くことはできないと夫が記していたことについてだった。ところがドーリーがまた面会に行くと、夫は手紙なんかまったく書いたことはないような素振りだった。話題を探したドーリーは、その週モーテルに泊まった、元有名フォークシンガーの話をした。驚いたことに、その歌手のキャリアについて、彼はドーリーよりもよく知っていた。夫はテレビを持っているか、あるいは少なくとも見ることができて、いくつかの番組と、それにもちろんニュースも定期的に見ている、ということがわかったのだ。おかげでさらに話題ができたが、そのうちドーリーは自分を抑えられなくなった。

「直接会ってじゃないと話せないってあれ、いったいなんなの?」

訊かないでほしかったなあと彼は言った。自分たちがそのことについて話しあえる状態かどうかわからないのだと。

するとドーリーは、自分には対処できないようなこと、耐えられないようなこと、たとえば彼がまだドーリーのことを愛している、とかいったことではないだろうかと不安になった。「愛」という言葉を聞くのは耐えられなかった。

「わかった」とドーリーは言った。「やめといたほうがいいかもしれない」

それから、こう言った。「でも、やっぱり話してよ。あたしがここから出ていって車にはねられたら、わからないままになっちゃうし、あなただってもう二度とあたしに話すチャンスはなくなるのよ」

「そのとおりだな」と彼は答えた。

「で、なんなの？」

「つぎの時に。つぎの時にしよう。ときどき、それ以上話せなくなるんだ。話したいのに、出てこなくなるんだ、話が」


別れてからずっとおまえのことを考えているよ、ドーリー。そして、おまえをがっかりさせたのを後悔している。おまえが目の前にすわっていると、俺はたぶん外に見えているよりも感情的になるんだ。俺にはおまえの前で感情的になる権利なんかないけどな。もちろん俺よりおまえのほうがそうなる権利は持っているのに、おまえはいつもちゃんと落ち着いているんだから。そこで、まえの言葉は破棄することにした。結局のところ話すよりも書くほうがうまくいくという結論に達したんだ。

さて、どこから始めようか。

天国は存在する。

それがひとつの始め方だが、適切じゃないな。俺は天国だの地獄だのといったことは信じたことがないからな。俺にとっては、そういったことはいつもタワゴトだった。だから、俺が今になってそんなことを持ち出すのはひどく妙に聞こえるはずだ。

ならばこう言っておこう。俺は子供たちに会ってるんだ。会って、話をしてる。

ほらね。おまえは今どう思ってるだろうな？　あの人、もうほんとにおかしくなっちゃったのね、とか思ってるだろう。あるいは、そんなの夢なのに、あの人は夢との区別がつかないんだ、夢と現実の区別がわからないんだ、とか。だけど言っておきたいんだが、ちゃんと区別がついている上で、俺にはあの子たちが存在してるってわかるんだ。あの子たちが存在してるって言ってるんだぞ、生きてるっていうんじゃなく。生きてるっていうのは、俺たちのこの「次元」にいるってことだが、ここにあの子たちがいると言ってるわけじゃないんだ。実際、あの子たちはいないと俺は思ってる。だが、あの子たちはちゃんと存在していて、どうももうひとつべつの「次元」があるに違いない、あるいはもしかしたら無数の次元があるのかもしれないが、俺にわかるのは、いずれにせよ子供たちのいる次元に俺が行ったたってことだ。ずっとひとりでいて、考えに考え続けなきゃならなくて、それもああいったことを考えなきゃならなかったたってことで、そんなことができたのかもしれない。というわけで、あんな苦しみや孤独を味わったあとで、俺にこんな褒美を与えてくれる恵みがあるんだよ。世間の見解からすればそんな恵みには最も相応《ふさわ》しくない人間である俺に。

おまえがこの手紙を引きちぎらないでここまで読んだのなら、きっと知りたいことがあるだろう。たとえば、あの子たちの様子とか。

あの子たちは元気だよ。ほんとに楽しそうで利口だ。嫌なことは何も覚えていないようだな。あの時よりはちょっと大きくなっているかもしれないが、よくわからない。それぞれのレベルで事情を理解しているようだ。うん。ディミトリはね、おしゃべりできなかったのにできるようになってるよ。あの子たちは俺には部分的に見覚えのある部屋にいる。俺たちの家のようだが、もっと広々していてきれいだ。どんなふうに世話してもらっているのか訊いたら、あの子たちは俺の質問を笑いとばして、自分たちの面倒は自分たちでみられる、みたいなことを言ったよ。そう言ったのはサーシャだったと思う。あの子たちはべつべつにしゃべったり、かと思うと少なくとも俺にはあの子たちの声を区別することはできないけど、誰が誰かははっきり区別がついて、そして、本当に楽しそうなんだ。

どうか、俺が狂ってると決めつけないでほしい。そう思われるのが心配で、このことをおまえに話したくなかったんだ。俺はかつて狂っていたことがある。でも信じてくれ、俺は昔の狂気をすべて、熊の毛が生え変わるように捨て去ったんだ。それとも、蛇が脱皮するように、と言うべきかな。そうしていなければ、サーシャやバーバラ・アンやディミトリとまた繋がれるこんな能力は、与えられていなかっただろう。おまえにもこういうチャンスが与えられたらなあと思うんだ。相応しいということで言えば、俺よりおまえのほうがずっとそれに相応しいんだから。おまえのほうが難しいかもしれない。俺よりずっと深くこの世に根ざして生きてるからな。だが、とりあえず情報——「事実」——は教えてやれる。そして、俺があの子たちに会ったと知らせることで、おまえの心が軽くなることを願うよ。

ミセス・サンズがこの手紙を読んだらなんと言うだろう、どう考えるだろう、とドーリーは思った。ミセス・サンズは、もちろん慎重にふるまうだろう。すぐさま頭がどうかしていると決めつけるような軽率なことはしないで、気を配りながら優しくドーリーをその方向へと導いていくだろう。

誘導するとは言えないかもしれない——彼女はただ混乱を引きはがし、自分は最初からこう考えていたのだと思える結論にドーリーが向きあわねばならないようにするだけだ。ドーリーは危険なナンセンス——これがミセス・サンズの言い方だ——をそっくり心から締めださねばならないだろう。

だから、ドーリーは決して彼女には近づかないつもりだった。

ドーリーも彼の頭がおかしいとは思った。それに、行間にはあのいつもの自惚《うぬぼ》れの痕跡が多少うかがえるようにも思えた。返事は書かなかった。何日かが過ぎた。何週間かが。ドーリーは自分の意見を変えはしなかったが、それでもやはり彼が秘密のようにして書いていることにしがみついた。そして時折、浴室の鏡に水をかけたりシーツをぴんと伸ばしたりしている最中に、ある感情がきざすのだった。ほぼ二年間というもの、ドーリーは、ふつう人を幸せな気分にさせてくれるような事物、たとえば、良い天気とか咲き誇っている花とかパンの焼ける匂いとかに、目もくれなかった。ああいう自然に湧いてくる幸福感をはっきり感じるということはやはりまだなかったが、それがどんなものだったかは思い出すようになった。それは天気とも花とも関係なかった。子供たちが彼の言う「次元」にいるんだという考えこそが、ドーリーの心にこんなふうに知らぬ間に忍び寄って、苦しみではなく明るい気持ちを、初めてもたらしてくれたのだ。

あのことが起こってからというものずっと、子供たちを思い出させることはすべてドーリーにとっては排除せねばならないもの、喉に突き刺さったナイフのように直ちに引きぬかねばならないものだった。子供たちの名前も思い浮かべることができなかった。子供たちの名前に似た響きの名を耳にすると、それも引きぬかないではいられなかった。子供の声や、甲高い叫びや、モーテルのプールへパタパタ行き来する足音でさえ、耳の裏のぴしゃっと閉めてしまえる門のところで消さなくてはならないのだった。今では、違うのは、周囲のどこかでそういう危険が発生したらすぐに逃げ込める隠れ家ができたことだ。

そして、それをドーリーに与えてくれたのは誰だろう？　ミセス・サンズではない――そのことは確かだ。ティッシュをそっと手元に置いてもらって机の横に何時間もすわっていたおかげではない。

ロイドが与えてくれたのだ。あの恐ろしい人間であるロイドが、あの隔離された頭のおかしい人間が。

どうかしてる、と言われるかもしれない。でも、彼が言ったことが真実だという可能性はないだろうか――彼は向こう側の世界へ行ったのだということは？　そんなことをした人間、そんな旅をした人間の考えに何らかの意味がないなどと、誰に言えよう？

こんな考えがドーリーの頭にじわじわ入りこんで居ついてしまった。

誰よりもロイドこそ今ドーリーがともに過ごすべき人間なのかもしれないという考えといっしょに。この世で他にどんな役割が自分にあるというのだろう——ドーリーはこう誰かに、おそらくミセス・サンズに、言っているような気がした——せめて彼の話に耳を傾けないのなら、いったい自分はなんのためにここにいるというのだ？

「許す」とは言いません、とドーリーは頭のなかでミセス・サンズに話した。それはぜったいに言いません。そんなことぜったいにしません。

でも考えてみてください。あたしだってあの人と同じく、起こったことによって孤立してしまっていませんか？　あのことを知っている人は誰もあたしを近寄らせたがらないでしょう。あたしは世間の人たちに、誰にとっても耐えがたいことを思い出させてしまうだけなんです。

偽装なんて無理だ、ほんとに。こんな黄色いツンツンヘアは惨めだ。

そういうわけで、ドーリーはまたバスに乗って幹線道路を進むことになった。母親が死んだ直後のあの夜々のことが頭に甦《よみがえ》ってきた。母親の友だちに、泊めてもらっていた女性に、嘘の行き先を告げては抜け出してロイドに会いにいったときのことを。その友だちの名前、母親の友だちの名前をドーリーは思い出した。ローリーだ。

今では、ロイド以外の誰が子供たちの名前を、目の色を、覚えていてくれるだろう。ミセス・サンズは、子供たちのことに触れなければならないときは、子供たち、とさえ言わないで、三人いっしょくたにして「あなたの家族」と言った。

あの頃、ローリーに嘘をついてロイドに会いにいきながら、ドーリーはまったく罪の意識を感じなかった。宿命だ、それに従おうという思いだけで。彼とともにいて、彼を理解するためにこそ自分はこの世に生まれてきたのだという気がしていた。

いや、今はもうそんなことはない。同じではない。

ドーリーは運転席にほど近い一番前の席にすわっていた。フロントガラス越しに景色がよく見えた。そのために、バスの乗客のなかでドーリーだけが、運転手以外では彼女だけが、速度も落とさずに脇道から出てきたピックアップトラックが、目の前の、日曜の朝のガラガラの道路をがたがた横切って側溝に突っ込むのを目撃することになったのだった。そしてさらに奇妙なものも。そのトラックの運転手が空中に飛び出したのだ。あっという間ながらもゆっくりと、馬鹿げていながらも優雅に思えるような具合に。彼は舗道の端の砂利の部分に着地した。

なぜ運転手がブレーキをかけて、急に不快な停まり方をしたのか、他の乗客にはわからなかった。ドーリーがまず最初に思ったのは、あの人どうして飛び出したのかしら？　ということだけだった。あの若い男、あるいは少年は、きっとハンドルを握ったまま寝てしまったのだろう。その彼がどうしてトラックから飛び出して、あんなに優雅に宙を舞ったのだろう？

「このバスのすぐ前の車が」と運転手は乗客に説明した。落ち着いて大きな声で話そうとしていたが、その声音には驚きからくる震えが、畏怖《いふ》のようなものがあった。「道路を横切って側溝に飛び込みました。できるだけ早くまた出発しますが、そのあいだ、どうかバスの外へ出ないでください」

その言葉を聞かなかったかのように、あるいは特別に手伝う権利があるかのように、ドーリーは運転手の後からバスを降りた。運転手はだめとは言わなかった。

「バカなヤツめ」いっしょに道路を横切りながら、運転手は言った。今やその声には、憤慨や腹立ちしかなかった。「バカなガキだ。信じられるかね？」

少年は仰向けになって手足を大の字に投げ出していた。雪に天使の形をつけるときのように。ただし、まわりにあるのは雪ではなく砂利だったが。目は完全に閉じてはいなかった。ひどく若く、髭を剃りはじめもしないうちに背ばかり伸びてしまった男の子だった。ことによると運転免許も持っていなかったのかもしれない。

運転手は携帯でしゃべっていた。

「ベイフィールドの南一マイルかそこらだ。二十一号線。道路の東側」

少年の頭の下、耳の近くから、ピンクの泡がじわじわ出てきた。とても血には見えなくて、イチゴのジャムを煮るときにすくい取る泡みたいだった。

ドーリーは少年の横にしゃがんだ。胸に片手を置いてみた。動かない。耳を近づけた。最近誰かがシャツにアイロンをかけたようだ——そんなにおいがした。

呼吸音が聞こえない。

でも、少年の滑らかな首に触れたドーリーの指は脈を探り当てた。

ドーリーは教わったことを思い出した。教えてくれたのはロイドだった。子供たちの誰かが事故にあったのにロイドが不在という場合に備えて。舌だ。舌が喉の奥に入りこんで、呼吸を妨げることがあるのだ。ドーリーは片手の指先を少年の額に当て、もう片方の二本の指を顎の下に当てた。額を抑えて顎を上へあげ、気道を確保する。わずかに、でもしっかり傾けて。

それでも息をしなければ、呼気を吹きこまねばならない。

ドーリーは鼻をつまむと、深く息を吸い、少年の口を自分の唇で塞ぎ、息を吹きこむ。二回吹きこんでは、確認。二回吹きこんでは、確認。

運転手ではない、べつの男の声。通りすがりのドライバーが停車したのだろう。「この毛布を怪我人の頭の下に入れますか?」ドーリーは首をかすかに振った。またべつのことを思い出したのだ。犠牲者を動かしてはいけない、脊髄《せきずい》を傷つけてしまうからだ。ドーリーは少年の口を覆った。温かくてはりのある皮膚を押した。息を吹きこんで、待った。もう一度、息をふきこんで待った。すると、湿った空気がかすかに顔に吹きつけたように思えた。

運転手が何か言ったが、ドーリーは目を上げることができなかった。そのとき、確かに感じられた。少年の口から吐息が。ドーリーは少年の胸に直に、広げた手を押し当てたが、手が上下するのが自分の震えのためなのかどうか最初はわからなかった。

そうだ。そうだ。

本当に呼吸だった。気道が開いたのだ。少年は自力で呼吸していた。少年は呼吸していた。

「それを体の上にかけてあげて」ドーリーは毛布を持っている男に言った。「暖かくしてあげなくちゃ」

「生きてるのか?」運転手がドーリーの方へかがみこんでたずねた。

ドーリーは頷いた。ドーリーの指先はまた脈を確認した。不気味なピンク色のものはもう流れ出してはいなかった。べつに重大なものではなかったのかもしれない。少年の脳から出てきたようなものではなかったのかも。

「あんたのためにバスを待たせておくわけにはいかないんだがね」と運転手が言った。「もう予定より遅れているんだ」

通りすがりのドライバーが言った。「だいじょうぶ。あとは私が面倒みますよ」

静かにしてて、静かにしてて、と、ドーリーは彼らに言いたかった。静けさが必要なように思えたのだ。少年の体を取り巻く何もかもが神経を集中して、少年の体が呼吸するという務めを見失わないよう手助けせねばならないように思えた。

今では、ためらいがちな、でも安定した吐息となっている。胸のなかで優しく従順に。がんばれ、がんばれ。

「聞こえただろ? この人がここにいて怪我人をみててくれるってさ」と運転手は言った。

「救急車が全速力で向かってる」

「もう行ってちょうだい」とドーリーは言った。「町まで救急車にいっしょに乗せていってもらって、今夜バスが戻るときにまた乗っていくわ」

運転手はドーリーの言葉を聞きとるのにかがみこまなくてはならなかった。ドーリーはさもうるさげに、顔もあげずにしゃべった。呼吸が大切なのは彼女自身だとでも言いたげに。

「ほんとにいいのかね？」と運転手。

かまいません。

「ロンドンへ行かなきゃならないんじゃないのかい？」

いいえ。

# 小説のように

Fiction

I

なんといっても冬で一番なのは、ラフ・リヴァーの学校で一日じゅう音楽を教えたあと、車で家路をたどるときだった。もう暗くなっていて、町の内陸のほうの通りでは雪になっているかもしれないが、海岸の幹線道路では雨が車体を叩く。ジョイスは町の境界を越えて森へ入っていく。巨大なベイマツやヒマラヤスギが並ぶ本物の森林なのだが、四分の一マイルごとくらいに人が住んでいた。市場向けの菜園を営んでいる人もいれば、ヒツジや乗馬馬を飼っている人も数人いて、ジョンのように商売を営む人もいた——ジョンは家具の製作、修理をやっていた。そして道の脇にはそういった商売の広告が出ていた。例えばこのあたりでは——タロット占い、ハーブマッサージ、揉め事解決。トレーラー暮らしのところもあれば、藁葺《わらぶ》き屋根に丸太の壁の家を建てているところ、そしてまたジョンとジョイスのように、古い農家をリフォームして住んでいるところもあった。

車で帰宅して我が家の敷地に入ったときに、ジョイスが目にするのを特別楽しみにしているものがあった。この時代には多くの家が、藁葺き屋根の家々の一部でさえ、パティオ・ドアと呼ばれるものを備えつけていた——ジョンとジョイスの家のようにパティオがなくても。そこには通常カーテンが引かれておらず、二つの長方形の光が、安らぎの、安全と充足のしるしに、保証に思えるのだった。なぜそうなのか、なぜ普通の窓よりもそう思えるのか、ジョイスには説明できなかった。たいていのパティオ・ドアは外に面しているというだけでなく、森の闇にむかって開くようにできているからかもしれない。それに、家庭という安息の場所をまさにありのままに見せているからかもしれない。料理したりテレビを見たりしている人々の全身を——内側でたいしたことが起こっているわけではないとわかっていても、ついつい魅了されてしまう光景だった。

未舗装の、水たまりのできた自宅の通路へ車で入っていくと目に入るのが、ジョンが取りつけたこの種のドアで、その枠の中にはがらんとした家の内部が明るく照らし出されていた。脚立、作りかけのキッチンの棚、むき出しの階段、ジョンがそのとき作業している場所で、必要な部分を照らすように置かれた電球の光に浮かぶ、温かい色合いの木材。彼は一日じゅう自分の小屋で仕事して、暗くなり始めると見習いを帰宅させ、自宅の作業にとりかかるのだ。車の音を耳にすると、彼はほんの一瞬顔をジョイスのほうへ向ける。おかえり、の挨拶だ。たいてい両手は忙しくて振る暇はない。車のライトを消し、家に持って入らなければならない食料品とか郵便物をまとめながら、運転席のジョイスには、風と冷たい雨の闇を突っ切っていく玄関までの最後のダッシュすら楽しく思える。ストレスが多く見通しの立たない仕事、無関心な生徒にも反応の良い生徒にも一日びっしり音楽を教えるという日中の仕事を、捨て去るような気がするのだ。気まぐれな若年者たちを相手にするより、木を相手にひとりで——見習いは数のうちに入らない——仕事するほうがどれほどいいか。ジョンにはそんなことは言わなかった。木を相手の仕事というのはじつに根源的なものであり、かつ立派で高邁だ、などと言われるのを彼は嫌うのだ。品位ある、尊厳ある仕事だなどと言われるのを。

くだらん、と彼は言うのだった。

ジョンとジョイスはオンタリオの工業都市の郊外にある高校で出会った。ジョイスはクラスで二番目にＩＱが高く、ジョンのＩＱは全校一、それにおそらくはその都市で一番高かった。ジョイスは優れたバイオリン奏者になることを期待されていて——チェロに乗り換えるまえのことだが——ジョンは、一般世間では説明のしようもないほどの偉業を成し遂げる、とてつもない科学者になるはずだった。

大学に入って一年目で、二人はドロップアウトして駆け落ちした。あちこちで仕事を見つけながらバスで北米大陸を移動し、オレゴン州の海岸に一年住み、双方の両親と距離を置いたまま和解した。両親にとってはこの世の光は消えてしまっていたのだ。彼らをヒッピーと呼ぶのはもういささか遅すぎたが、両親は彼らをそう呼んだ。二人は自分たちのことをそんなふうに思ったことはなかった。ドラッグはやらなかったし、服装は普通だった、多少みすぼらしくはあったが。それにジョンはきちんと髭を剃って、ジョイスに髪を切ってもらうようにしていた。

しばらくすると、二人はその場しのぎに最低賃金で働くことに嫌気がさし、失望している家族から金を借りて、もっといい生活ができるよう資格を取ることにした。ジョンは大工仕事と木工細工を学び、ジョイスは音楽教師の資格を取った。

ジョイスが得た仕事口はラフ・リヴァーだった。二人はほとんどただ同然でこの荒れ果てた家を買い、人生の新たな段階に落ち着いたのだった。二人は菜園を作り、隣人たちと知り合いになった——なかにはいまだに本物のヒッピー暮らしをしている人もいて、森の奥でちょっと大麻を栽培したり、ビーズのネックレスや香草の匂い袋を作って売ったりしていた。

ジョンは隣人たちに好かれた。彼は相変わらずほっそりしていて、明るい目で、我儘《わがまま》だが人の話にはすすんで耳を傾けた。当時は大半の人がパソコンというものにまだ馴染みかけたばかりの段階で、仕組みを理解しているジョンは辛抱強く教えてやることができた。ジョイスはジョンほど人気がなかった。彼女の音楽の教え方は形式的すぎると思われていた。

ジョイスとジョンはいっしょに夕食を作り、自家製のワインを飲んだ（ジョンのワイン作りのやり方は厳密で、出来栄えはよかった）。ジョイスはその日一日の鬱憤や面白かったことをしゃべった。ジョンはあまりしゃべらなかった——ひとつには、彼のほうが料理により熱心に取り組んでいたのだ。だが食べる段になると、訪れた客のことや見習いのエディーのことを彼女に話すこともあった。エディーの言ったことを二人で笑ったりもした。だが、見下した笑いではなかった——エディーはペットみたいなものだ、とジョイスはときどき思うことがあった。あるいは子供みたいなもの。とはいえ、もし彼女が子供だったら、彼ら二人の子供だったら、それもあんな子供だったら、彼らは困惑して、それにたぶん心配になって、笑うどころではなかっただろう。

なぜだろう？　どこがどう？　エディーはバカではなかった。木工細工に関してはけっして天才ではないとジョンは言ったが、教えられたことを身につけ、覚えていた。それになんといっても、エディーはおしゃべりではなかった。見習いを雇うという話が持ち上がったときにジョンが一番心配したのがそのことだった。政府のプログラムが始まったのだ――ジョンは教えることである程度の報酬を貰えるし、見習いのほうには学ぶあいだ生活するのにじゅうぶんな額が支払われる。最初、ジョンは乗り気ではなかったのだが、ジョイスが説得したのだ。社会に対する義務というものがあると。ジョイスは思っていた。

エディーはあまりしゃべらないとはいえ、しゃべるとなると強烈だった。

「ドラッグもアルコールもぜんぶ絶ってます」というのが、最初の面接でエディーが二人に言った言葉だった。「断酒会に入ってて、アルコール依存症から回復中なの。あたしたち、回復した、とは言わないんだ、ぜったい回復はしないから。死ぬまで回復しないの。あたしには九歳の娘がいるけど、生まれたときから父親はいないから保護者としての責任はぜんぶあたしが負ってて、ちゃんと育てようと思ってます。木工細工の技術を身につけて、自分と子供の生活を支えられるようになりたいっていうのが、あたしの望み」

こう話しながら、エディーはキッチンテーブルのむこう側にすわって、二人を交互に見据えていた。背の低い頑丈な娘で、これまでそれほど放縦な生活の経験があるような年にも、またそこまでのダメージを受けているようにも見えなかった。肩幅が広く、髪はきゅっとポニーテールにして分量の多い前髪を切り下げ、ぜったい微笑みそうにない顔。

「それと、もうひとつ」とエディーは言うと、ボタンを外して長袖のブラウスを脱いだ。下は肌着だった。両腕も、胸の上部も、それに――くるりとむこう向きになると――背中の上部も、タトゥーで覆われていた。まるで皮膚が衣服になっているかのようだった。それとも、ドラゴンやクジラや炎に取り囲まれた、流し目で優しそうな表情のいくつもの顔が描かれた、複雑すぎて、というかおぞましすぎて、理解できないようなコミックかもしれない。

まず思ってしまうのは、全身同じようになっているのだろうかということだった。

「すばらしいわね」ジョイスはなるべく感情をこめずに言った。

「さあ、すばらしいかどうかはわかんないけど、でも、ものすごくお金がかかったはず、払わなきゃならなかったとしたらね」とエディーは言った。「これにね、一時こってたの。なんで見せたかっていうと、ダメだって言う人もいるからね。たとえばほら、小屋のなかで暑くなって、下着姿で仕事しなきゃならなくなったりしたときに」

「わたしたちはだいじょうぶ」ジョイスはそう言うと、ジョンを見た。ジョンは肩をすくめた。

コーヒーを一杯いかが、とジョイスはエディーにたずねた。

「いえ、けっこう」エディーはまたブラウスを着こんだ。「断酒会のたいていの人たちはね、まるでコーヒーで生きてるみたいなの。あたしはね、みんなに言ってやるの、なんだってひとつの悪い習慣からべつの悪い習慣へ移ったりすんのよ、ってね」

「変わってるわねえ」とジョイスはあとで言った。「こっちが何を言おうが、あの子のご高説を拝聴させられちゃいそう。処女懐胎についてはとてもじゃないけど訊けなかったわ」

「あの子は強いな。大事なのはそれだ。僕はあの子の両腕を見たよ」とジョン。

ジョンが「強い」というのは、まさに文字通りの意味だ。あの子は梁《はり》を運べるという意味だ。

ジョンは仕事しながらCBCラジオを聴く。音楽を聴くのだが、ニュースや実況放送、視聴者参加番組も聴く。ラジオで聴いたことに対するエディーの意見を話してくれることがある。

エディーは進化論を信じていない。

（とある視聴者参加型番組で、学校で教えられていることに異議を唱える人がいたのだ）

「どうして？」

「あのさ、なぜかっていうと、ああいう聖書に出てくる国には」とジョンは言ってから、一本調子で断固とした彼流のエディーの声の物真似に切り替えて続けた。「ああいう聖書に出てくる国にはサルがたくさんいるんだけどね、そのサルがいつも木からぶらさがってたもんで、それで、そのぶらさがってるサルが人間になったなんてことを思いついたんだ」

「だけどそもそも――」とジョイス。

「いいんだ。やめとけって。エディーと議論するときに何より大事なことを知らないのか？いいから黙れ、だよ」

エディーはまた、大きな医薬品会社は癌《がん》を治す方法を知っているのに、自分たちや医者が儲けるために、医者と取引してその情報を握りつぶしているんだと信じていた。

「歓喜の歌」がラジオから流れたときには、最悪、葬式みたい、と言って、ジョンにラジオを消させた。

エディーはまた、ジョンとジョイスは――というか、じつのところジョイスは――ワインの入ったワインボトルを、すぐ目につくキッチンテーブルの上なんかに置いておくべきではないと思っていた。

「そんなの、あの子には関係のないことでしょ?」とジョイスは言った。

「どうやら、あの子は関係あると思ってるみたいだ」

「いったいあの子がいつ、うちのキッチンテーブルを調べるわけ?」

「トイレに行くのに通らなきゃならないんだ。茂みのなかでオシッコはさせられないだろ」

「でもいったいなんの関係が――」

「それに、キッチンでサンドイッチを作ってもらうことだってあるし――」

「だからどうだっていうの? あれはわたしのキッチンよ。わたしたちの」

「ただ単に、あの子がアルコールにはひどく脅威を感じるってだけのことだよ。まだけっこう誘惑には弱いんだ。きみや僕にはわからないことだよ」

脅威を感じる。アルコール。誘惑には弱い。

ジョンったら何言ってるんだろう?

ジョイスはわかっていなくてはならなかったのだ、あのときに。たとえジョン自身はぜんぜん気づいていなかったにせよ。彼は、恋に落ちていたのだ。

落ちる。そこには多少の時間の経過がうかがえる。落下の時間が。だが、高速化して考えることもできる。落ちる一、二秒を。今、ジョンはエディーと恋に落ちてはいない。カチッ。今度は恋に落ちている。とてもじゃないけれど、こんなことがあり得るとは思えない。眉間への一撃、突然の災難とでも考えない限り。人間を無能にしてしまう運命の一撃、澄んだ目を見えなくしてしまうたちの悪い冗談。

ジョイスはジョンが間違っているということを本人に納得させようとしはじめた。ジョンには女性経験がほとんどなかった。ジョイス以外、ないのだ。パートナーを取っかえ引っかえするのは幼稚だ、不倫は不道徳で破壊的だと、二人はいつも考えていた。こうなってみると、とジョイスは思った。ジョンはもっと女と遊ぶべきだったかも？

そして彼は暗い冬の数ヶ月を、作業場に閉じこもって過ごしてきたのだ。エディーから発散する自信に晒されながら。換気の悪さから病気になるようなものだ。

ジョンがこのままエディーのことを真剣に考えるようになったりしたら、エディーのせいで頭がおかしくなってしまうだろう。

「僕もそれを考えたよ」とジョンは言った。「ひょっとしてもう彼女のせいでそうなってるのかもな」

思春期の子が言うような馬鹿げたことだわ、自分をなすすべもなく呆然としてるみたいに言うなんて、とジョイスは言った。

「あなた、自分をなんだと思ってるの？　円卓の騎士かなんか？　誰かにこっそりクスリでも渡されたの？」

　それからジョイスはごめんなさいと謝った。すべきことはただひとつ、これを共同の課題として取り組むことよ、と彼女は言った。死の陰の谷（詩篇23-4）なのよ。そのうちいつか、わたしたちの結婚生活の単なる不調だったと思えるようにしなくちゃ。

「わたしたち、こんなこと乗り越えられるわ」とジョイスは言った。

　ジョンは他人行儀な、というか、思いやりのある眼差しでジョイスを見た。

「『わたしたち』はもうなしだ」と彼は言った。


　いったいどうしてこんなことが？　ジョイスはジョンにそうたずね、自分自身にも問いかけ、ついで他の人たちにも訊いてみた。足取りが鈍重で頭の回転も鈍重な、だぶだぶズボンにフランネルのシャツ——冬が続く限りは——おがくずのくっついた地味な分厚いセーターを着た大工の見習いが。月並みな考えや愚かしい考えを頑なに辿りながら、その一歩一歩が国法たるべしと言い募るような精神の。そんな人間が、足が長くてウエストが細くて、艶《つや》やかな長い黒髪を三つ編みにしたジョイスを押しのけたのだ。ウィットがあり、音楽に秀で、ＩＱが二番目に高かったジョイスを。

「わたしの考えを言うとね」とジョイス。これはもっとあとの、日が長くなり、ハンゲショウが水路に群生するようになってからのことだ。泣いたり酒を飲んだりで腫れた目を隠すために薄い色のついたメガネをかけて音楽を教えにいき、仕事が終わると、車で家に帰るかわりにウイリンドン公園へ向かい、自殺されるのを恐れてジョンが探しに来てくれるんじゃないかと期待していた頃の（彼は探しに来てくれた、ただし一度だけだったが）。「娼婦《しょうふ》ってのは、わたしが思うに、彼女が街娼《がいしょう》をやってたせいじゃないかしら」とジョイスは言った。「娼婦って商売のためにタトゥーを入れるでしょ。そして男はそういうのにそそられるのよね。タトゥーのことじゃなくて——いや、それもだけどね、もちろん、男はタトゥーにもそそられるけど——つまり、体を売ってたって事実に、ってこと。誰でも相手にするところとか、経験とか。そして今は改心したってわけ。つまり、マグダラのマリアさんなの、そうなのよ。そして彼は性的には赤ちゃんみたいなああいう人だからね、まったくいやんなっちゃう」

ジョイスには今ではこういう話のできる友だちがいた。皆が体験談を持っていた。以前からの知り合いもいるが、今はつきあい方が変わった。皆で打ち明け話をして、飲んで、笑って、しまいに泣く。とても信じられないよ、と彼女たちは言う。男なんて。男のやることなんて。ほんとに馬鹿げてて、いやんなっちゃう。とても信じられない。

だからこそ、それは真実なのだ。

こんな話の最中に、ジョイスはもうだいじょうぶだと感じる。本当にだいじょうぶ。実際のところジョンに感謝したりすることもあるんだ、とジョイスは話す。これまでなかったほど生きていると感じられるからだ。最悪ではあるけれど、すばらしい。新しいスタートだ。ありのままの真実。ありのままの人生。

だが、明け方の三時とか四時に目が覚めると、自分はどこにいるのだろうと思ってしまうのだった。もう自分たちの家ではない。今ではエディーがあの家にいた。エディーと彼女の子供とジョンが。ジョイス自身がそのほうがいいと思っての住み替えだった。そうすればジョンが正気を取り戻してくれるかもしれないと思ったのだ。ジョイスは街中のアパートに移った。長期休暇で留守中の教師の住まいだった。夜中に目が覚めると、通りのむかいにあるレストランの看板の瞬くピンクの光が窓から差しこんで、家の主である教師のメキシカングッズを照らしだしていた。サボテンの鉢、ぶら下がっているキャッツアイ。乾いた血みたいな色の縞がある毛布。酔ったあげくの洞察も高揚感もゲロのようにジョイスから流れ出してしまう。それを別としたら、二日酔いはなかった。なんだか、アルコールの海に溺れたあげく、まるっきり素面《しらふ》でぺちゃんこになった気分で目が覚めてしまうように思えた。

ジョイスの人生は消えてしまった。ありふれた災難だ。

本当のところ、ジョイスはやはり酔っていた。完全に素面の気分ではあったが。車に乗りこんで、あの家へ行ってしまう危険があった。溝に突っ込んだりする危険はない。そういうときには、ジョイスはひどくゆっくりと静かに運転するからだ。だが、庭の、暗い窓の外に停車して、もうこんなこと止めなきゃいけないわ、とジョンにむかって叫んだりしそうになるのだった。

こんなこと止めなきゃ。こんなの正しくない。あの女に出てけって言って。

二人で野原で寝てしまって、目が覚めたらまわりじゅうで牛がもぐもぐやってて、あれだけの牛がまえの夜からいたのに気づいてなかったの、覚えてるでしょ。氷のように冷たい川で顔を洗ったの、覚えてるでしょ。あなたのお母様が病気になって、あたしたち、死んじゃうんじゃないかって思ったとき、バンクーバー島でキノコを摘んでオンタリオに飛行機で戻って、それを売って旅費にしたのを覚えてるでしょ。それからあたしたち、言ったわよね。面白いよね、自分たちはドラッグなんかやらないのに、親孝行でこんなことやってるんだからって。

日が昇ると、メキシカングッズの色彩がその醜悪さを増してジョイスにむかってわめきはじめ、しばらくすると彼女は起き上がって顔を洗い、頰に紅をさっと塗ると、泥のように濃くしたコーヒーを飲んで、新しい服のどれかを着こんだ。ジョイスは新しい薄いトップスやひらひらしたスカート、極彩色の羽根飾りのついたイヤリングを買っていた。ロマのダンサーかバーのホステスみたいな格好で学校へ音楽を教えにいった。何に対しても笑い声をあげ、誰に対してもベタベタしてみせた。階下の食堂で朝食を作ってくれる男にも、車にガソリンを入れてくれる少年にも、郵便局で切手を売ってくれる男性職員にも。ジョイスがどれほど美しいか、セクシーで楽しそうか、男という男を驚嘆させているか、などという話がジョンの耳に入るんじゃないかと思ったのだ。アパートから一歩出たらジョイスの舞台が始まり、直接観るのではなく人づてだとはいえ、ジョンは最も重要な観客なのだった。とはいえ、ジョンは派手な服装や気をひくようなそぶりに魅惑されるようなことはなかったし、そんなことでジョイスを魅力的だと思ったりすることもなかったのだが。旅行するとき、二人は服を共用で間に合わせることがよくあった。厚手のソックス、ジーンズ、黒っぽいシャツ、ウィンドブレーカー。

もうひとつの変化。

受け持っているもっとも年少の、もっとも鈍い子に対してでさえ、ジョイスの口調は愛撫するような、いたずらっぽい笑いがちりばめられたものとなり、彼女に励まされると、ついその気にならずにはいられなかった。ジョイスは生徒たちに、学年末に行われる発表会にむけての練習をさせていた。以前はこの公演の夕べにはあまり熱が入らなかった――能力のある生徒たちの進歩の妨げになる、まだ本人の態勢が整っていない状況に押しこむことになる、と思っていた。気持ちを張りつめて努力したところで、誤った価値観を創りだしてしまうだけだ。だが今年ジョイスは、公演のあらゆる部分に精力を注ぎこんだ。プログラムにも、照明にも、紹介にも、それにもちろん演奏にも。公演は楽しくなくっちゃ、と彼女はきっぱりと言った。生徒たちにとっても楽しく。観客にとっても楽しく。

もちろん、ジョイスはジョンがその場に来ることを期待していた。エディーの娘も出演する、ということはエディーも来るだろう。ジョンはエディーに同行するはずだ。

ジョンとエディーが初めてカップルとして、町の皆の前に現れるのだ。二人のカップル宣言。そんな機会を避けるはずがない。ジョイスたちのようなパートナーの交替というのは、耳にすることがないわけではなかった。特に町の南側に住んでいる人々のあいだでは。でも、べつにありふれているというわけでもなかった。組替えが外聞の悪いものでなかったからといって、それが世間の注目を集めないわけではない。どうしたって関心を集める期間というのがあって、それから状況が落ち着いて、世間も新たな組み合わせに慣れる。世間も慣れ、そして新しい組み合わせのカップルが食料品店で捨てられた方とおしゃべりしたり、あるいは少なくとも、こんにちはと声をかけたりするのが見られるようになるのだろう。

だが、ジョイスはそんな役割を演じるつもりはなかった。発表会の夜、ジョンとエディーに——いや、じつのところはジョンに——見つめられながら。

ではどんな自分でいるというのだ？　知るものか。ジョンにいい印象を与えたら、発表会の最後に登場して観客の拍手を浴びるジョイスを見てジョンが目を覚ましてくれるだろうなんてことを、まともな頭でいる限りジョイスは考えたことはなかった。塞ぎこんで自殺しかねないどころか、楽しくあでやかに生徒たちを指揮しているジョイスの姿を見たら、彼は自分の愚行に胸の張り裂ける思いをするんじゃないか、などと考えたわけではない。でも、それに近いようなこと——はっきりと説明できないものの、期待しないではいられないことはあったのだ。

それまでで最高の発表会だった。皆がそう言った。これまでより活気があったと皆が言った。これまでより華やかで、それでいて緊張感があった。子供たちの衣装は演奏する音楽と調和がとれていた。顔はメイクが施されて、びくついた、犠牲者みたいな表情には見えなかった。

最後に現れたときのジョイスは、動くと銀色に光る黒のシルクのロングスカート姿だった。銀のバングルやほつれ毛もきらめいていた。拍手に口笛が混じった。

観客のなかにジョンとエディーの姿はなかった。

## Ⅱ

ジョイスとマットはノース・バンクーバーの自宅でパーティーを開いている。これはマットの六十五歳の誕生日を祝うためのものだ。マットは神経心理学者で、また腕のいいアマチュア・バイオリニストでもある。それが縁でジョイスと出会ったのだが、彼女は今やプロのチェリストで、彼の三番目の妻なのだ。

「ほら、ここにいる人たちを見て」ジョイスは何度もそう繰り返している。「まさに人生絵巻ね」

ジョイスはほっそりした、意欲的な顔つきの女性で、白鑞《しろめ》色のふさふさした髪、ちょっと猫背なのは大きな楽器を扱っているせいかもしれないし、あるいは単に、愛想よく相手の話に耳を傾けてはこちらもしゃべろうとする習性のためかもしれない。

もちろん、マットの大学の同僚たちがいる。マットが個人的な友人だと思っている人たちだ。マットは寛容だが率直な物言いをするので、当然のことながら同僚全員がこのカテゴリーに当てはまるわけではない。マットの最初の妻サリーが、介護士に付き添われて来ている。サリーは二十九歳のときに自動車事故で脳を損傷しているので、おそらくマットのことはわかっていないだろうし、大人になった自分の三人の息子のこともわかっていないだろう。ここが年若い妻だった自分が住んでいた家であることも。だが、彼女の楽しげな態度は損なわれておらず、さまざまな人に会えるのを喜んでいる。たとえ、十五分まえにすでに会っている人であっても。介護士は身ぎれいで小柄なスコットランド女性で、こういう大がかりな騒々しいパーティーには慣れていないんです、仕事中だから飲めないんです、としょっちゅう繰り返している。

マットの二番目の妻ドリスは、彼とは一年も暮らさなかった。結婚自体は三年間続いたのだが。ずっと年下のパートナーであるルイーズと、ルイーズが数ヶ月まえに産んだ二人のあいだの娘とここへ来ている。ドリスはマットと親しい関係を保っていて、とくにマットとサリーの一番下の息子トミーとは仲がいい。ドリスがトミーの父親と結婚したときには彼はまだ小さくて、よく面倒をみていたのだ。マットの上の息子二人も、子供たちとその母親を連れてきている。とはいっても、母親の片方はもう子供の父親とは結婚していない。父親のほうは現在のパートナーとパートナーの息子を伴っているが、その子はブランコの順番のことで実子のひとりと喧嘩を始めている。

トミーはジェイという名前の恋人を初めて連れてきたが、ジェイはまだ一言もしゃべっていない。トミーがジョイスに告げたところによると、ジェイは家族というものに慣れていないのだ。

「彼の気持ち、わかるわ」とジョイス。「わたしだって、じつは一時そうだったもの」ジョイスは笑っている――マットが一族と呼ぶこの集団の正式メンバーあるいは周辺メンバーの立場を説明しながら、どうにも笑いが止まらないのだ。ジョイス自身は子供がいない。だが、彼女にも前夫のジョンがいて、沿岸地方の景気の良くない工場町に住んでいる。ジョイスはジョンをパーティーに招待したのだが、来られなかったのだ。彼の三番目の妻の孫が同じ日に洗礼を受けるのだという。もちろんジョイスはその妻も招待した——シャーリーンという名前で、パン屋を営んでいる。シャーリーンは洗礼式があるからと丁寧な手紙を寄越し、ジョイスはマットに、まさかジョンが信心深くなるなんて信じられないわ、と話したのだった。

「あの二人も来られたらよかったんだけど」ジョイスはこういうことをあれこれ近所の人（近所の人たちも招待している、だから、騒音に対する苦情はないだろう）に説明して、そう言う。「そうすれば、わたしだってこのこんがらかった関係に貢献できたのに。二番目の奥さんもいたんだけどね、どこに行っちゃったのかぜんぜん知らないし、ジョンも知らないと思うわ」

マットとジョイスが作った料理がたくさんあるし、皆が持ってきてくれたものもあるし、ワインもどっさり、子供たちにはフルーツパンチ、そしてマットがこの日のために調合した本物のパンチ——彼によると、古き良き時代、酒の飲み方というものを皆が心得ていた時代に敬意を表して、ということだそうだ。本来なら、当時やっていたようによく洗ったゴミ箱のなかで作るところなのだが、最近はみんな神経質でそんなの飲んでくれないだろうからね、とマット。若い世代の大半は、どっちみちパンチには手をつけない。

敷地は広い。やりたければクロッケーもあるし、それに争いの種となっていた、マットが車庫から出してきた彼自身の子供時代のブランコもある。子供たちのほとんどは公園のブランコと裏庭に置くプラスチック製の遊具しか見たことがない。マットはきっと、子供時代に使ったブランコが手元にあって、自分が育った家に住む、バンクーバーでは最後の人たちのひとりに違いない。グラウス・マウンテンの山腹のウインザー・ロード、かつては森の端だったところにある家だ。今では家並みはさらに上へと伸び続けており、大部分は城のような構えで巨大な車庫がついている。いずれはここも手放さなきゃ、とマットは言う。税金がとんでもなく高いからな。手放さなきゃならなくなる。そして、この家に代わっておぞましい家が二軒ほど建つんだろう。

ジョイスは、どこか他の場所でのマットとの暮らしなど考えられない。ここではいつもいろんなことが起きている。人が出入りして、何か置いていってはあとから取りにくる（子供たちも含めて）。日曜の午後には書斎でマットの弦楽四重奏団、日曜の夕方は居間でユニテリアン・フェローシップの会合、キッチンでは緑の党の戦略が練られる。表側の部屋で戯曲を読む会が大げさに心情を吐露する一方、キッチンでは誰かが現実生活のドラマの詳細をぶちまけている（ジョイスの存在はどちらの場所でも必要とされている）。マットは学部の同僚と書斎にこもってドアを閉め、作戦計画を検討している。

自分とマットはベッドの中を除いてはほとんど二人きりになることはないと、ジョイスはよく口にする。

「でね、ベッドの中ではあの人、何か重要なものを読んでるの」

一方、彼女は何か重要ではないものを読むのだ。

べつにかまいはしない。ジョイスには必要なのかもしれないすばらしい陽気さと欲求がマットには漂っているのだ。大学にいるときでさえ――そこでマットは院生や共同研究者や敵になりそうな人たちや中傷者たちとつきあっているのだが――やっとなんとか制御されているつむじ風のなかで動いているように見える。こういうことすべてが、かつてジョイスにはとても慰めになるような気がした。そしてたぶん今もまだそうなのだろう、外側からそれを眺める暇があったならば。外側から見たら、ジョイスはたぶん自分を羨むだろう。世間はジョイスを羨むかもしれない、少なくとも賞賛はしてくれる――彼女はマットにぴったりだと。あれほどの友人や、責務や、活動、それにもちろん彼女自身のキャリアも。今のジョイスを見たら、最初にバンクーバーに来たときの彼女が、寂しさのあまり十歳も年下のクリーニング屋の店員のデートの誘いを承知したとは、とても思えないだろう。

今ジョイスは、二番目の妻にして遅咲きのレスビアンであるドリスの母親、老いたミセス・ファウラーのためのショールを腕にかけて芝生を横切っている。ミセス・ファウラーは陽光を浴びてはすわっていられないのだが、陰だと寒気がするのだ。そしてジョイスはもう片方の手には、サリーの付き添いで仕事中のミセス・ゴーワンのために作りたてのレモネードのグラスを持っている。ミセス・ゴーワンには子供用のパンチは甘すぎたのだ。彼女は、サリーには飲み物は何も飲ませない――きれいなドレスにこぼすかもしれないし、はしゃいで衝動的に誰かにひっかけるかもしれない。サリーは飲み物を貰えないことなど気にしていないようだ。

芝生を突っ切っていく途中で、ジョイスは輪になってすわっている若い人たちを迂回する。

トミーと彼の新しい友人、そしてジョイスがこの家でよく見かける友人たち、それにどうやら会ったことはなさそうな友人たち。

トミーがこう言うのが聞こえる。「いや、私はイサドラ・ダンカンではありません」

皆が笑う。

何年もまえに流行ったあの難しくて気取ったゲームをやっているにちがいないとジョイスは気づく。なんて名前だっけ？　確かBで始まっていたはずだ。近ごろじゃみんな反エリート主義だから、あんな遊びはしないんだと思っていた。

ブクステフーデだ。ジョイスは声に出してそう言う。

「あなたたち、ブクステフーデやってるのね」

「ともかくBはあってたよね」トミーはそう言って、他のみんなが笑えるようにジョイスのことを笑う。

「ほらね」とトミー。「僕の継母《ベル・メール》、彼女はそれほど馬鹿じゃないんだ。だけど彼女は音楽家でね。ブクスタホーデーは音楽家だったんじゃなかったっけ？」

「ブクステフーデはバッハがオルガンを演奏するのを五十マイル歩いて聴きにいったのよ」ジョイスはいささかむっとした口調で答える。「そう。音楽家よ」

トミーが言う。「やったね」

輪のなかの女の子が立ち上がる。するとトミーがその子に呼びかける。

「おいクリスティー。クリスティー。もうやらないのか？」

「また戻ってくるわ。けがらわしいタバコを持って、ちょっと茂みに身を隠すだけ」

この女の子は下着か寝間着を思わせるフリルのついた短い黒のワンピースに、かっちりした、でも襟を深くくった小さな黒のジャケットを羽織っている。うっすらした白っぽい髪で、青白い顔の表情はとらえどころがなく、眉毛がない。ジョイスは一目で嫌悪感を抱く。他人に不快感を与えるのを人生の使命としているようなタイプの女の子だ、とジョイスは思う。自分の知り合いではないが軽蔑を感じて当然と思える一家のパーティーにくっついてきて――くっついてきたに違いない、とジョイスは思う。こんなお気楽な（薄っぺらな？）陽気さやブルジョワ的（「ブルジョワ」なんて言葉はまだ使われているんだろうか？）なもてなしなんて、と見下しながら。

客が好きなところでタバコを吸えないわけじゃあるまいし。こうるさい注意書きなんて、家の中にだってない。ジョイスは陽気な気分が大幅に消えてしまったのを感じる。

「トミー」ジョイスは唐突に呼びかける。「ねえトミー、このショールをファウラーおばあちゃまのところへ持っていってあげてくれない？　寒がっていらっしゃるみたいなの。それと、レモネードはミセス・ゴーワンに。わかるでしょ。あなたのお母さまに付いてる人よ」

彼に血のつながりと責任をいくらか思い出させたって悪くはあるまい。

トミーはすぐさま優雅に立ち上がる。

「このゲームはボッティチェリっていうんだよ」と彼は言い、ショールとグラスをジョイスから受け取る。

「ごめんなさいね。ゲームの邪魔をするつもりはなかったんだけど」

「どっちみち、僕たちぜんぜんダメなんですよ」ジョイスの知っている男の子が言う。ジャスティンだ。「僕たちは、昔のおばさんたちほど賢くないもんで」

「昔のっていうのは、確かね」とジョイス。つぎは何をしようか、どこへ行こうかと、一瞬途方にくれる。


皆で、キッチンで皿を洗っている。ジョイスとトミーと彼の新しい友人のジェイ。パーティーは終わった。客は抱きあったりキスしたり愛情のこもった声をかけたりして、去っていった。ジョイスの冷蔵庫に入りきらなかった料理の皿を抱えている客もいた。ウィルティッド・サラダとクリーム・タルトとデヴィルド・エッグは捨てられた。どのみちデヴィルド・エッグはほとんど手をつけられていなかった。古くさいし。コレステロールが多すぎるし。

「もったいないわねえ、手がかかったのに。みんな、教会の夕食会を思い出しちゃったのかもしれないわね」皿いっぱいに盛ったのをゴミのなかへ空けながら、ジョイスは言う。

「僕のおばあちゃんもよく作ってました」とジェイ。ジェイがジョイスに言葉をかけたのはこれが初めてで、トミーの顔に感謝の表情が浮かぶのをジョイスは目にする。ジョイス自身もありがたく思う。彼のおばあちゃんといっしょにされてしまったわけだが。

「僕たちはいくつか食べたけど、美味しかったよ」とトミー。彼とジェイは少なくとも半時間はジョイスといっしょに働いてくれている。芝生やベランダ、そして家じゅうに、植木鉢のなかとかソファのクッションの下といったおそろしく奇妙な場所にまで散らばった、グラスや皿、ナイフ、フォークの類を集めて。

男の子たち——ジョイスは彼らのことを男の子と思っている——は疲れ果てたジョイスがするよりもずっとうまく食器を食洗機に詰めこんで、グラスを洗うために、洗剤を入れた湯とすすぎ用の水をシンクにはった。

「食洗機にもう一回入れちゃえばいいじゃない」とジョイスは言ったが、トミーが駄目だと答えたのだ。

「今日一日やることがありすぎてまともな頭じゃなくなってるんでなかったら、グラスを食洗機にかけようだなんて考えるはずがないよ」

ジェイが洗ってジョイスが拭き、トミーがしまう。この家のどこに何をしまうか、トミーはまだちゃんと覚えている。外のポーチでは、マットが学部の男と熱心に話しこんでいる。どうやら、ちょっとまえのやたら抱き合ったり長々と別れを交わす姿を見て思ったほどには、酔っていないようだ。

「確かに、わたしの頭はまともじゃないみたい」とジョイス。「今はね、こんなのぜんぶ捨てちゃってプラスチックのを買いたいっていうのが本音ね」

「パーティー後症候群だね」とトミー。「わかるわかる」

「ところで、あの黒いドレスの女の子は誰なの？」とジョイスはたずねる。「ゲームをやめて行っちゃった子がいたでしょ？」

「クリスティー? きっとクリスティーだよ。クリスティー・オーデル。ジャスティンの奥さんだよ、自分の苗字を名乗ってるけどね。ジャスティンは知ってるだろ」

「もちろん、ジャスティンは知ってるわ。結婚したとは知らなかったけど」

「まあ、みんな大人になっちゃったのねえ」とトミーがからかう。

「ジャスティンは三十だよ」と彼はつけ加える。「彼女はたぶん年上じゃないかな」

ジェイが口をはさむ。「ぜったい年上だよ」

「ちょっと気になる女の子ね」とジョイス。「どんな人なの?」

「彼女、作家なんだ。悪くない人だよ」

シンクにかがみこんでいたジェイが、ジョイスには意味のわからない声を発する。

「ちょっとお高くとまったところがあるかな」とトミー。そしてジェイに問いかける。「そうだよね? きみもそう思う?」

「彼女、自分はたいしたニンゲンだと思ってるんだ」ジェイはきっぱりと言う。

「うん、彼女、最初の本を出版したところなんだよ」とトミー。「なんて題名なのか忘れたけどさ。ハウツーものみたいな題で、僕はあんまりいい題名だと思わなかったけど。最初の本を出版したら、まあしばらくはたいしたニンゲンでいられるんじゃないか」

数日後、ロンズデールの書店を通りかかったジョイスは、あの女の子の顔のポスターに気づく。クリスティー・オーデルと、名前も出ている。つばのある黒い帽子に、パーティーで着ていたのと同じ黒い小さなジャケット姿だ。テーラーメードの、かっちりした、襟ぐりがうんと深い。とはいえ、彼女には見せびらかすようなものはべつに何もないのだが。彼女はまっすぐにカメラを見つめている、生真面目で、傷ついた、なんとなく非難がましい表情で。

ジョイスは彼女を以前にどこで見たのだろう？　もちろん、パーティーで。だが、あのときでさえ、たぶん正当な理由などない嫌悪感を感じながらも、あの顔を以前にも見たことがあるという気がしたのだ。

生徒だろうか？　これまで数多くの教え子がいる。

ジョイスは書店に入ってその本を一冊買う。『いかに生きるべきか』。疑問符はなし。売り手の女性がこう言う。「あの、その本を金曜の午後二時から四時のあいだに持ってきてくださったら、著者がここへ来てサインしてくれますよ。その小さな金色のステッカーをはがさないでくださいね。ここで買ったというしるしですから」

著者をちらっと見るために並んで、赤の他人の名前を自分の本に書いてもらって帰る、なんてことはジョイスにはおよそ意義が理解できない。そこで、はい、ともいいえけっこう、ともとれないよう、礼儀正しくもごもごと言っておく。

自分がこの本を読むつもりなのかどうかさえあやしい。目下、面白い伝記を二冊読んでいるところで、この本よりそちらのほうが自分の好みにあっているのは確実だ。

『いかに生きるべきか』は短篇集で、長篇小説ではない。このこと自体がっかりだ。なんだか本の格が落ちるような気がする。この本の著者は文学の門の内側に安住している存在ではなく、門にしがみついているだけのような気が。

にもかかわらず、ジョイスはその夜その本をベッドに持って入り、律儀にページを繰って目次を開く。目次のなかほどで、とある表題に目がとまる。

「Kindertotenlieder《キンダートーテンリーダー》」

マーラーだ。知悉している領域だ。安心した気分で、ジョイスは示されているページを開く。誰かが、おそらくは著者自身が、訳をつけるという分別を持っていたようだ。

「亡き児を偲《しの》ぶ歌」

傍らで、マットがふんと鼻を鳴らす。

夫が今読んでいるものに賛成できなくて、それがいったい何なのかジョイスにたずねてもらいたがっているのがありありとわかる。そこでジョイスはたずねる。

「まったく。このバカときたら」

ジョイスは『いかに生きるべきか』をパタンと胸の上に伏せて、夫の話に耳を傾けていることを示す。

本の裏表紙には同じ著者の写真があるが、こちらは帽子はかぶっていない。やはりにこりともしない仏頂面で、でも気取った感じはやや薄い。マットがしゃべっているあいだ、ジョイスは両膝を動かして本を膝に立てかけて、カヴァーに記された略歴を読めるようにする。

クリスティー・オーデルは、ブリティッシュ・コロンビア州の沿岸地方の小さな町、ラフ・リヴァーで育った。ブリティッシュ・コロンビア大学創作科を卒業。夫ジャスティン、飼猫のチベリウスとともにブリティッシュ・コロンビア州バンクーバー在住。


自分が読んでいる本にどんな馬鹿げたことが記されているかジョイスに説明したマットは、本から目をあげると妻の本を見る。「うちのパーティーに来てたあの女の子じゃないか」

「そうなの。クリスティー・オーデルっていうのよ。ジャスティンの奥さんなんですって」

「じゃあ、あの子は本を書いたんだね？　何の本？」

「小説よ」

「ああ」

マットは再び読書に戻るが、すぐにまた、ちょっと悪かったかなという顔でたずねる。「面白い？」

「まだわからないわ」

「彼女は母親と」とジョイスは読む。「山と海のあいだにある家で暮らしていた――」

この言葉を読んだとたん、ジョイスは嫌な気分になって読み続けられなくなる。というか、夫の隣では読み続けられなくなる。ジョイスは本を閉じて、「ちょっと下へ行ってくるわ」と言う。

「この明かりが気になる？　もうそろそろ消すよ」

「ちがうの。お茶が飲みたくなっちゃったの。すぐ戻るわ」

「僕はたぶん寝てるな」

「じゃあ、おやすみなさい」

「おやすみ」

ジョイスは夫にキスして、本を持っていく。


彼女は母親と、山と海のあいだにある家で暮らしていた。それ以前は、里子を預かるミセス・ノーランドのところにいた。ミセス・ノーランドの家にいる子供の数はその時その時で変わったが、いつも多すぎた。小さな子たちは部屋の中央のベッドで眠り、大きな子たちは小さな子たちが転がり落ちないように、ベッドの両側の折りたたみベッドで寝た。朝はベルの音で起こされる。ミセス・ノーランドが入口に立ってベルを鳴らすのだ。次のベルが鳴らされるまでに、おしっこをして顔を洗って服を着て、朝ご飯を食べられるようにしていなければならなかった。それから大きな子たちは小さな子たちを手伝ってベッドを整える。真ん中にいる小さな子たちがおねしょしていることもあった。大きな子たちを乗り越えて間にあうようにベッドからはいだすのは、小さな子たちにとっては難しいのだ。大きな子のなかには言いつける子もいたが、優しい子もいて、カヴァーをかけてそのまま乾かしておいてくれる。でもときどき、夜になってまたベッドに入るとまだすっかり乾いていないこともあった。ミセス・ノーランドの家について彼女が覚えているのはそれくらいだった。

それから彼女は母親と暮らすようになり、毎晩母親に断酒会のミーティングに連れていかれた。子供の世話を頼める人がいなかったので、連れていくしかなかったのだ。断酒会にはレゴの箱があって子供が遊べるようになっていたが、彼女はレゴがあまり好きではなかった。学校でバイオリンを習いはじめてからは、子供用のバイオリンを断酒会へ持っていった。そこで弾くことはできなかったが、学校のものなのだから、いつもしっかりと持っていなければならなかったのだ。皆がうんと大きな声でしゃべりはじめると、こっそりちょっとだけ練習することもできた。

バイオリンは学校で教わっていた。楽器を弾きたくなければ、トライアングルを鳴らすだけでもよかったが、音楽教師は生徒がより難しいものを演奏するのを喜んだ。音楽教師は背が高い女性で、茶色い髪を、いつもは長い編み下げにして背中に垂らしていた。他の教師とはにおいが違っていた。香水をつけている教師もいたが、音楽教師はけっしてつけなかった。音楽教師は木材とかストーヴとか生木のにおいがした。のちになってその子は、それが砕かれたヒマラヤスギのにおいだと思うようになる。その子の母親が音楽教師の夫のもとで働くようになると、母親も同じにおいを漂わせるようになったが、まったく同じではなかった。彼女の母親は木のにおいがしたが、音楽教師は音楽のなかで木のにおいがする、そこに違いがあるように思えた。

その子はそれほど才能はなかったが、懸命に努力した。音楽が好きだからそうしたわけではない。音楽教師が好きだったからこそに他ならなかった。

ジョイスは本をキッチンテーブルに置き、もう一度著者の写真を見つめる。この顔のどこかにエディーの面影はあるだろうか？　何もない。顔の形にも表情にも何もない。

ジョイスは立ち上がるとブランデーを持ってきて、お茶のなかにちょっと垂らす。エディーがあの子供の名前を思い出そうと記憶をたどる。ぜったいクリスティーではない。エディーがあの家に子供を連れてきたのは覚えがない。学校では、バイオリンをやっている子は数人いた。その子がまったく能力がなかったということはあり得ない、それならばジョイスはバイオリンほど難しくない楽器へと誘導していたはずだ。だが、才能があったということもあり得ない――そう、彼女自身も才能はなかったと書いているが――それなら名前はしっかり頭に残っていただろう。

無表情。女の子っぽい丸ぽちゃ。でも、あの娘、あの大人になった女性の顔には、見覚えのある何かがあった。

エディーが土曜日にジョンの手伝いをするときに家に連れてきたということはなかっただろうか？　仕事するためではなく、作業がどんなふうに進んでいるか見て、必要なら手を貸そうと、エディーがただ立ち寄った日だってあったし。どすんと腰を降ろして、ジョンがやっていることを眺め、ジョンが貴重な休日を過ごすジョイスと交わしていたかもしれない会話の邪魔をする。

クリスティーン。そうそう。そうだった。簡単にクリスティーになる。

クリスティーンは求愛の内情にある程度通じていたに違いない。ジョンはきっとアパートに立ち寄っていたはずだ、エディーがあの家に立ち寄っていたのと同じように。エディーは子供の気持ちを探るようなことを言ったかもしれない。

ジョンのことどう思う?

ジョンの家をどう思う?

ジョンの家に住むようになったら、すてきだと思わない?

ママとジョンはおたがいにすごく好きあってるんだけどさ、おたがいのことをすごく好きあってると、同じ家に住みたいと思っちゃうんだよね。あんたの音楽の先生とジョンはね、ママとジョンほどおたがいに好きあってないんだ。だからね、あんたとママとジョンがジョンの家に住んで、あんたの音楽の先生はアパート暮らしになるの。

見当違いもいいとこだ。エディーはそんな戯言《ざれごと》をまくしたてたりしないだろう、それは認めねば。

ストーリーがどう展開するのか、ジョイスはわかる気がする。大人たちのふるまいや欺瞞《ぎまん》のなかで混乱する、あちこち引っ張りまわされる子供。ところが、また本を取り上げると、住まいを変えることについてはほとんど言及されていない。

すべてはその子の音楽教師への愛情に結びついている。

音楽の授業の日である木曜日は、週のうちでも重要な日で、楽しい日になるかそうじゃないかはその子の演奏がうまくいくか否かにかかっている。そして、その演奏を音楽教師がどう評価するかに。どちらも耐え難いほどだ。音楽教師の声音は抑制が効いていて優しく、ジョークを飛ばして疲れや失望を押し隠す。その子は惨めな気分だ。かと思うと、音楽教師は急に快活に、陽気になる。

「よくできました。よくできましたよ。今日はほんとに合格よ」そしてその子は嬉しさのあまり、胃が差しこむ。

その子が校庭で転んで膝をすりむいてしまう木曜日もある。音楽教師は温かい湯で湿らせた布で傷をきれいにし、急に優しい声になって、怪我したんだから何かいいものもらわなくちゃね、と、うんと小さな子たちの気を引くためのスマーティーズ（マーブルチョコのような菓子）のボウルに手を伸ばす。

「どれが好き?」

その子はどぎまぎしてしまって答える。「どれでも」

これは変化の始まり? 春だから、発表会の準備をしなくてはならないから?

その子は自分が抜擢されたと感じる。独奏するのだ。ということは、毎週木曜日は放課後残って練習しなくてはならないから、町の外の、その子と母親が今では住むようになった家まで帰るスクールバスに乗れなくなってしまう。音楽教師が送ってくれることになる。帰り道で、音楽教師はその子に発表会は不安かとたずねる。

ちょっとね。

じゃあ、何かすごく素敵なことを考える訓練をしてごらんなさい、と音楽教師は言う。たとえば、空を飛んでいく鳥とか。あなたの好きな鳥は何?

また、好みを訊かれた。その子は思いつかない、鳥なんてひとつも思いつかない。そして、

「カラスかな?」

音楽教師は笑う。「いいわ。いいわ。カラスのことを考えてごらんなさい。弾きはじめるまえに、カラスのことを考えるのよ」

それから、その子が恥をかいたと思ったのを察して、笑ったことの埋め合わせをしようとしてのことだろう、ウィリンドン公園へ行ってアイスクリームの屋台が夏に備えてもう店開きしているかどうか見てみようと提案する。

「まっすぐ帰らないと、お家の方が心配されるかしら?」

「先生といっしょだって知ってるから」

アイスクリームの屋台は店開きしているが、種類は少ない。もっと面白そうな味のはまだ並んでいない。その子はストロベリーを選ぶ。今回は嬉しくてわくわくしながら、選ぶ心づもりをちゃんとしている。音楽教師はヴァニラ、大人はこれが多い。早くラム・アンド・レーズンを仕入れてくれないとあなたのこと嫌いになっちゃうから、と男の店員に冗談を言ったりしているが。

ここでまた変化があったのかもしれない。音楽教師がそんなふうに、上級生の女の子たちがしゃべるような馴れ馴れしい口ぶりでものを言うのを聞いて、その子は緊張が解ける。それ以後、その子の崇拝の念は薄らぐが、とても楽しい。二人は車で桟橋まで行って、舫《もや》ってある船を眺め、そして音楽教師は、ハウスボートで暮らしてみたいとずっと思ってるのよ、と話す。

面白いと思わない？　と問われて、その子はもちろん同意する。どのヨットにするか、二人で一艘選ぶ。手作りっぽくて、明るいブルーに塗られていて、一列に並んだ小さな窓にはゼラニウムの鉢が飾ってあるのを。

　この会話から、その子が今住んでいる家、音楽教師が以前住んでいた家の話になる。そしてそのあともなんとなく、車のなかで、何度もその話になる。自分の部屋ができたのは嬉しいが、外がものすごく暗いのが嫌だと、その子はしゃべる。部屋の窓の外で野獣の声がするように思えることもあるのだ、と。

　どんな野獣？

　クマとか、クーガーとか。茂みのなかにはそういうのがいるから、ぜったい行っちゃいけないと、その子の母親は言うのだ。

「そんな声が聞こえたら、お母さんのベッドへ走っていってもぐりこむの？」

「そんなことしちゃいけないんだもん」

「あら、どうして？」

「ベッドにはジョンがいるから」

「ジョンはクマやクーガーのことをどう思ってるの？」

「ただのシカだろうって」

「お母さんがあなたにそんなこと教えて、あの人、お母さんに怒らなかった？」

「ううん」

「まあ、あの人は怒らないからね」

「一度、ちょっと怒ったけど。あたしとお母さんがジョンのワインをぜんぶ流しに空けちゃったとき」

いつも森を怖がってるなんてもったいないわ、と音楽教師は言う。散歩できる道もあるのよ、と。野獣の心配なんかしなくていいの、音さえたてていればね、それに、ふつうは音をたてるでしょ。音楽教師は安全な道を知っているし、今頃から咲きはじめる野の花の名前もぜんぶ知っている。カタクリ。エンレイソウ。テンナンショウ。紫のスミレやオダマキ。チョコレート・リリー。

「ちゃんとした名前もあるみたいだけど、わたしはチョコレート・リリーって呼ぶのが好きなの。なんだか美味しそうでしょ。もちろん、チョコレートの味がするわけじゃなくて、見かけがそうなのよ。本当にチョコレートみたいでね、ベリーを押しつけたように紫がちょこっとついてるの。めったにないんだけど、何本か生えている場所を知ってるのよ」

ジョイスはまた本を置く。おや、おや。流れはすっかり読めてしまい、おぞましさがこみあげてくる。純真な子供、異常で卑劣な大人、あの誘惑。うかつだった。最近はやたら流行りで、ほとんどお決まりになっている。森に、春の花々。ここで著者は現実から抜き出した人物や状況に醜悪なでっちあげをくっつけるつもりなのだろう、話を作り上げるのは面倒だが中傷はできるというわけだ。

確かに本当の部分はある。ジョイスが忘れていたことが、確かに蘇《よみがえ》ってくる。クリスティーンを車で家まで送ってやったが、あの子のことをクリスティーンとは思わずに、いつもエディーの子供と思っていた。方向転換するのに庭に乗り入れることができず、いつも道の脇で子供を降ろして、それからむきを変えることのできる場所までそのまま半マイルばかり走っていたっけ。アイスクリームのことは何も覚えていない。でも、桟橋にはまさにそういうハウスボートがいつも繋がれていた。花のことだって、それに、あの子に狡猾でいやらしい質問をしたことも――それは本当かもしれない。

先を読まねば。もっとブランデーを入れたいが、朝九時にリハーサルがあるのだ。

そんなことはぜんぜん起こらない。また思い違いだ。森やチョコレート・リリーは物語から消え去り、発表会もほとんど素通り。学校は終わったばかり。そして、最終週のあとの日曜の朝、その子は早くに目が覚める。庭で音楽教師の声がするので、窓のところへ行く。車に乗った音楽教師が窓を下げて、ジョンと話している。車は小さな引越し用トレーラーを繋いでいる。ジョンは裸足で、上半身は裸で、ジーンズをはいているだけだ。ジョンがその子の母親に声をかけると、母親は勝手口に出てきて、庭に数歩踏み出すが、車には近寄らない。母親は部屋着替わりにしているジョンのシャツを着ている。タトゥーを隠すためにいつも長袖を着ているのだ。

話はアパートにある何かのことで、ジョンが取りに行くと約束する。音楽教師はジョンに鍵を投げる。それからジョンとその子の母親は、互いに話をしながら、音楽教師にいくつかの物を持っていけと強く勧める。だが音楽教師は嫌な笑い方をすると、「ぜんぶあげるわ」と言う。ジョンはすぐに「わかった。じゃあな」と言い、音楽教師も「じゃあね」と返すが、その子の母親の言葉は一切聞こえてこない。音楽教師はさっきと同じ調子で笑い、ジョンは庭のなかでどうやって車とトレーラーを方向転換させたらいいか指示する。この頃には、その子はパジャマ姿で階下へ駆け下りているが、音楽教師が自分に話しかけてくれるような気分でなさそうなのはわかっている。

「ちょっと遅かったね」とその子の母親は言う。「フェリーに乗らなきゃならないんだってさ」

クラクションの音がし、ジョンが片手を上げる。それから彼は庭を横切って近づいてきて、「これで片づいた」とその子の母親に言う。

音楽教師は帰ってくるのかとその子がたずねると、「まずないだろうな」とジョンは答える。そのあと半ページにわたって、何が起こっていたのかその子が徐々にわかってくる様子が記される。成長するにつれ、その子はある種の質問を思い出す。たまたま思い浮かんだように見せながら探りを入れていたのだ。ジョン（その子はジョンとは呼ばない）とその子の母親に関する――本当のところまったく無益な――情報。二人は朝は何時に起きるのか？　好きな食べ物は何か、料理はいっしょにするのか？　ラジオでは何を聴いているか？（何も――テレビを買った）

音楽教師は何を聞き出そうとしていたのだろう？　良くないことを耳にするのを期待してい

たのだろうか？　それとも、ただ何でもいいから聞きたくて仕方がなかったのだろうか、あの二人と日々同じ屋根の下で眠り、同じテーブルで食事し、二人の身近にいる人間と接触を持ちたくてたまらなかったのだろうか？

それは、その子にはけっしてわからない。わかるのは、いかに自分自身が取るに足らない存在だったか、いかにうまく操られてのぼせあがっていたか、どれほど自分が哀れな馬鹿だったか、ということだ。そしてそう考えると苦い思いで一杯になる、もちろんのことだが。苦い思いと自尊心で。自分はもう二度とだまされまい、と彼女は思う。

だが、何かが起こる。そして予期しない結末となる。音楽教師、それに子供の頃のあの時期についての彼女の感情は、ある日変化するのだ。いつ、どうしてかはわからないのだが、自分がもうあのときのことを騙されたとは思っていないと彼女は気づく。ひどく苦労して弾けるようになった楽曲のことを彼女は思い出す（もちろん、十代にもならないうちにやめてしまったが）。浮き浮きするような希望を、幸福感の稲妻を、彼女がけっして見ることのなかった森の花々の面白く愉快な名前を。

愛。彼女はそれが嬉しかったのだ。なんだかまるで、人の世の感情のやりくりにおいては、でたらめで、そしてもちろん不当な節約がなされているにちがいないという気がするではないか、もしもある人間の大きな幸せが――いかにかりそめの、はかないものであろうと――べつの人間の大きな不幸から生じることがあるというのであれば。

そりゃあそうでしょう、とジョイスは思う。そうよね。

金曜の午後、ジョイスはあの書店へ出かける。サインしてもらうために本と、ル・ボン・ショコラティエの小箱も持っていく。ジョイスは列に並ぶ。ずいぶん大勢の人が来ているのを見て、ちょっと驚く。ジョイスと同じ年頃の女性たち、もっと年配の、あるいは若い女性たち。何人かいる男性は全員若くて、ガールフレンドといっしょの男もいる。

ジョイスに本を売ってくれた女性が気づいてくれる。

「また来てくださって嬉しいです」と彼女。「『グローブ』紙の書評は読みました？　すごいですよね」

ジョイスはうろたえ、体が本当にちょっと震える。言葉が出てこない。

店の女性は列に沿って歩きながら、ここでサインしてもらえるのはこの店で買った本だけですよ、クリスティー・オーデルの短篇がひとつだけ入っているアンソロジーは駄目ですからね、申し訳ありませんが、と説明する。

ジョイスの前にいる女性は背が高くて横幅もあるので、この女性が自分の本をサイン用のテーブルに置こうと身をかがめて初めて、クリスティー・オーデルの姿が見える。すると目に映るのは、ポスターの女の子ともパーティーの女の子ともまったく違った若い女性だ。黒い服はなくなっている。黒い帽子も。クリスティー・オーデルはバラ色のシルクのブロケード織のジャケットを着ていて、襟には小さな金のビーズが縫いつけてある。下には優雅なピンクのキャミソール。髪は金色に染められ、耳には金色のリング、そして首には髪の毛のように細い金のチェーン。唇は花弁のようにきらめき、瞼《まぶた》は暗褐色に彩られている。

そりゃあね――不機嫌な負け犬の書いた本なんて、誰も買いたがらないもの。何を言おうか、ジョイスはまだ考えていない。何か思いつくだろう。

女店員がまた声をかけてくる。

「サインしてもらいたいページを開いてますか？」

そうするためには、箱を置かねばならない。自分の喉元がひくひくしているのが感じられる。

クリスティー・オーデルがジョイスを見上げ、ジョイスに微笑みかける――洗練された温かみのある、プロフェッショナルに距離を置いた微笑み。

「お名前は？」

「ジョイスだけでけっこうです」

ジョイスの番はあっという間に過ぎていく。

「ラフ・リヴァーでお生まれになったんですね？」

「いいえ」クリスティー・オーデルの口調に微かな不快感が漂う。というか、少なくとも、快活さがいくらか失せる。「一時住んではいましたが。日付は入れましょうか？」

ジョイスは箱を手に取る。ル・ボン・ショコラティエではチョコレートの花を売っているのだが、ユリはない。バラとチューリップだけだ。それでジョイスはチューリップを買った。ユリに似ていなくもない。どちらも球状だ。

「『キンダートーテンリーダー』のお礼が言いたくて」あまり慌てて言ったので、長い言葉を飲みこみそうになる。「わたしにはとても大きな意味を持ってるんです。これはあなたにプレゼントです」

「あれはすばらしいストーリーですよねえ」女店員が箱を受け取る。「わたしがちゃんと持ってますから」

「爆弾じゃありませんよ」ジョイスは笑いながら言う。「チョコレートのユリなんです。本当はチューリップですけど。ユリがなかったので、チューリップにしたんです。次善の選択かな、と思って」

女店員がもう微笑まずに険しい顔でこちらを見つめているのにジョイスは気づく。クリスティー・オーデルが「ありがとうございます」と言う。

娘の顔にはジョイスに気づいた気配は微塵もない。何年もまえのラフ・リヴァーでのジョイスだとも、二週間まえのパーティーでのジョイスだとも気づいていない。自分の短篇の題名だとわかったかどうかさえ怪しいものだ。自分とは関係のないことみたいだ。まるで、身をよじらせて這いでてそのまま草の上に置いていきたにすぎない殻みたいな。

クリスティー・オーデルはそこにすわって自分の名前を書いている。この世で書くことに責任を持てるのはこれだけであるかのように。

「お話しできて楽しかったです」女店員はそう言いながら、ル・ボン・ショコラティエの女の子がくるっと丸まった黄色いリボンをつけてくれた箱をまだ見つめている。

クリスティー・オーデルは目を上げて行列のつぎの人に挨拶し、ジョイスはようやく動かなくてはという分別を取り戻して、世間を面白がらせるネタになったり、もしかしてとんでもないことに、チョコレートの箱が警察の関心を引くようなことになったりせずにすむ。

ロンズデール通りを歩きながら、坂道を登りながら、ジョイスは打ちのめされた気分だが、しだいに落ち着きを取り戻す。もしかしたらこれはそのうち、人に聞かせるような面白い話にさえなるかもしれない。そうなったとしても不思議はないだろう。

# ウェンロック・エッジ

Wenlock Edge

母には独身のいとこがいて、以前は毎夏一度、うちの農場を訪ねてきた。彼の母親であるネル・ボッツおばさんを連れて。彼自身の名前はアーニー・ボッツといった。背が高くて血色が良く、人のよさそうな風貌、角張った大きな顔で、金髪の縮毛が額からくるくるとそそり立っていた。彼の手も、爪も、完璧に清潔で、お尻はちょっとぽってりしていた。わたしは彼を――彼がそばにいないときには――ひたむきなお尻《アーネスト・ボトム》と呼んだ。わたしは口が悪かった。

でも、べつに自分に悪気はないと思っていた。ほとんど悪気はないと。ネル・ボッツおばさんが死ぬと、彼はもう家に来ることはなくなったが、クリスマス・カードは送ってきた。

わたしがロンドン――オンタリオ州のロンドンだ――の大学に進学すると、そこに住んでいた彼は、一週おきの日曜にわたしを食事に連れていってくれるようになった。そんなことをしてくれるのは、わたしが親戚だからしかった――わたしなら、いっしょに過ごすのは適切かどうかなどと考えなくてもよかったからだろう。彼はいつも同じところへ連れていってくれた。

オールド・チェルシーというレストランで、二階にあり、ダンダス通りを見下ろせた。ヴェルヴェットのカーテンに白いテーブルクロス、テーブルの上にはバラ色の笠の小さなランプが置いてあった。たぶん、彼には高すぎる店だったのだろうが、わたしはそんなことは考えもしなかった。都会に住んで、毎日スーツを着てあんな清潔な爪をひけらかすような男は皆、こんな贅沢もごくあたりまえの財力レベルに達しているはずという、田舎娘の思いこみだった。

わたしはメニューのなかでいちばん珍しいものを頼んだ。チキン・ヴォロヴァン（パイ生地に鶏肉のクリーム煮を詰めたもの）とかカモのオレンジソースとか。彼はいつもローストビーフだった。デザートはディナー・ワゴンでごろごろテーブルまで運ばれてきた。背の高いココナッツケーキに季節外れのイチゴののったカスタード・タルト、チョコレート・コーティングした円錐形のペイストリーにホイップクリームを詰めたものはたいていあった。わたしは五歳の子が何味のアイスクリームにするか決めるときのように時間をかけて選び、そして月曜日は一日絶食して、そういう食べ過ぎの埋め合わせをしなければならなかった。

アーニーはわたしの父親にしてはちょっと若すぎるように見えた。大学の知り合いに見られて、彼をわたしのボーイフレンドだと思われたりしないことを、わたしは祈った。

彼はわたしにとっている授業のことをたずね、英語英文学の優等学位コースと哲学だと説明する、というか思い出させると、重々しくうなずくのだった。彼はそう聞いても、郷里の人たちのように呆れ顔をしたりはしなかった。自分は教育というものに多大の敬意を持っていて、高校を卒業したあと学業を継続するすべがなかったことを残念に思っている、と彼は語った。

かわりに彼はカナダ国有鉄道で切符売りの職に就いた。今では主任になっていた。

彼は堅い読み物が好きだったが、大学教育の代わりにはならなかった。

彼のいう堅い読み物とはきっとリーダーズダイジェスト名著選集のことだろうとわたしは思った。そして、わたしの学業のことから話題をそらそうと、自分が暮らしている下宿屋の話をした。あの頃の大学には学生寮はなかった――わたしたちは皆、下宿屋とか安いアパートとか、男子学生なら友愛会館、女子学生なら女子学生クラブ会館に住んでいた。わたしの部屋は古い家の屋根裏で、床面積は広かったが上部空間はあまりなかった。でも、以前はメイドの部屋だったので、専用の浴室があった。二階には奨学生が他に二人住んでいて、現代語コースの最終学年だった。二人はケイとベヴァリーという名前だった。天井は高いが小さく仕切られた一階には医学生が住んでいて、ほとんど家にいなかったが、彼の妻のベスはいつも家にいた。まだうんと幼い子供を二人抱えていたからだ。ベスは家の管理と家賃の集金をやっていて、二階の女の子たちが浴室で洗濯してはそこに吊るして乾かすといって、しょっちゅう揉めていた。医学生が在宅のときは、一階の浴室には赤ん坊のあれこれがあるので二階の浴室を使わねばならないことがあったのだが、夫がストッキングやらその他プライベートなものが顔に当たるのを我慢する必要はないはずだ、とベスは言うのだった。ケイとベヴァリーは、浴室を専用で使わせてもらうというのは引越してきたときの約束だ、と言い返した。

わたしはこういうことを選んでアーニーに話し、彼は顔を赤らめながら、そりゃあその子たち、書面に書いておくべきだったな、などと言うのだった。

ケイとベヴァリーにはわたしはがっかりだった。現代語には懸命に取り組んでいたが、二人の会話や関心事は銀行や会社で働いているような女の子と大差ないように思えた。土曜日になると二人は髪をピンカールして爪にマニキュアを塗った。ボーイフレンドとの夜のデートの日だったからだ。日曜には、ボーイフレンドの髭でこすられた顔に化粧水をはたいて、ひりひりするのを和らげねばならない。どちらのボーイフレンドもわたしにはおよそ好ましいとは思えず、よくもまあと不思議だった。

国連の通訳になりたいなんて馬鹿げたことを考えていたこともあったと、二人は言った。でも今は高校で教えようと思っていた。そしてあわよくば結婚したいと。

二人はわたしにありがたくもない忠告をしてくれた。

わたしは大学内のカフェテリアで仕事を見つけていた。カートを押してまわってテーブルから汚れた皿を集めたり、空いたテーブルを拭いてきれいにしたりするのだ。それに、食べ物をとってもらうよう棚に並べたりも。

この仕事はあまり感心できないと二人は言った。

「そんな仕事してる姿を見られたら、男の子はデートに誘ってくれないわよ」

アーニーにこの話をすると、彼は「で、きみは何て答えたんだ？」と訊いた。

そんな考え方をする人となんかつきあいたくないから、問題ないでしょ、と言ってやったとわたしは答えた。

これは大当たりだった。アーニーは顔を紅潮させ、両手を空中で勢い良く上下させた。

「まったくそのとおりだ」と彼は言った。「まさに取るべき態度だよ。ちゃんとした仕事じゃないか。ちゃんとした仕事にケチをつけたがるようなやつの言うことなんて、聞かなくていい。無視して、やることをやってればいいんだ。プライドをなくすなよ。それが気に入らないってやつには、じゃあ我慢してれば、って言ってやるんだね」

彼がこう言う姿を、これは正しいことだ、大賛成だとばかりに大きな顔を輝かせ、熱狂的に体をぐいっと動かすのを見て、わたしの心に初めて疑念が兆《きざ》した。あの忠告はやはりある程度重要なものなのかもしれないという暗い疑いが。

ドアの下にベスからのメモが置かれ、話したいことがあると記されていた。手すりにコートをかけて乾かしていることとか、あるいはベスの夫ブレイク（ときどき）や赤ん坊たち（いつも）が日中眠らなきゃならないときに階段を上り下りするわたしの足音が大きすぎるとか、何か言われるんじゃないかとわたしは思った。

ドアが開くと、混沌とした悲惨な光景が目の前に広がったが、ベスの毎日はずっとこんな調子らしかった。濡れた洗濯物――オムツやむっとにおうウールの赤ん坊用衣類――が天井のラックからぶら下がり、レンジの上では煮沸消毒されている哺乳瓶がカタカタ音をたてている。窓は湯気で曇り、濡れた服や汚れたぬいぐるみが椅子の上に投げ出してある。大きな赤ん坊がベビーサークルの横木にしがみついて抗議の叫びをあげていて――どうやらベスは彼をそこへ入れたところらしかった――小さなほうの赤ん坊は子供用椅子にすわらされ、カボチャのような色のどろどろした食べ物を、口と顎に発疹《ほっしん》のようにくっつけていた。

ベスはこうしたもろもろを背景に、こんな悪夢に自分のように耐えられる人間はそれほど多くはない、しみったれた世間はおよそ認めてはくれないけれどね、と言いたげな優越感を険しい表情の小さな平たい顔に浮かべて、わたしを見据えた。

「あのね、入居のときに」とベスは言いかけて、大きいほうの赤ん坊に負けまいと一段と声を張り上げた。「入居のときに、あの上の部屋はじゅうぶん二人分の余裕があるってお話しておいたでしょ?」

頭上空間的にはそんなことはない、とわたしは言おうとしたが、彼女はすぐさま言葉を続けて、女の子がもう一人入居すると告げた。火曜から金曜まであの部屋に住むことになる。大学で授業をいくつか聴講するらしい。

「今夜、ブレイクがソファベッドを入れるわ。その子、あんまり場所は取らないから。服もそれほど持ってこないと思うの——彼女、街中に住んでるのよ。あなたはもう六週間もあの部屋をひとり占めしていたんだし、これからも週末は今までどおりなんだから」

家賃を値引きする話はまったく出なかった。

ニナは実際、あまり場所は取らなかった。彼女は小柄で、動き方が慎重だった——わたしのように垂木《たるき》に頭をぶつけたりすることはけっしてなかった。たいていは、茶色っぽいブロンドの髪を顔に垂らし、子供っぽい白い下着の上に日本のキモノをゆったり羽織って、ソファベッドの上にあぐらをかいてすわっていた。彼女はきれいな服を持っていた――キャメルのコート、カシミアのセーター、大きな銀のピンのついたタータンチェックのプリーツスカート。「キャンパスで新生活をスタートする女子新入生のために選んでみました」なんて見出し付きで雑誌に出ていそうな服だ。でも、大学から戻ったとたんに、ニナはそういう服を脱ぎ捨ててキモノに着替えてしまうのだった。いつも、なんであれ掛けておこうとはしなかった。わたしも同じように通学用の服はすぐ脱いだが、わたしの場合はスカートのアイロン線を消さないようにするためと、ブラウスやセーターをなるべく洗いたての状態に保つためだった。だから、どれも注意深く掛けておいた。わたしは夜はウールのバスローブを着ていた。夕食は報酬の一部として大学で早めに食べていた。ニナも、夕食はすませているようだった。どこで食べているのかはわからなかったが。もしかすると彼女の夕食は寝るまで絶えず食べているものだけだったのかもしれない――アーモンドやオレンジ、赤や金や紫のホイルで包まれた小さなキスチョコ。

そんな薄いキモノで寒くないのかと、訊いてみた。

「ううん」彼女はわたしの手を取ると自分の首に押しつけた。「あたしっていつもあったかいの」と彼女は言った。事実温かかった。彼女の肌は見た目も温かそうだった。日焼けしているだけで、もう薄れかけているのだと彼女は言った。そして、この肌の温かさと関係しているのがナッツのような、スパイシーな独特の体臭で、不快ではないのだが、欠かさず風呂に入ったりシャワーを浴びたりしているという体臭でもないのだった（わたしにしたってあまり爽やかではなかった。ベスのルールでは風呂は週一だったのだから。当時は風呂は週に一回しか入らない人が多く、タルカムパウダーやジャリジャリするペースト状のデオドラントはあったものの、人間の体臭がもっとあちこちに漂っていたように思う)。

わたしはふだん、遅くまで本を読んでいた。部屋に他の人がいたら読書しづらくなるかもしれないと思っていたのだが、ニナはいっしょにいても気にならなかった。オレンジやチョコレートを剝きながら、トランプのひとり遊びペイシェンスをやっている。カードを動かすのに体を伸ばさねばならないときにはちょっと声を出すこともあった。こんなふうに体を少し調整することに文句を言いながらも喜びも感じているんだ、とでもいうようなうめき声を。それ以外は彼女は満足そうで、眠くなると電気をつけたまま丸くなって寝てしまった。そして、話すことを求められもせず、特に必要もなかったせいで、わたしたちはすぐに話すようになり、それぞれ自分の生活についてしゃべった。

ニナは二十二歳で、十五歳の時から今までの身の上はこんな具合だった。

まず、妊娠して(と彼女は言ったのだ)、子供の父親と結婚した。相手は彼女とさほど変わらない歳だった。これはシカゴ近郊のとある町での出来事だった。町の名前はレイニーヴィル、仕事といえば、男の子なら穀物倉庫か機械修理、女の子なら店員くらいしかなかった。ニナは美容師になりたいと願っていたが、それには町を出て訓練を受けねばならなかった。彼女はレイニーヴィルにずっと住んでいたわけではなく、祖母がその町に住んでいたのだが、父親が死んで母親が再婚し、継父に追い出されたあげく、祖母のもとで暮らすようになったのだった。

彼女は二番目の子を産んだ。またも男の子で、夫はべつの町で仕事をもらえることになり、そこへ行ってしまった。彼女を呼び寄せると言っていたのに、そうはしてくれなかった。彼女は子供を二人とも祖母に託すと、シカゴへ向かうバスに乗った。

バスのなかで、彼女はマーシーという、同じくシカゴへ向かっているという女の子に出会った。マーシーの知っている男がそこでレストランを経営していて仕事をくれるということだった。ところがシカゴに着いてそのレストランを尋ね当てると、男はレストランの経営者ではなくそこで働いていただけで、少しまえに辞めてしまっていることがわかった。レストランの本当の経営者である男は二階に空き部屋を持っていて、毎晩店を掃除するのと引換に二人をそこへ置いてくれることになった。二人はレストランの女性用トイレを使わなければならなかったが、日中はあまり長い時間トイレにいるわけにはいかなかった。トイレは客用なのだから。洗濯が必要な衣類は閉店後に洗わねばならなかった。

二人はほとんど寝なかった。通りのむかい側の店のバーテン――彼はゲイだがいい人だった――と親しくなり、彼は二人にジンジャーエールをただで飲ませてくれた。二人はその店である男と出会い、パーティーに招待されて、そこからまたべつのあちこちのパーティーに呼ばれるようになって、そんな折にニナはミスター・パーヴィスと出会った。じつを言えば彼女にニナという名前をつけたのは彼なのだ。それまではジューンという名前だった。彼女はシカゴのミスター・パーヴィスの家で暮らすようになった。

息子たちのことを持ち出すのに、彼女は潮時を見計らっていた。ミスター・パーヴィスの家には部屋がうんとあり、息子たちもいっしょに暮らせるのではないかと思っていたのだ。ところが彼女がその話をすると、子供は大嫌いだとミスター・パーヴィスは言った。ぜったい妊娠してくれるな、と。だが、なぜか彼女は妊娠してしまい、中絶するために、ミスター・パーヴィスといっしょに日本へ行った。

最後の瞬間まで彼女はそうしようと思っていたのに、それからやめようと決心した。このまま産むことにしようと。

わかった、とミスター・パーヴィスは言った。シカゴへ帰る旅費は出してやろう、それからあとは自力でやるんだな。

その頃には彼女も多少の方策を心得ていて、赤ん坊が生まれるまで面倒を見てくれるところへ行った。生まれた赤ん坊は養子に出せるのだ。生まれた子は女の子で、ニナはジェンマと名前をつけ、手元で育てようと心を決めた。

同じところで子供を産んで手放さなかったべつの娘をニナは知っていて、ニナとその娘はいっしょに住んで交替で働いて赤ん坊を育てることにした。自分たちでも借りられる家賃のアパートを見つけ、仕事も見つけ――ニナはカクテルラウンジでの仕事――すべて順調だった。クリスマスちょっとまえのある日、ニナが帰宅すると――ジェンマはその時八ヶ月だった――もうひとりの母親は半分酔っ払って男といちゃついていて、赤ん坊のジェンマはひどい熱でぐったりして泣き声もあげられないでいた。

ニナは赤ん坊をくるむと、タクシーで病院へ連れていった。クリスマスのせいで道路はどこも混雑していて、やっと病院に着くと、どういうわけかそこではないと言われてべつの病院へ行かされ、そちらへ向かう途中でジェンマはひきつけを起こして死んだ。

ニナはジェンマのためにちゃんとした葬儀をしてやりたいと思った。死んだどこかの貧しい年寄りといっしょにされて埋められるのではなく（金がないと赤ん坊の遺体はそうされると、ニナは聞いたのだ）。それで、ミスター・パーヴィスのところへ行った。彼は思っていたよりも優しく応対してくれて、棺桶その他一切、それにジェンマの名前を刻んだ墓石の金も出してくれて、すべてが片付くと、ニナをまた連れ戻した。ロンドンとパリへ、それからその他あちこちへ二人で長い旅行をして、ニナを元気づけようとした。帰国すると、彼はシカゴの家を閉めてここへ移ってきたのだ。彼はこの近くの田舎のほうに地所を持っていて、競走馬も何頭か持っている。

彼はニナに教育を受けたくないかとたずね、受けたいと彼女は答えた。とにかくいくつか授業を聴講してみて、自分が何を勉強したいか考えてみたらいい、と彼は言った。時には普通の学生みたいな生活もしてみたい、普通の学生みたいな服装で、皆と同じように勉強したりして、とニナが言うと、なんとかしてやれると思う、と彼は答えた。

彼女の人生を聞くと、自分が馬鹿みたいに思えた。

ミスター・パーヴィスの名前はなんていうのかと、わたしはたずねた。

「アーサー」

「どうしてそう呼ばないの？」

「なんだか変だもの」

ニナは夜は外出してはいけないことになっていた。芝居やコンサートや講演といったなにか特別な催しのために大学に行くのはべつだが。昼食と夕食は大学で食べることになっていた。先に記したように、食べていたのかどうかはわからないが。朝食はわたしたちの部屋で、ネスカフェと、わたしがカフェテリアから持って帰った一日まえのドーナツ。ミスター・パーヴィスはこの響きが気に入らないようだったが、ニナの擬似学生生活の一部として受け入れた。きちんとした温かい食事を日に一度、そしてサンドイッチとスープをべつにもう一度彼女が食べている限りミスター・パーヴィスは満足で、彼はニナがそうしていると思っていた。カフェテリアが出しているものをニナは確認して、ソーセージあるいはソールズベリーステーキを食べた、サーモンあるいはたまごサラダのサンドイッチを食べたと彼に言えるようにしていた。

「でも、あなたがもし出かけたとしたら、どうやってわかるの?」

ニナはあの不満とも喜びともつかない独り言のような呟きをもらしながら立ち上がると、すっと屋根裏部屋の窓のところへ行った。

「ここへ来てみて」と彼女は言った。「カーテンの陰に隠れててね。ほらね?」

通りの真向かいではなく何軒か行ったところに、黒い車が停まっていた。街灯の光が運転手の白髪を照らし出した。

「ミセス・ウィナーよ」とニナ。「真夜中まであそこにいるの。もっと遅くまでかな、わかんないけど。もしあたしが出かけたら、あの人はついてきて、あたしの行った先でうろうろして、またここまでくっついて帰るの」
「あの人が寝ちゃったら?」
「それはないわね。それか、もし寝ちゃっても、あたしが何かしようとしたらとたんに目を覚ますわ」

ミセス・ウィナーにちょっと運動させるため、とニナに言われて、わたしたちはある夜家を出て、バスに乗って市の図書館へ行った。あの長い黒い車がバス停ごとに速度を落としてぐずぐずしては、また速度をあげて遅れないようにするのを、わたしたちはバスの窓から眺めた。図書館までは一区画歩かなければならず、ミセス・ウィナーはわたしたちを追い越して正面玄関のむこうに停車すると、バックミラーで——とわたしたちは思った——こちらを監視した。

わたしは『緋文字』を借りられるか調べてみようと思っていた。取っている授業で必要だったのだ。買う金はなかったし、大学図書館にあるのはぜんぶ貸し出されていた。それに、ニナにも何か一冊借りてやろうと思っていた——簡単な歴史の図表が出ているような本を。

ニナは聴講している授業の教科書を買っていた。ノートとペン——あの頃の最上の万年筆——も色をセットにして買っていた。赤はコロンブス以前の中世アメリカ文明、青はロマン派詩人、緑はヴィクトリア朝及びジョージ王朝時代のイギリスの作家、黄色はペローからアンデルセンに至るおとぎ話。ニナはどの授業にも出席して、自分にふさわしい場所だと本人が思っているいちばん後ろの列にすわった。学生の群に混じって人文学部の建物を歩き、自分の席を見つけて教科書の当該ページを開いてペンを取り出すのを楽しんでいるような口ぶりだった。でも、ニナのノートは空白のままだった。

問題は、わたしの見るところ、何にせよぶら下げていくためのそもそもの掛け釘が、彼女にはまったくないということだった。ヴィクトリア朝が何なのか、ロマン派が、コロンブス以前が何なのか、彼女は知らなかった。日本にも行ったし、バルバドスやヨーロッパのいろんな国へも行っていたが、そういう国を地図で見つけることはぜったいできなかっただろう。フランス革命は第一次大戦よりもまえだったのかどうか、彼女にはわからなかっただろう。

いったいどんなふうにああいう授業を選択したのだろうとわたしは思った。名前の響きがニナの気に入ったのだろうか、ミスター・パーヴィスはあんな講義がニナの身につくと思ったのだろうか、それとももしかしたら、ニナが学生ごっこにすぐに堪能してしまうように彼が意地悪く選んだのだろうか？

欲しい本を探していると、アーニー・ボッツが目に入った。彼の母親の古い友人のために選んだのだというミステリーをどっさり抱えていた。いつもそうしているのだと、彼はわたしに説明した。そしてまた、土曜の午前中はいつも退役軍人用ホームで父親の親友とチェッカーをするのだと。

わたしは彼をニナに紹介した。ニナが入居したことは話してあったのだが、彼女の以前の生活についてはもちろん、現在の生活のことも、何も話していなかった。

彼はニナと握手してお目にかかれて嬉しいですと挨拶し、すぐさま、家まで送ろうかと申し出た。

いいえけっこう、バスで帰るから、とわたしが答えようとしたとき、車はどこに停めてあるのかとニナがたずねた。

「裏です」と彼。

「後ろのドアがあるの?」

「ある、ある。セダンだから」

「ちがうの、そういうことじゃなくて」とニナは愛想よく言った。「この図書館にってことよ。この建物に」

「ああ。あるとも」とアーニーはあわてて答えた。「ごめんごめん、車のことかと思ったんだ。うん。図書館の後ろのドアね。僕自身、そっちから入ってきたんだ。いやあ悪かったね」今や赤面している彼は、ニナが優しい、媚びているようなところさえある笑い声をあげながら口をはさまなければ、ずっと謝り続けていただろう。

「あら、だったら」と彼女は言った。「あたしたち、その後ろのドアから出ればいいわ。これで決まりね。ありがとう」

アーニーはわたしたちを送ってくれた。うちへ寄ってコーヒーか熱いココアでも一杯どうかな、と彼は誘った。

「ごめんなさい、あたしたち、ちょっと急いでいるの」とニナが答えた。「でも、誘ってくれてありがとう」

「きっと宿題があるんだね」

「宿題ね、そうなの」とニナ。「もちろん宿題があるのよ」

彼は一度もわたしを自宅へ誘ったことはないのに、とわたしは考えた。マナーだ。女の子ひとりでは、まずい。女の子が二人なら、だいじょうぶ。

お礼を言っておやすみの挨拶をしたときも、通りのむこうに黒い車の姿はなかった。屋根裏部屋の窓から見たときも、黒い車の姿はなかった。ちょっとたつと電話が鳴った。ニナにだった。踊り場でニナがしゃべるのが聞こえた。「あらちがうわ、あたしたち図書館に行って、本を借りて、まっすぐバスで家に帰ってきただけよ。すぐに一台来たの、そうよ。なんの問題もないわ。ぜんぜん。おやすみなさい」

ニナは笑みを浮かべて体を揺すりながら階段を上がってきた。

「ミセス・ウィナーは今晩は叱られてるわね」

それからニナはぴょんと飛びついてわたしをくすぐり始めた。わたしが並外れてくすぐったがりなのを発見して、なんの警告もなしにときどきやるのだった。

ある朝、ニナはベッドから出てこなかった。喉が痛い、熱があると彼女は言った。

「触ってみて」

「あなたはいつだって熱いんだもの」

「今日はいつもより熱いわ」

その日は金曜日だった。ミスター・パーヴィスに電話して、この週末はここにいたいと言っているると伝えてもらえないかと、ニナはわたしに頼んだ。

「きっとそうさせてくれるわ――あの人、そばに病人がいるのは我慢できないの。そういうところ、すごく変わってるのよ」

ミスター・パーヴィスは、医者を寄越そうかと言った。ニナはそれを予測していて、ただ休息が必要なだけだ、ちょっとでも悪化したら自分で彼に電話するか、それともわたしに電話してもらうかするからと言え、と指示されていた。それなら、ニナにお大事にと言っておいてください、と彼は言い、電話してくれてありがとう、それに、ニナのいい友人になってくれてありがとう、とわたしに礼を述べた。そしてさよならと言いかけたとき、土曜の夜にディナーをご一緒にいかがかな、と彼はわたしを誘った。ひとりで食べるのはつまらないのでね、と。

ニナはそのことについても考えていた。

「もし明日の夜、いっしょに食事しないかって誘われたら、行ってみれば？　土曜の夜はいつも何か美味しいものがあるわよ、特別のね」

土曜日はカフェテリアは閉まっている。ミスター・パーヴィスに会えるかもしれないという可能性に、わたしは当惑し、興味をかきたてられた。

「ほんとに行ったほうがいい？　もし誘われたら？」

そこでわたしは、ミスター・パーヴィスと晩餐をともにすることに同意して――彼は実際に「晩餐」と言ったのだ――階段を上り、何を着たらいいかニナにたずねた。

「どうして今心配するの？　明日の夜でいいでしょ」

本当にどうして心配するんだろう？　いいドレスは一着しか持っていなかった。高校の卒業式で卒業生総代として別れの挨拶をするときに着るために奨学金の一部で買った、ターコイズ色のクレープのドレスだ。

「それに、どっちみち服なんてどうでもいいし」とニナは言った。「あの人、気がつきゃしないわよ」

ミセス・ウィナーがわたしを迎えにきた。彼女の髪は白ではなくプラチナブロンド、わたしにとっては、無慈悲な心、不道徳な取引、人生の薄汚い裏通りをガタガタ走り抜ける長いドライブといったものを保証する色だった。それでもなおわたしは、彼女の横に乗るべくフロントドアのドアハンドルをぐっと押し下げた。それが礼儀正しい、民主主義的なやり方だと思ったのだ。彼女は横に立ったわたしがそうするに任せておいて、それからさっとバックドアを開けた。

ミスター・パーヴィスは市の北にある何エーカーもの芝生や手付かずの野原に囲まれた古めかしい大邸宅のひとつに住んでいるに違いないとわたしは思っていた。そんなふうに思ってしまったのは、たぶん競走馬のせいだろう。ところが車は豊かそうではあるものの高級住宅地というほどではない通りを東に向かい、薄暮《はくぼ》のなかで明かりがつき、雪を頂いた植込にはすでにクリスマスの電飾が瞬く、テューダー様式を真似たレンガ造りの家並を通りすぎていった。車は丈の高い生垣のあいだの狭い私道に入っていき、一軒の家の前で停まったが、陸屋根に窓の並んだ長い壁、それに建築材料がコンクリートらしいことから「現代的」だとわたしは思った。ここにはクリスマスの電飾はなかった。どんな種類の明かりもなかった。

ミスター・パーヴィスの影も形も同じくなかった。車は地下へ入っていき、わたしたちはエレベーターに乗って一階へ上がり、布張りのかっちりした椅子や艶《つや》のある小さなテーブル、鏡や敷物が配置されて居間のように設えられた、薄暗い玄関ホールへ出た。ミセス・ウィナーはわたしに手を振って合図して、前方にあるこのホールのドアのひとつの向こうの、ベンチがひとつ置いてあって壁沿いにフックのある窓のない部屋に入らせた。木材の艶と床のカーペットさえなければ、ちょうど学校のクロークルームみたいな部屋だった。

「ここに服を置いておいてください」ミセス・ウィナーは言った。

わたしはブーツを脱ぎ、指なし手袋をコートのポケットに入れて、コートを吊った。ミセス・ウィナーはわたしのそばを離れなかった。つぎはどこへ行けばいいのか教えるためについていなくてはならないのだろうと、わたしは思った。ポケットに入れてある櫛《くし》で髪を整えたかったのだが、彼女に見られていては嫌だった。それに、鏡も見当たらなかった。

「さあ、あとのものもね」

理解しているのかどうか確かめようと、彼女はわたしをじっと見つめ、わかっていないらしいと見て取ると（じつはある程度わかっていた、理解してはいたのだが、勘違いでありますようにと願っていたのだ）、彼女は言った。「心配ありませんよ、寒くはないですから。この家全体がじゅうぶん暖房が効いていますからね」

わたしはそれでも言われたとおりにしようとはしなかった。すると彼女は、無視されたことなど気にするはずがないみたいなさり気ない調子で言った。

「あなたが赤ちゃんじゃないといいんだけど」

その時点で、コートに手を伸ばしていてもよかったのだ。下宿へ連れてかえってくれと要求したってよかったのだ。拒否されたら、自分で歩いて帰ることだってできた。来た道は覚えていたし、歩くには寒かったかもしれないが、一時間もかからなかっただろう。

外側のドアに鍵がかかっていたとは思えないし、引き戻されるようなこともなかっただろうと思う。

「あらいやだ」わたしがまだ動こうとしないのを見て、ミセス・ウィナーは言った。「あなた、自分は他の人間とは出来が違うとでも思ってるの？　あなたの持ってるあれこれをわたしがこれまで見たことがないとでも思ってるの？」

わたしをとどまらせたのは、ひとつには彼女の侮蔑だった。ひとつには。それと、わたしの自尊心だ。

わたしはすわった。靴を脱いだ。ストッキングを外してずり下ろした。立ち上がってファスナーを下ろし、卒業生総代として別れの挨拶をしたときに着たドレスをぱっと脱いだ。挨拶の最後はラテン語で締めくくったのだった。Ave《アウエ》 atque《アトクエ》 vale《ウアレ》（ではさようなら）と。

それでもまだスリップでそこそこ体が覆われている状態で、後ろに手をやるとブラジャーのホックを外し、そしてなんとか両腕を引き抜いて前へ寄せ、一息に取り去った。次はガーターベルト、それからパンティー――パンティーを脱いだわたしは、丸めてブラジャーの下に隠した。そしてまた靴を履いた。

「裸足ですよ」ミセス・ウィナーがため息をつきながら言った。スリップのことは口にするのも億劫みたいな顔だったが、わたしがまた靴を脱ぐと、彼女は言った。「裸です。この言葉の意味はわかりますね？　裸です」

スリップを頭から脱ぐと、彼女はローションのボトルを寄越した。「それをすりこんで」ローションはニナのにおいがした。わたしはそれを腕と肩にすりこんだ。立ちはだかるミセス・ウィナーに見つめられていては、自分の体で手を触れられるのはそれくらいしかなかった。それからわたしたちはホールに出た。わたしは鏡を見ないようにした。するとミセス・ウィナーがべつのドアを開け、わたしはひとりで隣の部屋に入った。

ミスター・パーヴィスも同じく裸の状態で待っているのではないか、とは少しも思わなかったのだが、やはり裸ではなかった。彼はダークブルーのブレザーに白いシャツ、アスコットスカーフ（それがそんなふうに呼ばれているとは知らなかった）、グレーのズボンという格好だった。背丈はわたしとほとんど同じくらいしかなく、痩せて年取っていて、ほとんど禿頭、笑うと額にしわが寄った。

服を脱がされるのはレイプの、あるいは夕食以外の何らかの儀式の前奏なのではないかとも、少しも思わなかった（そして実際そんなことはなさそうだった、部屋に漂う食欲をそそるにおいやサイドボードの上に並ぶ銀の蓋を被せたいくつもの皿から判断すると）。どうしてわたしはそういうことを考えなかったのだろう？　なぜもっと不安を抱かなかったのだろう？　それは老人というものについてのわたしの考えと関係していた。老人というのは不能なだけでなく、さまざまな試練や経験や自らの好ましからざる肉体の衰えによって、あまりに疲れ果て、威厳が加わりすぎて――あるいは意気消沈しすぎて――もはやなんの興味も残っていないのだと、わたしは思っていた。服を脱がされたことはわたしの体が性的に利用されることとなんら関係ないと考えるほど馬鹿ではなかったが、わたしはそれを更なる侵害への序章というよりは挑戦ととり、それに応じたのは、さきほど説明したように、なによりも愚かなプライドゆえ、危なっかしい無謀さゆえだった。

ほら、来たわよ。わたしはそう言いたいところだったかもしれない。歯をむきだしにするのと同様恥ずかしくもなんともない裸の体で。もちろん本当はそんなことはなく、じつのところどっと汗が吹き出していた。べつに何らかの陵辱を恐れて、というわけではなかったが。

ミスター・パーヴィスは、こちらが服を着ていないことに気づいている素振りなど毛ほども見せずにわたしと握手した。ニナの友人と会えて嬉しい、と彼は言った。まるでニナが学校から連れ帰った友だちを相手にしているかのような態度だった。

ある意味でそのとおりだったのだが。

あなたはニナにとって刺激となっている、と彼は言った。

「彼女はあなたをほめちぎっています。さて、きっとお腹がお空きでしょう。どんな料理を用意してくれたのか、見てみましょうか？」

彼は蓋を取ってわたしに給仕し始めた。わたしがピグミー・チキンだと思ったコーニッシュ鶏《ヘン》、レーズンの入ったサフランライス、きれいに切って扇形に並べられた、わたしがいつも見ているものよりも本来の色合いを忠実に保ったさまざまな野菜。くすんだ緑のピクルスが一皿に、赤黒い漬物が一皿。

「これはあまりたくさんとらないほうがいいですよ」ピクルスと漬物について、ミスター・パーヴィスはそう言った。「最初はちょっと辛いですからね」

彼はわたしをテーブルにつかせると、またサイドボードに戻って、自分の分を控えめによそい、席についた。

テーブルの上には水の入った水差しとワインが一瓶あった。わたしは水をもらった。我家であなたにワインを出したりしたら、死罪にも等しいとされてしまうだろうから、と彼は言った。わたしはちょっとがっかりした。ワインを飲むチャンスに巡りあったことなど一度もなかったのだ。オールド・チェルシーに行くと、アーニーはいつも日曜日にワインや酒類が一切出されていないことに対する満足を表明した。日曜日にしろ他の曜日にしろ、彼は自分が酒を飲むことを拒否するだけでなく、他人が飲む姿を眼にするのも嫌った。

「ところでニナの話によると」とミスター・パーヴィスは言った。「ニナの話によると、あなたはイギリス哲学《イングリッシュフィロソフィー》を勉強しているそうだが、それはきっと英語英文学《イングリッシュ》と哲学《フィロソフィー》なんじゃないかな？　なんといっても、イギリスの哲学者はそれほど数が多くないからねえ」

彼に警告されたのに、わたしは緑のピクルスを一匙《さじ》舌にのせてしまい、ショックのあまり返事ができなかった。わたしが水をがぶがぶ飲むあいだ、彼は礼儀正しく待った。

「最初はギリシャの哲学者です。概論のコースなんです」しゃべれるようになると、わたしは答えた。

「ああなるほど。ギリシャね。で、ギリシャの哲学者について今まで勉強したなかで、誰がいちばん好きかね——ああ、いや、ちょっと待って。こうやったほうがもっと簡単にほぐせるよ」

この言葉のあとにはコーニッシュ・ヘンの骨から肉をはずして取り分ける実演が続いた——手際よく、べつに見下すようなところもなく、いっしょにふざけているような調子で。

「あなたのお気に入りは?」

「まだ授業ではやっていないんですけど、今やってるのはソクラテス以前ですから」とわたしは答えた。「でも、プラトンが好きなんです」

「お気に入りはプラトンか。じゃあ、自分で先へ進んでいるんだね、決められたところで留まっていないで? プラトンね。なるほど、らしいな。あなたは、洞窟が好きなんだろう?」

「はい」

「もちろんそうだ。洞窟。洞窟は美しい、そうだろう?」

すわっていると、わたしの体のいちばん破廉恥な部分は見えなかった。もしわたしの乳房がずっしりして乳首が大きい身も蓋もなく実用的なものじゃなくて、ニナのように小さくて装飾的だったら、ほとんどくつろいでしまえたことだろう。しゃべるときに彼の顔を見ようとすると、自分の意志に反してどうも顔が紅潮してしまう。こうなると、彼の声がわずかばかり変化して、なだめるような、礼儀正しい満足感を浮かべた調子になるような気がした。ちょうど、彼がゲームで勝ちにつながる一手を決めたかのように。だが、彼は素早くこちらを面白がらせるような話を続け、ギリシャへ旅行したときのことを聞かせてくれた。デルフォイ、アクロポリス、とても本当とは思えないけれど本当の、あの有名なギリシャの陽光、ペロポネソス半島の要地。

「それから、クレタへね——ミノア文明のことは知っているかね?」

「はい」

「もちろん、知ってるだろうね。もちろん。じゃあ、ミノアの女性がどんな服装をしていたかは、知ってるね?」

「はい」

わたしは今度は彼の顔を見つめた。彼の目を。もじもじと目をそらしたりしないでおこうと心を決めていた。たとえ喉がかっと熱くなろうとも。

「じつにいいねえ、あのスタイルは」彼はほとんど悲しげな口調で言った。「じつにいい。おかしなものだ、時代によって隠すものが違うんだからね。それに、見せるものも」

デザートはヴァニラ・カスタードとホイップクリームで、ケーキのかけらが入っていて、ラズベリーが添えられていた。彼は自分の分をほんのちょっとしか食べなかった。でも、最初の料理はどうも落ち着かなくてじゅうぶんに楽しめなかったわたしは、こってり甘いものはとくにかく逃すまいと決めていて、ひと匙ひと匙を注意深く味わいながら食べた。

彼は小さなカップにコーヒーを注ぎ、これは図書室で飲もうと言った。

詰め物を施されたなめらかな食堂椅子から体を離すとき、わたしの尻はぴしゃっと音をたてた。でもこれは、彼の老いた震える手が握るトレイの上で優雅なコーヒーカップがカタカタいう音でほとんどかき消された。

個人の家の図書室というのは、わたしにとっては本のなかだけのものだった。この図書室は食堂の壁のパネルが入口になっていた。彼が片足をあげて触れると、パネルは音もなく開いた。彼はわたしより先に入ることを詫びた。コーヒーを運んでいたので仕方なかったのだ。わたしにはそのほうが助かった。臀部《でんぶ》というのは——わたしのだけではなく、誰のでも——体のなかでいちばん嫌らしい部分だとわたしは思っていた。

指示された椅子に腰を下ろすと、彼はコーヒーをくれた。開けた空間でそんなふうにすわっているのは、食堂のテーブルにすわっていたときほど気楽ではなかった。食堂の椅子は滑らかなストライプのシルクで覆われていたが、こちらの布張り部分は黒っぽいフラシ天生地で、チクチクした。密やかにかきたてられるものがあった。

この部屋の照明は食堂より明るく、壁を埋める本は、光を吸収する羽目板に風景画が掛かっていたほの暗い食堂の外観と比べると、もっとこちらを咎めるような不穏な雰囲気をたたえていた。

ひとつの部屋を出てべつの部屋へと移動するあいだに、わたしの頭にひとつのストーリーめいたものが浮かんだ――耳にしたことはあるが、当時はほとんどの人が読むチャンスなどなかった類のストーリーだ――そのストーリーでは、図書室と呼ばれている部屋が寝室だとわかる。柔らかい照明に照らされた、ふっくらしたクッションやさまざまな種類のふわふわした上掛けが置かれた。そんな状況で自分が何をするのかまでは思いつく暇がなかった。わたしたちが入っていった部屋は、どう見ても図書室以外の何物でもなかったのだ。読書灯、棚に並んだ本、コーヒーの爽やかな香り。ミスター・パーヴィスは本を一冊抜き取ると、ページを繰って目的のところを見つけた。

「本を読んでもらえるとありがたいんだがね。夜になると目が疲れるんだ。この本は知っているかね?」

『シュロップシャーの若者』(イギリスの詩人A・E・ハウスマンの詩集)

わたしは知っていた。じつのところ、詩の多くを暗記していた。

読みます、とわたしは答えた。

「それから、できればどうか――できればどうか――足を組まないでもらえないかな?」

彼から本を受け取るわたしの手は震えていた。

「うん」と彼は言った。「うん」

彼は本棚の前の椅子に座を占めた。わたしと向きあって。

「さて――」

「ウェンロック・エッジで森がざわめく――」

馴染んだ言葉とリズムがわたしの心を落ち着かせてくれた。言葉がわたしの心を捉えた。わたしはしだいに穏やかな気分になってきた。

大風が若木をゆり動かす
　烈しい風だ　まもなく吹きすぎるだろう、
今日ローマ人と彼の苦しみは
　ユリコンの下の灰だ。

（『ハウスマン全詩集』星谷剛一訳、荒竹出版）

ユリコンとはどこだ？　誰にもわからない。

自分がどこにいるのか、誰といっしょにいるのか、自分がどんな状態ですわっているのか、本当に忘れてしまったわけではなかった。でも、いくぶん状況に無関心な哲学的な気分になってきたのだった。この世の誰もがある意味で裸なんじゃないかという考えが頭に浮かんだ。ミスター・パーヴィスも裸だ、服は着ているけれど。わたしたちは皆、哀れな、裸の、叉状の生き物なのだ。恥ずかしさは薄らいだ。わたしはひたすらページを繰って、つぎの詩、またつぎの詩、またそのつぎと読み続けた。自分の声音を好ましく思いながら。しまいに、驚き、そして失望さえ感じそうになったのだが――有名な詩句がこの先まだまだあったのに――ミスター・パーヴィスがわたしを遮った。彼は立ち上がって、ため息をついた。

「じゅうぶん、じゅうぶん」と彼は言った。「じつに良かった。ありがとう。あなたのお国訛《くになまり》はまさにうってつけだ。もうそろそろ寝る時間なんでね」

　わたしは本を手渡した。彼はそれを棚に戻すと、ガラスの扉を閉めた。お国訛と言われたのは初めてだった。

「それに、そろそろあなたを家へ送ってあげなくてはね」

　彼はべつのドアを開けた。ずっとまえ、今宵の始まりに見たホールへ続いていた。そしてわたしが彼の前を通り抜けるとドアは背後で閉まった。わたしは、おやすみなさいと言ったかもしれない。ディナーの礼さえ言ったかもしれない。そして彼はわたしに一言二言（どういたしまして、つきあってくれてありがとう、嬉しかったよ、ハウスマンを朗読してくれて感謝している）、急に疲れて、老いて、つぶれた、無関心な声音になって、言葉をかけたかもしれない。彼はわたしに手は触れなかった。

　あの同じほの暗いクロークルーム。わたしの同じ服。ターコイズのドレス、わたしのストッキング、わたしのスリップ。ストッキングを留めていると、ミセス・ウィナーが現れた。立ち去る支度ができると、彼女はひとつだけわたしに言った。

「マフラーを忘れていますよ」

　そしてそこには実際あったのだ、わたしが家庭科の授業で編んだマフラーが。生涯で編んだただひとつの作品。危うくそれを捨て去るところだったのだ、あんなところに。

　車から降りるとき、ミセス・ウィナーが言った。「ミスター・パーヴィスが、お休みになるまえにニナと話をしたいと仰っています。ニナに伝えてもらえますか」

ところが、この伝言を受取るはずのニナの姿はなかった。ベッドは整えられていた。コートとブーツは消えていた。他の服の何着かはまだクローゼットに掛かっていた。

ベヴァリーとケイは二人とも週末で家に帰っていたので、ベスが何か知らないか訊いてみようとわたしは階下へ駆け下りた。

「悪いけど」何事によらず悪いなんて思っているのは見たことがないベスは言った。「あなたたちの出入りをぜんぶ把握してるわけにはいかないの」

そしてわたしが出ていこうとすると、「階段でドタバタ音をたてないでって何度も頼んだでしょ。サリー＝ルーを寝かせたところなのよ」。

帰宅したとき、ニナになんて言おうかまだ決めていなかった。あの家ではニナも裸になってくれと言われるのか、わたしを待ち構えている夜がどんなものなのかニナにはすっかりわかっていたのか、訊いてみようか？　それとも、あまり何も言わずに、彼女のほうから訊いてくるのを待とうか？　そんなふうにしながらでも、なにくわぬ顔で、コーニッシュ・ヘンと黄色いライスを食べてとっても美味しかった、とは言える。『シュロップシャーの若者』のなかの詩を朗読したのだと。

彼女が思いめぐらすままにしておけばいい。

ニナがいなくなってしまったとなると、こんなことはすべて問題ではなくなった。焦点は変化した。ミセス・ウィナーは十時を過ぎてから電話してきたが——これまたベスのルールに対する違反だ——ニナはいないと伝えると、こう言った。「本当に？」

ニナがどこへ行ったか見当もつかないと言うと、また同じように。「本当に？」

もう朝まで電話はしないでくれ、ベスのルールがあるし、赤ん坊が寝ているし、と言うと、彼女は答えた。「そうねえ。どうかしら。これは重大なことだから」

朝目が覚めると、通りのむこうにあの車が停まっていた。しばらくすると、ミセス・ウィナーがベルを鳴らし、ニナの部屋を調べに寄越されたのだとベスに告げた。さしものベスも圧倒されてしまい、ミセス・ウィナーは非難されることも警告を受けることもなく階段を上がってきた。わたしたちの部屋をくまなく検分したあと、彼女は浴室とクローゼットを調べ、クローゼットの床に畳んで置いてあった毛布数枚を振ってみさえした。

わたしはまだパジャマのままで、ネスカフェを飲みながら『サー・ガウェインと緑の騎士』についてのレポートを書いていた。

自分はあちこちの病院に電話してニナが病気になっていないか確かめ、ミスター・パーヴィスは自らその他のニナの行きそうな場所数ヶ所を見に行ったのだと、ミセス・ウィナーは言った。

「何か知っていたら、教えたほうがいいわよ」と彼女は言った。「どんなことでもね」

そのあと、階段を降り始めた彼女は振り返って、さっきほど威嚇的ではない口調でたずねた。

「大学でニナが親しくしていた人はいないかしら。あなたの知っている人で、誰か？」

心当たりがないとわたしは答えた。

ニナを大学で見かけたのはほんの二度ほどだけだった。一度は授業と授業のあいだの混雑に混じって、人文学部の校舎の低いほうの廊下を歩いていた。一度はカフェテリアにいた。二度ともひとりだった。授業から授業へと急いで移動するときにひとりなのは特に珍しいことではないが、カフェテリアにほとんど人気のない午後の四時十五分まえ頃にコーヒーカップを手にひとりですわっているのは、ちょっと変だった。ニナは顔に微笑みを浮かべてすわっていた。そこにそうしていられることを非常に喜ばしく恵まれていると思っているのだと言いたげに。人生が要求してくるものがわかったらすぐにそれに応えられるよう注意しているのだとでも言いたげに。

午後になると雪が降り始めた。通りのむかいの車は除雪車の邪魔にならないようその場から離れねばならなかった。浴室に入ってフックにかかっているひらひらしたキモノを見たとき、押さえつけていた感情が湧き上がった――ニナのことが本当に心配だったのだ。狼狽《うろた》えて、髪をざんばらに顔に垂らして泣いている姿が、キャメルのコートではなく白い下着姿で雪のなかをうろついている姿が頭に浮かんだ。コートを持っていったのはちゃんと知っていたのだが。

月曜の朝、最初の授業に出かけようとしていたときに、電話が鳴った。

「あたしよ」そう言ったニナの声には、警戒しているような慌ただしい、それでいてどこか勝ち誇ったようなところがあった。「聴いて。お願い。頼みたいことがあるんだけど」

「あなた、どこにいるの？　あの人たち、探してるわよ」

「誰が？」

「ミスター・パーヴィス。ミセス・ウィナー」

「あのね、あの人たちには言わないでよね。何も言っちゃだめよ。あたしはここにいるの」

「どこに？」

「アーネストのところ」

「アーネストのところって？」とわたしは聞き返した。「アーニーの、、、、ところ？」

「しーっ。そこで誰か聴いてない？」

「だいじょうぶ」

「あのね、お願いだから、お願いだからバスに乗って、残ってるあたしの物を持ってきてもらえない？　シャンプーがいるの。キモノがいるの。今はアーネストのバスローブを着てるのよ。この格好見てほしいわ。まるでもじゃもじゃの茶色いおじいさん犬みたい。あの車はまだ外にいる？」

わたしは見に行った。

「いるわ」

「じゃあね、バスに乗ってふだんどおりに大学まで行って。それから街中へ行くバスに乗るの。どこで降りるかは知ってるわよね。キャンベル・アンド・ハウよ。そしてここまで歩いてきて。

カーライル通り。三六三番地。知ってるわよね？」

「アーニーはいるの？」

「いないわよ、バカねえ。仕事に行ってるわ。あたしたちの生活を支えなくちゃならないでしょ？」

あたしたち？　アーニーがニナとわたしの生活を支える？

いや。アーニーとニナの生活だ。アーニーとニナ。

ニナが言った。「ねえ、お願い。あたしにはあなたしかいないの」

わたしは指示されたとおりにした。大学行きのバスに乗り、それから街中へ行くバスに。キャンベル・アンド・ハウで降りて、西にあるカーライル通りまで歩く。雪嵐はやみ、空は晴れていた。明るくて風のない、凍てつくような日だった。陽光が目に痛く、降ったばかりの雪が足の下できしんだ。

そしてカーライル通りを北へ半ブロック歩くと、アーニーが両親と、それから母親と、それからひとりで暮らしてきた家があった。そして今は——どうしてそんなことに？——ニナと。

家は、以前わたしが母と一度か二度ここを訪ねたときのままに見えた。小さな前庭のあるレンガ造りの平屋、アーチ型の居間の窓の上部には色ガラスが嵌《は》め込まれている。狭苦しくて、お上品。

ニナは自分で言っていたとおり、男物の茶色いウールの房のついたガウンにくるまっていて、髭剃り石鹸とライフブイ・ソープの、男くさいけれど無邪気なアーニーのにおいを漂わせていた。

彼女は、手袋のなかで冷たくかじかんでいたわたしの両手を取った。どちらの手も買い物袋の持ち手をずっと握ってきたのだ。

「凍えてる」と彼女は言った。「さあ、お湯につけたらいいわ」

「凍えてるわけじゃないわ」とわたしは言った。「ちょっと冷たくなってるだけ」

でもニナはわたしに荷物を置かせると、キッチンへ連れて行ってボウルに湯をはり、わたしの指に血流が蘇《よみがえ》ってじんじんしてくるあいだ、アーネスト（アーニー）が土曜の夜に下宿にやってきた話をした。彼は古い廃墟や城など、わたしの興味を引きそうだと彼が思った写真がたくさん出ている雑誌を持ってきたのだった。ニナはベッドから出て階下へ行った。もちろん彼が部屋へ上がってくるわけにはいかなかったからだ。ニナが具合悪そうなのを見た彼は、看病してあげるからと自宅へ誘った。彼はとてもうまく看病してくれたので、彼女の喉の痛みはほとんどなくなり、熱は完全に下がった。そしてニナはそのままここにいると二人は決めたのだ。ニナはとにかく彼といっしょに暮らし、以前のところにはぜったい戻らないつもりだ。

ニナはミスター・パーヴィスの名前を口にするのも気が進まないようだった。

「でもこれはうんと大事な秘密にしておかないとね」とニナは言った。「知ってるのはあなただけ。あなたはあたしたちの友だちだし、それにあたしたちが出会えたのはあなたのおかげだしね」

彼女はコーヒーを淹《い》れてくれた。「ほら、あの上を見て」彼女はオープン・カップボードのほうへ手を振ってみせた。「彼のしまい方を見てよ。マグカップはここ。カップとソーサーはここ。どのカップもちゃんとフックが決まってるの。きちんとしてるでしょ？　この家はどこもかしこもこうなの。気に入っちゃった」

「あたしたちが出会えたのはあなたのおかげよ」とニナはまた繰り返した。「もし赤ちゃんが生まれて、女の子だったら、あなたの名前をもらってもいいわね」

わたしは両手でカップを包みこんだ。まだ指先がうずいていた。流しの上の窓枠にはセントポーリアが置いてある。彼の母親の食器棚の整頓法、彼の母親の観葉植物。たぶん居間の窓の前にはまだ大きなシダがあるのだろうし、肘掛椅子にはドイリーが掛けられているだろう。ニナが彼女自身とアーニーについて言ったことはずうずうしく、そして——とりわけそこにアーニーが含まれていると考えると——なんとも不快な気がした。

「あなたたち、結婚するの？」

「そうねえ」

「赤ちゃんができたらって言ったじゃない」

「そうねえ、どうかしらねえ、結婚しないでできちゃうってこともあるし」ニナはいたずらっぽく首をすくめた。

「アーニーとのあいだに？」とわたしは訊いた。「あのアー、ー、ーニーとのあいだに？」

「あら、いいでしょ？　アーニーはいい人よ」とニナは答えた。「だけどあたしは彼のこと、アーネストって呼んでるの」彼女はガウンをぎゅっとかき寄せた。

「ミスター・パーヴィスはどうなの?」

「あの人がどうって?」

「だって、もうそうなっちゃってるっていうんなら、あの人の子だってこともあるんじゃない?」

ニナの様子ががらっと変わった。意地の悪い不機嫌な表情になった。「あの人」彼女は軽蔑をこめた口調で言った。「なんだってあんな人のことなんか持ち出すのよ? あの人にはそんなこと無理だったのよ」

「あらそう?」とわたしは言い、ジェンマのことはどうなのだとたずねようとしたが、遮られた。

「なんだって過去のことを話したがるのよ? 気分の悪い思いさせないでよ。もうみんなとっくにけりのついたことよ。あたしにもアーネストにも関係ないわ。あたしたちはいまいっしょにいるの。いま愛しあってるの」

愛しあってる。アーニーと。アーネスト。いま。

「わかったわ」とわたしは言った。

「どなったりしてごめんなさい。あたし、どなってた? ごめんね。あなたはあたしたちの友だちだし、こうやってあたしの物を持ってきてくれたりして、感謝してるのよ。あなたはアーネストの親類なんだから、あたしたちの家族だわ」

ニナはするっとわたしの背後にまわると、指をわたしの脇の下につっこんでくすぐり始めた。

最初はなげやりに、やがて猛烈な勢いで、「そうよね？　そうよね？」と言いながら。

わたしは逃れようとしたができなかった。発作を起こしたように笑いながら苦しくて身をよじり、やめてと叫び声をあげて頼んだ。わたしが本当にどうしようもなくなって、二人とも息が切れると、ニナはやめてくれた。

「あなたほどくすぐったがりの人って、初めてだわ」

わたしは舗道で足ぶみしながら、長いあいだバスを待たねばならなかった。大学に着くと、最初の授業だけでなくつぎの授業も逃してしまっていた。それに、カフェテリアの仕事にも遅れた。掃除用具入れでグリーンの綿の制服に着替えて、ボサボサの黒い髪（食べ物に入っているのが見つかった場合、最悪の髪の毛だぞ、とマネージャーに警告されていた）を綿の帽子に押しこんだ。

わたしはランチタイムになってドアが開くまえに棚にサンドイッチやサラダを並べておくことになっていたのだが、今回はじりじりした行列に見つめられながらその作業を行わねばならず、自分をひどく不器用に感じた。こうなると、テーブルのあいだをカートを押しながら歩いて汚れた皿を集めるよりもずっと目立ってしまう。皿を集めるときは、客は食べている物や会話に意識を集中している。今は皆がわたしを見つめていた。

ベヴァリーとケイに言われたことが蘇った。チャンスを台無しにしてしまう、自分をよくないふうに印象づけてしまう、と言われたことが。今やその言葉は正しいのかもしれないと思えてきた。

カフェテリアのテーブルをきれいにしてしまうと、わたしはまたいつもの服に着替えて、レポートを書こうと大学の図書館へ行った。午後は授業がなかったのだ。

人文学部の校舎からは地下道で図書館へ行けるのだが、この地下道の入口周辺には映画やレストランや中古の自転車やタイプライターの広告、それに芝居やコンサートの案内が掲示されていた。イギリスの田園詩人の詩に曲をつけた歌の無料リサイタルが開かれるという、とっくに過ぎた日付の音楽科からの案内があった。この案内はそれまでも目にしていて、改めて見なくてもヘリック、ハウスマン、テニスンという詩人の名前は頭に残っていた。そして地下道のなかに数歩進んだとき、あの詩句がわたしを襲い始めた。

ウェンロック・エッジで森がざわめく

もう二度と、裸の臀部にチクチク当たる椅子の張り地の感触を蘇らせずにはあの詩句を思い浮かべることはできないだろう。べっとりと、チクチクする恥辱。今やあのときよりも遙かに恥ずかしく思えた。結局のところ、彼はわたしに何かをしたのだ。

遙か遠くから　東から西から
かなた十二の方位の空から

私をつくりあげる生命《いのち》の素材が
　ここへ吹いて来る、ここに私は存在する。

だめだ。

　あれらの青い思い出の山は何か
　あれらは何の尖塔か　何の農場か。

だめだ、ぜったいに。

　月の光りのなかにしろじろと長い道が横たわる
　私を恋人から遠のかす道。

だめ。だめ。だめ。

自分がどんなことを承知してしまったか、いつも思い出すことになるのだ。強制されたわけではない、命令されたわけでも、説得されたわけですらない。やると同意したのだ。
ニナはわかっているだろう。その朝はアーニーのことで頭が一杯で何も言わなかったが、そのうち、ニナがあのことで笑うときがやってくるだろう。残酷な笑いではないが、彼女がいろいろなことを笑う、あの調子で。そしてあのことでわたしをからかいさえするかもしれない。そのからかいには、彼女のあのくすぐり方にも似た、何かしつこく、いやらしいものが含まれているだろう。

ニナとアーニー。わたしの人生に、この先ずっと。

大学の図書館は天井の高い美しい空間で、設計したり建てたり資金提供したりした人々は、開いた本を前に長いテーブルにすわる学生——たとえ彼らが二日酔いであろうが、眠たげであろうが、恨みがましかろうが、理解力がなかろうが——の頭上には空間、周囲には黒っぽく輝く木の羽目板、ラテン語の訓戒を縁取りにした、ガラス越しに空が見える高い窓がなくてはならないと信じていた。彼らが教職やビジネスの世界に入ったり子育てを始めたりするまえの数年間、そういう空間を持つべきであると。そして今度はわたしの番で、わたしもそれを持つべきなのだった。

『サー・ガウェインと緑の騎士』

わたしはいいレポートを書いていた。たぶんAをもらえるだろう。わたしはいくつもレポートを書いてはAを取るだろう。わたしにはそうできるからだ。奨学金を授与してくれた人たち、大学や図書館を建ててくれた人たちは、わたしがそうできるように金をちびちび出し続けてくれるだろう。

だが、そんなことはどうでもいい。そんなことはダメージを避ける役には立たないのだ。

ニナはアーニーのところに一週間もいなかった。あれからすぐのある日、帰宅した彼は彼女が消えているのを発見することになる。彼女のコートやブーツも、わたしが持っていったきれいな服やキモノも消えている。タフィーのような髪も、くすぐる癖も、並外れて温かい肌も、体を動かすときのううん、という小さな声も。なんの説明もなく、紙に一言記すこともなく、すべて消えている。一言もなく。

アーニーは、しかしながら、閉じこもって嘆くタイプではなかった。電話をかけてきてそのことを知らせ、わたしが日曜のディナーに行けるかどうかたずねた彼は、自分でそう言った。オールド・チェルシーへと階段をのぼりながら、これがクリスマス休暇まえの、二人でともにする最後のディナーになるね、とアーニーは述べた。彼にコートを脱ぐのを手伝ってもらっていると、ニナのにおいが鼻をついた。まだ彼の肌についていたのだろうか？

いや。何かを手渡されたとき、においの源がわかった。大きなハンカチのようなものだ。

「きみのコートのポケットにいれておいてくれ」と彼は言った。

ハンカチじゃない。生地がもっとしっかりしていてわずかに畝《うね》がある。肌着だ。

「置いておきたくないんだ」と言う彼の口調は、彼はただたんに肌着をおいておきたくないのであって、それがニナのものであるとか、ニナのにおいがするということはどうでもいい、というように聞こえたかもしれない。

彼はローストビーフを注文し、いつもどおりてきぱきと、品のいい食欲を示しながら切り分けて咀嚼した。わたしは彼に故郷のニュースを話した。それはこの季節にはいつものことだが、雪の吹き溜まりの大きさとか、通行止めになった道路の数とか、わたしたちの故郷の特徴である冬場の混乱で占められていた。

しばらくして、アーニーが言った。「僕は彼の家に行ってみたんだ。誰もいなかった」

誰の家？

彼女の伯父さんの家だよ、と彼は答えた。暗くなってからニナを車に乗せて通ったことがあったので、どの家か知っていたのだ。あそこには今は誰もいない、と彼は言った。荷物をまとめて出ていったようでね。彼女の選択だよ、結局は。

「女性の特権だね」と彼は言った。「よく言われるように、心変わりは女の特権だ」

彼の目には、こうして覗きこんでみると、渇いた、餓えたような表情が浮かび、まわりの皮膚は黒ずんでしわが寄っていた。彼は口をすぼめて震えを抑え、それから、いろいろな面から見てみよう、理解しようという態度をにじませて話し続けた。

「彼女は年取った伯父さんを置き去りにできなかったんだ」と彼は言った。「伯父さんを見捨てるにしのびなかったんだ。伯父さんを引き取ればいいって言ったんだよ、僕は年寄りには慣れているからね、でも彼女は伯父さんとは別れたいって言ったんだ。だけど結局そうするにしのびなかったんだろうね」

「あんまり期待しすぎないほうがいいってことだ。人間には、手に入らないことになってるものがあるんじゃないのかな」

トイレに行くときにコートの前を通ったわたしは、自分のコートのポケットからあの肌着のシャツを取り出した。わたしはそれを、使ったタオルを入れるところへ突っこんだ。

あの日図書館で、わたしは『サー・ガウェイン』を書き進めることができなかった。ノートから一ページ千切り、ペンを持って外へ出た。図書館の扉の外の踊り場には公衆電話があり、その横に電話帳が掛かっていた。わたしは電話帳を調べて、持ってきた紙片に二つの数字を書き留めた。電話番号ではなく、住所だ。

ヘンフリン通り一六四八番地。

もうひとつの数字は、確かめる必要があっただけで、最近も見ていたし毎年のクリスマス・カードの封筒でも見ていたが、カーライル通り三六三番地だった。

地下道を通って人文学部の校舎に戻ったわたしは、談話室のむかいの小さな店に入った。ポケットには、封筒と切手を買うにはじゅうぶんの小銭が入っていた。カーライル通りの住所を書いた部分をやぶりとって、封筒に入れた。封をして、もうひとつの、長い方の数字を、ミスター・パーヴィスの名前とヘンフリン通りの住所とともに封筒の表に書いた。すべてブロック体の大文字で。それから切手をなめて貼付けた。当時は四セントの切手だったと思う。

店のすぐ外に郵便物の投函口があった。わたしは封筒をそこへ差し入れた。人文学部の校舎の低いほうの広い廊下となっているそこでは、学生たちがわたしの横を通りすぎていった。授業へ向かう人、タバコを吸ったり、もしかしたらブリッジをやったりしに談話室へ行く人。自分にできるとはまだ知らない行為へと赴く人。

# 深い穴

Deep-Holes

サリーはデヴィルド・エッグを詰めた——ピクニックには持って行きたくない食べ物だ、すぐぐちゃぐちゃになるから。ハムサンド、カニサラダ、レモンタルト——これも詰めるのが厄介だ。子供たちにはクールエイド、自分とアレックス用にマム社製シャンパンのハーフボトル。彼女はほんの一口だけ、まだ授乳中だから。今回のためにサリーはプラスチックのシャンパングラスを買ったのだが、彼女がそれを手にしているのを見たアレックスは本物——結婚祝い——を飾り戸棚から取り出した。サリーは抗議したのだが、彼は譲らず、ちゃんと自分でくるんで詰めたのだった。

「父さんってほんとに町人貴族《ブルジョワジャンティヨム》タイプなんだから」数年後、十代となり、学校ではなんでも一番のケントは、サリーにそう言うことになる。確実に何らかの科学者になれそうな彼は、家でフランス語をペラペラしゃべっても許されるのだ。

「自分の父親を茶化すもんじゃありません」サリーは反射的に言った。

「茶化してないよ。たいていの地質学者は汚らしく見えるのにってだけのことだよ」

ピクニックはアレックスが初めての単独論文を地形学の学会誌に発表した記念だった。一家はオスラー断崖《ブラフ》へ行く予定だった。論文で大きく取り上げられているし、サリーと子供たちは行ったことがなかったからだ。

でこぼこの田舎道を二マイルばかり車で走ると——舗装していないまあまあの田舎道から入って——車を停める場所があったが、そのときは一台も停まっていなかった。板に雑に描かれた標識が立っていて、修正の必要がありそうだった。

**注意。深い-穴。**

なぜハイフンが？　とサリーは思った。でも、誰も気にしないわよね。

森に入る入口は見たところごく普通で、不安を与えるようなところはなかった。もちろんサリーはこの森が高い断崖の上に位置しているのはわかっていて、どこかで怖気づくような眺望が開けているのを目にすることになるのだろうと予期していた。たちまち前方に現れて迂回せねばならなくなる、そんなものを目にすることは予期していなかった。

深いくぼみだ、本当に。棺桶ほどの大きさのものもあるし、それよりもっと大きなものも。岩をえぐりとった部屋のようだ。そのあいだをジグザグに通路が走り、両脇にはシダやコケが生えていた。とはいえ、うんと下にあるように見える瓦礫を覆うクッションとなるほどの緑はなかった。通路はくぼみのあいだをうねうねと、硬い地面、あるいはあまり水平とはいえない岩棚の上を伸びていた。

「ううわあ」男の子たちの叫び声が聞こえてきた。ケントとピーター、九歳と六歳の二人は先を走っていた。

「ここで駆けまわっちゃ駄目だぞ」アレックスが大声で言った。「かっこつけて馬鹿やるんじゃないぞ、聞いてるか？　わかったのか？　返事しなさい」

二人はわかったと叫び、アレックスはピクニック・バスケットを持って歩き続け、どうやら父親の警告はこれ以上必要ないだろうと思ったらしかった。サリーはオムツバッグと赤ん坊のサヴァナを抱えて、よろよろしながらも無理に足を早めていた。息子たちの姿が目に入るまでは速度を落とすわけにはいかなかったのだ。とっとこ早足で進みながら暗いくぼみを横目で見ては、相変わらず大げさな、でも節度はわきまえた恐怖の叫びをあげている二人を目にするまでは。疲れと不安とお馴染みのじわじわ広がる怒りとで、サリーはほとんど泣きそうだった。

眺望が開けたのは、こうした土と石の小道を、サリーには半マイルにも思えたがおそらくは四分の一マイル歩いてからだった。空の輝きが侵入してきたかと思うと、先を進んでいた夫が立ち止まった。彼は、着いたぞ、見ろ、と叫び、男の子たちは心底驚嘆した歓声をあげた。サリーが木立から出ると、梢《こずえ》の上方――じつは何層かの梢の上方だった――の地表が露出した部分に夫と息子たちが並んでいるのが見えた。そのずっと下方には夏の野原が緑と黄色に揺らめきながら広がっていた。

毛布の上に寝かされたとたん、サヴァナは泣き始めた。

「お腹がすいてるんだわ」とサリーは言った。

アレックスは、「昼飯は車のなかでもらったんじゃないのか」と言った。

「飲ませたんだけどね。またお腹が減っちゃったのよ」

サリーはサヴァナを片側に抱き、空いている方の手でピクニック・バスケットを開いた。もちろん、これはアレックスが思い描いていたのとは違っていた。でも彼は愛想よくため息をつくと、自分の両のポケットに入れてあった包みからそれぞれシャンパングラスを取り出して、横の草の上に置いた。

「ゴクゴク、僕も喉が渇いたよお」とケントが言うと、ピーターもすぐに真似をした。

「ゴクゴク、僕も、ゴクゴク」

「静かにしなさい」とアレックス。

「静かにしなさい、ピーター」とケント。

アレックスはサリーに「この子たちに飲ませるのは何を持ってきたんだ?」と訊いた。

「青いポットにクールエイドが入ってるわ。それから底のナプキンにプラスチックのコップがくるんであるから」

もちろんアレックスは、ケントがそんなおふざけを始めたのは本当に喉が渇いていたからじゃなく、サリーの乳房を見て下卑た興奮を感じているのだと思っていた。そろそろサヴァナも粉ミルクにしなくては、とアレックスは思った——サヴァナはほぼ六ケ月になるのだ。そして彼は、サリーは授乳ということ全般にあまりに無頓着すぎる、と考えた。ときどき赤ん坊にゴクゴク飲ませながら台所を動きまわって片手であれこれやっている。ケントはこそこそのぞき見するし、ピーターはママの牛乳瓶なんて言うし。あれはケントが教えたんだ、とアレックスは言った。ケントはこそこそしていて、騒動ばかり起こして、心根が卑しい。

「だって、いろんなことをやっていかなくちゃならないんだもの」とサリーは言った。

「授乳はべつにどうしても必要ってわけじゃないだろう。明日から粉ミルクにしたっていいんだ」

「すぐにそうするわ。明日からってわけじゃないけれど、すぐに」

ところがどうだ、サリーはまだサヴァナに好きにさせ、ふたつの牛乳瓶がピクニックを支配している。

クールエイドが注がれ、それからシャンパン。サリーとアレックスはグラスを触れ合わせる、サヴァナを挟んで。サリーは自分の分を一口すすり、もっと飲めたらいいのにと思う。彼女はアレックスにこの思いを伝えたくて微笑みかける。それにできれば、夫と二人きりならよかったのに、という思いも。アレックスもシャンパンを飲み、サリーがひとすすりして微笑んでくれただけでじゅうぶん気持ちが和んだというように、ピクニックを始める。サリーはアレックスに、彼が好きなマスタードを塗ってあるのはどのサンドイッチか、自分とピーターが好きなマスタードのはどれか、マスタードをぜんぜん塗らないのが好きなケントのはどれか、教える。こうしているあいだに、ケントはこっそりサリーの背後にまわりこむと、母親のシャンパンをすっかり飲んでしまう。ピーターは兄がそうするのを見ていたはずなのだが、どうしたわけか言いつけることはしない。サリーは何が起こったかちょっとあとで気がつくが、アレックスはそのことにはまったく気がつかない。サリーのグラスにシャンパンが残っていたことなどたちまち忘れて、自分のグラスといっしょにきちんとしまいこみながら、息子たちに苦灰岩《くかいがん》のことを話して聞かせる。二人はたぶん耳は傾けながら、サンドイッチをガツガツと食べ、デヴィルド・エッグとカニサラダは無視してタルトをひっつかむ。

苦灰岩は、とアレックスは話す。そこに見えている分厚い帽岩《ぼうがん》だ。下には泥板岩《でいばんがん》がある。泥が岩になったものでね、非常に細かい、細かい粒子なんだ。水は苦灰岩に浸透して泥板岩に達するとそのままそこに溜る。泥板岩の薄く重なった層を、細かい粒子を通り抜けることはできないんだ。そこで浸食――これは苦灰岩の破壊なんだがね――が、どんどんもと来た方へ進んでいき、水の通り道を逆向きに浸食して、帽岩には垂直の割れ目ができる。垂直がどういうことか、わかるか？

「上下でしょ」とケントが投げやりに言う。

「もろい垂直の割れ目だ。そして割れ目は広がり始め、深いクレヴァスが出来る。やがて何百万年もたつと完全に裂けて坂を転がり落ちていくんだ」

「ちょっと行ってくる」とケント。

「行くってどこへ？」

「おしっこ出そうなんだ」

「まったくもう、ほら、行ってこい」

「僕も」とピーター。

気をつけなさいよ、と思わず注意しそうになるのをサリーは押さえつける。アレックスは彼女の顔を見て、うるさく言わなかったことに賛意を示す。夫婦はかすかに笑みを交わす。

サヴァナは寝てしまう。唇は乳首をゆるくくわえたままだ。男の子たちがいなくなったので、サヴァナを楽に引き離せる。サリーはむき出しの乳房を気にせずに、サヴァナにゲップさせて毛布の上に寝かせられる。アレックスがその光景を嫌だと思うなら——夫が嫌がっているのをサリーはわかっている、彼はセックスと授乳の繋がり全体が嫌なのだ、妻の胸が牛の乳房みたいなものになってしまうのが——目をそむけていればいい。そして彼はそうする。

サリーがボタンを留めていると、叫び声が聞こえる。鋭い叫びではなく、途方にくれた声が小さくなって消える。そしてアレックスはサリーより先に立ち上がり、小道を走っていく。すると、さっきより大きな叫び声が近づいてくる。ピーターだ。

「ケントが落っこちた。ケントが落っこちた」

父親が怒鳴る。「今行くからな」

サリーはその先ずっと、自分は即座に、ピーターの声も聞かないうちに、何が起きたのか悟っていたと思うようになる。もし何らかの事故が起きるとしたら、それは勇敢ではあるが創意に富んだところはなく、目立ちたがりでもない六歳の息子の身にではないだろう。起こるとしたらケントだろう、と。事がどんなふうに起こったか、サリーはまざまざと目に浮かべることができた。穴にむかって小便をする。縁でバランスをとりながら。ピーターをからかい、自分自身をからかう。

彼は生きていた。彼はずっと下のクレヴァスの底の瓦礫のなかに倒れていたが、両腕を動かして、なんとか這い上がろうとしていた。ひどく弱々しくもがいていた。片方の足は体の下になり、もう片方は変な具合に曲がっている。

「赤ちゃんを抱っこしててくれる？」サリーはピーターに言った。「ピクニックしてたところへもどって赤ちゃんを寝かせて、見ててちょうだい。いい子だから。強くていい子だものね」

アレックスは穴のなかに降りかけていた。じっとしていろとケントに声をかけながら伝い降りていく。無事に降りるのはなんとかなる。難しいのはケントを引き上げることだ。

車へ走ってロープを積んでいないか見てきたほうがいいだろうか？　ロープを木の幹に結わえつけたらいい。ケントの体に結わえて、アレックスにあの子を抱え上げてもらいながらサリーが引き上げたらいいかもしれない。

ロープはないだろう。ロープなんてあるはずがないじゃないか。

アレックスはケントのところへたどり着いていた。身をかがめると、息子を抱き上げた。ケントは懇願するような苦痛の叫びをあげた。アレックスは息子を両肩に担ぎ、片側には頭が、もう片側には役に立たない両足が――片方はひどく妙な具合に突き出している――垂れ下がるようにした。アレックスは立ち上がってよろよろと数歩進み、ケントを放さないまま膝をついた。アレックスは這うことにして、前進した――今やサリーにはわかってきたのだが――クレヴァスのむこう端の部分的に瓦礫で満たされているところへ向かって。アレックスは顔を上げずに、サリーに向かって何か指示を叫んだ。一言も聞き取れなかったのに、言われたことはわかった。跪《ひざまず》いていた――なぜ跪いていたのだろう?――姿勢から立ち上がったサリーは、若木をかきわけて、穴の縁の、瓦礫がおそらく地表から三フィート以内まで達している部分へ行った。アレックスはケントを撃たれたシカのようにぶら下げたまま這い進んだ。

サリーは叫んだ。「わたしはここよ。わたしはここよ」

父親がケントを持ち上げて、母親がしっかりした岩棚の上へ引っ張り上げてやらねばならない。ケントはまだ最初の急成長期にも達していない痩せた男の子だったが、それでもセメントの袋のように重く感じられた。最初にやってみたときにはサリーの両腕では持ち上がらなかった。サリーは姿勢を変え、腹ばいになるのではなくしゃがみこんで、両肩と胸部の力のありったけを使い、そしてアレックスはケントの体を背後から支えて押し出して、二人して引き上げた。サリーはケントを両腕に抱えたまま後ろへ倒れ、息子の目が開いたと思ったら、眼球がくるっと上へ隠れてまた気を失うのを目にした。

アレックスが這い上がってきて穴の外へ出ると、夫婦は他の子供たちも連れて車でコリングウッド病院へ向かった。内臓損傷はなさそうだった。脚は両方とも折れていた。医者の言い方によると、片方はきれいに折れていた。もう片方は粉々だった。

「あそこでは、子供は一時も目を離さないようにしておかないと」と医者はサリーに言った。サリーがケントに付き添って、アレックスは他の二人をみていたのだ。「警告の標識がなかったですか?」

アレックスが付き添っていたら、とサリーは思った、医者は違う言い方をしただろう。男の子なんてそんなものだ。こっちが背中を向けたとたん、そうしちゃいけないところで走り回る。

「男の子は男の子ですからねえ」

サリーの感謝の念――信じてはいなかった神への、そして、信じていたアレックスへの――は計り知れないほどだったので、どんなことにも腹は立たなかった。


ケントは続く半年のあいだ学校を休んで、最初のうちはしばらくレンタルの病院用ベッドに縛りつけられていなければならなかった。サリーが学校から課題をもらってくると、ケントはそれをたちまち片づけてしまった。すると「特別研究課題」をやってみないかと勧められた。そのうちのひとつが「旅と探検――好きな国を選びましょう」だった。

「他に誰も選ばないような国がいいな」とケントは言った。

そしてサリーは、それまで他人にはしたことのない話をケントに聞かせたのだった。自分は遠く離れた島に惹かれるのだとサリーは語った。ハワイ諸島とかカナリー諸島とかヘブリディーズとかギリシャの島々とかいった、誰もが行きたがるところじゃなくて、小さな、世間に知られていない、誰も話題にしないし訪れる人もほとんどいないような島。アセンション、トリスタン＝ダ＝クーナ、チャタム諸島、それからクリスマス島にデソレーション島にフェロー諸島。サリーとケントはこういった島に関する情報の切れっ端を見つけられる限り集め始めた。自分たちで話を作ってしまわないようにしながら。それに、二人で何をやっているかアレックスにはけっして洩らさないようにして。

「わたしたち、頭がおかしくなったと思われちゃうからね」とサリーは言った。

デソレーション島のいちばんの自慢は非常に古くからある野菜、ユニークなキャベツだった。二人はキャベツを崇める儀式や衣装、キャベツを称えるパレードを思い浮かべた。

それにケントが生まれるまえ、とサリーは息子に話した。サリーはヒースロー空港に降り立ったトリスタン＝ダ＝クーナの住民たちをテレビで見たことがあった。彼らの島が大地震に襲われて、全員避難させられたのだ。彼らはとても風変わりに見えた。素直で堂々としていて、べつの時代から来た人間のようだった。多かれ少なかれロンドンに馴染んだはずだったが、火山が静まると、彼らは故郷に帰りたがった。

ケントが学校へ戻れるようになると、もちろん事情は変わったが、それでも彼は実際よりも年上に見え、向こう見ずで頑固になってきたサヴァナにも、いつも災厄の疾風に乗ってきたかのように家に突入してくるピーターにも、辛抱強く接した。そして彼は父親にはとりわけ丁重で、サヴァナの手から救い出した新聞をきちんと畳み直して父親の元へ持っていったり、夕食のときには父親のために椅子を引いたりした。

「僕の命を救ってくれた人に敬意を表して」と彼は言ったりした。あるいは「ヒーローのお帰りだ」とか。

こんなふうに言うときケントはけっこう芝居がかっていたが、皮肉っぽいところはまったくなかった。それでもこれはアレックスの神経に障った。ケントはどうも彼の神経に障った、深い穴のドラマが起こる以前からそうだったのだ。

「そういうのはやめてくれ」とアレックスは言い、陰でサリーに文句を言った。

「あの子はね、父さんは僕のことをきっと愛してくれてたんだよね、だって助けてくれたんだから、って言ってるのよ」

「おいおい、僕は誰だろうが助けたさ」

「あの子の前ではそんなこと言わないでね。お願い」


ケントが高校に入ると、父親との関係は良くなった。彼は科学を学ぶことにした。彼が選んだのはハード・サイエンスで、ソフトな地球科学ではなかったのだが、このことについてさえ、アレックスは何の異議も唱えなかった。ハードであればあるほどいい。

ところが大学へ入って六ヶ月後、ケントは姿を消した。彼のことをちょっと知っている学生たち——友だちだと主張する者は誰もいないようだった——は、彼は西海岸へ行くと話していた、と言った。それから、両親が警察へ行こうと思っていたときに、手紙が来た。ケントはトロントのすぐ北の郊外の、カナディアン・タイヤ（ホームセンターのチェーン店）の店で働いていた。アレックスは、勉学に戻れと命じようと、店へ会いにいった。ところがケントは拒絶した。今の仕事でしごく満足しているし、いい収入も得ている、というか、昇進したらすぐにそうなる、と言って。それからサリーがアレックスには内緒で会いに行くと、ケントは陽気になって十ポンド太っていた。ビールのせいだとケントは言った。今では友だちも何人かいるらしかった。

「そういう時期なのよ」とサリーは、会ってきたことをアレックスに告白してから言った。「自立ってものを味わってみたいんだわ」

「腹いっぱい味わわせておけ」

ケントはサリーにどこに住んでいるかは教えなかったが、そんなことはどうでもよくなった。つぎに訪れると、ケントはもう辞めたと言われたのだ。サリーは決まりが悪くて――そう教えてくれた店員の顔にちらと薄笑いが浮かぶのが見えたように思えた――ケントがどこへ行ったのか訊けなかった。どっちにしろ、また落ち着き次第連絡を寄越すだろうと、彼女は思った。

ケントが連絡を寄越したのは三年後だった。手紙はカリフォルニア州ニードルズで投函されていたが、わざわざそこまで追ってきたりはしないように、と書かれていた――ただ通り抜けるだけだからと。ブランチ（『欲望という名の電車』の主人公）のように、と彼は記していて、いったいブランチって誰なんだ？　とアレックスは言った。

「ただの冗談よ」とサリー。「どうでもいいでしょ」

何をしているのか、どこにいたのか、人との繋がりはできているのか、ケントは書いていなかった。こんなに長いあいだなんの連絡もしないでいたことに対して謝りもせず、両親や弟妹の様子をたずねてもいなかった。代わりに、数枚にわたって自分自身の人生のことを書いていた。暮らしの現実的な側面ではなく、自分は人生でどういうことをすべきだと思っているか――どういうことをしているのか――について。

「とても馬鹿げたことに思えるのです」と彼は書いていた。「人が自らを一揃いの服のなかに閉じこめるのを期待されているなんてことが。つまり、技術者の服、医者の服、地質学者の服、といったように。そして皮膚がその上に増殖します。服の上に、ということです。そしてもうその服を脱げなくなるのです。内面的、外面的現実の全き世界を探求する機会を、精神的なもの、物質的なもの、人間に得られるあらゆる種類の美しいものや恐るべきものを取りこめるような生活を送る機会を与えられると、それは苦痛であり、また喜びであり混乱なのです。こんなふうに自分の思うところを綴《つづ》ると勿体をつけているように思われるかもしれませんが、僕が捨て去ることを学んだひとつが、知的高慢さなのです――」

「あいつ、ドラッグをやってるんだ」とアレックスは言った。「離れたところからでもわかるぞ。あいつの脳はドラッグでぼろぼろなんだ」

真夜中に、アレックスが言った。「セックスだ」

並んで横たわっていたサリーは眠れずにいた。

「セックスがどうしたの？」

「そのせいで、あいつが書いてるような、あんな状態になるんだ。何かになれば生計をたてられる。安定したセックスと、それから派生する結果のための金を払えるようになる。あいつには、そういうことはどうでもいいんだ」

「あらあら、ロマンチックな考えね」とサリーは言った。

「基本に立ち返るのは、そんなにロマンチックなことじゃないぞ。あいつはまともじゃないってことを、僕は言おうとしているだけだ」

さらにその手紙――あるいはアレックスに言わせるとハチャメチャ――のなかでケントは、彼の言う臨死体験をしているということで、自分は大多数の人間よりも幸運だった、あのおかげで特別な自覚が芽生えたのだが、これについては、自分をこの世へまた運びあげてくれた父親に、そしてそこで自分を優しく受け取ってくれた母親に、いつまでも感謝せねばならないと思っている、と記していた。

「たぶんあのときに、僕は生まれ変わったのです」

アレックスはうなった。

「いや、言わないでおこう」

「やめてよ」とサリー。「本気じゃないわよね」

「自分が本気なのか本気じゃないのかわからないよ」

署名に、愛をこめて、という言葉が添えられたその手紙が、彼からの最後の便りとなった。

ピーターは医学、サヴァナは法曹界に入った。

サリーは自分でも驚いたことに、地質学に興味を持つようになった。ある時、セックスのあとの信頼感の強まった雰囲気のなかで、彼女はアレックスに島のことを話してみた――ケントが今ではそういう島のどれかに住んでいるのではないかという空想のことは黙っていたが――

昔知っていた細々したことはほとんど忘れてしまったけれど、最初にそういう知識を得た百科事典でまたこうした島々のことを調べてみなくちゃと思っているのだ、と。アレックスは、サリーの知りたいことは全部インターネットで調べられるんじゃないかな、と答えた。あんな無名の島はきっと駄目じゃないかしら、とサリーが言うと、アレックスはサリーをベッドから階下へ連れ出し、するとたちまちサリーの目の前にはトリスタン＝ダ＝クーナが、南大西洋の緑のプレートが、夥《おびただ》しい情報とともに現れた。サリーはショックを受けて顔を背け、妻の態度にがっかりした──当然だ──アレックスは、理由をたずねた。

「さあ。なんだかあの島をなくしちゃった気分なの」

こういうことは良くない、サリーは何か現実的なことをするようにしないと、と彼は言った。当時彼は教職を退いたところで、本を書こうと計画していた。助手が必要で、まだ学部にいるときは院生に頼めたが、今はそういうわけにはいかなかった（これが本当かどうか、サリーにはわからなかったが）。岩のことなんてなにも知らないわよ、とサリーは念を押したが、アレックスは、そんなことは気にしなくていい、写真を撮るときの大きさの比較物になってくれたらいいんだから、と言った。

というわけで、サリーは黒、あるいは鮮やかな色の服を着て、シルル紀の帯状の地層やデボン紀の岩とコントラストを成す小さな姿となった。あるいは、アメリカ・プレートと太平洋プレートがぶつかりあって現在の大陸が出来る時に折り畳まれたり撓《たわ》められたりして、非常に強く圧迫されることによって形成された片麻岩と対比させられて。次第にサリーは自分の目で見て新しい知識を活用できるようになり、しまいに郊外の人気のない通りに立つと、自分の靴のずっと下には人目に触れることのない、これまでも人目に触れたことのない、瓦礫で埋まったクレーターがあるのだとわかるようになった。それができたときには目にする者はいなかったし、形成され、満たされ、隠され、見失われた長い歴史を通じてずっと目にする者はいなかったのだ。アレックスはそういうことについてできる限り知るというすばらしいことをやっていて、そのことでサリーは夫を尊敬していたが、それを口にしないだけの弁《わきま》えはあった。この最後の年月、二人は仲のいい友だちだった。サリーはそれが最後の年月だとは知らなかったのだが、アレックスは知っていたのかもしれない。彼は図表や写真を持って手術を受けるために入院し、退院することになっていた日に死んだ。

それは夏のことだったが、その秋、トロントで大火災があった。サリーはテレビの前にすわってしばらくその火事を眺めていた。現場はサリーが知っている、というか以前知っていた地区で、当時はヒッピーが住み着いていて、タロットカードやビーズ、カボチャくらいの大きさのペーパーフラワーなどが並んでいた。そのあとしばらく、ベジタリアンのレストランが高級ビストロやブティックになったりしていた頃も知っていた。今やあの十九世紀の建物が並んでいた一区画は壊滅し、レポーターがこれを嘆きながら、店舗の上の昔風のアパートで暮らしていて、今回家を失って、路上の安全なところに引きずり出された人々のことを話していた。

ああいう建物の大家のことは何も言わないんだ、とサリーは思った。たぶん、基準に満たない配線のことも、ゴキブリや南京虫の蔓延《まんえん》のことも、戸惑い怯える貧乏人たちに文句を言われることなく済んでしまうのだろう。

最近は、アレックスが自分の頭のなかでしゃべっているような気がすることがあったが、今まさにそれが起こっていた。サリーは火事のテレビを消した。

ほんの十分ほどすると、電話が鳴った。サヴァナだった。

「母さん。テレビつけてた？　見た？」

「あの火事のこと？　つけてたわよ、でも消しちゃった」

「ちがうの。母さんは見た？――今も姿を探してるの――まだ五分もたってないけど、見たのよ。母さん、ケントよ。もう見えなくなっちゃった。でもケントを見たのよ」

「あの子、怪我してたの？　今つけるわ。怪我してた？」

「ちがうわよ、手伝ってたの。ストレッチャーの片方を持ってたわ、人をのっけて。死んだ人だったのか怪我してるだけだったのかわからないけど。でもケントだったの。彼よ。脚を引きずってるのもわかったもの。もうテレビついた？」

「ついたわ」

「うん、落ち着かなくちゃ。ぜったいに、また建物へ入っていったのよ」

「でも、きっとそういうのは許されないんじゃ――」

「もしかしたら、お医者になってるのかもしれないわよ。わあ、いやだ、またさっきインタビューされてたのと同じじいさんが出てる、百年のあいだ代々同じ商売をやってきたとかって

――電話を切って、しっかり画面を見てたほうがいいわね。ぜったいまた画面に出てくる」

ケントは出てこなかった。映像は同じものの繰り返しになった。

サヴァナがまた電話してきた。

「わたし、とことん調べてみる。ニュースの仕事をしている人を知ってるの。あの映像をもう一回見せてもらえるわ。つきとめなくちゃ」

サヴァナは兄のことをそんなによくは知らない――どうしてこんなに大騒ぎするのだろう？　父親が死んだせいで、家族を求める気持ちが強くなっているのだろうか？　あの子もそろそろ結婚しなくちゃ。子供を持たなくちゃね。でもあの子、何かしようと決めたらおそろしく頑固なところがあるから――あの子、本当にケントを見つけられるかしら？　あの子が十歳くらいの頃、父親があの子に言ったことがあった。おまえはひとつの考えを骨の髄までしゃぶりつくすことができる、おまえは法律家になるべきだな、と。そしてそれ以来、わたしは法律家になるからね、とあの子は言うようになった。

サリーは体の震えに、切望に、脱力感に、打ちのめされた。

あれはケントだった。そして一週間のうちに、サヴァナは兄に関するすべてを突き止めた。いや。ケントが妹に話そうと思ったすべてを、としなければ。彼はもう何年もトロントに住んでいた。サヴァナが働いているビルの前もよく通り、通りで何度か彼女を見かけたこともある。一度など、交差点で危うく顔をあわせるところだった。もちろん、サヴァナは彼に気づかなかったたろう。彼はローブのようなものを着ていたから。

「クリシュナ教団の信者?」とサリーはたずねた。

「もう、母さんったら、お坊さんだからってクリシュナ教団とは限らないでしょ。どっちにしろ、今はもう違うんだって」

「じゃあ、あの子、今は何なの?」

「彼はね、現在に生きてるって言うの。だからわたし、あら、この頃はみんなそうでしょ、って言ったら、違うよ、実際の現在って意味なんだ、だって」

今いるところでね、と兄が言ったので、サヴァナは「つまりこのゴミ溜めってこと?」と訊いた。だってそうだったのだから。兄が彼女と会う場所に指定したコーヒー店はゴミ溜めだったのだ。

「僕は違う見方をしてるけどね」彼はそう答え、でもそれから、彼女の見方にも、他の誰の見方にもべつに異存はないと言った。

「へえ、それはまた感心な態度だわね」とサヴァナは返したが、冗談みたいに言ったので、彼はちょっと笑った。

新聞でアレックスの死亡記事を見たけれどよく書けていたと思う、と彼は言った。あの地質学への言及はアレックスも気に入ったのではないかと思う、と。家族の一員として自分の名前も出ているのだろうかと思ったら、出ていたので、かえって驚いたという。父親が死ぬまえに挙げておくべき名前を指示しておいたのだろうか、と彼はたずねた。

サヴァナは、違うわ、と答えた。あまりに早かった死に対して、父親は何も考えてはいなかった。残りの家族が相談して、ケントの名前も入れようと決めたのだ、と。

「父さんじゃなかったのか」とケントは言った。「そうか、ちがうのか」

それから彼はサリーのことを訊いた。

サリーは胸のなかで風船がふくらむような気がした。

「あなたはなんて言ったの?」

「母さんはだいじょうぶよって言っといたわ。ちょっとぼうっとしてるかもしれないけど、母さんと父さんはすごく仲が良かったし、まだひとりでいるのに慣れるほど時間が経ってないから、ってね。そうしたら、会いに来たかったら来てもいいって母さんに伝えてくれって言うから、訊いてみるって言ったんだけど」

サリーは返事をしなかった。

「母さん、聞いてる?」

「いつとか、どこへ来いとか、言ってた?」

「ううん。一週間後に同じ場所で会うからその時に伝えることになってるの。なんだか兄さん、自分が仕切るのを楽しんでるみたい。母さんはすぐ、会うって言うかと思ってた」

「もちろん会うわよ」

「ひとりで行くのが不安ってわけじゃないわよね?」

「馬鹿なこと言わないで。あなたが火事のときに見たのは本当にあの子だったの?」

「そうだとも違うとも言わないの。でも、わたしの情報じゃ、そうね。兄さんね、じつは街のある地域の、そしてある種の人たちのあいだじゃ、なかなか有名なのよ」

サリーは手紙を受け取った。これ自体、特別なことだった。知合いのほとんどは電子メールか電話を使うからだ。電話でなくてよかったとサリーは思った。まだ息子の声を聴く自信がなかったのだ。手紙には、路線の終点にある地下鉄の駐車場に車を置いて、地下鉄に乗り、指定された駅で降りたらそこへ迎えに出ているから、と指示が記されていた。

サリーはケントが改札の回転式バーのむこう側にいるのだろうと思っていたが、そこにはいなかった。たぶん、外で待っているつもりなのだろう。サリーは階段を上がり、陽光のなかに出て佇んだ。さまざまな種類の人々が急ぎ足で横をすり抜けて行く。サリーは落胆と当惑を感じた。落胆というのは、ケントの姿がどうやら見当たらないからで、当惑というのは、この国の彼女が住んでいる地域の人々がよく感じるらしいのと同じ感情を自分も抱いたからだった。もっとも彼女は皆が言っているようなことをけっして口にするつもりはなかったが。コンゴとかインドとかベトナムにいるんじゃないかと思ったよ、と彼らなら言うだろう。オンタリオじゃないみたい。ターバンやサリーやダシーキが目立っていて、彼女はその洒落た明るい色合いがとても気に入った。だが、そういったものは外国の衣装として身につけられているわけではなかった。着ている人たちはここへ到着したばかりではない。移住の段階はとっくに過ぎた人たちだ。サリーは彼らの邪魔になっていた。

地下鉄の入口のちょっとむこうの、古い銀行の建物の階段に、男が数人、すわったり、くつろいだり、寝たりしていた。もちろんその建物はもう銀行ではなかったが、名前は石に刻まれていた。サリーは男たちというよりはその名前を見ていたのだが、男たちの前かがみになったり、もたれかかったり、ぐったり伸びた姿勢は、建物の昔の目的とはじつに対照的だった。地下鉄から出てくる群衆の急いた様子とも。

「母さん」

階段にいた男たちのひとりが、まるで急ぐ様子などなしにサリーのほうへやってきた。片方の足をちょっと引きずっていて、ケントだと気づいたサリーは待ち受けた。

サリーは本当なら逃げ出したいところだった。でも、男たちすべてが不潔というわけでもないし、絶望的に見えるわけでもないと気づいたのだ。それに、威嚇や侮蔑など含まない、ケントの母親とわかった今では愛想よくて楽しげとさえいえる眼差しをサリーに注いでいる者もいた。

ケントはローブは着ていなかった。彼には大きすぎるグレイのズボンにベルトをし、メッセージなどプリントされていないTシャツと、ひどく着古したジャケットという格好だった。髪はカールがほとんど見えないくらい短く刈られていた。顔はひどく青白くてしわが寄り、歯が何本か欠けていて、体が非常に細いせいで実際より老けてみえた。

ケントは母親を抱きしめず——じつのところサリーも、彼がそんなことをするのを期待してはいなかった——片手をごく軽く母の背中に当てると、目指す方向へ導いた。

「まだパイプを吸ってるの?」サリーはあたりの空気を嗅いで、ケントが高校時代パイプを吸っていたのを思い出したのだ。

「パイプ? いや違うよ。におってるのは火事のときの煙だよ。僕たちはもう気がつかなくなってるんだ。においがきつくなるんじゃないかな、これから行く方向へ進むにつれてね」

「火事にあったところを通り抜けるの?」

「いやいや。それはできないよ、たとえそうしたいと思っても。ぜんぶ通行止めになってるんだ。とても危険だからね。取り壊さなきゃならない建物もある。心配ないよ、僕たちがいるところは大丈夫だから。めちゃくちゃになったところからはたっぷり一ブロック半離れてるんだ」

「あなたのアパートの建物?」「僕たち」という言葉に警戒心を抱きながらサリーは訊いた。

「まあね。うん。すぐわかるよ」

彼の口調は穏やかで、ためらいがちなところはなかったが、礼儀として外国語を話している人のような、努力しているところがあった。それに彼は、サリーに自分の言葉がちゃんと届くようちょっと身をかがめるのだった。サリーに話しかける際にともなう特別な努力、わずかばかりの骨折り、あたかも几帳面に翻訳しているかのようなそれは、彼女が気づくことを意図してのものであるように思えた。

負担。

縁石から降りるとき、ケントの体がサリーの腕をかすめ——たぶん彼はちょっと躓《つまず》いたのだろう——彼は、「ごめん」と言った。そしてサリーはケントがほんのちょっと震えたと思った。

エイズだ。どうして今まで一度も思い浮かばなかったのだろう？

「違うよ」サリーはぜったい声に出したはずはないのに、彼はそう言った。「僕は今のところまったく元気だよ。ＨＩＶとかそういったものには一切感染していない。何年もまえにマラリヤにはかかったことがあるけど、治まってる。今はちょっと疲れてるかもしれないけど、心配するようなことは何もない。ここを曲がるんだ、僕たちはこのブロックに住んでるんだよ」

また「僕たち」だ。

「僕は霊能者じゃないよ」とケントは言った。「ただサヴァナがほのめかそうとしていたことの見当をつけて、母さんを安心させておこうと思っただけだ。ほら、着いたよ」

それは、歩道からたった二、三歩で玄関、という類の家だった。

「僕は禁欲主義者なんだ、じつを言うとね」ドアを開いて支えながらケントは言った。

ドアのガラス部分の一枚は、替りに段ボールが留めつけられていた。

床板はむき出しで、足の下できしんだ。複雑なにおいが一面に漂っていた。通りからの煙のにおいももちろんここまで入りこんでいたが、それが昔からの料理のにおいや、焦げたコーヒー、トイレ、吐瀉《としゃ》物、腐敗のにおいと混じっていた。

「『禁欲主義者』っていうのは言葉が違うかもしれないな。それだとなんだか自制心と関わってくるように聞こえるからね。『セックスに興味がない』と言うべきだったかな。べつに努力してそうしてるって感じじゃないんだ。そうじゃないんだよ」

ケントはサリーを、階段を迂回して台所へと案内した。そこでは恐ろしく大柄な女がこちらに背を向けて立って、レンジの上のものをかき回していた。

　ケントが声をかけた。「やあ、マーニー。僕の母さんだよ。僕の母さんに、こんにちはって言ってくれる？」

　サリーはケントの声の変化に気がついた。ゆったりと、誠実で、たぶん敬意も感じられる。母親に話しかけていたときの無理をした快活さとは違っていた。

　サリーも声をかけた。「こんにちは、マーニー」すると女は半分振り返り、肉に埋れた、人形の顔を押しつぶしたような面貌を見せたが、目の焦点は合っていなかった。

「マーニーが今週の料理当番なんだ」とケントが説明した。「いいにおいだね、マーニー」母に向かっては、「僕の私室へ行こう、いいね？」と言い、二段ほど降りて奥の廊下へと導いた。そこを歩くのは大変だった。新聞やチラシの束、きちんと束ねた雑誌などが積み重なっていたのだ。

「こういうのをここから片づけとかなきゃ」とケントは言った。「今朝もスティーヴに言ったんだよ。火事の誘因になる。まったく《ジーズ》ね、僕はいつもそう言ってたんだ。今じゃそれがどういうことか、よくわかったよ」

　ジーズ（ジーザスの婉曲語で、驚き、いらだち、怒りなどを表す）。ケントは平服の修道会みたいなものに属しているのだろうかとサリーは思っていたのだが、もしそうなら、あんな言葉は絶対使わないはずではないか？　もちろん、キリスト教以外の宗教ということもあり得るが。

　ケントの部屋はさらに数段降りた、実際には地下にあった。簡易ベッド、使い古した昔風の、引出しの付いた机。背もたれのまっすぐな横木のとれた椅子が二脚。

「椅子はまったく安全だからね」とケントは言った。「この家のものはほとんど全部どこかで拾ってくるんだけど、すわれない椅子は駄目ってことにしてるんだ」

サリーは疲れ果てた気分で腰をおろした。

「あなたはなんなの？」とサリーはたずねた。「あなたがやってることはなんなの？　ハーフウェイ・ハウス（社会復帰施設）とかそういったもの？」

「違うよ。クォーターウェイ（ハーフウェイと類似の施設）でもないよ。僕たちは来る者は誰でも受け入れるんだ」

「たとえわたしでも」

「たとえ母さんでも」ケントは笑みは見せずに言った。「誰の支援も受けずに自分たちだけでやってる。拾ってきたものをリサイクルしてるんだよ。あの新聞とかね。瓶とか。あちこちでちょこちょこやってる。それに交替で世間にも訴えかけている」

「寄付を募ってるわけ？」

「施しを求めてるんだよ」とケント。

「路上で？」

「あれよりいい場所はないだろ？　路上でだよ。それに、気心の知れたパブにも行くよ、法律違反だけどね」

「あなたもそういうこと、するの？」

「僕がやらなきゃ、他の連中にやってくれなんて頼めないよ。これは僕が克服しなきゃならないものだったな。僕たちみんな、何か克服しなきゃならないものがあるんだ。恥ずかしさの場合もあるし。『自分のもの』って概念の場合もあるしね。誰かが十ドル札を落とす、あるいは一ドル硬貨だっていい、すると個人所有の概念が生じる。おい、これは誰のものだ？ 自分のものか、それとも――ドキッ――みんなのものか？ 自分のものだという答えだと、たいてい金はすぐさま使われて、そいつは酒のにおいをさせて帰ってくることになる。今日はどうしちまったんだろうなあ、どうも気分がのらなくてなあ、なんて言いながらね。そのあと気がとがめてきて告白することもある。告白なんかしないで、ぜんぜん気にしないこともね。何日か――何週間か――いなくなったりもする。それから、状況がひどく悪くなると、またここへ現れるんだ。時にはそういう連中が自立して通りで働いている姿を目にすることもある、こちらに気がついてるそぶりはぜったい見せずにね。もう戻っては来ない。それでいいんだ。彼らはうちの卒業生だ、って言えるかな。そういうシステムを信じるんならね」

「ケント――」

「ここでは、僕はジョナ（ヘブライの預言者、不幸をもたらす人とされる。ヨナ）なんだ」

「ジョナ？」

「僕が選んだんだ。ラザラス（イエスの足に香油を塗ったマリアの兄弟でイエスがよみがえらせた男。ラザロ）も考えたんだけど、あまりにこれみよがしだからね。ケントって呼びたいんならそれでいいよ」

「わたしはね、あなたがどういう人生を送ってきたのかってことを知りたいの。つまり、ここの人たちのことじゃなく――」

「ここの人たちが僕の人生だよ」

「そう言うだろうと思ってた」

「ああ、ちょっと思い上がった口のきき方だったね。でもこれが――これが僕がずっとやってきたことなんだ、そうだなあ――七年くらいかな？　九年か。九年だ」

サリーはなおもたずねた。「そのまえは？」

「知るわけないだろ？　そのまえ？　そのまえか。人間の毎日っていうのは草みたいなもんじゃないか？　刈り取られて、乾燥器に入れられる。あのね。母さんにまた会ったとたん、僕はひけらかしを始める。刈り取られて乾燥器に入れられる――僕はもうそんなことには関心がないんだ。僕は毎日をあるがままに生きる。まさにね。母さんにはわかってもらえないだろうね。僕は母さんの世界にはいない、母さんは僕の世界にはいない――どうして僕が今日ここで母さんと会おうと思ったかわかる？」

「いいえ。そんなこと考えなかったわ。あのね、わたしは当然、そういう時期が来たんだろうって――」

「当然ねえ。新聞で父さんが死んだのを知ったとき、僕は当然考えた、ところで、金はどこへ行くんだ？　僕は思った、うん、母さんに訊けばいい」

「お金はわたしのものになったわ」すっかり失望したものの強く自制した口調で、サリーは答えた。「さしあたってはね。家もよ、あなたが関心を持っているなら」

「たぶんそうだろうと思ってたよ。べつにいいんだ」

「わたしが死んだら、ピーターとあの子の息子たち、それにサヴァナに行くわ」

「けっこうだね」

「父さんはあなたが生きているのか死んでいるのか知らなかったから——」

「僕が自分のために訊いてると思ってるの？　僕が自分のために遺産を欲しがるような馬鹿だと思ってるの？　だけど僕は、どんなふうにその金を使おうか考えるって間違いをおかしてしまった。家族の金だ、もちろん僕も使わせてもらえるさ、なんて思って。誘惑だよね。今はよかったと思ってるよ、もらえなくてよかった」

「なんなら——」

「だけど、じつはね、この家は接収されるんだ——」

「なんならお金を貸すけれど」

「貸す？　ここでは借りたりしないんだ。ここでは貸し借りのシステムは使わないんだ。悪いけど、ちょっと気持ちを落ち着けに行ってくるよ。お腹空いてる？　スープはどう？」

「いいえ、けっこう」

ケントが行ってしまうと、サリーは逃げようかと考えた。裏口がどこにあるかわかれば、台所を通らずに行けるルートが。だが、サリーにはできなかった。そんなことをすれば二度とケントに会えなくなるだろう。それに、こういう車社会以前に建てられた家の裏庭は、通りに通じてはいないだろうし。

おそらく半時間くらいたっていただろう、ケントが戻ってきた。サリーは時計をしていなかった。ケントが送っているような生活では時計は気に入られないかもしれないと思ったのだが、どうやら当たっていたらしい。少なくともそのことについては、当たっていた。

サリーがまだいるのを見て、ケントはいささか驚いたというか、まごついたようだった。

「悪かったね。ちょっと用事を片づけなきゃならなくてね。それからマーニーと話してたんだ。彼女はいつも僕を落ち着かせてくれるんだよ」

「あなた、手紙をくれたでしょ?」とサリーは言った。「あれはあなたからの最後の便りだったわ」

「うわあ、思い出させないでくれよ」

「いいえ、あれはいい手紙だったわ。あなたが何を考えているのか、ちゃんと説明しようとしていたもの」

「頼むよ。思い出させないでくれったら」

「あなたは自分の人生を理解しようとしていた——」

「僕の人生、僕の人生、僕の進歩、悪臭を放つ自己について僕が発見できるすべて。僕の目的。僕のたわごと。僕の精神性。僕の知性。内面的なものなんてないんだよ、サリー。サリーって呼んでもいいよね? そのほうが話しやすいんだ。あるのは外面だけだ、行動、人生の一瞬、一瞬。このことを悟って以来、僕は幸せなんだ」

「そうなの? 幸せ?」

「もちろんだよ。僕はあの馬鹿げた自己ってもんを捨てたんだ。僕は考える、自分がどんな役に立てるか？　そして、それだけしか考えないようにしている」

「現在に生きてるのね？」

「僕のことを陳腐だと思ってもかまわないよ。笑われてもかまわない」

「わたしはべつに――」

「僕は気にしない。言っとくけどね。僕が母さんの金を狙ってると思うなら、それでいいじゃないか。僕は母さんの金を狙ってるんだ。それに、母さんのことも狙ってる。違う人生が欲しくない？　母さんを愛してると言ってるわけじゃないよ、馬鹿げた言葉は使わないからね。母さんを救いたい、とかね。だってさ、人は自分自身しか救えないんだから。で、何が言いたいかって？　僕は人と話をするときはふつう、結論を出そうとはしないんだ。ふつう、個人的な人間関係は避けようとするんだ。というか、避けてる。そういったことは確かに避けてるな」

人間関係。

「どうして笑いを抑えようとしてるの？」とケントはたずねた。「僕が『人間関係』なんて言ったから？　手垢のついた流行語かな？　僕は言葉に気は使わないからね」

サリーは答えた。「わたしはキリストのことを考えていたの。『あなたは、わたしと何の関係があるでしょう。女の方（ヨハネによる福音書2-4、イエスが母に言った言葉）』」

彼の顔にさっと浮かんだ表情は凶暴と言っていいくらいだった。

「疲れないか、サリー？　お利口さんでいるのに疲れないか？　悪いけど、こんなふうに話してるわけにはいかないんだ。やらなきゃならないことがあるからね」

「わたしもよ」とサリーは言った。まったくの嘘だった。「これからもまた――」

「そんなこと言わないでくれ。『これからもまた連絡取り合いましょうね』なんて言わないでくれよ」

「もしかしたら連絡取り合ってもいいわね。これならちょっとはまし?」

サリーは道に迷うが、やがて帰り道を見つける。またあの銀行の建物、さっきと同じか、もしかしたらまったく新しい顔ぶれの、うろつく人の群。地下鉄に乗る。駐車場。車のキー。幹線道路。車の流れ。それから、もっと小さな道路。早い日没。まだ雪はない。裸の木々。暮れなずむ野原。

サリーはこの田舎が好きだ、一年のこの時期が。今のサリーは自分を卑しむべき人間だと思わなくてはいけないのだろうか?

ネコはサリーを見て喜ぶ。留守電には何人かの友人からメッセージが入っている。サリーは一人前のラザニアを温める。今ではこういう一人分ずつになった出来合いの冷凍食品を買っている。なかなか美味しいし、無駄にならないということを考えるとさほど高くない。七分間待つあいだ、サリーはワインを飲む。

ジョナ。

サリーは怒りに震える。いったいどうしろというのだ、接収された家へ戻って、不潔なリノリウムを磨いて、賞味期限切れで処分された鶏のぶつ切りを料理しろというのか？　そして日日、自分がいかにマーニーやその他障害を抱える人間には及ばないか思い起こせと？　他の人間――ケント――が選んだ人生において有益な存在となるという栄誉に関しては。

あの子は病気だ。身を削っている、もしかしたら死にかけているのかも。きれいなシーツや新鮮な食べ物を与えたところで感謝などしないだろう。するものか。むしろあの簡易ベッドで、焼け焦げの穴のある毛布をかぶって死にたがるだろう。

だけど小切手、何がしかの小切手を書くことはできる、馬鹿げた額ではない小切手を。あまり多すぎもせず、少なすぎもせず。もちろん、あの子はその金を自分のためには使わない。もちろん、あの子は母親を軽蔑するのを止めはしないだろう。

軽蔑する。いや。そういうことじゃない。個人的にどうこうということではないのだ。

でもとにかく、今日という日がとことん最悪にはならずに過ごせたっていうのは、なかなかじゃないの。最悪じゃなかったわよね？　たぶん彼女はそう言ったのではないか。ケントはサリーの言葉を訂正しなかった。

# 遊離基《フリーラジカル》

Free Radicals

最初は皆が、ニータがうんと落ちこんでいやしないか、ひどく寂しがっていないか、ほとんど食べていないんじゃないか、あるいは飲みすぎているんじゃないか（ニータはじつにせっせとワインを飲んでいたので、今では飲酒を一切禁じられているのを忘れている人が多かった）確かめようと、電話してきた。ニータは彼らを、気高く悲しみに打ちひしがれているとか、不自然に陽気とか、ぼんやりしているとか、途方に暮れているといったところのない口調で撃退した。食料品は必要ない、手元にあるものでやっているから、と彼女は言った。処方薬もじゅうぶんストックがあるし、礼状に貼る切手もあるから、と。

もっと親しい友人たちはたぶん本当のところをうすうす察していたのではないか——あまり食事しようという気になれないことや、たまたまお悔やみの手紙が来てもぜんぶ捨ててしまうということを。そういう手紙が来るから、ニータは遠方にいる知人に手紙で知らせることさえしていなかった。アリゾナにいるリッチの前妻やノヴァスコシアにいるかなり疎遠になっている彼の弟にさえ。なぜニータがあんなふうに葬儀なしで済ませたか、たぶん彼らのほうがこの近辺の人たちよりもよくわかってくれるかもしれないが。

リッチはニータに、村の、金物屋へ行ってくると声をかけた。午前十時ごろのことだ――彼はポーチの手すりのペンキ塗りをはじめたところだった。つまり、塗り直すために古いペンキをこすり落としていたら、握っていた古いスクレーパーが折れてしまったのだ。

ニータには彼の帰りが遅いのではと思う暇もなかった。彼は金物店の前に立てられた芝刈機を値引きしますという看板に屈みこむようにして死んだ。店に入る暇すらなかった。彼は八十一歳で、右耳が聞こえないことを別として、健康状態は良好だった。その一週間まえに主治医の健診を受けたばかりだった。今や聞かされるようになった突然死の話のなかで、最近健康診断を受けたばかりだ、健康証明書をもらったばかりだという話が驚くべき数に登ることを、ニータは知るようになった。そんな健康診断は避けるべきだと思っちゃいそうよ、とニータは言った。

こんな調子で話すのは、ごく親しい口の悪い友だち、六十二歳という彼女自身の年齢に近い女たちであるヴァージーとキャロルだけにしておくべきだった。もっと若い人たちは、こういう物言いを不適切ではぐらかしているようだと思ったらしかった。最初は皆がニータに群がってこようとした。実際に彼らが悲嘆過程の話をしたわけではないが、いつ何時そんな話を始めるかわかったもんじゃないという気がした。

ニータが手配に取り掛かると、もちろんたちまち信頼できる真の友以外は離れていった。一番安い箱で、すぐさま地中に、どんな種類の儀式もなしで。これは法に反するかもしれないと葬儀屋は言ったが、彼女とリッチは事実をきちんと確認していた。ほぼ一年まえ、ニータの診断結果が確定した時点で、情報は入手していたのだ。

「あの人に出し抜かれるなんて、わかるわけないじゃない」

皆、伝統的な葬儀を期待していたわけではなかったが、何か今風のものが執り行われるのだろうと思っていた。人生の記念。彼の好きな音楽を流して、皆で手をつないで、リッチの奇癖や容赦できる欠点にユーモラスに触れつつ彼を賞賛するようなことを語る。

リッチが反吐《へど》が出ると言っていたような類のことだ。

かくして即座に処理がなされ、騒ぎは、ニータのまわりに広がった温かさは、消え去った。ニータの見るところ、あなたのことが心配で、となおも言いそうなのが何人かいたが。ヴァージーとキャロルはそんなことは言わなかった。今すぐに、必要以上に早くくたばろうなんてこと考えてるんなら、あんたは身勝手なアバズレだよ、と言っただけだった。あんたのとこへ行って、グレイグース（フランス産のウォッカ）で生き返らせてあげるからね、と二人は言った。

そんなこと考えてないとニータは答えながら、一理あると思った。

彼女の癌《がん》は目下のところ寛解状態にあった——それが本当は何を意味するにせよ。それは「病勢の衰退」を意味しているわけではなかった。とにかく、このままずっとということではない。彼女の肝臓が病の活動の本舞台なのだが、酒のつまみだけにしておく限り、文句は言わない。ワインが飲めないことを思い出させても友だちをがっかりさせるだけだろう。ウォッカにしても。

この春の放射線治療はやはり、多少の効き目があったのだ。そしてこうして夏の最中となった。今はそれほど黄疸《おうだん》が出ているようには見えないのではないか――でも、自分がそれに慣れたというだけなのかもしれない。

ニータは早くにベッドから出て、顔を洗い、何でも手近にあるものを着こむ。でもともかく服を着るし、顔も洗うし、歯も磨くし、髪も梳《と》かす。髪は最近また伸びて見苦しくなくなってきた。顔の周りは灰色で、後ろは黒く、以前と同じだ。口紅を塗り、今ではひどくまばらになってしまった眉毛を黒くする。そして終生にわたる細いウエストとそこそこのヒップへの敬意をもって、出来上がった身仕舞いをその方向から確かめる。とはいえ、今では自分の体のどの部分についても適切な形容と言えば痩せこけている、だとわかってはいたが。

ニータはいつものゆったりした肘掛椅子にすわる。本や開封していない雑誌をまわりに積み重ねて。今やコーヒーの代替品となった薄いハーブティーを、マグカップからそろそろと飲む。かつては、コーヒーがなければ生きられないと思っていたのだが、結局のところニータが両手に抱えていたいのは、じつは大きな温かいマグカップなのだった。それが思索の、というか、何であれ、何時間も、あるいは何日も続けて彼女がやっていることの助けとなるのだ。

ここはリッチの家だ。リッチはこの家を前妻のベットと暮らしていた時に買った。週末を過ごすためだけのものとなるはずだった。冬のあいだは閉めておいて。小さな寝室が二つ、差掛けの台所、村からは半マイル。ところが彼はたちまちその家に取り組み始めた。大工仕事を学び、寝室と浴室が二つずつある翼を建て、自分の書斎用にもうひとつ翼を建て、元の家はワンルーム形式の居間兼食堂兼キッチンにした。ベットも興味を持ちはじめた——彼女ははじめ、彼がなぜこんなみすぼらしい家を買ったのか理解できないと言っていたのだが、実際の改良にはいつも加わり、おそろいの大工用エプロンを買った。数年間かかりっきりになっていた料理の本を書き終えて出版した彼女は、何か夢中になれるものを求めていた。二人には子供はいなかった。

そしてベットが皆に、大工の手伝いをする生活に自分の役割を見出している、おかげで以前よりもずっとリッチとの仲が親密になった、などと話していたのと同じ頃、リッチはニータと恋に落ちていたのだった。ニータはリッチが中世文学を教えていた大学の教務課に勤めていた。二人が初めて体を交えたのは、アーチ型の天井のある中央の部屋になるはずの木材を削ったり鋸《のこ》で挽《ひ》いたりしている真ん中だった。ニータはサングラスを置き忘れた——わざとではなかったが、何かを置き忘れることなどないベットはそんなことは信じなかった。ありふれた騒動となった、陳腐で辛い騒動に。そして結局ベットはカリフォルニアへ去り、ついでアリゾナへ行き、ニータは学籍係に言われて仕事を辞め、リッチは人文学部の学部長になりそこなった。彼は早期退職して、街中の家を売った。ニータは小さい方の大工用エプロンは受け継がず、とっ散らかった真ん中で機嫌よく本を読み、ホットプレートで簡単な食事を作り、長い散歩に出かけて近所を探索しては、オニユリや野生のニンジンのみすぼらしい花束を持って帰ってきて、ペンキの空き缶に突っこんだ。のちになって、リッチとの生活が落ち着くと、自分がどれほどいそいそと若い女の役を、うきうきと家庭を壊す女、敏捷で陽気で軽やかな、無邪気な少女役を演じたかを思って、ニータはいくぶん恥ずかしくなった。実際の彼女はむしろ真面目で、身のこなしが不器用で、自意識の強い女で——少女とは言えない——イングランドの王妃全員を、王だけでなく王妃もそらで列挙でき、三十年戦争の背景を知っていたが、人前でダンスするのは恥ずかしく、ベットがやっていたように脚立にのぼったりするつもりは毛頭なかった。

彼らの家は片側にはヒマラヤスギが並び、もう片方は線路の土手になっていた。列車の往来が多かったことはなく、最近ではもう一月に二本くらいかもしれない。レールのあいだには草が茂っている。ニータが閉経を迎えようかというころのあるとき、冗談半分でリッチをそこでのセックスに誘いこんだことがあった——もちろん枕木の上ではなく、線路の横に細く草の生えた部分で。そして二人でこの上なくいい気分で降りてきたのだった。

ニータは毎朝まず自分の椅子に腰をおろすと、慎重に、リッチがどこにいないか考えた。彼は小さなほうの浴室にはいない。あそこにはまだ彼の髭剃り道具があるし、厄介だが深刻なものではないさまざまな病気のために医者に処方してもらった、リッチが処分するのを拒んだ薬がある。彼は寝室にもいない。あそこはついさっきニータが整えて出てきたばかりだ。大きいほうの浴室にもいない。彼があそこに入るのは湯船に浸かりたいときだけだった。最後の年にはほとんど彼の縄張りになっていたキッチンにもいない。もちろん、ペンキを半分落としかけのポーチで、冗談ぽく窓のなかを覗きこもうとしてもいない——以前だったら、ニータはその窓のなかでストリップショーを始める真似をしていたかもしれない。

書斎にもいない。あの部屋こそ彼の不在をもっともはっきりさせておかねばならなかった。最初のころニータはドアのところまで行って、開けてそこに立って、書類の山や瀕死のパソコン、散らばったファイル、開いてあったり伏せてあったり、棚にもぎっしりの本を見回す必要があった。今では頭にいろいろ思い描くだけですむ。

いずれそのうち入らなくてはならないだろう。ニータにはそれが侵入のように思えた。夫の死んだ心に侵入せねばならないのだ。これは彼女が考えもしなかったことだった。リッチは彼女にとって、能率的かつ有能な頼りになる人、活力あふれる断固たる存在だったので、まったく理不尽なことながら、彼の方が自分よりあとまで生きるとずっと信じていたのだ。そして最後の年、これはぜんぜん馬鹿げた信念ではなく、二人双方の心のなかで確実なこととなったと彼女は思っていた。

まずは地下の穴蔵から始めよう。それはまさに穴蔵で、地下室ではなかった。土間に厚板で通路が作られていて、小さな高窓には汚いクモの巣がかかっている。あそこにはニータに必要な物など何もない。ただリッチの使いかけのペンキ缶やいつか役に立ったのかもしれないさまざまな長さの板、まだ使えるのかもしれないし捨てるところだったのかもしれない道具などがあるだけだ。ニータは一度だけドアを開いて階段を降りていったことがある。つけっぱなしになっている明かりがないかどうか見て、どれが何をコントロールしているのかそれぞれ横のラベルの記載でわかるようになっているスイッチがそこにあるのを確認するためだった。上がってくると、ニータはいつものように、ドアの差し錠をキッチンの側でかけた。彼女のこの習慣をリッチはいつも笑ったものだ。石の壁や小さな妖精サイズの窓を通って、どんなものが入りこんで僕たちを危険にさらすと思ってるんだ、と言って。

それでもやはり、手をつけるには穴蔵のほうがやりやすいだろう。書斎より百倍はやりやすそうだ。

ベッドもちゃんと整えるし、キッチンや浴室をちょっと使ったあとも片づける。だが、全体として、家じゅうすっかり大掃除しようなどという気力はとてもなかった。ねじれたペーパー・クリップや魅力のなくなってしまった冷蔵庫用マグネットひとつ捨てかねているのだ。十五年前にリッチと旅行に行ったときに持ち帰った、皿に入れたアイルランドのコインは言うまでもなく。何もかもが、それ特有の重みや珍しさを備えているように思えるのだった。

キャロルかヴァージーが毎日電話をくれた。たいていは夕食時のちょっとまえで、この頃にニータの孤独がいちばん耐え難くなるのではないかときっと二人は思っていたのだろう。だいじょうぶだとニータは答えた。すぐに隠れ家から出るから、こういう時間がちょっと必要なのだ、ただ考えごとをしたり読書したりしているのだ、と。それに、ちゃんと食べてるし、寝てるし。

それは確かに本当だった、読書をのぞいては。本に囲まれて椅子にすわりこみながら一冊も開きはしない。彼女はつねに大の読書家だったが——リッチに言わせると、それが彼女が彼にぴったりな女である理由のひとつで、彼女はすわりこんでは本を読み、彼をほうっておいてくれるからだった——今では半ページでさえ読み続けられなかった。

ニータは、本は一回しか読まないということもなかった。『カラマーゾフの兄弟』『フロス河の水車場』『鳩の翼』『魔の山』、何度も何度も読んだ。あそこだけちょっと読もうと思って本を取り上げる――そうしては止められなくなって、またぜんぶ読み直してしまうのだった。現代小説も読んだ。いつも小説なのだ。ニータは小説に絡めて「逃避」という言葉が使われるのを耳にするのが嫌だった。現実の生活こそが逃避なのだと、冗談半分にではなくってかかりたいところだった。だが、これは議論することなどできないほど重要な問題だった。

そして今では、なんとも不思議なことに、そんなことすべてが消えてしまった。リッチの死のせいだけでなく、彼女自身が病にどっぷり浸かっていることもあって。当時は、変化は一時的なもので、特定の薬や体力を消耗する治療が終わったら魔法はまた現れるだろうと思っていた。

どうやら違うようだ。

ニータは架空の尋問者を相手に、なぜなのか説明を試みてみたりした。

「忙しすぎるんです」

「誰もがそう言いますよね。何をするのに?」

「注意を払うのに忙しすぎるんです」

「何に対して?」

「考えることに、ですね」

「何について?」

「なんでもないんです」

ある朝、しばらくすわっていたあとで、今日はとても暑い日であるとニータは判断した。立ち上がって、扇風機を回さなくてはならない。あるいは、環境に対する責任をより強く感じるならば、表と裏のドアを開けて、もし風があるなら、網戸越しに家を吹き抜けるようにしてもいい。

ニータはまず玄関の鍵を開けた。すると、朝の光が半インチ差しこむよりも先に、その光が黒っぽい筋に遮られていることに気づいた。

掛け金の掛かった網戸の外に若い男が立っていた。

「驚かせるつもりはなかったんだ」と男は言った。「玄関のブザーかなんかを探したんだけど。ここの枠のとこをちょっとノックしたんだ。でも、聞こえなかったみたいですね」

「ごめんなさい」とニータは言った。

「ヒューズボックスの検査に来たんです。どこにあるか教えてもらえないかな」

ニータは横へ寄って男を入れた。思い出すのにちょっとかかった。

「そうだ。穴蔵のなかよ」とニータは言った。「電気をつけるわ。見えるようにね」

男は背後のドアを閉め、靴を脱ごうとかがみこんだ。

「あらいいのよ」とニータは言った。「雨降りでもないんだから」

「だけどやっぱりね。習慣で。泥を落とさんでも、埃の跡が残るからね」

ニータはキッチンへ行った。男が家から出ていってくれないと、もう一度腰を下ろすことはできない。

男が階段を上がってくると、ニータはドアを開けてやった。

「問題ありませんか?」と彼女は訊いた。「問題はありませんでしたか?」

「だいじょうぶです」

ニータは男を玄関の方へ案内していった。すると、後ろから足音が聞こえないことに気がついた。振り向くと、男はキッチンに立っていた。

「あるもので何か作って食べさせてもらえないかなあ?」

彼の口調には変化が現れていた——しゃがれた、尻上がりの口調は、田舎の訛《なまり》で愚痴をこぼすテレビのコメディアンをニータに思い出させた。キッチンの天窓の下で見ると、男はそれほど若くはなかった。ドアを開けたときは痩せた体にしか気がつかなくて、朝のまばゆい光のなかで顔は陰になっていたのだ。体は、今こうして見ると確かに痩せていたが、少年っぽいというよりは痩せ衰えていて、温和な不精者という感じだった。顔は長くてゴムのようで、明るい青い日が目立っていた。ふざけているような表情だが、頑固そうで、何事も思い通りにやりそうに見えた。

「あのさ、俺は糖尿病なんだ」と男は言った。「あんたが糖尿病患者ってもんを知ってるかどうかわからんが、とにかく腹が減ったら食べなきゃならない。でないと、体調がおかしくなっちまうんだ。ここへ来る前に食っとかなきゃならなかったんだが、急いでたもんでね。すわってもかまわないかな？」

男はもうキッチンテーブルにすわっていた。

「コーヒーあるか？」

「お茶ならあるけど。ハーブティーがね、お好きなら」

「いいとも。いいとも」

ニータはお茶を量ってカップに入れ、湯沸しのプラグを差しこみ、冷蔵庫を開けた。

「たいしたものはないわ」と彼女は言った。「卵が幾つかあるけど。ときどきスクランブルエッグを作ってケチャップをかけるの。それでどう？　イングリッシュマフィンもちょっとあるから焼いてあげられるけど」

「イングリッシュだろうがアイリッシュだろうがナニリッシュだろうが、なんでもいい」

ニータは卵を二つフライパンに割り入れると、クッキングフォークで黄身をつぶしてから全体をかき混ぜ、マフィンを一個スライスしてトースターに入れた。食器棚から皿を一枚出して、男の前に置いた。それからカトラリーの引き出しからナイフとフォークを取り出した。

「きれいな皿だな」男はそう言って、皿に顔を映そうとするかのように持ち上げた。また卵の方へ視線を戻したニータの耳に、皿が床で割れる音が聞こえた。

「おーやおや」男は新しい声音で言った。甲高い、非常に嫌な声だった。「ほら、こんなことしちまったぜ」

「いいのよ」今やひとつもよくなんかないのを悟りながら、ニータは言った。

「指がすべったんだな、きっと」

ニータはべつの皿を出して、まず半分に切ったマフィンを、ついでその上にケチャップをかけた卵を載せるまで、カウンターの上に置いておいた。

男はそのあいだ、かがみこんで割れた陶器の破片を集めていた。男は先が鋭く尖っている破片をひとつ、持ち上げた。ニータが食事をテーブルに置くと、男はその尖った先端で自分のむき出しの前腕を軽くひっかいた。血が小さな玉になって滲み出した。最初はばらばらで、やがて合わさって筋になる。

「だいじょうぶだ」と男は言った。「ただの冗談だから。冗談でやるときはどうやるかはわかってる。マジでやろうと思ってたら、ケチャップはいらないところだったよな、ええ？」

男が拾い残した破片がまだいくつか床に落ちていた。ニータは裏口の近くの物入れにある箒をとってこようと思って、向きを変えた。男がさっと彼女の腕をつかんだ。

「すわれよ。俺が食ってるあいだ、ここにすわってろ」男は血のにじんだ腕を持ち上げてもう一度ニータに見せた。それからマフィンと卵をエッグバーガーにすると、ほんの二口三口で食べてしまった。男は口を開けたままで咀嚼した。湯沸しが沸騰した。「ティーバッグはカップに入ってるのか？」

「ええ。でもリーフティーだけど」

「動くな。あの湯沸しに近寄るなよ、いいな？」

男は湯をカップに注いだ。

「干草みたいだな。これしかないのか？」

「ごめんなさい。そうなの」

「謝らんでいい。それしかないならそれしかないんだ。俺がここへヒューズボックスの検査に来たとは、まさか思ってなかっただろうな？」

「あの、いいえ」とニータは答えた。「思ってたわ」

「今は思ってない」

「ええ」

「怖いか？」

ニータはこれを愚弄ではなく真面目な質問として考えてみることにした。

「さあわからないわ。怖いっていうより驚いているんじゃないかしら。わからないけど」

「ひとつだけ。ひとつだけあんたが怖がる必要のないことがあるぞ。俺はあんたを強姦するつもりはないからな」

「それは考えなかったわ」

「絶対確実とは言えないぜ」男はお茶を一口飲んで顔をしかめた。「あんたがバアさんだからってな。いろんなやつがいるからなあ、やつらはなんでも相手にするんだ。赤ん坊とかイヌ、ネコとか、バアさんとか。ジイさんも。選り好みしないんだ。だけど、俺は違う。俺はどんなのでもいいとかじゃなく、まともなのがいい。俺もむこうを気に入っててむこうも俺を気に入ってくれるいい女と、っていうのがね。だから安心していいぞ」

「安心してるわ。だけど、そう言ってくれてありがとう」とニータは言った。

男は肩をすくめたが、満足げに見えた。

「表にあるのはあんたの車か？」

「夫の車よ」

「夫？　そいつはどこにいるんだ？」

「死んだわ。わたしは運転しないの。売るつもりなんだけど、まだ売ってないの」

なんと馬鹿な、この男にこんなことを話してしまうなんて、なんと馬鹿なんだろう。

「二〇〇四年型？」

「そうだと思うけど。そうだわ」

「一瞬、夫だなんて言って俺をひっかけようとしたのかと思ったよ。無駄だったろうけどな。女がひとり暮らしだと、俺にはにおうんだ。家に入ったとたんにわかるんだよ。女がドアを開けたとたんにな。直感だ。で、ちゃんと走るのか？　あんたの旦那が最後に運転したのはいつかわかるか？」

「六月十七日。あの人が死んだ日よ」

「ガソリンは入ってるのか？」

「入ってると思うけど」

「直前に満タンにしててくれてると助かるんだけどな。キーはあるか？」

「持ってはいないわ。置き場所はわかってるけど」

「よし」男が椅子を後ろへずらすと、陶器のかけらに当たった。男は立ち上がり、驚いたように首を振ると、またすわった。

「俺はくたくたなんだ。ちょっとすわってなくちゃな。食べたらましになるかと思ったんだが。糖尿病ってのは作り話だ」

ニータが自分の椅子をずらすと、男は飛び上がった。

「あんたはじっとしてろ。あんたを引っ捕まえられないほど疲れてるわけじゃないぞ。夜通し歩いたってだけのことなんだ」

「ただキーを取りに行こうとしただけよ」

「俺が言うまで動くな。俺は線路を歩いてきたんだ。列車は見なかった。ここまでずっと歩いてきたけど、列車は一本も見なかった」

「列車はめったに通らないの」

「ああ。そりゃけっこう。ろくでもない小さな町をいくつか通るときは溝のなかを歩いたんだ。そしたら夜が明けて、それでも道路と交差しているとこ以外はなんとかなったし、そんなところは走って渡った。で、ここを見下ろすと家と車が見えたんで、自分に言った。あれだ。親父の車に乗ってこなかったのはマズったが、俺の頭にはまだいくらか脳ミソが残ってたぜ、ってな」

何をやったのかと男が訊いてもらいたがっているのがニータにはわかった。そしてまた、なるべく知らないほうがニータのためになるのだということも、はっきりしていた。

それから、男が家に入ってきてから初めてニータは自分の癌のことを思い出した。癌のおかげで自分は自由じゃないか、危険など脱しているじゃないかと考えたのだ。

「何をにやにやしてるんだ?」

「さあ。わたし、にやにやしてたかしら?」

「あんた、話を聴くのが好きみたいだな。俺がひとつ聴かせてやろうか?」

「それより、出ていってもらいたいわ」

「出ていくよ。まず話を聴かせてやる」

男は尻ポケットへ手をつっこんだ。「ほら。写真を見たくないか? ほら」

それは三人の人間の写真で、閉めた花柄のカーテンを背景に居間で写されていた。年配の男性――それほどの年ではなく、たぶん六十代――と同じ年齢くらいの女性がソファにすわっている。非常に大柄なもっと若い女性が、ソファの片側のちょっと前方に引き寄せられた車椅子にすわっている。年配の男性はがっしりしていて、髪は灰色、目を細めて口をちょっと開けて、なんだか胸がぜいぜいいっていそうだが、せいいっぱい微笑んでいる。年配の女性はずっと小柄で、髪は黒っぽく染め、口紅をつけて、昔農民風《ペザント》ブラウスと呼ばれていたブラウスを着ていて、小さな赤い蝶結びが首と両手首についている。彼女はちょっとやっきとなっているとさえ感じられるほど断固として笑顔を作っていて、唇をぎゅっと広げておそらく虫歯らしい歯をむき出している。

しかし、その写真を独り占めしているのは若いほうの女性だった。鮮やかなムームーを着て、独特で奇異、黒っぽい髪は小さなカールになって額に沿って並び、頬が首に垂れている。そしてその膨れ上がった肉付きにもかかわらず、表情にはどこか満足気で抜け目なさそうなところがあった。

「それが俺のお袋、それが親父だ。そしてそれが姉貴のマデライン。車椅子にすわってんのがな。姉貴は生まれつきおかしかった。どの医者にも、誰にもどうにもできなかった。ブタみたいに食うんだ。俺が覚えてる限り昔から、姉貴と俺は仲が悪かった。姉貴は俺より五歳上なんだけどな、とにかく俺をいじめるんだ。手当たり次第なんでも俺に投げつけるし、殴り倒すし、あのクソッタレ車椅子で俺を轢こうとするんだ。おっと言葉遣いが悪かったかな、失礼」

「それはあなたにとっては大変だったでしょうね。それにご両親にとっても」

「ふん。両親はそのまま受け入れたよ。教会へ行っててさ、そこで牧師に言われた、娘さんは神様からの贈り物ですよ、ってね。両親が姉貴をいっしょに教会へ連れてくと、姉貴は裏庭のクソッタレ猫みたいにわあわあクソッタレなわめき声をあげる、そうすると両親は、ああ、この子は曲を作ろうとしてる、ああ、神様、この子にクソのお恵みを、なんて言うんだ。またまた失礼。

　そんなわけで、俺はぐずぐず実家にいようとは思わなかった、わかるだろ、出てって自分の生活を始めた。もうけっこう、こんなことにつきあってるつもりはないぜ、ってね。俺は自分の生活を始めた。仕事をした。だいたいいつも仕事してた。ケツひきずってぶらぶらしながら政府の金で飲んだくれたりしたことはない。おっと、尻だな。親父に一ペニーだってせがんだことはない。それくらいなら、三十度以上の暑さのなかで屋根にタールを塗るとか、古ぼけてくさいレストランの床にモップをかけるとか、ひでぇ詐欺まがいの修理工場で整備工やるとかするさ。俺はそうするぜ。だけどな、そうそういつも大人しくバカにされてるわけにはいかないから、どうも長続きしないんだ。世間は俺みたいな人間をいつもバカにするけどな、俺はそんなの我慢できない。俺はまっとうな家庭で育ってるんだ。親父は病気がひどくなるまで働いてた。バスの仕事をしてたんだ。俺は大人しくバカにされてるようには育ってない。ま、いいけどさ——そんなことはどうでもいい。両親からはいつも、家はおまえのもんだって言われてた。支払いはぜんぶ済んでる、状態もいいし、おまえのもんだってな。俺はそう聞かされてたんだ。子供のころ、おまえがこの家でつらい思いをしたのはわかってる、あんなつらい思いをしていなけりゃ、おまえもちゃんと教育を受けてただろう、だからわしらにできるやり方で償ってやりたいと思ってるんだ、ってさ。ところが、ちょっとまえに親父と電話で話してたら、親父が言うんだ。もちろん、取り決めはわかってるな。どんな取り決めだ?って訊いた。おまえの姉さんが生きてる限り面倒を見るって書類にサインしなきゃ駄目だって取り決めのことだ。姉さんの家でもあって初めておまえの家になるってことだよ、と親父は言うんだ。

まったく。そんなことまるで聞いてなかったんだぜ。そんな取り決めになってるなんて、まるで聞いてなかった。両親が死んだら姉貴はホームに入る、そういうことになってるんだってずっと思ってたんだ。俺の家《ホーム》じゃなくてな。

で、俺はそういうふうには思ってなかったって親父に言った。そしたら、おまえがサインすればいいようにもうぜんぶまとめてある、サインしたくなきゃ、しなくたってかまわない、だってさ。レニー叔母さんがおまえに目を光らせてくれることにもなってる。わしらがいなくなってもおまえがちゃんと取り決めを守るようにな、とね。

そうだ、レニー叔母さんだ。叔母さんはお袋のいちばん下の妹で、おそろしく性悪な女なんだ。

ともかく、レニー叔母さんが目を光らせてくれるって親父に言われて、俺は急に態度を変えた。そうか、そういうことなんだな、ならそれが公平なやり方ってもんだろう。わかった。わかったよ。この日曜にそっちへ行って飯を食わせてもらっていいかな、って俺は言った。いいとも、と親父は答えた。おまえがちゃんとわかってくれて嬉しいよ。おまえはいつもすぐ怒りをぶっ放すからな、おまえの年になったら多少は分別ってもんを持たなきゃ、って親父は言った。

親父のやつ、あんなこと言うとは面白いぜ、と俺は心のなかで思った。

で、俺は出かけていった。お袋はチキンを料理してた。最初家に入るといいにおいがした。それからマデラインのにおいがした、あの昔から同じおぞましいにおいだ。なんのにおいだかわからんが、お袋が毎日風呂に入れててもにおうんだ。だけど俺はうんと愛想よくしてた。せっかくの機会だから、写真を撮らなきゃな、って俺は言った。すぐに現像した写真が見られる、新しいすごいカメラを持ってるんだって話したんだ。すぐさま自分の姿が見られるんだぞ、どうだい？　ってね。それから、あんたに見せたようにみんなを居間にすわらせた。お袋は、急いでよね、台所に戻らなきゃならないんだから、って言った。すぐすむさ、って俺は答えた。で、みんなの写真を撮ったら、お袋は、ほら早く、どんなふうに写ってるか見ましょうよ、ってね。待ちなよ、急かすなって、ほんの一分なんだから、って俺はなだめた。で、どんなふうに写ってるか見ようとみんなが待ってるあいだに、俺は素敵なちっちゃい銃を取り出して、バン、バン、バン、あいつら全員を撃ったんだ。それからもう一枚写真を撮って、台所へ行ってチキンを少し食べて、あいつらの姿はもう見なかった。レニー叔母さんもいるんじゃないかってちょっと期待してたんだけどな、でもお袋が言うには、教会の用事があるとかでさ。叔母さんも同じく簡単に撃っちまえただろうにな。そういうわけでさ、これを見てみろよ。ビフォーアフターだ」

年配の男の頭は横に傾き、年配の女の頭は後ろへ倒れていた。顔面は吹き飛ばされていた。姉は前のめりになっているので顔はわからず、花柄で包まれた大きな膝と時代遅れの凝った髪型の黒い頭しか見えていなかった。

「そのままいい気分で一週間でもすわっていられただろうな。ひどくゆったりした気分だった。だけど、暗くなるまでじっとしてはいなかった。体に何もついていないのを確かめて、チキンを食っちまうと、逃げなきゃ、と思った。レニー叔母さんが入ってきたらって、覚悟は決めてたんだけどな、まえとは気分が変わっちまってさ、叔母さんをやるならもっとかっかきてないと駄目だと思ったんだ。もうその気がなくなっちまったんだ。ひとつには腹がいっぱいだったせいもある、大きなチキンだったからな。詰めて持っていけるようにはせずに、ぜんぶ食っちまったんだ。裏道伝いに行くつもりだったから、そのときにイヌがにおいを嗅ぎつけて騒ぐと困ると思ってね。あれだけのチキンを腹に入れたら一週間はもつと思ったんだけどな。それが見ろよ、あんたのとこへ来たときは腹ペコだったもんな」

男はキッチンを見回した。「ここには酒はないみたいだな？ あのお茶はひどかったぞ」

「ワインはちょっとあるかもしれないけど」とニータは答えた。「どうかしらねえ、わたしはもう飲まないから――」

「あんた、アルコール依存症だったのか？」

「ちがうわ。ただ体に合わないだけ」

立ち上がったニータは、脚が震えているのに気がついた。当然だ。

「ここへ入ってくるまえに電話線はいじらせてもらった」と男は言った。「ちょっと教えておくけどね」

飲んだら、彼はもっと無頓着で呑気になるだろうか、それとももっと扱いにくく荒っぽくなるだろうか？ わかるわけがない。ニータはワインを見つけるのにキッチンを出る必要はなかった。以前はリッチと、毎日ほどほどの量の赤ワインを飲んでいたのだ。赤ワインは心臓に良いということだったから。というか、心臓に良くない何かに害を与えるのだ。怯えと狼狽で、それがなんというものだったのか、ニータは思い出せなかった。

ニータは怯えていたのだ。確かに。癌であるという事実は、今この時点で彼女には何の助けにもなりそうになかった、まったくなんの助けにも。ニータが一年以内に死ぬという事実も、今死ぬかもしれないという事実を相殺してはくれなかった。

男が言った。「へえ、これはいいワインだな。ネジ蓋じゃないぞ。コルク栓抜きはないのか？」

ニータは引出しのほうへ体を動かしたが、男は飛び上がって、ニータを脇へ引き留めた。それほど手荒くではなく。

「ダメダメ、俺が取るよ。あんたはこの引出しには近づくな。へえ、ここには良さそうなもんがたくさんあるぞ」

男はニータがぜったい引っ摑めないところにある、自分のすわっていた椅子の上に、包丁を何本か置き、コルク栓抜きを使った。男の手に握られたそれがいかに凶悪な道具になり得るか、ニータはまざまざと見てとったが、彼女自身がそれを使える可能性はこれっぽっちもなかった。

「立つけど、グラスを取ってくるだけよ」とニータは言ったが、男は駄目だと答えた。グラスはいらない。プラスチックのはあるか？

「いいえ」

「じゃあカップだ。ちゃんと見てるからな」

ニータはカップをふたつ置くと、「わたしはほんのちょっとだけね」と言った。

「それに、俺もだ」男は生真面目な口調で言った。「運転しなきゃならないからな」だが彼は、カップからあふれんばかりに注いだ。「警官に頭を突っこまれてどんな具合か調べられるなんて、ごめんだからな」

「遊離基《フリーラジカル》」とニータは言った。

「そりゃいったいどういう意味だ？」

「赤ワインと関係してるものよ。それが悪いもので赤ワインはそれを破壊するのか、それともそれが良いもので赤ワインはそれを増やすのか、どっちだったのか思い出せないけど」

ニータはワインを一口飲んだが、予期していたように気持ち悪くはならなかった。男は相変わらず立ったまま、飲んだ。「すわるときはその包丁に気をつけてね」とニータは言った。

「俺をからかうなよ」

男は包丁を集めて引出しに戻し、腰を下ろした。

「俺が馬鹿だと思ってんのか？　不安になってると思ってんのか？」

ニータは際どい賭けに出た。「これまでこんなことはしたことないんだろうなって思ってたの」

「もちろん、したことないさ。俺を殺人鬼だとでも思ってんのか？　そりゃあ、俺はあいつらを殺したけどな、殺人鬼じゃないぞ」

「そりゃあ違うわよね」とニータ。

「もちろんだ」

「わたしね、どういうものなのか知ってるの。自分を傷つけた人間を始末するのがどんなものなのか、知ってるのよ」

「へえ？」

「わたしもあなたと同じことをやったの」

「まさか」男は椅子を後ろへずらしたが、立ち上がりはしなかった。

「信じたくなければ信じなくていいわよ」とニータは続けた。「でも、やったの」

「へえ、やったのか。で、どんなふうにやったんだ？」

「毒よ」

「なんだって？　そいつらに、あのろくでもないお茶とかなんか飲ませたのか？」

「そいつら、じゃなくて、彼女。あのお茶は何も悪いものは入ってないわ。寿命を延ばしてくれるはずよ」

「あんな馬鹿げたもんを飲まされるんなら寿命なんか延びないほうがいいね。ともかく、死んだあとで遺体から毒が見つかるはずだぞ」

「植物毒の場合はどうかしらね。どっちみち、誰も調べてみようなんて思わないし。その彼女はね、子供のころにリウマチ熱にかかって、無理ができなかったの。スポーツもできないし、あまり何もできなくて、いつもすわって休んでいなくちゃならなかった。死んでもさほど意外じゃなかったの」

「そいつはあんたに何をしたんだ？」

「彼女はね、わたしの夫が恋に落ちた女の子だった。夫はわたしと別れて彼女と結婚するつもりだったのよ。夫がそう言ったの。わたしは夫のためになんでもしてきたのよ。あの人といっしょにこの家を建てているところだった。あの人はわたしのすべてだったわ。わたしたち、子供はいなかったの。あの人が欲しがらなかったからね。わたしは大工仕事を身につけて、はしごに登るのは怖かったんだけど、登ったわ。あの人はわたしの全人生だったの。それなのに、教務課で働いてたあの役立たずのメソメソした娘のためにわたしを放り出そうとしたのよ。わたしたちが営々と築いてきた全人生が彼女に行っちゃうのよ。そんなのあり？」

「毒はどうやったら手に入るんだ？」

「手に入れる必要はなかったの。裏庭にあったのよ。ここのね。何年もまえからルバーブが生えてるところがあったの。ルバーブの葉脈には申し分なくじゅうぶんな毒があるの。茎じゃないのよ。茎は食べる部分でしょ。茎はだいじょうぶなの。でも、大きなルバーブの葉のか細い葉脈には、あそこには毒があるの。このことは知ってたんだけど、じつを言うとね、効果をあげるには何が必要なのかはっきりとは知らなかった、だからわたしがやったことはむしろ実験って言えるかもしれない。わたしにとってはいろいろ幸運が重なってね。まず、夫がミネアポリスへシンポジウムに出掛けちゃった。もちろん、彼女もいっしょに連れていきたいところだったんでしょうけど、ちょうど夏休みで、彼女は下っ端だったからオフィスに出てなくちゃいけなかったのね。もうひとつはね、だけど、本当なら彼女は完全にひとりになるってことはなかったかもしれないでしょ、べつの人がいっしょにいたかもしれない。それに、彼女はわたしのこと怪しいと思ったかもしれないし。わたしが知ってるってことを彼女は知らず、まだわたしのことを友だちだと思ってるだろうって前提でやらなきゃならなかった。彼女をうちでもてなしたこともあって、わたしたちは仲が良かったのよ。なんでも先延ばしにするタイプの夫が、わたしがどう受け取るか見るために打ち明けはしても、わたしに打ち明けたってことを彼女にはまだ話してないだろうってほうに賭けなきゃならなかった。だけど言われちゃいそうね。なんで彼女を片づけるんだ？　夫はまだどっちとも決めかねていたかもしれないのに？

いいえ。夫はなんとかして彼女との仲を続けていたでしょうね。それにもしあの人がそうしなかったとしても、わたしたちの人生は彼女によって毒されてしまった。彼女はわたしの人生を毒で汚染したんだから、わたしは彼女を毒殺しなきゃならなかったのよ。

わたしはタルトをふたつ焼いた。ひとつは毒のある葉脈入りで、もうひとつは入っていないのをね。もちろん、入っていないのには印をつけておいたわ。車で大学へ行って、コーヒーを二杯買って、彼女のオフィスへ行ったの。そこには彼女しかいなかった。わたしは彼女に、町まで来て、大学を通りかかったら、夫がいつもコーヒーや焼き菓子が美味しいって褒める小さなベーカリーが目についたから、立ち寄って、タルトを二個とコーヒーを二杯買ってきたって言ったの。あとの人たちは休みで出払っちゃって彼女はひとりぼっちだろうし、夫がミネアポリスに出かけちゃってわたしもひとりぼっちだしって思って、って。彼女は愛想良く喜んだわ。すごく退屈してたところで、カフェテリアも閉まっちゃってコーヒーが飲みたかったら科学棟まで行かなきゃならないんだけど、あそこのコーヒーには塩酸が入ってるのよ、アハハってね。そして、二人でささやかなパーティーをしたの」

「俺はルバーブは嫌いだからな」と男は言った。「俺が相手じゃうまくいかなかっただろう」

「彼女にはうまくいったわ。効き目が早く現れるだろうってことに賭けてみたの。彼女が何が悪かったのか気づいて胃の洗浄をしてもらったりしないうちにね。だけど彼女がそれをわたしと関わりがあると気づくほど早くてもいけない。わたしはその場から離れていなきゃならなかった、そしてそうしたわ。建物は人気がなかったし、わたしが知る限り、いまだに、わたしが着いたところも立ち去るところも見た人は誰もいないわ。もちろん裏道はいくつか知っていたのよ」

「あんた自分が利口だと思ってるんだろ。無事に逃げ切ったんだからな」

「でも、あなただってそうじゃない」

「俺がやったことはあんたがやったみたいなこそこそしたことじゃないからな」

「あなたにとってはやらなくちゃならないことだった」

「そのとおりだ」

「わたしがやったこともわたしにはやらなくちゃならないことだったの。わたしは結婚生活を守ったわ。どっちみち彼女とはろくなことにならなかっただろうって、夫も思うようになった。彼女にしたって夫に嫌気がさしてたでしょうね、きっと。そういうタイプだったのよ。彼女は夫にとって重荷にしかならなかったでしょうよ。夫にもそれがわかったのね」

「あの卵に何か入れてやしないだろうな」と男は言った。「入れてたら、後悔することになるぞ」

「もちろん入れてないわよ。そんなことしたくないもの。ああいうことって、あちこちでやり続けることじゃないでしょ。本当のところ、毒のことなんて何も知らないのよ、たまたまあのほんのちょっとしたことを知ってたってだけでね」

男は、自分がすわっていた椅子を倒すほどの勢いでいきなり立ち上がった。ボトルにもうあまりワインが残っていないことにニータは気がついた。

「車のキーを出せ」

一瞬、ニータは頭が働かなかった。

「車のキーだ。どこに置いてあるんだ？」

ああいうことが降りかかるのかもしれない。男にキーを渡したとたん、ああいうことが降りかかるのかも。癌で死にかけていると話したら、役に立つだろうか？　馬鹿なことを。役になど立つわけがない。将来癌で死ぬことは、今日の会話からニータを守ってくれはしない。

「あなたに話したことは誰も知らないの」ニータは言った。「話したのは、あなたにだけよ」

こんなことをしたって何もならないかもしれない。ニータが提示したこれだけの利点を、男はたぶんまるで理解していないだろう。

「まだ誰も知らないってわけだな」男はそう言い、よかった、とニータは思った。うまく乗ってくれている。理解してるんだ。理解してるんだろうか？

うまくいったんだ、たぶん。

「キーは青いティーポットのなかにあるわ」

「どこだ？　青いティーポットって、いったいなんだよ？」

「カウンターの端――蓋が割れちゃって、だから物を放りこんでおくのに使ってたの――」

「黙ってろ。黙ってないと、永久に黙らせてやるぞ」男はブルーのティーポットに拳を突っこもうとしたが、入らない。「くそっ、くそっ、くそっ」男は叫ぶと、ティーポットをひっくり返してカウンターに打ちつけたので、車のキーや家の鍵やさまざまなコイン、古いカナディアン・タイヤ・クーポン券の束などが床に落ちただけでなく、ブルーの陶器の破片も散らばった。

「赤い紐がついているのがそう」ニータは弱々しく言った。

男はちょっとの間、がちゃがちゃかきまわしてから、正しいキーを拾い上げた。

「で、車のことはなんて言うつもりだ?」と男は言った。「知らないやつに売ったんだぞ。いいな?」

一瞬、この言葉の意味がニータにはぴんとこなかった。飲みこめると、部屋が揺れた。「ありがとう」ニータはそう言ったが、口がカラカラに乾いていて声がちょっとでも出たのかどうかわからなかった。でもきっと出たのだろう、男はこう答えた。「礼はまだ言わないほうがいいぞ」

「俺は記憶力がいいんだ」と男は言った。「いつまでもちゃんと覚えてる。その知らないやつは、俺にはぜんぜん似ないようにするんだぞ。あんただって、墓場で死体を掘り返されたくはないだろ。いいか、覚えとけよ、あんたが一言漏らしたら、俺も漏らすからな」

ニータはじっと下を向いていた。身動きもせず、しゃべりもせず、ただ床に散らばったものを見つめていた。

出ていった。ドアが閉まった。それでもニータは動かなかった。ドアの鍵を掛けたかったが、動けなかった。エンジンがかかる音がして、それから止んだ。今度はどうしたんだろう？　あの男はひどく神経質になっていた、なんでもへまをやるのだろう。そして再び、エンジンをかける、かける。砂利の上でタイヤが回る音。ニータは震えながら電話のところへ行き、男の話が本当だったことを発見した。電話はつながっていなかった。

電話の横にはたくさんある本棚のひとつが置いてあった。この本棚には主に古い本が並んでいた。何年も開いていないような本だ。『世紀末のヨーロッパ——誇り高き塔・第一次大戦前夜』（バーバラ・W・タックマン著）がある。アルベルト・シュペーア（ナチス・ドイツの建築家、政治家）。いずれもリッチの本だ。『おなじみの野菜や果物の祭典——栄養豊富でステキなお惣菜とフレッシュなご馳走』、ベット・アンダーヒルが収集、試作、創作したさまざまな料理の本。

キッチンが仕上がったとき、ニータはしばらくのあいだベットのように料理しようと試みるという過ちをおかした。ほんの短いあいだで終わったが。リッチがあの大騒ぎを思い出したくないということが判明したのと、彼女自身があれこれ刻んだり煮たりするだけの忍耐力を持ち合わせていなかったせいだ。だが、彼女はいくつか、驚くようなことを学んだ。例えば、ありふれた、通常は害のないある種の植物の毒性といったことを。

ベットに手紙を書かなくては。

親愛なるベット、リッチは死にました。そしてわたしは、あなたに成りすまして命が助かりました。

ニータの命が助かったなんて、ベットにはどうでもいいことじゃないか？　聞かせ甲斐のある人間はひとりしかいない。

リッチ。リッチ。今やニータには彼がいないのを心底つらく思うというのがどういうことかわかる。まるで空から大気が吸い取られてしまったみたいだ。

歩いて村まで行かなければ。役場の裏に警察署がある。

携帯を手に入れなければ。

ニータはひどく体が震え、深い疲労を覚えて、片足を動かすことさえままならなかった。まずは休息が必要だった。


相変わらず鍵をかけないままだったドアをノックする音で、ニータは目が覚めた。それは警官だった。村の警官ではなく、州の交通巡査だった。警官はニータに車の在処《ありか》を知っているかどうかたずねた。

ニータは車が停めてあった砂利敷きの部分を見つめた。

「なくなってるわ」とニータは言った。「あそこにあったんですが」

「盗まれたことに気がつかなかったんですか？　最後に外に車があるのを見たのは、いつですか？」

「昨夜はあったはずです」

「キーはつけっぱなしだったんですか？」

「きっとそうだと思います」

「じつはですね、ひどい事故がありまして。ウォーレンスタインのこちら側で、自損事故です。排水溝に突っこんで、車は完全にめちゃめちゃです。しかもそれだけじゃないんですよ。運転していた男は三重殺人で指名手配されてたんです。ともかく、それがこちらの聞いた最新情報です。ミッチェルストンの殺人事件ですよ。犯人に出くわさなかったのは幸運でしたね」

「その人、怪我したんですか？」

「死にました。即死です。当然の報いですよ」

そのあとは、思いやりのある厳しい説教。車にキーをつけっぱなしにする。女性のひとり暮らし。近頃では、何が起こるかわからない。

わからない。

# 顔

# Face

父はきっと、たった一度だけ私をつくづくと見つめた、私を凝視した、私を眺めたのだと思う。そのあとは、気にかけないでいればよかった。

当時、父親は赤ん坊誕生のどぎつい現場や、出産の瀬戸際の女性が叫び声をこらえたり、あるいは大声をあげて苦しんでいる部屋へ入れてもらえることはなかった。父親が母親に会えるのは、母親がすっかりきれいにしてもらって、意識も取り戻し、パステルカラーの毛布に包まれて、相部屋か、あるいは準個室か個室に寝かされてからのことだった。私の母は個室だった。町での母の地位に似つかわしいということもあったし、また同時に、じつのところ事の成り行きに鑑みて、ということでもあった。

父が新生児室の窓の外に立って私を初めて見たのは、産後の母に初めて会うまえだったのかあとだったのかは知らない。どちらかといえばあとだったのではないかと思う。病室の外で父の足音がして、そしてそれが部屋を横切ってきたとき、その足音に怒りを感じ取った母は何が原因なのかまだわからなかったのではないか。なんといっても母は父のために息子を産んだのだし、それはおそらくすべての男が望むことだったのだから。

父がなんと言ったのかは知っている。というか、父がそう言ったと母から聞かされたのだが。

「まるで厚切りのレバーじゃないか」

それから、「あれを家へ連れて帰ろうなんて思わなくていいからな」

私の顔の片側は正常だった――今もそうだ。そして体全体も、つま先から肩までは正常だった。身長は二十一インチ、体重は八ポンド五オンスだった。しっかりした男の乳児、肌は白いけれど、つい先程の取り立てて言うほどのこともない旅のせいでたぶんまだ赤かったのではないか。

私の母斑は赤ではなく紫だった。乳児期、そして子供時代の初期は暗い色だったが、成長するにつれて多少薄くなってきた。とはいえ、些細なことだと言える状態にまで薄くなることは決してなかったし、相変わらず、正面から私を見た人がまず気づくのはこれだ。あるいは、左の、きれいなほうの側から近づいてきた人は、これを見てショックを受ける。まるで誰かにグレープジュースかペンキでもぶちまけられたように見えるのだ。大きな、ただごとではない飛沫が小滴に分かれないまま首まで達している。鼻はちゃんとうまく避けているのだが、片方の瞼《まぶた》はまともに浴びせられている。

「おかげでそっちの目の白目のところがとってもくっきりきれいに見えるわ」というのが、母の大目に見てやらねばならないとはいえ馬鹿げた言い草のひとつで、私が自分を素晴らしいと思うようにさせたいと願ってのことだった。そして奇妙なことが起こった。庇護《ひご》されていた私は、母の言葉をほとんど信じてしまったのだ。

もちろん、私の帰宅を妨げるようなことなど父には何もできなかった。そしてもちろん、私の存在は、私という者がいるということは、父と母のあいだにひどい不和を引き起こした。もっとも、多少の不和、少なくとも無理解が、あるいは冷ややかな落胆が、それまでもずっとなかったとは私には信じがたいのだが。

父は皮なめし工場、ついで手袋工場のオーナーとなった無学な男の息子だった。二十世紀が進展するにつれ、繁栄は衰えていったが、まだ大きな屋敷はあったし、コックと庭師もいた。父は大学に進学し、男子学生の社交クラブに入り、いわゆる愉快な一時《ハイ・オールド・タイム》を過ごし、手袋工場が破綻すると保険事業を始めた。父は私たちの町でも大学にいたときと同じように人気があった。ゴルフが上手くて、ヨットの腕も素晴らしかった（まだ言っていなかったが、私たちはヒューロン湖に面した断崖の上の、私の祖父が日没を正面に見る位置に建てたヴィクトリア朝風の家に住んでいた）。

家庭における父の姿でもっとも強烈だったのが憎む能力と軽蔑する能力だった。じつのところ、この二つの動詞はしばしばいっしょになった。ある種の食べ物、車の作り、音楽、話し方や着こなし方、ラジオのコメディアン、そしてのちになるとテレビタレントを、父は憎みかつ軽蔑した。そしてまた、当時は憎みかつ軽蔑するのが（もっとも、父ほど徹底的にではなかっただろうが）通例となっていたお定まりの人種や階級のことも。実際、父の意見の大部分は、私たちの家庭の外で異論に出くわすことはなかっただろう。町でも、ヨット仲間のあいだでも、学生社交クラブの同窓生のなかでも。居心地の悪さを醸しだすのは父の激しさで、それがまた称賛にもつながったのではないだろうか。

歯に衣を着せない。父はそういう人間だと言われていた。

もちろん、私のような産物は、父にとっては自宅のドアを開けるたびに直面せねばならない侮辱だった。父はひとりで朝食を摂り、昼食には帰宅しなかった。母はどちらも私といっしょに食べ、夕食も一部は私と、あとは父とともにした。それから、この件について口論めいたことがあったのだと思う。そして母は、私が食べるあいだずっといっしょにすわってはいるが、父と食べるようになった。

私はどうやら心地よい結婚生活に貢献できてはいなかったようだ。

それにしても、どうして両親は一緒になったのだろう？　母は大学には行っていなかった。あの当時教員を養成していた学校に入るために、金を借りねばならなかった。母はセーリングを怖がったし、ゴルフは下手だったし、私にそう言う人がいたように美人だったとしても（自分の母親についてこういう判断をするのはなかなか難しい）、母の容貌は父が称賛するようなタイプのものではなかったはずだ。父はある種の女たちを、すばらしい美人《スターナー》だとか、もっと年を取ってからは、魅力的な女性《ドール》だと評した。母は口紅を塗らなかったし、ブラはつつましいものだったし、髪は三つ編みにしてきゅっと頭に巻きつけてあって、その髪型は母の広くて白い額を際立たせていた。服は流行遅れで、なんとなく格好が悪くて威厳があった――母は見事なパールのネックレスをつけた姿が脳裏に浮かんでくるようなタイプの女性だった。そんなものは身につけたことがなかったと思うが。

何を言おうとしているのかというと、私はもっともらしい口実、天恵でさえあったのではないかということだ。つまり私は両親に恰好の喧嘩の種を、解決不能な問題を提供し、おかげで二人は、じつのところより快適だったのかもしれない本来のそれぞれ違った世界へ戻ることができたのだ。あの町で暮らしていた何年ものあいだずっと、私は離婚した人には会ったことがなかった。ということは当然のことながら、ひとつ屋根の下でべつべつに暮らしている夫婦が他にもいたのかもしれない。自分たちのあいだには繕《つくろ》いようのない違いが、許せない一言や行為が、押し流せない障壁があるのだという事実を受け入れている男女がいたのかもしれない。

こういう話の流れでは当然のことながら、父はやたらタバコを吸い、深酒するようになった——もっとも父の友人たちも、それぞれの事情がどうであれ大半が同じだったが。父はまだ五十代のときに卒中を起こし、数ヶ月寝たきりで過ごしたあげく死んだ。そしてもちろん、その間ずっと母は父を自宅で看病したのだが、父は優しく感謝するどころか、母にひどい悪罵を浴びせた。彼を襲った災難のために不明瞭にはなっていたが、母にはいつも意味はわかり、そしてそれが父に多大な満足感を与えているようだった。

葬儀の折に、とある女性が私に「あなたのお母様は聖人ですよ」と言った。私はこの女性の容貌をはっきりと覚えている、名前は忘れてしまったが。カールした白髪、頰紅を塗って、優雅な顔立ち。涙ながらの囁き。私はとたんにこの女性が嫌いになった。私は顔をしかめた。当時私は大学二年だった。父の属していた社交クラブには入っていなかったし誘われもしなかった。作家や俳優になろうと考えながらも目下のところは機知に富む人間というだけで、ひたすら時間を浪費し、猛烈に社会を批判し、新たな時代の無神論者、そういう連中とつきあっていた。聖人のように振舞う人間に敬意など持ってはいなかったのだ。それに正直なところ、母はそんなものになることを目指してはいなかった。敬虔な考えなどとは程遠いところにいた母は、いつ帰省しても一度も私に、父の部屋へ行って和解の言葉を求めてはどうか、などと言ったことはなかった。そして私は決して行かなかった。和解など考えられなかった。祝福も。母は決して馬鹿ではなかった。

母は私に対して献身的だった——そんな言葉を、私たちのどちらも使おうとはしなかっただろうが、適切な言葉だと思う——私が九歳になるまでは。勉強は母が自分で教えてくれた。それから、母は私を学校へ送り出した。これでは災厄の処方箋のように聞こえる。母親に甘やかされて育った紫色の顔の男の子が、いきなり嘲笑のなかへ、幼い野蛮人たちの無慈悲な攻撃のなかへ放りこまれるなんて。ところが、私はつらい思いをしなかった。今日に到るまで、どうしてそうならずにすんだのかよくわからない。私は年齢の割に背が高くて強かった、それが助けになったのかもしれない。だがしかし、私たちの家の雰囲気、不機嫌や残忍さや嫌悪の漂う状態——たとえ姿を見せないことが多い父親に由来するものであるとはいえ——のせいで、他のどんな場所でもまあまあのところだと、受け入れられそうに思えたのかもしれない。積極的にではなく、消極的にではあるが。べつに誰かが努めて私に優しくしてくれた、とかいうことではない。私にはあだ名があった――グレープ・ナッツというあだ名だった。だが、ほとんど誰もが侮蔑的なあだ名をつけられていた。毎日のシャワーも効果がないらしいひどく足の臭い男の子は、悪臭《スティンク》というあだ名に快活に耐えていた。私はなんとかやっていった。母にコミカルな手紙を書くと、母も同じような返事をくれた。やんわりと皮肉る口調で町や教会での出来事を記し――婦人会のお茶会用サンドイッチの正しい切り方についての論争を書いていたのを覚えている――父のことも、「閣下」と呼んだりしながら、辛辣にではなくユーモラスに書くことすらしていた。

私はここまで父がケダモノであるかのように書いてきた。そして、母は救い手であり保護者であるかのように。これは真実だと私は思っている。だが、私の物語の登場人物は彼らだけではないし、あの家の雰囲気だけが私の知っていたすべてではなかった（今ここで話しているのは、私がまだ学校へも行っていなかったころのことだ）。私が自分の人生における「重要なドラマ」と考えるようになった出来事は、すでにあの家の外で起こっていた。

「重要なドラマ」。こんなふうに書くとどうもきまりが悪い。なんだか安っぽい皮肉のように、うんざりさせられそうに聞こえるかもしれない。だがしかし、思うに、私が人生をそんなふうに見るのは、人生についてそんなふうに語るのは、私がどのように生計をたててきたかを考えるならば、当然至極のことなのではないだろうか？

私は俳優になったのだ。意外だろうか？　もちろん大学では演劇活動をやっている連中とつきあっていたし、最終学年ではある芝居の演出をした。私をネタにしたお決まりのジョークがあった。私が役を演じるときには常に顔の痣のない側を観客に向けて、必要とあらば舞台を後退りで移動すればいい、というものだ。だが、そのような極端な手立ては必要なかった。

　当時、国営ラジオではドラマが定期的に放送されていた。日曜の夜の、非常に意欲的な番組だ。小説を脚色したもの。シェークスピア。イプセン。私の声はもともと向いていたのだが、ちょっと訓練するといっそう良くなった。私は採用された。最初は小さな役で。だが、テレビによってこの仕事全体が葬られてしまうころには、私はほとんど毎週出演していて、私の名前は、決して数は多くなかったが一部の熱狂的ファンのあいだでは知られるようになっていた。悪い言葉や近親相姦への言及（ギリシャ劇もいくつかやったのだ）に抗議する手紙も来た。だが全体として、母が心配するほど私に非難が降り注ぐようなことはなかった。母は日曜の夜は毎週忠実に、はらはらしながら、ラジオの横の椅子に陣取っていたのだ。

　そしてテレビが登場し、俳優業は終わった。私にとっては確実に。だが、声が大いに役立ってくれて、アナウンサーの職に就くことができた。最初はウィニペグで、ついでトロントで。そして職業人生の最後の二十年間、私は平日の午後に放送される幅の広い音楽番組の司会をしていた。よくそう思われたのだが、私が曲を選んでいたわけではない。私の音楽鑑賞能力は貧弱なものだ。だが私は、愛想が良くてちょっと風変わりで飽きのこないラジオ・タレントのキャラクターを作り上げた。番組には手紙がたくさん届いた。高齢者施設からも、盲人の施設からも、長い、退屈な道中を車を運転して仕事でいつも行き来している人からも、日中ひとりでパンを焼いたりアイロンをかけたりしている主婦からも、広大な地所をトラクターで耕している農夫からも。国じゅうから。

ついに退職するときには、お世辞が殺到した。取り残される気分だ、親友か家族を失うような思いだ、と書いてあった。彼らが言いたかったのは、週に五日、ある一定の時間が満たされていたということだった。その時間は確実に、楽しく満たされていて、所在ないままほったらかされるということがなく、このことについて彼らは心底、こちらがばつが悪くなるほどにありがたく思ってくれているのだった。そして驚いたことに、私も彼らと同じ感情に襲われたのだ。放送のなかで彼らの手紙の何通かを読むときに、途中で詰まってしまわないよう声に気をつけねばならなかった。

にもかかわらず、番組の記憶も、私自身の記憶も、瞬く間に薄れていった。新たな忠誠関係が形成された。私は完全に休むことにして、チャリティー・オークションの司会も懐旧談を語ることも断った。母は相当高齢まで生きたあげくに亡くなっていたが、私はあの家を売らずに貸すだけにしていた。今や私は売る決心をし、借家人たちに通告した。家を——とりわけ庭を——きちんと整えるのに必要なあいだは自分で住むつもりだった。

この年月、私は孤独ではなかった。リスナーの他に、友人もいた。女もいた。もちろん、元気づけを必要としているように思える男専門の女もいる——そういう女は自分は惜しげなく与えるのだというしるしとして男を見せびらかしたがる。私はそういう類の女には用心していた。この年月でいちばん親しくなった女は局の受付係、感じのいい分別のある女性で、四人の子供を抱えて独り身になっていた。一番下の子の手が離れたら一緒に暮らそうというような思いが私たちにはあった。ところが、その一番下は娘だったのだが、なんと家を離れないままで彼女自身が子供を持ってしまい、私たちの将来への期待、私たちの関係はなんとなくしぼんでいった。私が退職して昔の家へ戻ってからも、彼女とは電子メールで連絡を取り合っていた。私は会いにきてくれと彼女を招待した。するとそこへ、彼女が結婚してアイルランドへ行って暮らすという突然の知らせが来た。あまりに驚き、それにたぶん打ちのめされてしまった私は、例の娘とその赤ん坊もいっしょに行くのかどうか聞きそびれてしまった。

庭はかなりめちゃめちゃだ。だが、家のなかよりは庭のほうが落ち着ける。家は外観は同じだが、内部はがらっと変わっている。母は奥の部屋を寝室にして、食料貯蔵室は湯船とシャワーのある浴室に変えていた。さらにあとになると借家人のために天井が低くなり、安っぽいドアが取り付けられ、けばけばしい幾何学模様の壁紙が貼られていた。庭にはそんな改造は施されておらず、ただ単に大きな規模でほったらかされていただけだった。古い多年草がまだ草のあいだに散らばり、傘よりも大きなボサボサの葉が六十年か七十年になるルバーブ畑の在処《ありか》を示している。六本のリンゴの木も残っていて、何という種類だったか忘れてしまったが、小さな虫食いだらけの実をつけている。私がきれいにした部分はほんの僅かにしか見えないのに、集めた草や粗朶《そだ》は山のように思える。これをさらに金を払って運び去ってもらわねばならない。この町ではもうゴミを焼くのは許されないのだ。

昔はこういうことはぜんぶ、ピートという名前の庭師にやってもらっていた。苗字は忘れてしまった。彼は片足を引きずって、いつも頭を片側へ傾げていた。事故に遭ったのか、それとも脳卒中を患ったせいなのかは知らない。彼はゆっくりと、しかし勤勉に働き、程度の差こそあれいつも機嫌が悪かった。母は彼に敬意をこめた穏やかな口調で話しかけていたが、花壇について彼があまりいいとは思わない類の変更を提案しては――やってしまうのだった。そして彼は私を嫌っていた。私はいつも乗ってはいけないところで三輪車を乗り回したり、リンゴの木の下に隠れたりしていたし、それにたぶん、私が小声で彼のことを陰険ピート《スニーキー》と呼んでいることに気づいていたのだろう。自分がどこでそんな言葉を拾ってきたのかはわからない。マンガからだったのだろうか？

彼ががみがみと嫌悪を発散していたもうひとつの理由が今思い浮かんだのだが、これまで思いつかなかったのは不思議だ。私たちには両方とも欠陥があった。見てすぐわかる身体的な災難の犠牲者だったのだ。そういう人間は結束するんじゃないかと思うだろうが、そうならない場合も多い。互いの存在によって、さっさと忘れていられることを思い出させられるのかもしれない。

だが、これは確かではない。母の気配りによって、私はたいていの場合自分の状態にまったく気づいていなかったように思えるのだ。私を家庭で教育するのは気管支炎のせいだ、学校へ通い始めた最初の二年ほどのあいだに起こる細菌の猛攻撃から私を守るためだと、母は主張していた。それを信じる人がいたかどうかは知らない。そして父の敵意はと言えば、それは家じゅうに広く拡散していたので、その敵意の的が自分であると私が感じていたとはとても思えない。

　そしてここであえてもう一度繰り返させてもらうが、母がしたことは正しかったと思っていると言わざるをえない。目立つ欠陥をあげつらわれたり、嘲られたり、よってたかって虐められたりといったことが、あまりに幼く、隠れる場所も持たない私の身に降りかかっていたことだろうから。今では事情は違ってきて、私のような障害を持つ子供にとっての脅威は、嘲られたり孤立したりすることではなく、やたら気を使われたりことさらに親切にされたりすることなのではないだろうか。とまあ、私にはそう思える。当時の暮らしというのは、たぶん母は心得ていたのだろうが、その活気、ウィット、民間伝承の多くが純然たる悪意を源泉としていたのだ。

　二十年くらいまえ——もっとかもしれないが——まで、我が家の敷地にはもうひとつ建物があった。私はそれを小さ目の倉庫あるいは大き目の木造の小屋だと思っていて、ピートはそこに自分の道具を置いていたし、かつて家で使われていたさまざまなものが、どう処分するか決まるまでしまいこまれていた。ピートの代わりにジニーとフランツという精力的な若い夫婦がやってくるとすぐにその建物は取り壊された。夫婦は自前の最新式の道具を自分のトラックに積んできていた。そののち市場向け野菜栽培に乗り出した夫婦は手が空かなくなったが、そのころには夫婦の子供たちが十代になっていて、草を刈りに来てくれたし、それに母は他に何かどうこうしようという興味を失っていた。

「ほったらかしにしてるの」と母は言った。「なんて楽なのかしらと驚いちゃうわよ、ほったらかしにしておくのって」

建物のことに話を戻すと——この話題の周りを巡ってぐずぐずしてばかりいるが——ここが単なる物置小屋となる以前は、人が暮らしていた。ベルという名前の夫婦が住んでいて、祖父母のために料理人兼ハウスキーパーと庭師兼運転手を務めていた。祖父はパッカード（一九五八年に倒産した米パッカード社製の乗用車）を持っていたのだが、運転はとうとう覚えずじまいだったのだ。私の時代にはパッカードもベル夫妻も姿を消していたが、建物はまだ「ベルのコテージ」と呼ばれていた。

私の子供時代の数年間、「ベルのコテージ」にはシャロン・サトルズという名の借家人が入っていた。彼女は娘のナンシーとそこに住んでいた。初めて開業しようとしていた医師の夫とともに町にやってきたのだが、一年かそこいらで夫が敗血症で死んでしまったのだ。彼女は赤ん坊とともに町に留まった。金もなく、そして、噂によると頼る当てもないということだった。これはきっと助けてもらえる当てがないとか、身を寄せる当てがないということだったのだろう。そのうち彼女は私の父の保険事務所で職を得、「ベルのコテージ」に住むようになった。いつこういうことになったのか、はっきりとは覚えていない。親子が越してきた記憶はないし、空き家だったコテージの記憶もない。あの頃あの建物はくすんだピンクに塗られていて、私はそれをずっとミセス・サトルズの選択だと思っていた。彼女が他の色の家に住むはずがないかのように。

私はもちろん彼女のことをミセス・サトルズと呼んでいた。だが他の大人の女性についてはめったになかったことなのだが、彼女のファースト・ネームもちゃんと覚えていた。当時シャロンというのは珍しい名前だったのだ。そしてその名は私が日曜学校で覚えた賛美歌とつながりがあった。日曜学校なら監視の目もあるし休み時間もないからと、母は出席させてくれていたのだ。私たちはスクリーンに浮かぶ歌詞を見ながら賛美歌を歌った。私たちの大半がまだ文字を読めもしないうちから、目の前に浮かぶ文字の形によって詩句の意味を多少なりとも理解していたのではないかと思う。

　シロアムの涼やかな泉の木陰に咲く
　百合のかぐわしさよ。
　丘の麓の露に濡れたシャロンの薔薇の
　かぐわしき吐息よ。

スクリーンの片隅に実際にバラが一輪映っていたとは思えないが、それでも私の目には見えたのだ、見えるのだ、褪《あ》せたピンクのバラが一輪、そしてそのオーラはシャロンという名前に乗り移っていた。

私がシャロン・サトルズに恋していたと言っているのではない。幼児期をやっと脱しかけていたころにベッシーという名前のお転婆な若いメイドに恋をしたことがあるが、その子は私をベビーカーで遠足に連れ出し、公園のブランコに乗っけててっぺんを越えそうになるほど高く揺すってくれたものだった。それからしばらくたって、母の友人に恋した。彼女のコートにはヴェルヴェットの襟がついていて、なぜかそれと結びついているように思える声音だった。シャロン・サトルズはそんな具合に恋に落ちる相手となるタイプではなかった。ヴェルヴェットのような声ではなかったし、私を楽しませようなどという気は少しもなかった。彼女は背が高くて、誰かの母親というにはあまりに痩せていた——彼女の体には起伏というものがなかった。髪はタフィーの色、金色がかった茶色だった。そして第二次大戦当時、彼女はまだその髪をボブにしていた。口紅は鮮やかな赤で、ポスターで見る映画スターの口のように濃く塗られているように見えた。家にいるときはいつもキモノを着ていて、白っぽい鳥が——コウノトリ？——何羽か描かれていたと思うのだが、そのトリの脚は私に彼女の脚を思い出させた。彼女はしょっちゅうソファに寝そべってはタバコを吸っていたが、私たちあるいは自分を楽しませるために、この脚を片方ずつ宙に蹴上げてはふわふわしたスリッパを飛ばすことがあった。私たちに腹を立てていないときでも、彼女の声はハスキーで苛立っていて、無愛想というのではないが、賢そうでもなければ優しくもなく、たしなめるようなところもなく、豊かな声音で、悲しみの気配があったが、それは私が母親という存在には当然あるはずと思っていたものだった。

馬鹿ども、彼女は私たちをそう呼んだ。

「出てってよ、ちょっとはのんびりさせてちょうだい、この馬鹿ども」

私たちがナンシーのおもちゃの車を床の上で走らせているあいだ、彼女はもう疾《と》うから灰皿を腹にのっけてソファに寝そべっていたのに。どれだけのんびりしたいというのだろう？

彼女とナンシーは不規則な時間に変なものを食べていて、彼女は自分がちょっとつまむものを用意しに台所へ行っても、ついでに私たちのためにココアやグラハムクラッカーを持ってきてくれることなど決してなかった。一方でナンシーは、プディングのようにねっとりした野菜スープを缶から直接スプーンですくって食べることも、箱から直にライス・クリスピーを一握り摑み取ることも禁じられてはいなかった。

シャロン・サトルズは私の父の愛人だったのだろうか？　彼女は仕事をもらい、ピンクのコテージにただで住まわせてもらっていたのだろうか？

母が彼女のことを話す口調は好意的で、降りかかった悲劇、若い夫の死のことをしばしば口にした。当時うちにいたメイドが、ラズベリーや新じゃが、採りたてのさやつき豆といったうちの畑で収獲したものを届けにやらされていた。とりわけ豆のことはよく覚えている。シャロン・サトルズが——相変わらずソファに寝そべったままで——人差し指で豆を宙に飛ばしながら、「あたしにこれをどうしろって言うのよ？」と言っていたのを。

「レンジの上で、お湯で煮ればいいんだよ」私は手助けしようとして言った。

「冗談でしょ？」

父はと言えば、彼女と一緒のところは見たことがない。父は遅めに出かけては、早くに仕事を終えていた。さまざまなスポーツ活動をこなすためだ。シャロンが週末に列車でトロントへ出かけることはあったが、いつもナンシーを同伴していた。そしてナンシーはいろいろ珍しいことを経験して、さまざまなものを、たとえばサンタクロース・パレードなどを観て帰ってくるのだった。

確かにナンシーの母親が家にいないことはあった。キモノ姿でソファに寝転んでいないことが。そういうときに彼女はタバコを吸ったりのんびりしたりしていたのではなく、父の事務所で、私は見たことのない、そしてまたきっと私は歓迎されなかったであろう、あの伝説的な場所で、きちんとした仕事をこなしていたということは考えられるのではないか。

そういうときには――ナンシーの母親が仕事していなければならず、ナンシーは家にいなければならなかったときには――ミセス・コッドという仏頂面の女が腰をおろしてラジオの連続ドラマを聴きながら、彼女自身は台所でなんでも手当たり次第食べていたくせに、私たちがそこへ入ったら追い払おうと待ち構えていた。一度も考えたことがなかったが、私たちはふだんずっと一緒に過ごしていたのだから、母が私とあわせてナンシーにも目配りしよう、あるいはうちのメイドに子守を頼んでやろうと申し出て、ミセス・コッドを雇わなくてすむようにもできたはずだが。

こうして振り返ってみると、私たちは起きている時間ずっと一緒に遊んでいたように思える。これは私が五歳くらいのころから八歳半くらいのころまでのことで、ナンシーは私より六ヶ月年下だった。私たちはたいてい戸外で遊んだ――ナンシーのコテージでナンシーの母親を苛立たせていた記憶があるのは、雨の日だったのだろう。野菜畑には入らないようにしないといけなかったし、花も倒さないようにしなければならなかったが、ベリーの生えているところやリンゴの木の下、それにコテージのむこうのひどく荒れ果てたままの部分には始終出入りして、私たちはその荒地に防空壕やドイツ兵から隠れる場所を作っていた。

私たちの町の北の方には、実際に訓練基地があり、本物の飛行機がひっきりなしに頭上を飛んでいた。一度墜落したことがあるが、制御不能になった飛行機は湖に突っこんだので、私たちはがっかりした。そしてこんなふうに戦争のことをいろいろ耳にしていたおかげで、私たちはピートを近くにいる敵というだけでなく、ナチに、そして彼の芝刈り機をタンクにしてしまった。私たちの野営地の盾となっている小粒のリンゴがなる木から、彼にむかってリンゴをぽーんと投げつけることもあった。一度彼は私の母に文句を言い、おかげで私たちは岸辺へ一回行き損なった。

母は岸辺へ行くときによくナンシーを一緒に連れていった。私たちの家のすぐ崖下のウォータースライドがあるところではなく、車で行かなければならないもっと小さな岸辺で、がさつな人間が泳いだりしていないところだった。ちなみに、母は私たち二人に水泳を教えてくれたのだ。ナンシーは私より怖いもの知らずの無鉄砲で、私はそれが癪にさわって、一度彼女を寄せてくる波の下に引きずりこんで頭の上にすわったことがある。彼女は息を止めて蹴りながら、自由になろうともがいた。

「ナンシーは小さな女の子なのよ」と母は叱った。「この子は小さな女の子なんだから、あなたはナンシーを妹みたいにかわいがってあげなくちゃ」

それこそまさに私がしていたことだった。私は彼女を自分より弱いと思ったことはなかった。体は小さい、確かに、だが時にはそれが有利になることもあった。木に登ると、私の体なら支えきれないような枝から、彼女はサルのようにぶら下がることができた。そして一度、喧嘩したときに――どの喧嘩にしろ、原因がなんだったのかは思い出せないが――彼女は抑えつけようとした私の腕を噛んで血を流させた。あのとき私たちは確か一週間ほど引き離されたが、私たちの窓越しのしかめっ面はすぐに切望と嘆願に変わり、禁止措置は撤回された。

冬になると敷地じゅうどこへ行ってもかまわなかった。私たちは雪の砦を作って薪の棒を備えつけ、武器庫には雪玉を用意してやって来る者にぶつけた。といっても、ここは袋小路なので、ほとんどいなかったが。私たちは雪だるまを作って、それを攻撃するしかなかった。

大きな嵐がきて、家のなかに、私の家にこもっていなければならないときは、私の母が取り仕切った。父が頭痛を起こして家で寝ていると、私たちは静かにしていなければならない、すると母はお話を読んでくれた。『不思議の国のアリス』を私は覚えている。アリスが水薬を飲んでどんどん大きくなってウサギの穴から抜け出せなくなると、私たちは二人ともはらはらした。

性的な遊びはどうなんだと思われるかもしれない。そう、確かに私たちはそういうこともやった。たとえばある特別に暑かった日、コテージの後ろに張られていた――なぜなのかはさっぱりわからないが――テントのなかに隠れたことがあった。互いの体を調査するのが目的でそこへ這いこんだのだ。キャンバス地はある種エロチックな、しかし小さな子を思わせる、ちょうど私たちが脱ぎすてた下着みたいなにおいがした。あちこちくすぐるのは刺激的だったが、すぐに私たちは機嫌が悪くなり、汗まみれになって、むずがゆくて、そしてたちまち恥ずかしくなった。外へ出ると、いつもより距離を感じ、妙に互いに警戒心を抱いた。同じようなことがまたあって同じ結果に終わったのかどうかは覚えていないが、あったとしても不思議ではない。

ナンシーの顔は、ナンシーの母親の顔ほどにははっきりと思い浮かばない。髪や肌の色はだいたい同じだったし、時がたってからも同じだったろう。自然と茶色になる金髪、だが日光のもとで長時間過ごすようになって色あせている。濃いバラ色の、赤みがかってさえいる肌。そうだ、彼女のまるでクレヨンで塗ったかのような赤い頬が目に浮かぶ。これまた夏に戸外で長時間過ごしたせいと、あの確固たる活動力のせいだった。

私の家では、言うまでもなく、私たちに指定された部屋以外はどの部屋も入ってはいけないことになっていた。二階へ行ったり地下室へ降りたり客間や食堂へ入ったりしようなどとは夢にも思わなかった。だがコテージでは、どこに入ってもかまわなかった。ただし、どこであれナンシーの母親がいくらかの安息を求めようとしている場所やミセス・コッドがラジオに張りついている場所はべつだったが。さすがの私たちも暑さにうんざりする午後に行くには、地下室はいい場所だった。階段には手すりがなく、私たちはどんどんどんどん大胆に飛んで、固い土の床に着地したりした。そしてそれにも飽きると、古い折畳み式ベッドにまたがって、想像上の馬に鞭を当てながら上下に体を揺らした。一度、ナンシーの母親の箱からくすねたタバコを一本吸ってみたこともある(一本以上くすねる勇気はとてもなかった)。よりいっそう練習を積んでいたナンシーは、私より吸うのが板についていた。

地下室にはまた、古い木のドレッサーがあって、その上に、ほとんど干からびたペンキとニスの缶がいくつかと、固くなった刷毛《はけ》が一揃い、かき混ぜ用の棒、ペンキを試し塗りしたりブラシを拭ったりするための板が置いてあった。いくつかのペンキはまだ蓋がきちんと閉まっていて、私たちがこれをけっこう苦労してこじ開けると、なかのペンキはかき混ぜればどろどろになって使える状態であることがわかった。それからしばらくのあいだ、二人で刷毛をペンキに突っこんではドレッサーの板に打ちあててほぐそうとしたが、あたりをひどく汚しただけでたいした成果は生まれなかった。ところが、缶のひとつにテレビン油が入っていることがわかり、これはずっと効き目があった。今度は使えるようになった刷毛で、私たちはペンキを塗り始めた。母のおかげで私はある程度読み書きができ、第二学年を終えていたナンシーも、同じく読み書きできた。

「描き終わるまで見るなよ」私はそう言って、ナンシーをちょっと押しのけた。描きたいものがあったのだ。彼女はどのみち、自分の刷毛を赤いペンキの缶にせっせと突っこむのに忙しかった。

「この地下しつにはナチがいた」と私は書いた。

「ほら、見ろ」と私は言った。

ナンシーは私に背中を見せていたが、刷毛を自分に向けて使っていた。

「あたし、忙しいの」と彼女は答えた。

私の方を向いた時、その顔には一面に赤いペンキが気前よく塗りたくられていた。

「ほら、これであたしもあなたと同じでしょ」刷毛を首のほうへ下げながら彼女は言った。

「ほら、これであたしもあなたと同じでしょ」その口調はひどく意気揚々としていて、私はナンシーに嘲られていると思ったのだが、実際は彼女の声音には満足感がみなぎっていたのだ、あたかも、彼女が人生を賭けて追い求めてきたものはこれだったのだと言わんばかりに。

さて、続く数分でどんなことが起こったのか説明を試みなくてはならない。

まず第一に、私はナンシーの顔をおぞましいと思った。

私は自分の顔のどの部分にしろ赤いとは思っていなかった。そして事実、赤くはなかった。色のついているほうの半分は普通の暗赤紫色の母斑の色で、まえにも述べたと思うが私の成長につれていくぶん薄くなっていた。

だが、これは私が自分の脳裏に抱いていたイメージではなかった。自分の母斑は落ち着いた茶色、ネズミの毛皮のような色だと思っていたのだ。

母は家のなかから鏡を追放するといったような、馬鹿げた、大仰なことはしなかった。だが、子供が自分の姿を見られないような高めの場所に鏡を掛けることはできる。浴室では確かにそうなっていた。私が自分の姿を手軽に見られる唯一の鏡は玄関ホールに掛かっているものだったが、そこは日中は薄暗く、夜は弱々しい照明しか点かなかった。自分の顔の半分は地味な薄い色だと、ふわっとした陰影なのだというイメージを私が抱いたのは、ここだったに違いない。

私が馴染んでいたのはこういうイメージだったために、ナンシーのペンキは甚だしい侮辱、いやらしいジョークに思えたのだった。私はありったけの力をこめてナンシーをドレッサーに押しつけると、さっと彼女から離れて階段を駆け上がった。鏡を探そうとして走ったのだと思う。あるいはいっそ、ナンシーは間違っていると言ってくれる人を。いったん確認すれば、ひたすら彼女を憎むことができる。私は彼女を罰してやりたかった。どうやって罰するか考える暇はさしあたってなかったが。

私はコテージを駆け抜け――ナンシーの母親はどこにも姿が見えなかった、あの日は土曜日だったのだが――そして、網戸になったドアを叩きつけるように閉めた。砂利の上を走り、ついでがっしりしたグラジオラスの列が両側に並ぶ敷石の小道の上を。我が家の裏のベランダで籐椅子にすわって本を読んでいた母が立ち上がるのが見えた。「赤くない」私は怒りの涙にむせびながら叫んだ。「僕は赤くない」母は驚いた顔で階段を降りてきたが、まだわけはわからずにいた。すると、私の背後でナンシーがコテージから駆け出してきた。すっかりあわてふためいて、あのけばけばしい顔で。

母は了解した。

「この汚らわしい、チビのケダモノ」母はナンシーにむかってわめいた。私が聞いたことのないような声音だった。大きな荒々しい、震える声だった。

「わたしたちに近寄らないで。近寄ったりしてごらん。悪い、悪い子だわ。あんたにはまともな人の情ってものがないんでしょ。躾《しつけ》もされたことがない――」

ナンシーの母親がコテージから出てきた。濡れた髪が目にかぶさって垂れ下がっている。手にタオルを持っていた。

「なんてこと《ジーズ》、ここじゃあ髪も洗えない――」

母は彼女にもわめいた。

「息子とわたしの前でそういう言葉遣いはやめてちょうだい――」

「なによ、ベラベラと」ナンシーの母親は即座に言い返した。「やたらめったら叫んじゃって――」

母は深く息を吸った。

「わたしは――やたら――めったら――叫んでなんか――いません。ただ、おたくの冷酷なお子さんに、もう二度とうちへは来てもらいたくないって言いたいだけです。本人にはどうしようもないことでうちの息子を嘲るなんて、残酷で意地の悪いお子さんね。礼儀も何も教えてないんでしょう、いっしょに岸辺へ連れていったって、お礼を言うすべも知らないし、お願いします、とか、ありがとう、とか言うことも知らない。当然かもね、部屋着姿で堂々とうろつきまわる母親を持ってるんだから――」

こんな言葉がどっと、まるで母のなかに決して止められない怒りの、苦悩の、不条理の奔流が迸《ほとばし》っているかのようにその口から溢れたのだった。このころには私は母の服を引っ張って、「やめてよ、やめてよ」と言っていたのであるが。

それから事態はさらに悪化して、涙が湧き上がって母の言葉をのみこんでしまい、母は喉を詰まらせて震えた。

ナンシーの母親は濡れた髪を目の上からかき上げて、その場に立って注視していた。

「ひとつ言っといてあげるけどさ」と彼女は言った。「あんた、そんなことやってたらアタマのおかしい人が入れられるとこへ連れてかれちゃうよ。あんたが旦那に嫌われてて、息子は顔がヒドイことになってるからって、あたしにどうしろっていうのよ？」

母は両手で頭を抱えた。「ああ——ああ」母は苦悩に貪り食われているかのような叫びをあげた。当時うちで働いていた女——ヴェルマ——がベランダに出てきた。「奥さん。さあさあ、奥さん」それから、声を張り上げてナンシーの母親にむかって言った。

「とっとと消えな。自分ちへ入ってなよ。あっち行けったら」

「あーら、そうするわ。言われなくてもね、ご心配なく。あたしに命令するなんて、あんた、何様のつもり？　それにしても、そんなアタマのおかしい嫌な女のところで、よく働けるわね」

それから彼女はナンシーのほうを向いた。

「まったくまあ、どうやってあんたのそれを落とそうか？」

そのあとで彼女は、自分の言葉が私にはっきり聞こえるようにとまた声を大きくした。

「その子は赤ンボだよ。ほら、おかあちゃんにしがみついちゃってさ。二度とその子と遊ぶんじゃないよ。あんなおかあちゃんべったりの赤ンボ」

ヴェルマが片側に、私がもう片側に付き添って、私たちは母をそっと家へ連れ戻そうとした。母はもう静かになっていた。背筋をまっすぐ伸ばした母は、コテージまで聞こえるような不自然に陽気な声で言った。

「ねえヴェルマ、植木バサミを持ってきてもらえないかしら？　外に出ているあいだにグラジオラスを摘まなくちゃ。まるでしおれちゃってるのがあるから」

だが、母が作業を終えてみると、グラジオラスはすべて小道に倒れていて、直立しているのは一本もなかった。しおれていようが花盛りだろうが。

この事件はすべて、さきほど言ったように土曜日に起こったにちがいない。ナンシーの母親が家にいたし、日曜日には来ないヴェルマがいたからだ。月曜には、あるいはもっと早かったかもしれないが、コテージは確かに空き家になっていたはずだ。おそらくヴェルマが父をクラブハウスかコースかどこかそのとき居た場所でつかまえて、そして父が帰宅し、荒々しく苛立ちながらもすぐに言いなりになったのだ。言いなり、つまり、ナンシーとその母親を追い出すということについて。母娘がどこへ行ったのか、私はまったく知らなかった。もしかしたら父はべつの場所が見つかるまで二人をホテルに置いておいたのかもしれない。出ていくことについてナンシーの母親が何か文句を言ったとは思えない。

ナンシーにはもう二度と会えないのだという事実が、徐々に私の心にしみこんできた。最初はナンシーに腹が立っていたので、どうでもよかった。あのころ私がナンシーのことをたずねると、母は曖昧な答えではぐらかしていたに違いない。あの心に突き刺さる光景を私にも自分自身にも思い出させたくなくて。きっと母はあの頃、私を学校へ送り出すことを真剣に考え始めたのだ。事実、まさにあの秋、私はレイクフィールドに落ち着いたのだったと思う。母はたぶん、私が男子校での生活に慣れたら、女の遊び友だちの思い出はぼやけていって、価値のない、馬鹿げたものとさえ思えるようになるのではないかと考えていたのだろう。

父の葬儀の済んだある日、湖岸を数マイル行ったところにある、知人には遭遇しそうにないだろうと母が思うレストランへ食事に連れていってくれないか（もちろん、母が私を連れていってくれるということなのだろうが）と母に言われて、私は驚いた。

「なんだか、ずっとこの家に閉じこめられていたような気がするの」と母は言った。「ちょっと外の空気が吸いたくてね」

レストランに入ると、母はさり気なくあたりを見回して、顔見知りは誰もいないと告げた。

「あなたもワインを一杯つきあってくれる？」

わざわざ二人でこんなところまで車を走らせてきたのは、母が公共の場でワインを飲めるようにするためだったのだろうか？

ワインが来て、注文もすむと、母は言った。「あなたが知っておくべきだと思うことがあるの」

もしかして、恐ろしく不愉快なことを耳にしなければならないのかもしれない。知っておくべきことなどというものは重荷となる確率が極めて高い。そして、他の人間はその重荷に耐えてきたのに、あなたはそのあいだずっと放免されてきたんじゃないの、などと仄めかされる確率が。

「父さんは実は僕の本当の父親じゃなかったの？」と私はたずねた。「やったね」

「馬鹿なこと言わないで。あなた、子供のころのお友だちのナンシーを覚えてる？」

じつを言えば、私は一瞬思い出せなかった。それから答えた。「なんとなくね」

この時期、母と話すときには常に戦略が必要なように思えた。私は快活で愉快でものに動じない人間でいなければならなかった。母の口調や表情には悲しみが潜んでいた。母は決して自身の窮状について愚痴をこぼしたりしなかったが、母から聞かされる話にはじつに多くの虐待された罪の無い人間が、暴虐が登場するので、私は決まって、少なくとも一段と重くなった心を抱いて、友人たちのもとへ、自分の幸運な生活へと戻って行かねばならないのだった。

私は協力しようとしなかった。おそらく母はただ同情のしるしを、あるいはたぶん行動に現れた優しさを求めていただけだったのだろう。私はそれを与えようとはしなかった。母はまだ年齢による侵食は受けていない几帳面な女性だったが、私は、あたかもわびしさが染みつく危険が、かび菌が伝染する恐れがあるかのように、母から遠ざかった。とりわけ、私の障害に関するあらゆる言及に対して背を向けた。母は私の障害を殊《こと》のほか大切にしているように思えたのだ——私には解くことができない鎖、子宮のなかにいるときから私を母に結びつけていたと認めねばならない鎖を。

「あなたがもっと家にいればたぶん耳に入っていたんでしょうけど」と母は言った。「でも、わたしたちがあなたを学校へやるすぐまえの出来事だったから」

ナンシーと母親は、町の広場に面した、父が持っていたアパートに移ったのだった。そこで、明るい初秋の朝、ナンシーの母親は、娘が浴室で、カミソリの刃で自分の頬を切っている現場を発見したのだ。床もシンクもナンシーの体のあちこちも血だらけだった。だが彼女はやろうと思っていたことをあきらめもしなければ、苦痛の声も一切あげていなかった。

母はどんなふうにしてそんなあれこれを知ったのだろう？　おそらくこれは町の大事件で、本来ならもみ消されるはずのところが、あまりに血まみれなので――まさに文字通りの意味で――こと細かく語られてしまったのだろう。

ナンシーの母親は娘をタオルでくるんで、なんとか病院へ連れていった。当時は救急車などなかったのだ。たぶん広場で車を止めたのだろう。なぜ私の父に電話しなかったのだろう？　どうでもいいことだ――彼女は電話しなかった。傷は深くはなく、失血も、飛び散りようにもかかわらずさほどではなかった――主要な血管は切れていなかった。ナンシーの母親はそのあいだずっと娘を叱り続けては、頭がどうかしてるんじゃないかと言った。

「まったく、ついてないわ」と母親は何度も繰り返した。「あんたみたいな子を持つなんてね」

「あのころにソーシャル・ワーカーがいたら」と母は言った。「きっとあの可哀想な子は児童福祉協会の保護を受けることになっていたでしょうね」

「同じ頬だったのよ」と母は言った。「あなたのと」

私は母が何を言っているのか分からない振りをして、黙ったままでいようとした。だが、言わないわけにはいかなかった。

「ペンキは顔じゅうに塗ってたんだよ」と私は言った。

「そうね。でもあの子、今回はもっと念入りにやったの。あの片頬だけを切って、できるだけあなたと同じようになろうとしたのね」

今度は私はなんとか口を閉じたままでいた。

「あの子が男の子だったらまた違っていたでしょうけど。それにしても、女の子には大変なことよ」

「このごろじゃ、形成外科医には驚くようなことができるからね」

「ああ、そうかもしれないわね」

ちょっとしてから、母は言った。「あんな深い思いをねえ。子供が持つなんて」

「子供は乗り越えるさ」

あの二人がどうなったのかは知らないと、母は言った。子供のことも、母親のことも。私が決してたずねなかったのでありがたかったと母は言った。まだ子供の私にあんな悲惨なことを聞かせるのはたまらなかっただろうから、と。

べつに関係ないことかもしれないが、母はうんと老齢になってから完全に変わってしまって、下品で気まぐれになったと言っておかねばなるまい。父は最高の恋人だった、そして母自身は「とっても悪い女の子」だったと主張した。あなたは「あの自分の顔を切り刻んだ女の子」と結婚すべきだった、あなたたちのどちらもが、善行を施してやったと相手に大きな顔をしてみせることはできないからね、と。あなたたちのどちらもが、と母はけらけら笑った。相手と同じくひどい顔なんだから。

私は同意した。そして母をとても好きだと思った。

数日まえに古い木の下の腐ったリンゴを片づけていて、私はスズメバチに刺された。刺されたのは瞼《まぶた》で、たちまち目が塞がってしまった。私は自分で、片目だけで（腫れ上がったほうの目は顔の「まともな側」だった）車を運転して病院へ行き、一晩入院しなければならないと言われて驚いた。注射をしたあとで両目に包帯をして見えるほうの目に負担がかかりすぎるのを避けねばならないから、というのが理由だった。私はいわゆる落ち着かない夜を過ごし、しょっちゅう目が覚めた。もちろん病院というのは完全に静かになるということはなく、視力を失ったその短いあいだ、私の聴力はいつもより鋭くなっているような気がした。とある足音が私の病室に近づいてくると、私にはそれが女性のものだとわかり、しかも、看護師ではないような気がした。

だが、その女性から「よかった。起きてらしたんですね。わたしはあなたの読み手《リーダー》です」と言われたときには、自分の思い違いで、やっぱり彼女は看護師だったのだと思った。バイタルサイン（血圧や心拍数などのこと）とかいうものを読み取りに来たんだろうと思った私は、片腕を差し伸べた。

「いえ、いえ」と彼女は、小さな、粘り強そうな声で言った。「本を読んでお聞かせするために来たんです、あなたがお望みならば、ですが。喜ばれる方もいらっしゃるので。目を塞がれて寝ていると退屈ですからね」

「患者が選ぶんですか、それともあなたが？」

「患者さんです。でもわたしが思い出させて差し上げるような形になることもあります。聖書の物語、患者さんが覚えていらっしゃる聖書の一部を思い出させて差し上げたりするんです。あるいは、子供のころに親しまれたお話とか。いつもいろいろ持ち歩いているんですよ」

「私は詩が好きですね」と私は言った。

「あまりお気が進まないみたいですね」

確かにそのとおりだと私は気づいた。理由はわかっていた。私はラジオで詩を朗読した経験も、訓練を受けた他人の声で朗読されるのを聴いた経験もあるのだが、心地よく感じる読み方もあればぞっとしてしまう読み方もあるのだ。

「じゃあゲームはどうでしょう」まるで私からこういう説明を聞いたかのように彼女は言った。実際は何も言わなかったのだが。「一行か二行読んでそこで止めますから、あなたがその次の行を言えるかどうか見てみるんです。いいですか？」

彼女はまだうんと若いのかもしれないと私は思った。読み聞かせの相手を摑まえたい、この仕事をうまくやりたいと、躍起になっているのではないかと。

いいですよ、と私は答えた。でも、古英語はやめてください、と断った。

「『ダンファームリンの町で、王様が――』」彼女は問いかけるような声で始めた。

「『血のように赤いワインを飲んでいた――』（フランシス・チャイルド編纂のバラッドのなかの『サー・パトリック・スペンス』より）」と私は調子を合わせ、私たちはいい調子で続けていった。彼女はとても上手に朗読した。やや子供っぽい、ひけらかすような速さではあったが。私は自分の声の響きが我ながら気に入ってきて、そこここでちょっとプロっぽく華麗にやってみた。

「すてきだわ」と彼女は言った。

「『そしてユリの咲いているところを見せてあげよう／イタリーの川岸の――』（古いバラッドより）」

「grow《グロウ》（咲く）かしら、それともblow《ブロウ》（文語で「咲く」）？」と彼女はたずねた。「これが出ている本は、じつは持っていないんです。覚えてるはずなんですけど。ま、いいわ、すてきなんだから。ラジオでいつも、あなたの声大好きだったんです」

「へえ？　聴いてくださっていたんですか？」

「もちろんです。たくさんの人が聴いてましたよ」

彼女は詩句を提示するのをやめて、私に好きに暗誦させた。想像してみてほしい。『ドーヴァー海岸（マシュー・アーノルド作）』、『クブラ・カーン（サミュエル・コールリッジ作）』、『西風（ジョン・メイスフィールド作）』、『野生の白鳥（エドナ・セント・ヴィンセント・ミレー作）』、『死すべき定めの若者のための賛歌（ウィルフレッド・オーエン作）』。いや、これだけぜんぶではなかったかもしれないし、最後まできちんとではなかったかもしれないが。

「息切れしていらっしゃるじゃないですか」彼女の小さな手がさっと私の口に当てられた。それから、彼女の顔、というか顔の片側が私の顔に重ねられた。「もうお暇《いとま》しなければ。いくまえにもうひとつだけ。ちょっと難しくして、最初じゃないところからにしますね。

『おまえのことをいつまでも嘆く者はいない／おまえのためにいつまでも祈る者も、おまえがいないことをいつまでも寂しがる者も／おまえの場所は空になり』」

「それは聞いたことないなあ」と私は言った。

「本当に？」

「本当ですよ。あなたの勝ちだ」

このころには、うっすらと何か勘づいていた。彼女は気もそぞろで、ちょっと苛立っている様子だった。病院の上を飛ぶ雁《がん》の鳴き声が聞こえた。この時期になると飛ぶ練習をして、どんどん飛行距離を延ばしていって、ある日行ってしまうのだ。私は目覚めようとしていた、あの、現実のような夢のあとの驚きと腹立ちの感情のなかで。夢のなかに戻って、もう一度彼女の顔を私の顔に重ねてもらいたかった。彼女の頰を私の頰に。だが、夢というのはそんな具合にこちらの思い通りにはなってくれない。

目が見えるようになって、家に戻ってから、私は夢のなかで彼女が残した詩句を探した。何冊かのアンソロジーを見てみたが、見つからなかった。しだいに、あの詩句は実在の詩のものではないのではないかという疑念が湧いてきた。夢のなかで作られたものなのではないか、私をまごつかせようとして。

作られたとしても、誰によって？

しかしその後秋になって、古い本を何冊か慈善バザーに出そうと用意していたとき、茶色くなった紙片が出てきた。鉛筆で何行も書き記してある。母の筆跡ではなかったし、父のものであるとは考え難い。ではいったい誰の？　誰が書いたものにせよ、書き手は作者の名を末尾に記していた。ウォルター・デ・ラ・メア。タイトルはない。私が作品についてこれといった知識を持っている詩人ではなかった。だが、きっとこの詩を見たことがあるに違いない。この写しではないかもしれないが。教科書かもしれない。きっとその詩句を頭の奥の小さな引出しにしまいこんでいたのだ。でもなぜ？　その詩句に揶揄《やゆ》されるため、あるいは夢のなかでやる気まんまんの女の子の幻にからかわれるために？
時に癒せぬ
悲しみはない
埋め合わせできぬ
損失は、裏切りはない
心につける膏薬《こうやく》だ、つまりは
愛する者が愛される者から
そして二人がともにしたすべてから
死によって引き裂かれようとも
快い陽光をごらん
驟雨《しゅうう》は去り
花々は美しく装い
なんと晴れやかな日だろう
愛について、務めについて

あまり気に病むな
長らく忘れていた友人たちが
待っていてくれるかもしれない
死が待ち受けている生の
すべてに決着のつくところで
おまえのことをいつまでも嘆く者はいない
おまえのためにいつまでも祈る者も、おまえがいないことをいつまでも寂しがる者も
おまえの場所は空になり
おまえはいなくなるのだ

（『Away』）

この詩は私の心を沈ませはしなかった。奇妙なことに、そのころには心を決めていたこと、屋敷を売るのはやめて住み続けようという決意を応援してくれるように思えた。

この場所であることが起きた。人生においては、何かが起きた場所がいくつか、あるいはもしかしたらたったひとつあり、そしてその他いろいろな場所がある。

もちろん、もしナンシーを見つけていたとしても――たとえばトロントの地下鉄で――どちらもがすぐに見分けのつくしるしを負った私たちは、十中八九、よくあるどぎまぎした意味のない会話を交わすだけか、自分に関するどうでもいいような事実をそそくさと列挙するくらいがせいぜいだっただろう。ほとんど普通に見えるほど修復された頰、あるいはいまだはっきり

とわかる傷に私は気づいたことだろうが、おそらくそれが話題にのぼることはなかっただろう。子供の話が出たかもしれない。彼女の頰が修復されていようがいまいが、それほど可能性のないことではない。孫のこと。仕事のこと。私が自分の仕事のことを彼女に話す必要はなかったかもしれない。私たちは驚き、ややあと挨拶し、立ち去りたくてたまらなくなっただろう。

そうなったら事情は違っていただろうか？

答えは、もちろん。そして、当分のあいだは。だが、絶対にそんなことはない。

# 女たち

Some Women

自分の年齢を考えると驚いてしまう。夏になると、住んでいた町の通りに水を撒いて埃がたたないようにしていたのを覚えているし、女の子たちがウエストに幅広のベルトを締めて、置いてもぴんと立っているクリノリンのペチコートを身につけていたのも、ポリオとか白血病とかいった病気にはほとんど打つ手がなかったころのことも覚えている。ポリオにかかった人のなかには、障害が残るにせよ残らないにせよ回復に向う人もいたが、白血病にかかった人は寝ついてしまい、数週間か数ヶ月悲劇的雰囲気のなかで衰えたあげく、死んでいった。

そういう病気のおかげで、わたしは十三歳の夏休みに、人生最初の仕事を得たのだった。クロージャー若旦那（ブルース）は、戦闘機の操縦士として戦った戦争から無事に復員し、大学に行って歴史を学び、卒業し、結婚して、そして今では白血病にかかっていた。彼は妻とともに彼の継母《ままはは》であるクロージャー大奥さんのもとへ戻って暮らしていた。クロージャー若奥さん（シルヴィア）は、夏期講座で教えるために、週に二度、午後に、四十マイルほど離れたところにある二人が出会ったのと同じ大学へ通っていた。わたしは若奥さんがいないあいだ、クロージャー若旦那の世話をするために雇われたのだった。若旦那は二階の表側角の寝室で寝ていて、トイレへはまだ自分で行けた。わたしはただ水を持ってきたり、ブラインドの上げ下ろしをしたり、若旦那がベッド脇のテーブルの小さなベルを鳴らしたら何の用事なのか行ってみたりすればいいだけだった。

若旦那の用事というのは、たいていは扇風機を回してほしいという注文だった。若旦那は、扇風機がおこす微風が好きなのだが、音はうるさがった。そこで、しばらくのあいだ部屋で扇風機を回させては、外の廊下へ出すように、ただし開けたままの寝室のドアに近いところに置いておくようにと言うのだ。

この話を聞いたわたしの母は、なぜ若旦那を階下で寝かせないのだろうかと不思議がった。階下ならきっと天井も高くて涼しいだろうに、と。

階下には寝室がないのだとわたしは説明した。

「あら、だって、一部屋直せばいいんじゃないの？　一時的にね？」

この言葉は母がいかにクロージャー家のことを、クロージャー大奥さんのやり方を知らないかということを表していた。クロージャー大奥さんは杖を持って歩いていた。わたしがいるときは、午後に一度継息子の様子を見るために、まがまがしい音をたてながら階段を上がるのだが、わたしがいない午後もそれだけだったのではないかと思う。それからもう一度上がる必要があるのだが、それは大奥さんが眠るときだった。だが、階下に寝室をもってくるなどという考えは、客間にトイレをつくろうと考えるのと同じくらい大奥さんを憤慨させただろう。幸い、階下にはすでに、台所の裏にトイレがあったのだが、もしもトイレがたったひとつ二階にしかなかったとしても、かくも過激でぎょっとするような変化を目の当たりにするくらいなら、大奥さんは必要な限り何度でも苦労しながら階段を上ったことだろう。

わたしの母は骨董の商売を始めようかと考えていて、あの家の内部には多大な関心を持っていた。一度だけだが、わたしの仕事はじめの日の午後に、足を踏み入れたこともあった。わたしは台所にいたのだが、母の「おーい」という声とそれから自分の名前が陽気に呼ばれるのを耳にして、仰天して立ちすくんだ。そして、母のぞんざいなノックの音がし、台所の階段を上がる母の足音が続いた。すると、クロージャー大奥さんがサンルームから出てくるドシンドシンという足音がした。

娘がちゃんとやっているかどうか見にちょっと寄ったんです、と母は言った。

「ちゃんとやってますよ」クロージャー大奥さんは玄関ホールの入口に立ちふさがって骨董を視界から遮りながら答えた。

母はさらに二言三言、恥ずかしくなるようなことを言うと、去っていった。その夜母は、クロージャー大奥さんは礼儀知らずだ、なにしろあの人はデトロイト出張で拾われた二番目の奥さんだからね、それでタバコを吸ったり、髪をタールみたいに真っ黒に染めたり、ジャムをくっつけたみたいにべったり口紅を塗ったりするんだ、と言った。二階の病人の母親でさえないんだから。あの人にあんな頭はないからね、と。

（わたしたちはそのときいつもの喧嘩をしていて、今回は母の訪問と関係していたのだが、まあそれはどうでもいいことだ）

クロージャー大奥さんにしてみれば、わたしも母と同じく厚かましく、あっけらかんと自己本位に見えたに違いない。一番最初の午後、わたしは奥の居間に入ると、本棚を開けてそこに立ち、『ハーヴァード世界古典全集《クラシックス》』のセットを一列まるごと取り出した。大半はひるんでしまうようなものだったが、『I Promessi Sposi《イ・プロメッシ・スポージ》』（『いいなづけ』アレッサンドロ・マンゾーニ著）という外国語の題名ではあったが小説らしい一冊を手にとってみた。確かに小説のようだったし、しかも英語だった。

あのころのわたしは、本はすべてどこで見つけようが自由に読んでいいと思っていたにちがいない。公共水栓から出てくる水のようなものだと。

クロージャー大奥さんは本を持っているわたしを見ると、どこから出してきたのか、それをどうしていたのかとたずねた。本棚からです、とわたしは答えた。そして、二階へ持って上がって読んでいたんです、と。大奥さんをもっとも当惑させたのは、わたしがその本を階下で見つけたのに二階へ持って上がったということのようだった。それを読んでいたということについてはほうっておくつもりらしかった。そのような行為は、とっくり考えてみるにはあまりに異質すぎるといわんばかりに。しまいに、本が要るなら家からもってくるようにと大奥さんは言った。

『I Promessi Sposi《イ・プロメッシ・スポージ》』はどのみち骨が折れた。本棚に戻すのはちっともかまわなかった。

もちろん、病室にも本はあった。読書はそこでは容認されているようだった。でも、そういう本はほとんどが開いたまま伏せてあった。クロージャーさんがちょっとそこここを読んではやめてしまったというように。おまけに題名がどうもわたしの心を引きつけなかった。『試練に立つ文明（アーノルド・トインビー著）』『大陰謀：対ソ秘密戦争（アルバート・E・カーン、マイケル・セイヤーズ共著）』それに、わたしは祖母から、できれば病人が触れた物には一切触らないほうがいいと注意されていた。細菌が怖いからというのだ。病人の水のコップは必ず布越しに摑むようにしなさいと。

母は、白血病は細菌が原因ではないと言った。

「じゃあ、何が原因なの？」と祖母はたずねた。

「医学者もわからないのよ」

「ふーん」

わたしを車で送り迎えしてくれるのはクロージャー若奥さんだった。たかだか町の端から端までの距離だったのだが。若奥さんは背が高くて痩せていて金髪で、顔色がさまざまに変化した。ときどき、ひっかいたかのように頬が部分的に赤くなることがあった。若奥さんは旦那さんより年上だ、旦那さんは大学で教え子だったのだともっぱらの噂だった。そんなこと誰もちゃんと確かめたわけじゃないんじゃないの、と母は言った。旦那さんのほうは退役軍人なんだから、奥さんの教え子でいながら年下じゃないことだってじゅうぶんあり得る。若奥さんが学があるから、みんなが悪く言うだけだ、と。

もうひとつ世間で言われていたのが、若奥さんは今は外で教えたりしないで家にいて、結婚式で誓ったように旦那さんの看病をすればいいじゃないか、というものだった。母はここでも若奥さんの弁護をして、たかが週に二度、午後に出かけるだけだし、自分の職をなくさないようにしておかなくてはならない、もうすぐひとりでやっていくようになるのだから、と言った。それに、たまにはあのバアさんから離れなかったら、おかしくなっちゃうと思わない？　母はいつも自立して働いている女性を擁護し、そして祖母はいつもそんな母を非難するのだった。

ある日、わたしはクロージャー若奥さん、つまりシルヴィアと話をしてみようとした。若奥さんはわたしの知っている唯一の大卒で、ましてや大学の先生なのだ。もちろん旦那さんはべつとしてだが、あの人はもう数のうちには入らなくなっていた。

「トインビーは歴史の本を書いたんですか？」

「なんですって？　ああ。そうよ」

わたしたちのことなんて、若奥さんにはどうでもよかったのだ。わたしにしろ、批判する人たちにしろ、擁護する人たちにしろ。ランプの笠の虫ほどにも。

クロージャー大奥さんが本当に気にかけていたのは自分の花園だった。大奥さんは手伝いに来る男を雇っていた。同じくらいの年配だったが、もっと動きが軽かった。わたしと同じ通りに住んでいて、じつのところ大奥さんが雇う候補としてわたしのことを耳にしたのは、この男を通じてだった。自宅では無駄話するだけで雑草を生やしていたが、この屋敷へ来ると、引っこ抜いたり根覆いをしたり細かく気を配り、一方大奥さんは、大きな麦わら帽子で日差しを避け、杖を突いて男の後をついてまわるのだった。ベンチにすわりこんで、相変わらず意見を述べたり命令したりしながらタバコを吸うこともあった。最初のころ、わたしは大胆にも完璧な生垣のあいだを通って、大奥さんや手伝いの男に水を一杯持ってきましょうかと訊きにいったことがあったが、大奥さんはいらないと断るまえに、「縁に気をつけなさい」と叫んだ。家のなかに花が持ちこまれることはなかった。ポピーの種が飛んだらしく、生垣のむこうのほとんど道へ出たところで自生していたので、病室を明るくするのに一束摘んでもかまわないかとたずねてみた。

「枯れ死にしてしまうだけじゃないの」そう言った大奥さんは、こういう状況ではこの言葉は二重に解釈できる、ということには気がついていないようだった。

ある種の提案や意見を聞かされると大奥さんの痩せたシミだらけの顔の筋肉が震えて、目が鋭く険悪になり、口がさもいけ好かないとでもいうように動く。そして相手の行動を直ちに阻止することができるのだった。猛々しい刺《とげ》のある茂みのように。

わたしが働く二日間がつづいていることはなかった。たとえば火曜日と木曜日といった具合で。最初の日は、わたしといっしょにいるのは病人とクロージャー大奥さんだけだった。二日目は誰かがやってきたのだが、わたしは何も聞かされていなかった。私道に車が入ってくる音がし、そして裏の踏段を元気よく駆け上がる足音が聞こえて、誰かがノックもしないで台所へ入ってきた。それからその人物は「ドロシー」と呼んだのだが、わたしはそれがクロージャー大奥さんの名前だとは知らなかった。声の主は女性というか娘で、大胆かつからかうような調子なので、なんだかこの人にくすぐられているような気分になりそうだった。

わたしは、「サンルームだと思いますけど」と言いながら裏階段を駆け下りた。

「わあ、驚いた。あんた誰？」

自分が誰でここで何をしているかわたしが説明すると、この若い女性は、ロクサーヌだと名乗った。

「あたしはマッスーズなの」

わたしは自分の知らない言葉に出くわすのは嫌いだった。何も言いはしなかったのだが、相手は様子を察したらしかった。

「わかんなかった？　あたしはマッサージをするの。そういうのって聞いたことない？」

彼女は持ってきたバッグからなかの物を取り出しているところだった。さまざまなパッドや布や平たいベロア張りのブラシが出てきた。

「こういうのを温めるためにお湯がいるんだけど」と彼女は言った。「やかんで沸かしといてもらえないかしら」

ここは立派な家だったが、わたしの家と同じく、蛇口からは水しか出なかった。

彼女はどうやらわたしを他人から指図を受けるにやぶさかでない——たぶん、あんなふうにうまい口調で言われるとなおさら——タイプの人間だと踏んだらしかった。そして彼女は正しかった。もっとも、わたしがいそいそと応じたのは、彼女の魅力というよりもわたし自身の好奇心ゆえだったとはわかっていなかったかもしれないが。

彼女はまだ初夏なのに日焼けして、内巻きにした肩までの髪は赤銅色に輝いていた――近頃ではボトル入のヘアカラーで簡単にそうなれるが、当時は珍しくて羨ましがられた。茶色の目、片頰にはえくぼ、にこにことからかうような雰囲気をたたえているので、しげしげと見つめて本当に美人かどうか、年はいくつくらいなのか判断してみようという気にはならないのだった。

彼女の臀部《でんぶ》は両横に広がるのではなく、見事に後ろにカーヴしていた。

すぐさまわたしは彼女が町の新顔であること、エッソのスタンドの整備士と結婚していて、小さな男の子が二人いて、ひとりは四歳、もうひとりは三歳であることを聞かされた。「どうして赤ちゃんができちゃうんだか、しばらくは知らなかったのよ」彼女は意味ありげに目を輝かせて言った。

以前住んでいたハミルトンでマッスーズの訓練を受けたところ、もともと自分には向いているとわかったのだった。

「ドーローシー？」

「大奥さんはサンルームですよ」わたしはもう一度教えた。

「わかってるわよ。大奥さんをからかってるだけ。あのね、あんたはマッサージを受けるっていうのがどんなだかたぶん知らないでしょうけど、受けるときはね、服をぜんぶ脱がなきゃならないの。若い人ならたいして問題じゃないけど、でも年取ってるとさ、ほら、すごく恥ずかしがったりするじゃない」

少なくともわたしに関する限り、彼女はひとつ間違っていた。若いなら服をぜんぶ脱ぐのは問題じゃない、というところだ。

「だからね、もしかすると逃げ出しちゃうかもしれないでしょ」

今度はわたしは、彼女がせっせと湯で何かしているあいだに表階段をのぼった。そちらからだと、サンルーム——ぜんぜん大したサンルームではなく、三面に窓があって、どの窓もキササゲの肉厚の葉で覆われていた——の開いたドアからなかが覗けた。

クロージャー大奥さんがそこの寝椅子に体を伸ばして俯せになっているのが見えた。顔はわたしとは反対側に向けて、まっ裸だった。痩せこけた青白い肉が一筋。毎日曝されている部分——茶色いシミと黒っぽい静脈の浮いた手や腕、茶色い大きなシミのある頬——ほどの年には見えなかった。この、体のいつもは覆われている部分は、黄色っぽい白で、樹皮を剝いだばかりの木のようだった。

わたしは階段のいちばん上に腰を下ろして、マッサージの物音に耳をすませた。ドシンドシンという音やうなり声。ロクサーヌの声は今や偉そうで、陽気ではあるものの叱咤激励がちりばめられていた。

「ここに固い節があるわ。うわあ。これは一発ぶちかまさないと。冗談ですよ。ちょっと、あらあら、力を抜いてくださいよね。ここのお肌がとってもきれい。腰の後ろのここ、なんて言うのかしら？　赤ちゃんのお尻みたい。さてと、ちょっと押さなくちゃ。ここへぐっときますからね。さあ、体を楽にして。いい子ちゃんね」

クロージャー大奥さんはちょっと甲高い声をあげた。苦情と感謝の声だった。施術は長く続いて、飽きてきた。わたしは廊下の戸棚で見つけた古い『カナディアン・ホーム・ジャーナル』を読むほうへ戻った。料理のレシピを読んだり、昔のファッションを見たりしていると、ロクサーヌの声が聞こえた。「さてと、ちょっとこの道具を片づけちゃったら、おっしゃるように二階へ行きましょう」

二階へ。わたしは雑誌を、母なら喉から手が出るほど欲しがりそうな戸棚のもとの場所に戻すと、クロージャー若旦那さんの部屋へ行った。旦那さんは寝ていた。というか、少なくとも目は閉じていた。わたしは扇風機を数インチ動かし、掛け布団を伸ばしてから、窓の横に立ってブラインドをいじくりまわした。

本当に裏階段を上ってくる物音が聞こえてきた。クロージャー大奥さんの、威嚇的な杖の音の混じったゆっくりとした足音。ロクサーヌは先に駆け上がりながら叫んでいる。「見てなさいよ、見てなさいよ、どこにいるのか知らないけど。どこにいようが、あたしたちが捕まえちゃうからね」

クロージャー若旦那さんは今は目を開けていた。いつもの倦怠のむこうに微かな警戒の表情が見て取れた。ところが、また眠る振りをするより早く、ロクサーヌが部屋に駆けこんできた。

「あら、ここに隠れてたのね。お継母《かあ》さんに、そろそろあなたに紹介してもらってもいいんじゃないかしらって話してたとこだったのよ」

クロージャー若旦那さんは言った。「はじめまして、ロクサーヌ」

「どうしてあたしの名前、知ってるの？」

「噂で聞いてね」

「いい男を、こんなとこへ置いてたのね」ロクサーヌはクロージャー大奥さんに言った。ちょうど、どすどす部屋へ入ってきたのだ。

「そのブラインドをいじくるのはやめなさい」クロージャー大奥さんはわたしに言った。「何かしたいんなら、冷たい水を一杯持ってきてちょうだい。うんと冷たいんじゃなくて――ほどよく冷たいのをね」

「ひどい顔ねえ」とロクサーヌは若旦那さんに言った。「そのヒゲ、誰がいつ剃ったの？」

「昨日」と旦那さんは答えた。「自分で剃ってるよ、なるべくちゃんとね」

「そうだろうと思った」とロクサーヌは言い、それからわたしに「大奥さんに水を持ってくるときに、ちょっとお湯を沸かしてきてよ、そしたらあたしがこの人のヒゲをきちんと剃ってあげるからさ」。


そんなふうにして、ロクサーヌはこのべつの仕事を引き受けたのだった。週に一度、マッサージのあとに。あの最初の日、彼女はクロージャー若旦那さんに、心配しないでね、と言った。「ドスンドスン叩いたりはしないから。あたしが下でドロシーお嬢ちゃんにしてあげてるのがきっと聞こえてたでしょうけど、あんなじゃないから。マッサージの訓練を受けるまえは、看護師だったのよ。まあ、看護師の助手だけどね。仕事をぜんぶやらされて、そこへ看護師が来て威張り散らされる、そういう仕事。ともかく、気持ちよくさせてあげるやり方は心得てるからね」

ドロシーお嬢ちゃん？　クロージャー若旦那さんはにやっとした。ところがおかしなことに、クロージャー大奥さんもにやっとしただけだったのだ。

ロクサーヌは手際よく病人のヒゲを剃った。海綿で病人の顔と首と胴と両腕と両手を拭いた。どうやったものか病人を動かさないままでシーツを引っ張って整え、枕を叩いて形を直した。そのあいだずっと、ひたすらからかったり馬鹿なことを言ったり、しゃべりどおしだった。

「ドロシーったら、嘘をついたのね。二階には病人がいるって言ってたけど、あたしはここへ入ってきて、思ったわよ。その病人はどこよ？　ここには病人の姿なんか見えないじゃない。ねえ？」

クロージャー若旦那さんが言った。「じゃあ、きみに言わせれば僕はなんだってわけ？」

「回復期。あたしならそう言うわね。起き上がって走れとは言わないわよ、あたしはそれほどの馬鹿じゃないからね。ベッドで休んでなくちゃいけないのはわかるもの。でもね、あたしなら回復期って言うわよ。どこの病人がそんな元気そうな顔してるもんですか」

わたしにはこの浮《うわ》ついたおしゃべりは侮辱しているように思えた。クロージャー若旦那さんは悲惨な状態だった。背が高くて、海綿で拭われていた体は飢饉《ききん》の土地からやってきたばかりの人のように肋骨が浮き出ていて、頭には髪がなく、皮膚は羽をむしられた鶏の皮みたいに見え、首は老人のように筋張っていた。若旦那さんの側で何かの世話をするときには、わたしはいつも目をそらしていた。それはべつに若旦那さんが病気で醜いからではなかった。死にかけているからだった。もし若旦那さんが天使のようにハンサムだったとしても、どこか同じ遠慮を感じたことだろう。わたしはあの家のなかの死の気配に気づいていた。この部屋に近づくとそれが濃くなり、カトリックが聖櫃《タバナクル》という強烈な名前で呼ぶ箱に安置されている聖体のように、若旦那さんがその中心であることに。あの人は病に冒され、他の皆のなかから選ばれた人なのだ。それをここでロクサーヌがあの人の領域に、彼女流のジョークや彼女流のふんぞり返った態度や気晴らしについての考え方とともに侵入してきたのだ。

たとえば、この家にダイヤモンドゲームというゲームがあるかどうかという質問。

これはたぶん、彼女が二度目にやってきて、若旦那さんに一日じゅう何をしているのかと訊いたときのことだ。

「本を読むこともあるな。寝たり」

で、夜は眠れるのか?

「眠れないときは目を覚ましたまま横になってる。考えごとしたり。本を読むことも」

「奥さんはうるさがらない?」

「彼女は奥の寝室で寝てる」

「なあるほど。何か気晴らしがいるわね」

「きみが歌ったり踊ったりしてみせてくれるの?」

クロージャー大奥さんが横を向いて思わずあの妙な笑いを浮かべるのをわたしは見た。

「あら、ずうずうしいわね」とロクサーヌ。「トランプはできる?」

「トランプは嫌いだ」

「じゃあ、この家にダイヤモンドゲームはある?」

ロクサーヌはこの質問をクロージャー大奥さんに向けた。大奥さんは最初、知らない、と答えてから、食堂のサイドボードの引出しにあのゲームのボードが入っていたかもしれない、と言った。

そこでわたしが階下へ見に行かされ、ボードとコマの入った瓶を運んできた。

ロクサーヌはクロージャー若旦那さんの脚の上にボードを置いた。そして彼女とわたしと若旦那さんとでゲームをした。クロージャー大奥さんは、ルールがさっぱりわからないし、自分のコマの見分けがつかないから(驚いたことに、この言葉はどうやらジョークのつもりらしかった)、と言った。ロクサーヌは自分がコマを動かすときは歓声をあげたり、誰かに自分のコマを飛び越されるとうめいたりしながらも、決して病人を煩わせないよう気をつかっていた。自分の体はじっと動かさず、コマは羽のようにそっと置いていた。わたしも同じようにしようと努めた。そうしないと、ロクサーヌが警告するように目を見開いてみせるのだ。そのあいだずっとえくぼを消さないで。

クロージャー若奥さんのシルヴィアが車のなかで、夫は話しかけられるのを喜ばないと言っていたのをわたしは思い出した。疲れてしまうのだ、とシルヴィアは言っていた。疲れると、夫は苛立つことがあるのだと。それなら、とわたしは思った。あの人が苛立つことがあるというのなら、今だろう。死の床でくだらないゲームを無理にやらされて。寝具のなかの体の熱が感じられるというのに。

ところが、シルヴィアは間違っていたにちがいない。おそらくシルヴィアが気づいていない我慢強さや礼儀正しさを若旦那さんは身につけていたのだ。自分より下位の人間に対しては――ロクサーヌは明らかに下位の人間だった――あの人は我慢強く、優しくふるまうのだ。やりたいことといえばただ、ここに横になって来し方を思い巡らし、待ち構えているものに対して心の備えをする、きっとそれだけだろうに。

ロクサーヌは病人の額の汗を拭きとって、言った。「興奮しないでね、まだ勝ったわけじゃないんだから」

「ロクサーヌ」と若旦那さんは言った。「ねえロクサーヌ。これって誰の名前か知ってる、ロクサーヌ?」

「ええ?」とロクサーヌ。わたしは口をはさんだ。黙っていられなかったのだ。

「アレクサンダー大王《ザ・グレート》の奥さんの名前です」

わたしの頭はそういう輝かしい知識のカケラがびっしり詰まったカササギの巣だった。

「へえそうなの?」とロクサーヌは言った。「で、それっていったい誰なのよ? 偉大《グレート》なるアレクサンダーってさ?」

そのときクロージャー若旦那さんの顔を見たわたしは、あることに気づいた。がっかりして、悲しくなるようなことに。

若旦那さんはロクサーヌが知らないのを喜んでいた。わたしにはわかった。ロクサーヌが知らないのを喜んでいた。ロクサーヌの無知が呼び覚ました楽しさを、あの人は舌の上でとろかしていた、タフィーを舐めるみたいに。

最初の日、ロクサーヌはわたしと同じようにショートパンツ姿だったが、つぎのときもそのあともずっと、明るいグリーンの光沢のある固い生地のワンピースを着ていた。階段を駆け上がると、ワンピースは衣擦れの音をたてた。ロクサーヌはふわふわしたパッドをクロージャー若旦那さんのために持ってきて床ずれができないようにした。決まって寝具の状態に満足できず、きちんと整えないと気が済まないようだった。ところが、いくらロクサーヌがガミガミ言おうが、彼女の行動は決して病人を苛立たせることはなく、おかげで気持ちがよくなったと、病人に認めさせるのだった。

彼女は途方に暮れるということがなかった。なぞなぞを用意して来ることもあった。あるいはジョークを。ジョークのなかには母ならいやらしいと言って、そんな話しかできない父方の親類の幾人かの口から出たとき以外は我が家のなかでは許さないようなものもあった。こういったジョークはたいてい、まじめに聞こえるがばかばかしい質問で始まった。

肉挽《ひ》き器を買いにいった修道女の話を聞いたことある？

新郎新婦が結婚式の夜、デザートに何を注文したか知ってる？

答えにはいつも二重の意味があって、ジョークの語り手はショックを受けた振りをしては聴き手を助平だと非難できるのだった。

ロクサーヌがそういうジョークを口にすることに皆が慣れると、彼女はさらに、そんなジョークが存在するとは母には思いもよらなそうな類の、しばしばヒツジやメンドリや搾乳器とのセックスが含まれる話をするようになった。

「ひどい話よねえ?」ロクサーヌは最後にいつもそう言った。夫が自動車修理場で聞いてくるんじゃなければこんな話は知らないところだ、と彼女は言った。

クロージャー大奥さんがくすくす笑うという事実が、わたしにはジョークそれ自体と同じくらいショックだった。たぶん話の要点はわからないまま、ただ単になんであれロクサーヌがしゃべることを聴いているのが楽しいんだろうと、わたしは思った。大奥さんはあのぎゅっと口を引き結んだ、それでいて疲れてぼうっとしたような微笑を浮かべて、まるでまだ包みを開けてはいないけれど気に入るのはわかっているプレゼントをもらったみたいな顔ですわっていた。

クロージャー若旦那さんは笑わなかった。といっても、本当のところ彼は笑うことなどなかった。若旦那さんは眉を上げて叱るような顔をしてみせた。ロクサーヌは不道徳だが、それでもやっぱり可愛らしい、と言いたげな表情を。これは、なんであろうとロクサーヌがしてくれている骨折りに対する礼儀、あるいは感謝だったのかもしれない。

わたし自身は必ず笑うことにしていた。お固くて純情だとロクサーヌに貶《けな》されないためだ。賑やかな雰囲気にしておくためにロクサーヌがやるもうひとつのことが、自分の人生について語ることだった。オンタリオ州北部の今はもうない小さな町から姉を訪ねてトロントへ出てきて、イートンズ（デパート）で仕事を見つけた。最初はカフェテリアの片づけをしていたが、手早くていつも陽気なので、マネージャーのひとりに見出され、いきなり手袋売り場の売り子になってしまった（まるでワーナー・ブラザースに見出された、みたいな口ぶりだとわたしは思った）。そしてある日、なんとスケートのスター、バーバラ・アン・スコットその人がやってきて、肘まである白いキッド革の手袋を買ったのだった。

一方ロクサーヌの姉はボーイフレンドが多すぎて、ほとんど毎晩コインを投げては誰とデートするか決める有様で、姉はロクサーヌに下宿屋の玄関で断る相手にごめんなさいねと応対させておいて、自分は選んだ相手とこっそり裏口から抜けだしていた。ロクサーヌによると、おそらくこのせいで彼女はあんなに口がうまくなったのだとか。そしてたちまちこんなふうにして出会った男の子たちの何人かが、姉ではなくロクサーヌをデートに誘うようになった。彼らはロクサーヌの本当の年を知らなかった。

「さんざん楽しんだわ」とロクサーヌは語った。

人が耳を傾けたがる、あるタイプの話し手――あるタイプの女の子――がいて、それはその話し手、女の子の話の内容ではなく、それを話すのを楽しんでいる様子のせいなのだということが、わたしにはわかりはじめていた。話し手自身の楽しげな様子、顔の輝き、自分のしゃべっていることがなんであれ素晴らしいことで、自分は相手を楽しませずにはいられないのだという確信。これを認めない人間――わたしのような人間――もいるかもしれないが、それはそういう人たちにとって損失なのだ。それに、わたしのような人間はどっちみち、こういった女の子たちが求める聴き手では決してないだろうし。

クロージャー若旦那さんは枕を支えに上体を起こし、いかにも嬉しそうだった。とにかく目を閉じてロクサーヌにしゃべらせておけば嬉しい、それから目を開けて、イースターの朝チョコレートのウサギを見つけるみたいに、彼女がそこにいるのを見てまた嬉しいのだった。それから、キャンディーのような唇がぴくぴく動くのや見事なお尻が揺れるのを目を見開いて追っては嬉しがる。

クロージャー大奥さんは奇妙な満足感をたたえて、体をわずかに前後に揺らすのだった。

ロクサーヌが二階で過ごす時間は階下でマッサージに費やす時間と同じ長さだった。料金は支払われていたのだろうか。支払われていなかったとしたら、あれだけの時間は割けなかっただろうし？　それに、支払うとしたらクロージャー大奥さん以外ないはずだが？

なぜだろう？

継息子を楽しく心地よく過ごさせてやるため？　それは疑わしく思えた。

奇妙なやり方で自分が楽しむため？

ある午後、ロクサーヌが部屋から出て行くと、クロージャー若旦那さんがいつもより喉が渇くと言った。わたしはいつも冷蔵庫に入っている水差しの水を入れてこようと、階下へ行った。ロクサーヌが帰り支度をしていた。

「こんなに遅くまでいるつもりはなかったのよ」と彼女は言った。「あの先生に出くわしたくないからね」

わたしは一瞬わからなかった。

「ほら。シ・ル・ヴィ・アよ。むこうだってあたしのこと好きでたまらないってわけじゃないんじゃない？　あんたを家まで送ってくとき、あたしのことはぜったい口にしないでしょ？」

車に乗せてもらっているあいだ、シルヴィアはロクサーヌの名前は一度も口にしたことはない、とわたしは答えた。だけど、べつに口にする必要ないでしょ？

「ドロシーが言うの、あの人には旦那さんの扱い方がわかってないって。あの人がやるよりはあたしのほうがずっと彼を楽しませられるって。ドロシーがそう言うのよ。本人に面とむかってそう言ってても不思議じゃないわね」

いつも午後に、帰ってきたシルヴィアが二階の夫の部屋へ駆け上がる姿が頭に浮かんだ。わたしや義母に言葉をかける暇さえ惜しんで、切羽詰ったようなもどかしさで顔を紅潮させながら。そのことを何か言いたかった――なんとかシルヴィアを弁護したかったのだが、どう言えばいいのかわからなかった。それに、ロクサーヌのような自信たっぷりの人間にはたいてい負かされてしまうような気がした。相手の手段はといえば、単に耳を貸さないだけであったとしても。

「ほんとにあの人、あたしのことは何も言わないの？」

わたしは、言わない、と繰り返した。「家に帰ってきたときは、シルヴィアは疲れているもの」

「そうね。みんな疲れてるのよ。疲れてないように振舞うことを覚える人間もいるけどさ」

わたしはそのとき、ロクサーヌをたじろがせようとあることを言った。「わたしはあの人、すごく好き」

「あんたはあの人がすんごぉく好き？」ロクサーヌは嘲るように真似した。

彼女は不意に、わたしが最近自分で切った前髪を一房、ふざけるようにぎゅっと引っ張った。

「もっとまともな髪型にしなさいよ」


ドロシーが言うの。

ロクサーヌが称賛を求めていたのだとしたら、まあそれが彼女の性格だったが、ドロシーが求めているものはなんだったのだろう？　どうも悪さが仕掛けられている気がしたのだが、それがなんなのかわからなかった。もしかしたらロクサーヌを家に留めておきたい、彼女のあの活気を家に、二倍の時間留めておきたいというだけだったのかもしれない。

盛夏が過ぎていった。井戸の水位は低くなった。散水車は来なくなり、商品の色あせを防ぐために窓に黄色いセロハンのようなシートを張りつける店もあった。木の葉には斑点ができ、草は干からびた。

クロージャー大奥さんは来る日も来る日も庭師に鍬で土を掘り起こさせ続けた。乾燥しているときはそうするのだ。掘って、掘って、地中に見つかるどんなちょっとした湿気でもすくいあげるのだ。

大学の夏期講座は八月の二週目で終わる。そうすればシルヴィア・クロージャーは毎日家にいられるようになる。

クロージャー若旦那さんは相変わらずロクサーヌの顔を見るのを喜んだが、よく眠りこんだ。ロクサーヌのジョークや小話の最中に、頭を後ろへ落とさずに寝てしまうのだ。そしてちょっとたつと目を覚まして、自分はどこにいるのかとたずねる。

「ほら、ここにいるのよ、オネムちゃん。あたしの話をちゃんと聴いてないとだめでしょ。一発ひっぱたかなくちゃ。それともかわりにくすぐるのはどう?」

病人がどれほど衰えているか、誰の目にも明らかだった。頰は老人のようにこけ、耳の上部は、生身ではなくプラスチック(もっとも当時は「プラスチック」とは言わず、「セルロイド」と言っていたが)でできているかのように光が通過した。

あの家でわたしが働く最後の日、シルヴィアが教えに行く最後の日は、マッサージの日だった。シルヴィアは何かの式があって、早くに大学へ行かなくてはならなかったので、わたしは町を歩いて横切り、着いたときにはもうロクサーヌが来ていた。クロージャー大奥さんも台所にいて、二人とも、まるでわたしが来るのを忘れていたような顔でこちらを見た。まるでわたしに邪魔されたような顔で。

「特別に注文したのよ」とクロージャー大奥さんが言った。

きっとテーブルの上の菓子屋の箱に入っているマカロンのことを言っていたに違いない。

「あら、でも言ったでしょ」とロクサーヌ。「あたし、そういうのは食べられないの。どうしたってぜったい駄目」

「ハーヴェイをお菓子屋まで取りに行かせたのよ」

ハーヴェイというのはうちの近所の男、あの庭師の名前だった。

「だったら、ハーヴェイに食べてもらって。冗談じゃないの、ひどい発疹《ほっしん》みたいなのが出ちゃうの」

「いっしょに美味しいものを食べようと思ったんだけど、何か特別なものをね」とクロージャー大奥さんが言った。「だって最後の日でしょ――」

「最後の日よね、あの人がここにずっとお尻を据えちゃうようになるまえのね、うん、わかってるわ。だからって、発疹が出てポツポツのあるハイエナみたいになっちゃうのはどうしようもないでしょ」

いったい誰が、誰のお尻がずっと据えられちゃうっていうんだろう?

シルヴィアのお尻だ。シルヴィアだ。

クロージャー大奥さんは、スイレンと雁《がん》の模様のあるきれいな黒いシルクの部屋着を着ていた。大奥さんは言った。「あの人がここにいたんじゃ、特別なことなんてもう無理ね。まあ見ててごらん」

「じゃあ、そろそろ今日の分を始めましょうか。お菓子のことは気にしないで、大奥さんが悪いわけじゃないんだから。良かれと思ってしてくれたのはわかってますって」

「良かれと思ってしてくれたのはわかってますって」とクロージャー大奥さんは意地の悪い気取った声で真似し、それから二人でわたしのほうを見た。そしてロクサーヌが言った。「水差しはいつものところにあるわよ」

わたしはクロージャー若旦那さんの水差しを冷蔵庫から取り出した。あの箱に入っている金色のマカロンをわたしにも勧めてくれたっていいんじゃないかという思いがふと頭に浮かんだが、どうやら二人はそんなことは思いつきもしないようだった。

枕に頭を埋めて目を閉じているだろうと思っていたら、クロージャー若旦那さんはぱっちり目を開けていた。

「待っていたんだ」と若旦那さんは言って、一息ついた。「きみがここへ来るのをね。きみに頼みたいことがある――してもらいたいことが。してもらえる?」

もちろん、とわたしは答えた。

「内緒にしておいてくれる?」

最近この部屋に現れた室内用便器を使う介添えを頼まれるのではないかとわたしは心配だったのだが、それならべつに内緒にする必要はないはずだ。

はい。

若旦那さんはわたしに、ベッドのむかいにあるドレッサーのところへ行って、左手の小さな引出しを開け、そこに鍵が入っているかどうか見てくれと言った。

わたしは言われたとおりにした。大きなずっしりした古風な鍵があった。

部屋を出てドアを閉めて鍵をかけてくれ、と若旦那さんは命じた。それから鍵を安全な場所に、わたしのショートパンツのポケットにでも隠してくれ、と。

わたしは自分のしたことを決して誰にも言ってはいけない。

若旦那さんの奥さんが帰ってくるまで、わたしが鍵を持っていることを誰にも知られてはならない。奥さんが帰ってきたら、わたしは鍵を奥さんに渡さねばならない。わかったか？

わかりました。

若旦那さんは礼を言った。

いいんです。

わたしに話しかけているあいだじゅう、その顔にはうっすら汗がにじみ、目は熱があるかのように輝いていた。

「誰も入れてはならない」

「誰も入れません」とわたしは繰り返した。

「僕の継母も、それに――ロクサーヌも。妻だけだ」

わたしは外からドアに鍵をかけ、その鍵をショートパンツのポケットに入れた。でもそれから、薄い木綿の生地越しに見えてしまうのではないかと心配になり、階下へおりて奥の客間に入り、『I Promessi Sposi《イ・プロメッシ・スポージ》』のページのあいだに鍵を隠した。ロクサーヌとクロージャー大奥さんにはわたしの気配は聞こえないのはわかっていた。マッサージの最中で、ロクサーヌが例の仕事口調でしゃべっていたのだ。

「今日はこのしこりをほぐさなくちゃね」

そしてクロージャー大奥さんの声が響いてくる、これまでになく不満げだ。

「……いつもより強く叩いてるじゃない」

「だって、そうしなくちゃ」

わたしは二階へ向かったが、さらに考えが浮かんできた。

もしわたしではなく若旦那さんがドアに鍵をかけたとしたら——明らかに若旦那さんはみんなにそう思わせたがっていた——そしてわたしがいつものように階段のいちばん上にすわっていたとしたら、わたしはきっと鍵をかける音を耳にして、大声をあげ、家にいる他の人たちの注意を引きつけていたはずだ。そこでわたしは下へ戻ると、表階段のいちばん下に腰をおろした。わたしが何も聞いていなくても不思議はない場所だ。

マッサージは今日はきびきびと能率的に行われているようだった。どうやら二人はからかったりジョークを言ったりはしていないようだ。すぐにロクサーヌが裏階段を駆け上がる足音が聞こえた。

足音が止まった。「ねえ、ブルース」という声。

ブルースだって。

ロクサーヌはドアのノブをがちゃがちゃいわせた。

「ブルース」

それから、きっと口を鍵穴に近づけたのだろう。ブルースには聞こえるけれど、他の誰にも聞かれないように、と。彼女が何を言っているのか正確には聞き取れなかったが、懇願しているのはわかった。最初はからかうように、それから頼みこむ。そのうち、お祈りでもしているような口調になった。

説得をあきらめた彼女は、ドアを両のこぶしで上下に叩き始めた。それほど強くはないものの、切羽詰った様子で。

しばらくすると、それも止めた。

「ねえったら」彼女はちょっときつい声で言った。「ドアまで来て鍵をかけられたんなら、開けにだって来れるはずでしょ」

変化はなかった。彼女は手すり越しに見下ろして、わたしを見つけた。

「あんた、クロージャー若旦那さんの水を部屋へ持っていった？」

わたしは持っていったと答えた。

「じゃあその時は部屋のドアは鍵なんかかかってなかったのね？」

かかってなかった。

「あの人、あんたに何か言った？」

「ありがとう、とだけ」

「あのさ、あの人ドアに鍵かけちゃってて、返事してくれないの」

クロージャー大奥さんの杖が裏階段のいちばん上へ登っていくのが聞こえた。

「いったいここでなんの騒ぎなの?」

「彼ったら、鍵かけて閉じこもっちゃって、返事してくれないの」

「鍵をかけて閉じこもるってどういうこと? たぶんドアが動かなくなってるんだわ。風で閉まって動かなくなったのよ」

その日は風はまったくなかった。

「自分でやってみてくださいよ」とロクサーヌは言った。「鍵がかかってるから」

「このドアに鍵があるなんて知らなかったわ」クロージャー大奥さんは、自分が知らなければこの事実を否定できるとでも言いたげな口ぶりだった。それからおざなりにノブを動かすと、大奥さんは言った。「そうね。どうやら鍵がかかってるみたいね」

あの人はこうなるのを予想していたんだ、とわたしは思った。二人がわたしを疑うことはないだろう、あの人の仕業だと思うだろうと。そして実際、あの人の仕業だった。

「なかに入らなきゃ」とロクサーヌは言った。彼女はドアを蹴飛ばした。

「止めなさい」とクロージャー大奥さんが言った。「ドアを壊そうっていうの? どっちにしろ、穴なんか開けられませんよ。オーク材の一枚板なんだから。この家のドアはどれもオーク材の一枚板なのよ」

「なら警察を呼ばなきゃ」

ちょっと沈黙があった。

「窓へよじ登ってもらえばいいのよ」とロクサーヌ。

クロージャー大奥さんは息を吸いこんで、きっぱりと言った。

「自分の言ってることがわかってないみたいね。この家に警察なんか入れませんよ。この家の壁じゅう、毛虫みたいによじ登らせたりはしませんからね」

「あの人がなかで何してるか、わかんないじゃないですか」

「あら、だってそんなの、あの人の勝手でしょ。そうじゃない？」

またも沈黙。

今度は足音が――ロクサーヌのだ――裏階段へ戻る。

「そうね、そのほうがいいわ」とクロージャー大奥さん。「引き上げてくれたほうがいいわね、ここが誰の家か忘れてしまわないうちに」

ロクサーヌは階段を降りてきた。その後を二度ほど杖を突く音が追ったが、そのまま続いて降りてきはしなかった。

「それからね、わたしに隠れて警官のところへ行こうなんて考えないことね。警官はあんたの指図は受けないからね。どっちにしろ、ここで指図するのは誰？　あんたじゃないことは確かよ。わかった？」

すぐに台所のドアがバタンと閉まる音がした。それからロクサーヌの車が発進する音。

わたしはクロージャー大奥さんと同じく警察のことは心配していなかった。わたしたちの町で警察といえばマックラーティー巡査のことだったが、この人は学校へやってきては、冬なら通りで橇滑《そり》りをしてはいけない、夏なら水車用の水路で泳いじゃいけないとわたしたちに注意するのだが、みんなどちらもやり続けた。あの巡査がハシゴをのぼったり、鍵のかかったドア越しにクロージャー若旦那さんにお説教するなんて、考えるのも馬鹿馬鹿しかった。

あの巡査ならロクサーヌには他人のことに首をつっこむなと言って、クロージャー家の人たちには勝手にやらせておくだろう。

とはいえ、クロージャー大奥さんが指図をするということについては、考えるのも馬鹿馬鹿しいことではない。ロクサーヌ——大奥さんはどうやらもう彼女を気に入ってはいないようだった——がいなくなったことだし、大奥さんは指図をするかもしれないとわたしは思った。わたしのほうを向いて、この件に何か関与しているのかどうか問いただすかもしれない。

ところが大奥さんはノブをがちゃがちゃ動かしもしなかった。鍵のかかったドアにむかって立っているだけだったが、一言だけ口にした。

「案外強いのね」と大奥さんはつぶやいた。

それから階下へおりていった。いつものように、しっかりした杖で罰を与えているような音をたてながら。

わたしはちょっと待ってから台所へ行った。クロージャー大奥さんの姿はなかった。ふたつの客間のどちらにも、食堂にもサンルームにもいなかった。勇を鼓してトイレのドアをノックし、そして開けてみたが、そこにもいなかった。それから、台所の流しの上の窓から外を見ると、大奥さんの麦わら帽がヒマラヤスギの生垣の上をゆっくり移動していくのが目に映った。

この暑さのなかで庭に出て、花壇のあいだをとぼとぼ歩いていたのだ。

ロクサーヌが心配していたことは、わたしには気にならなかった。そんなことをつらつら考えたりはしなかった。あとほんのちょっとしか生きられない人間が自殺するなんておよそ馬鹿げていると思ったのだ。そんなことになるわけがない。

それでもやはり、落ち着かなかった。わたしはまだ台所のテーブルの上にあったマカロンをふたつ食べた。舌の喜びが正常を取り戻してくれるのではないかと期待していたのだが、ほとんど味もわからなかった。それから、もっと食べたら効き目があるんじゃないか、なんて思わないように、箱を冷蔵庫に突っこんだ。

クロージャー大奥さんがまだ外にいるあいだに、シルヴィアが帰ってきた。大奥さんはそれでも家に入らなかった。

わたしは車の音を耳にするとすぐに本のページのあいだから鍵を出してきて、シルヴィアが家に入ってきたとたん、その鍵を渡した。どういうことがあったのか、騒ぎの大半は除いて手短に話した。どっちみちシルヴィアは、そんな話を聞くまで待ってはいなかった。二階へ駆け上がっていった。

わたしは階段の下に立って、なるべく聞きとろうとした。

何も聞こえない。何も。

それからシルヴィアの声がした。驚いて狼狽《うろた》えてはいたが、決して絶望的ではなく、低すぎて何を言っているのかはわからなかった。五分もせずにシルヴィアは階下へ降りてきて、わたしを家へ送る時間だと言った。頬の赤い斑点が顔じゅうに広がったかのように上気していて、ショックを受けながらも幸福感を押えきれない、という表情だった。

するとと、「そうだわ。クロージャーのお義母さんはどこ？」

「花壇、だと思います」

「あのね、ちょっと義母と話があるの、すぐすむから」

話をすませたあと、シルヴィアはもうそれほど幸せそうな顔ではなかった。

「わかっているとは思うけど」と車をバックで出しながら、シルヴィアは言った。「クロージャーのお義母さんがショックを受けてるっていうことは、あなたにも想像がつくでしょうね。べつにあなたを責めているんじゃないのよ。あなたはとても立派に忠実にやってくれたわ。クロージャー若旦那さんから頼まれたことをやってくれた。何か起こったらどうしようって、怖くなかった？　若旦那さんにね？　そんなことなかった？」

わたしはなかったと答えた。

それから言った。「ロクサーヌは怖がってたみたいです」

「ホイさんが？　あらそう。それは気の毒だったわ」

クロージャー家の丘と呼ばれているところを車で下りていきながら、シルヴィアは言った。

「あの人はべつに二人に意地悪したり脅かしたりしたかったわけじゃないと思うの。あのね、病気していると、長いあいだ病気だと、他人の気持ちがわからなくなることがあるの。親切に、できるだけ手助けしてくれようとしているのに、そんな人たちに背を向けてしまうことがあるの。クロージャー大奥さんもホイさんも、きっと一生懸命やってくれていたのよ、でも、クロージャー若旦那さんはもうあの人たちには側へ寄ってもらいたくなかったのね。あの二人にうんざりしちゃったんだわ。わかるかしら？」

こう言いながら自分が微笑んでいることにシルヴィアは気づいていないようだった。

ホイさん。

わたしはまえにこの名前を聞いたことがあっただろうか？

しかも、こんなに穏やかに礼儀正しく、それでいて甚だしく見下した口調で口にされるのを。

シルヴィアの言うことを、わたしは信じたかって？

これはぜったいシルヴィアが夫から聞かされたことだ、とわたしは思った。

わたしはその日、ロクサーヌをまた見かけた。シルヴィアがわたしに話しかけ、あの新しい名前をわたしに紹介してくれていた、まさにその時に。ホイさん。

彼女――ロクサーヌ――は自分の車に乗り、クロージャー家の丘の下の最初の交叉路で停まって、わたしたちが行き過ぎるのを見つめていた。わたしは彼女のほうを振り向かなかった。シルヴィアには話しかけられているし、あまりにやっかいな状況だったのだ。

もちろん、シルヴィアにはそれが誰の車かわからなかっただろう。どうなっているのか知るためにロクサーヌが戻ってきたに違いない、なんてことも思わなかっただろう。それとも、もしかしたらロクサーヌはクロージャー家を出てからずっとこのあたりを走り続けていたのかもしれない――そんなこと、するだろうか？――なども。

ロクサーヌはたぶんシルヴィアの車に気づいただろう。わたしに気づいただろう。わたしに話しかけているシルヴィアの、優しい、生真面目な、かすかに微笑んでいる表情から、だいじょうぶだったに違いないと察しただろう。

彼女は角を曲がってクロージャー家へと丘を上っていきはしなかった。とんでもない。彼女は道を渡って――わたしはバックミラーで見ていたのだ――町の東側の、戦時住宅が建ち並んでいる方へ向かった。彼女はそこに住んでいたのだ。

「そよ風が吹いてる」とシルヴィアが言った。「もしかしたらあの雲が雨を降らせてくれるかもしれないわね」

雲は高く白く輝いていて、ぜんぜん雨雲のようには見えなかった。それに、そよ風は、窓を開け放して走る車に乗っているからだった。

シルヴィアとロクサーヌとのあいだに起こった勝ち負けについては、わたしはかなりよくわかっていたが、ほとんど消滅しかけている賞品、クロージャー若旦那さんのことを考えると――そして、あの人が人生のこんな終盤になって決断を下すだけの意志力を、自分の慰めをあきらめようとさえするだけの意志力を持つことができたということを考えると、不思議だった。死の床での情欲――あるいはさらに言うならば真実の愛――などというものは、わたしにとって、怖気をふるいながら払いのけないではいられないものだった。

シルヴィアはクロージャー若旦那さんを湖畔の貸別荘へ連れて行き、若旦那さんはそこで木の葉が落ちるよりもまえに死んだ。

ホイ家は、整備士の家庭にはよくあることだが、また引っ越していった。

わたしの母は手足が不自由になる病気を患い、おかげで母の金儲けの夢にはすべて終止符が打たれた。

ドロシー・クロージャーは脳卒中に襲われたが回復し、ドアから追い払っていた子供たちの弟妹のためにハロウィーン・キャンディーを買うので有名になった。

わたしは成長し、年を取った。

# 子供の遊び

Child's Play

あのあと、我家で話題にのぼったのではなかったか。
なんて痛ましい、なんてひどいこと。（わたしの母）
ちゃんと監視していればよかったんだ。カウンセラーはどこにいたんだ？（わたしの父）

もしあの黄色い家を通りかかることがあったら、母が「覚えてる？　あなた、昔はあの子のこととっても怖がってたの、覚えてる？　かわいそうな子」などと言っていたかもしれない。母にはわたしの遠い昔の幼児期の弱点にいつまでもこだわる——大切にしさえする——ところがあった。

子供というのは、毎年違った人間になる。一般にそれは秋の、また学校に行き始めるとき、夏休みのごたごたや無気力を後にして、ひとつ上の学年に入るときだ。子供が変化をもっとも鮮明に表すのがそのときなのだ。あとは、何年とか何月とかはっきりわかるわけではないが、変化は同じように続く。長いあいだのうちに過去は簡単に消え去っていき、それは機械的で当然のことのように思えるだろう。過去の光景は消えるというよりはむしろどうでもいいものとなるのだ。それからスイッチバックがある。すっかり終わって片づいていたものが新たに出現し、注意を向けてほしがり、それについてどうにかしてくれと要求しさえするのだ。この世では何ひとつとしてできることなどないのは明白だというのに。

マーリーンとシャーリーン。わたしたちはみんなから、双子にちがいないと思われた。当時は双子に語呂を合わせた名前をつけるのが流行っていた。ボニーとコニー。ロナルドとドナルド。おまけに、わたしたち――シャーリーンとわたし――はもちろんお揃いの帽子も持っていた。クーリー帽と呼ばれていた、巾広《はばひろ》で浅い円錐形の麦わら帽で、リボンかゴムひもを顎に引っ掛けるようになっていた。その後、世紀後半に、ベトナム戦争のTV映像でお馴染みになった帽子だ。サイゴンの通りを自転車で走る男たちもかぶっていたし、爆撃された村を背景に道を歩く女たちもかぶっていた。

当時は――というのはつまり、シャーリーンとわたしがキャンプにいたころということだ――「クーリー」という言葉を、使ってはいけない言葉だなどと思わずに口にすることができた。「黒人《ダーキー》」とか、「値切る《ジュウ》」（ユダヤ人の意）とかいう言葉も。十代になってようやく、その動詞と名詞の関係に気づいたのではないかと思う。

というわけで、わたしたちはそういう名前にそういう帽子を持っていて、そして最初の点呼のとき、カウンセラー――皆に好かれていた陽気なメイヴィス、といっても美人のポーリーンほど好かれてはいなかったが――はわたしたちを指さして呼びかけた。「やあ。双子ちゃん」、そしてわたしたちにそれを否定する暇も与えずに他の子たちの名前をつぎつぎ呼んでいった。

　そのまえにすでに、わたしたちは帽子に気づき、互いに好意を持っていたに違いない。でなければ、わたしたちのどちらか、あるいは両方ともが、そのまっさらのやつを脱ぎ捨てて、折りたたみベッドの下に突っこもうとしたことだろう。母親にかぶらされたんだけど、こんな帽子大嫌いなんだ、とかなんとか言い放ちながら。

　わたしはシャーリーンに好意は持ったかもしれないが、どうやって友だちになったらいいかわからなかった。九歳か十歳の女の子――その年齢層の集団だったが、ちょっと年上の子も数人いた――というのは、六、七歳の女の子ほど簡単に友だちを選んだりペアになったりはしないのだ。わたしはとにかく同じ町から来た他の数人の女の子たち――誰ともとくに親しくはなかった――にくっついて、キャビンのひとつに行き、空いている折りたたみベッドがいくつかあったので、茶色の毛布の上に自分の荷物を下ろした。すると、背後からこんな言葉が聞こえた。「双子同士で隣あわせになりたいんだけど、かまわない？」

　それはシャーリーンで、わたしの知らない子に話しかけていた。合宿所のそのキャビンにはたぶん二十数名の女の子がいた。シャーリーンが話しかけた女の子は「いいわよ」と言うと、他へ行ってしまった。

シャーリーンの声音は独特だった。愛想が良くて、からかうようで、自嘲的で、鐘がチリチリ鳴るような魅惑的な陽気さがあった。彼女がわたしより自信たっぷりなのはすぐにわかった。そしてそれは、他の女の子が、「ここはあたしが先に取ったのよ」（あるいは——もしその子が粗野な育ちの女の子だったら——そしてなかには両親にではなくライオンズ・クラブや教会に費用を出してもらって来ている、そういう類の子もいたのだ——「パンツにうんこでも垂れてな、あたしは動かないからね」なんて言ったかもしれない）などときっぱりと言ったりせずに移動してくれるだろうという、単にそれだけの自信ではなかった。違う。シャーリーンは、誰もが自分が頼んだとおりにしたい、したがるだろうと自信を持っていたのだ。頼みを承知するだけではなく。わたしのことにしたって、彼女は賭けをしたわけだ。だって、わたしが「双子になんかなりたくない」と言って、自分の荷物の整理に戻った可能性だってなかったわけではないのだから。でももちろん、わたしはそんなことはしなかった。彼女の期待どおりいい気分になり、彼女がスーツケースの中身をいかにも祝祭気分でぶちまけて、いくつかの物が床へ落ちるのを見守った。

何か言おうとしたものの思いついた言葉は、「もう日焼けしてるのね」だけだった。

「いつもすぐに焼けちゃうの」と彼女は答えた。

わたしたちの違いの最初のひとつだ。わたしたちはせっせとそういう違いを学んでいった。彼女は日焼けして、わたしはそばかすができる。二人とも髪は茶色だが、彼女のほうが黒っぽい。彼女の髪はウェーヴがかかっていて、わたしの髪はぼさぼさ。背はわたしのほうが半インチ高くて、手首と足首は彼女のほうが太い。彼女の目のほうがグリーンがかっていて、わたしの目は青が勝っている。わたしたちは飽きもせずに、背中のほくろや目立つシミ、足の人差し指の長さ（わたしのは親指より長く、彼女のは短い）まで検分し、表にした。あるいは、今までにわたしたちの身に降りかかった病気や事故、それにわたしたちの体になされた治療や除去をぜんぶ数え上げた。二人とも扁桃腺《へんとうせん》は摘出しているし――当時はよくとられていた予防措置だった――二人とも麻疹《はしか》と百日咳はやっているが、おたふく風邪はまだだった。わたしは他の歯にかぶさるように生えてきた糸切り歯を一本抜いていて、彼女は片方の親指の爪の半月が不完全、窓に挟んだせいだった。

　そして、体についての変わった点やこれまでの履歴が出揃うと、今度はそれぞれの家庭の話――ドラマやドラマに近いことや違い――になった。彼女は末っ子でひとり娘、わたしはひとりっ子だった。わたしには高校のときにポリオで死んだ叔母がいて、彼女――シャーリーン――には海軍軍人の兄がいた。当時は戦争中だったので、キャンプファイアで歌うときにわたしたちが選ぶのは、『英国は不滅なり』や『オークの心（英国海軍行進曲）』や『統べよブリタニア』、それにときには『楓の葉よ永遠に（カナダの愛国歌）』だった。爆撃や戦闘や船の沈没が絶え間なく続き、遠く離れてはいたが、わたしたちの日常の背景となっていた。そしてときには近くに降りかかってくることもあって、ぎょっとしながらも厳粛な高揚感を覚えた。たとえば、住んでいる町の、あるいは通りの青年が戦死したときなどだ。すると彼の住んでいた家は、とくに花輪を飾ったり黒の布を垂らしたりしていなくても、それでもやはりそこに特別な重みが加わり、降りかかった定めの重さに沈んでいるように思えるのだった。べつに家のなかに何か特別なものがあるわけではなく、ただ、その家のものではない車が歩道の縁石のところに停まっているので、親戚か牧師が遺族のもとを訪れているのがわかるくらいのものだっただろうが。

キャンプのカウンセラーのひとりは婚約者を戦争で失っていて、彼の腕時計を――彼の時計だとわたしたちは信じていた――ブラウスにピンで留めていた。わたしたちは死者を悼《いた》みながらの関心と気遣いをもって彼女に同情したいところだったのだが、彼女は物言いがきつくて、横柄で、しかも名前まで不愉快なのだった。アーヴァといった。

わたしたちの日常のもうひとつの背景は、これはキャンプでは強調されることになっていたが、宗教だった。とはいえ、公式に統轄しているのはカナダ合同教会（複数のプロテスタントが合体したカナダ最大の教派）だったので、その話題がさほど繰り返されるということはなかった。バプテストや聖書主義派（英国のメソジストの一派）ならそうはいかなかっただろうし、ローマ・カトリックならば、それに英国国教会でさえ、もっと格式ばったことをしていただろう。わたしたちの大部分は親が合同教会に所属していて（でも、なかには費用を出してもらって来ているのにどの教会にも属していない子もいたかもしれない）、その温かく世俗的なスタイルに慣れていたため、夕べの祈りと食事時の感謝の祈り、それと朝食後三十分間の特別のお話――これは「お話し会」と呼ばれていた――だけで済んでいることに気づいてもいなかった。「お話し会」のときでさえ、神とかイエスへの言及はあまりなく、毎日の生活における正直さとか心のこもった親切心、汚らわしいことを考えないといったことや、大人になっても酒を飲んだりタバコを吸ったりしないと約束しましょう、などといったことが多かった。こういうことについては誰も異議はなかったし、サボろうともしなかった。わたしたちにはいつものことだったし、暖まっていく陽光のなかで岸辺にすわっているのは心地良かったし、水に飛びこみたくてたまらなくなるにはまだちょっと寒かったからだ。

大人の女だってシャーリーンやわたしがやったのと同じようなことをする。お互いの背中のほくろを数えたり足の指の長さを比べたりはしないかもしれないが。でも、出会って、互いに特別に心が通い合うと感じると、やはり大事な情報を並べたくなる。公の、あるいは内緒の大きな出来事を。そしてさらに互いのあいだの空白をすべて埋めていきたいと思う。このぬくもりと熱意を抱いていれば、互いをうんざりさせることなどおよそありえないのだ。自分がしゃべっていることのあまりのつまらなさや馬鹿らしさに、あるいはあきれるような我儘《わがまま》や欺瞞《ぎまん》や意地悪やまったくの悪行を打ち明けて、笑ってしまったりするのだ。もちろん特別な信頼がなくてはならない、だがその信頼は瞬時に、一瞬のうちに確立することがある。

わたしはこういうことを観察してきた。これは、焚火のまわりにすわってキャッサバの煮たのか何かかき回していたあの長い期間に始まったとされている。一方、男たちは外の茂みのなかにいて、会話の機会を奪われていた。話し声は野生の動物を遠ざけてしまうからである（わたしは研鑽《けんさん》を積んだ人類学者なのだ、あまり熱心ではないけれど）。観察はしてきたが、こうした女性同士の交流に参加したことはない。いや、それは違う。時には参加するふりをしてきた。そう求められているように思えたからだが、親しくなるはずの相手の女性はいつもわたしの演技に感づいて、困惑し、警戒してしまうのだった。

概して、わたしは男に対するほうが用心しないでいられる。男はそんな交流を期待しないし、まずたいした興味も持たない。

わたしが話しているこの親密さ――女性同士の――は、性的なものではないし性の前段階的なものでもない。わたしは思春期のまえに、それも経験している。そこにもやはり打ち明け話があり、おそらくは嘘もあり、もしかするとゲームにつながるかもしれない。ある種の熱いつかのまの興奮、性器をさわったり、さわらなかったり。そのあとにはわだかまりが、否定が、嫌悪が続く。

シャーリーンはわたしに兄のことを話してくれたのだが、純然たる嫌悪感をにじませてだった。これはいま海軍にいる兄のことだった。猫を探しに兄の部屋に入ったら、そこで兄が恋人とアレをしていたのだ。二人は彼女に見られたことにはまったく気づかなかった。

兄が体を上下に動かしながら二人でぴしゃぴしゃやってたんだと彼女は言った。

ベッドの上で、二人でぴしゃぴしゃひっぱたいてたということかとわたしは訊いた。

違うよ、と彼女は答えた。兄さんのアレがぴしゃぴしゃ音を立てながら出たり入ったりしてたの。気色悪いったらなかった。ゲロ吐きそう。

それに、兄さんの裸の白いお尻には吹出物ができてたんだよ。ゲロ吐きそう。

わたしは彼女にヴァーナのことを話した。

わたしが七歳になるまで、両親とわたしはダブル・ハウス（二戸建住宅）と呼ばれる家に住んでいた。当時はたぶんまだ「デュプレックス」という言葉が使われていなかったのだろう。それにどっちにしろ、家は平等に分割されているわけではなかった。ヴァーナの祖母が奥の数部屋を借りていて、うちは表の数部屋を借りていた。家は背が高くてむき出しで不格好で、黄色に塗られていた。わたしたちの住んでいた町はうんと小さかったので、住宅地の区分などと言えるようなものはなかったが、区分があるとしたら、あの家はちゃんとした住宅地とかなり荒れ果てた区域とのちょうど境目だったのではないだろうか。わたしが話しているのは、第二次大戦の直前、大恐慌（わたしたちはきっとこの言葉を知らなかったと思う）の終わり頃の状況だ。教師だった父は定職は持っていたものの金はほとんどなかった。わたしたちの家のむこうへと消える通りの両側には、どちらも持っていない人たちが住んでいた。ヴァーナの祖母はわずかな金は持っていたのだろう、生活保護を受けている人たちのことを見下したように話していたのだから。母はきっと、それは「あの人たちの責任ではない」と、虚しい反論をしていたことと思う。この二人は特に親しいわけではなかったが、物干しロープの配置については友好関係を結んでいた。

ヴァーナの祖母の名前はミセス・ホームといった。ときどき男がやってきた。母はその男のことをミセス・ホームのお友だち、と言っていた。

ミセス・ホームのお友だちとは話をしちゃいけませんよ。

じつのところ、彼が来たときにはわたしは外で遊ぶことさえ許されなかったから、彼と話をするチャンスなどあまりなかった。彼がどんな容貌だったのかも覚えていない。車は覚えているのだが。ダーク・ブルーのフォードＶ８だった。わたしは車には特別な興味を持っていた。たぶん、うちになかったからだろう。

それからヴァーナが来た。

ミセス・ホームはヴァーナのことを孫娘だと言い、それを真実ではないと思う理由はなかったのだが、あいだをつなぐ世代の形跡はまったくなかった。ミセス・ホームが出かけていってヴァーナを連れ帰ったものか、それとも例のお友だちにＶ８で送り届けられたのか、わたしは知らない。夏、わたしが学校へ行き始めるまえに、ヴァーナは現れた。彼女から名前を告げられた覚えはない――彼女とは普通に話はできなかったし、わたしが彼女にたずねたとは思えない。そもそも最初からわたしは彼女に、そのときまで他のどんな人間にも感じたことのないほど強い嫌悪を抱いたのだ。ヴァーナのことを大嫌いだと言うと、母は、いったいまたどうして、あの子があなたに何をしたっていうの？　と言った。

かわいそうな子なのよ。

子供は「大嫌い」という言葉をさまざまな意味で使う。怖いという意味にもなるかもしれない。攻撃されそうな危険を感じているというのではない――たとえば、歩道を歩いているこちらの目の前を、自転車に乗って恐ろしい叫び声をあげながら突っ切るのが好きな大きな男の子たちにわたしが感じていたようなものではない。怖いのは――つまり、わたしがヴァーナの場合に怖かったのは——身体的危害ではなく、むしろある種の魔力、悪意なのだ。うんと小さい子供がある種の家の外観にさえ、木の幹とか、カビの生えた地下室や奥深い戸棚などにはとりわけ抱くことのある感情だ。

ヴァーナはわたしよりうんと背が高かった。どのくらい年上だったのかは知らない——二歳、三歳？　やせこけていて、実際ひどく細くておまけに頭がうんと小さいので、彼女を見るとわたしは蛇を連想した。細い黒髪がこの頭にぺたんと張りついて、額にも垂れていた。顔の皮膚はわたしにはうちの古いキャンバス地のテントの垂れのようにどよんとして見え、テントの垂れが風をはらんで膨らむように頰を膨らませるのだった。目はいつも細められていた。

でも、彼女の外見にはとりたてて不愉快なところは何もなかったと思う。他の人たちが彼女を見た場合は。実際、母は彼女のことを美人だ、あるいは、美人と言っていいくらいだ（惜しいわよねえ、あの子は美人にだってなれるのに、とか）、と言った。母の目に見える限りでは、彼女のふるまいにもなんら異を唱えたいところはなかった。あの子は年のわりに子供なのよ。ヴァーナは読み書きも、スキップも、球技もできず、声はしわがれて調節ができず、言葉が塊になって喉につっかえているように区切り方がおかしかったりする、ということを表す、まわりくどい不十分な言い方だった。

わたしの邪魔をし、わたしの一人遊びを台無しにする彼女のやり口は、年下の子のものではなく年上の子のものだった。とはいっても、技能も権利も持ち合わせないのにやたらがむしゃらで自分は邪魔者なのだということが理解できない年上の子のものだ。

子供というのはもちろん途方もなく保守的で、常軌を逸したもの、調和しないもの、制御不能なものにはなんであれたちまち嫌悪感を抱く。それに、ひとりっ子として、わたしはうんと甘やかされていた（叱られもしたが）。わたしは不器用で早熟で臆病で、自分だけの秘密の儀式だの嫌いなものだのがたくさんある子供だった。わたしはヴァーナの髪からしょっちゅうすべり落ちるセルロイドのバレッタさえ嫌いだった。それに、ヴァーナがいつもわたしに差し出す赤や緑のストライプのペパーミント・キャンディーも。じつを言えば、彼女は差し出す以上のことをした。わたしを捕まえてキャンディーを口に押しこもうとするのだ。そのあいだずっとあの独特なとりとめのない調子でクスクス笑いながら。わたしは今でもペパーミント味が嫌いだ。それにヴァーナという名前も――嫌いだ。その名はわたしにとっては春の響きはないし（ヴァーナはラテン語の「春」に由来する）、緑の草や花冠やひらひらしたドレスを着た女の子を思わせたりもしない。その名にはむしろしつこいペパーミントの残り香や緑色のネトネトが感じられる。

母も心底ヴァーナを好いているとは思えなかった。だが、わたしの見るところ、母の生来の偽善ゆえに、母自身の決意によって、わたしには迷惑なことだったが、母はヴァーナのことをかわいそうに思っているふりをした。母はわたしに親切にしてあげなさいと言った。最初は、ヴァーナは長いあいだいるわけではなく、夏休みの終わりにはまえにいたところに戻るから、と母は言っていた。そして、ヴァーナには戻るところはどこにもないということがはっきりすると、なだめる言葉は、うちの一家自体がもうすぐ引っ越すんだから、になった。もうあとほんのちょっとのあいだ親切にしてあげればいいんだから（じつのところ、引っ越したのはそれから一年先だった）。しまいに、愛想を尽かした母は、あんたにはがっかりした、あんたがこんなに意地悪だとは思わなかった、と言った。

「よくもまあ、生まれつきどうしようもないことで人を責めたりできるわねえ。あの子が悪いわけじゃないでしょ？」

それはわたしには納得できかねる言い草だった。わたしがもっと異を唱える術に長けていたならば、ヴァーナを責めているわけではない、ただ、ヴァーナにそばへ寄られたくないだけだ、と言ったことだろう。でも、わたしは確かにヴァーナを責めていた。ともかくも彼女が悪い、ということに疑問を持ってはいなかった。そしてこの点においては、母がなんと言おうと、わたしは自分が生きていた時代と場所の暗黙の評決にある程度波長を合わせていたのだ。大人でさえある種の笑みを浮かべ、単純とか、ちょっと足りないとかいう人たちのことに触れるその口調には、抑えきれない満足感やさも当たり前のような優越感が見て取れた。そしてわたしの母だって、心の底ではじつはこのとおりに違いないとわたしは思っていた。

わたしは学校へ行き始めた。ヴァーナも学校へ行き始めた。ヴァーナは校庭の隅にある特別な校舎の特別なクラスに入れられた。この校舎は本当は町の最初の学校だったのだが、当時は地域の歴史などというものに費やす時間のある人はいなかったので、数年後に取り壊されてしまった。柵で囲った一角があって、その校舎に入れられている生徒たちはそこで休み時間を過ごしていた。そこの子たちは、朝はわたしたちより三十分遅く登校し、午後は三十分早く下校した。休み時間に彼らを構ってはいけないことになっていたが、たいてい柵にしがみついて正規の校庭の様子を眺めているので、突進したり囃し立てたり棒切れを振り回したりして彼らを脅かす子がときどきいた。わたしは決してその一角には近づかず、ヴァーナを見かけることはめったになかった。相変わらず彼女を相手にしなくてはならないのは、家でだった。

最初、ヴァーナは黄色い家の角に立って、わたしを見ている。そしてわたしは彼女がそこにいるのに気がつかないふりをする。すると彼女は前庭へぶらぶら入ってきて、家の、うちの側の部分の玄関の段に陣取る。わたしがトイレに行きたかったり寒かったりでなかに入りたいときは、彼女に触れるほど近くを、彼女に触られるかもしれないという危険を冒してすり抜けねばならなかった。

彼女は、わたしが知っている誰よりも長くひとつ所にいることができた。ひとつのものだけを見つめながら。たいていは、わたしを。

わたしはブランコを楓の木に吊るしてもらっていて、乗るときは家か通りのどちらかを向くことになった。つまり、彼女と向き合うか、あるいは彼女に背中を見つめられながら、近寄ってきてひと押しされるかもしれないぞ、と思っていなければならなかった。しばらくすると、彼女はそうしようと思い立つ。彼女はいつもわたしを斜めに押した。でも最悪だったのはそのことではない。最悪だったのは彼女の指がわたしの背中に押し当てられることだった。コートを通して、その他の衣服を通して、十本の冷たい鼻面のような彼女の指が。わたしがもうひとつやっていたのが、木の葉の家を作ることだった。つまり、ブランコの下がっている楓の木から落ちた葉をかき集めて一抱えすくいあげ、どさっと投げ出しておいて、葉っぱを並べて家の見取り図を作るのだ。ここが居間、ここが台所、この大きなふわふわの山は寝室のベッド、という具合。この遊びはわたしが考案したわけではない——もっと広大な木の葉の家が休み時間ごとに女の子たちの遊ぶ校庭に描かれ、ある程度の家具まで備えつけられ、しまいには用務員が木の葉をぜんぶかき集めて燃やしてしまうのだった。

最初ヴァーナはわたしのすることをただ眺めている。いつもの横目遣いなのだが、それがわたしには偉ぶった（いったいなんだって彼女が自分を偉いだなんて思えるのだ？）戸惑いの表情に思えた。それから、彼女が近づいてくる瞬間が訪れる。腕いっぱいに抱えた木の葉を、ためらいや不器用さのせいでそこらじゅうにこぼしながら。そしてその葉っぱは予備の山から取ってきたものではなく、なんとわたしの家の壁なのだ。彼女は壁をすくいあげてちょっとのあいだ運び、そして落とす——どさっと投げ出す——わたしがきちんと整えた部屋の真ん中に。

わたしは彼女に止めてと叫ぶ。でも、彼女はかがみこんでまき散らした木の葉をまたひろおうとするのだが、しっかり持っていられなくて投げ散らかすだけになり、ぜんぶ地面に落ちてしまうと、あちこちへめちゃくちゃに蹴散らかし始める。わたしはなおも止めてと叫ぶが、効果はないか、かえって励ましと受け取られてしまう。そこでわたしは頭を下げ、彼女に突進して腹に頭突きをくらわせる。わたしは帽子をかぶっていないので、髪が彼女の着ているウールのコートやジャケットに触れ、それがわたしには気色の悪い固い腹に生えたチクチクする剛毛に本当に触れたように感じられる。わたしはわあわあ文句を言いながら家の階段を駆け上がり、そして話を聞いた母はこんなふうに言ってわたしをさらに怒り狂わせるのだった。「あの子はただ遊びたいだけなのよ。あの子には遊び方がわからないんだから」

つぎの秋には、わたしたちは新しいバンガロー式住宅に引越していて、わたしはもう、あまりにもヴァーナを思い出させるあの黄色い家の前を通る必要がなくなった。あの家には、彼女の偏狭な陰険さ、脅かすような横目遣いがしっかり染みついているかのように思えた。黄色いペンキはまさに辱めの色に見え、中心からずれた玄関が損なわれた気配を添えていた。

バンガローはあの家から三区画しか離れておらず、学校に近かった。でも、当時のわたしの町の大きさや複雑さに対する認識はまだ、これでヴァーナから完全に逃げおおせたと思ってしまう程度のものだった。そんなことはない、完全にそうというわけではないと気づいたのは、ある日大通りで学校友だちといるときにヴァーナと顔を突き合わせたときだった。きっとわたしたちのどちらかが母親からお使いを頼まれたのだったと思う。わたしは顔を上げなかったが、通り過ぎるときに、挨拶あるいは気づいたしるしのくすくす笑いが聞こえたように思えた。

学校友だちの女の子が恐ろしいことを言った。

「まえはね、あれはあんたのお姉さんなんだと思ってたの」と彼女は言ったのだ。

「ええ?」

「だって、同じ家に住んでたじゃない、だから家族なんだと思ったの。ほら、いとこ同士とかね。違うの? いとこなの?」

「違うってば」

特別クラスのあった古い校舎は使用不能とされ、そこの生徒たちは町が平日借りることになったバイブル・チャペルに移された。バイブル・チャペルは両親とわたしが今では住むようになったバンガローから道を渡って角を曲がったところにあった。ヴァーナが歩いて通学する道筋はいくつかあったのだが、彼女が選んだのはうちの前を通る道だった。そしてわたしたちの家は歩道からほんの数フィートしか離れていなかったので、これはつまり彼女の影が実際にうちの玄関の階段に落ちかかることもあるということだった。彼女がそうしたいと思えば、うちの芝生に小石を蹴りこむこともできるし、ブラインドを下ろしておかなければ、うちの玄関のなかや表の部屋をのぞきこむことだってできるのだ。

特別クラスの時間割も普通の学校の時間割と同じになった、少なくとも朝は――特別クラスの子は午後は相変わらず早目に下校した。バイブル・チャペルに移ったのだから、登校時に彼らをわたしたちから引き離しておく必要はないように思われたのだろう。これはつまり、今やわたしには歩道でヴァーナと出くわす可能性があるということだった。わたしはいつも彼女がやってくるかもしれない方角に注意していて、もし彼女の姿が見えたら、何か忘れ物をしたとか、かかとに靴ずれができていて絆創膏がいるとか、髪のリボンがほどけそうだとかいった口実を設けてさっと家へ戻った。今ではわたしもヴァーナの名前を出して、母に「いったい何が問題だっていうのよ、何が怖いのよ、あの子に食べられちゃうとでも思ってるの？」などと言われるほど馬鹿ではなかった。

何が問題だというのだ？　汚染、感染？　ヴァーナはちゃんと清潔だったし健康だった。それに、彼女がわたしに襲いかかって拳固で殴りつけたり髪を引っこ抜いたりするとはまず考えられなかった。でも、彼女になんの力もないなどと思う馬鹿は大人だけだ。さらに言えば、とくにわたしに向けられた力が。彼女が目をつけているのはわたしなのだ。というか、わたしはそうだと信じていた。あたかも、わたしたちのあいだには説明のできない、捨て去ることもできない合意が存在しているかのように。まるで愛のようにくっついて離れないものが。もっとも、わたしにとってはまったくの嫌悪のように感じられたが。

わたしは彼女を、一部の人たちがヘビや毛虫やネズミやナメクジを嫌うように嫌っていたのだと思う。ちゃんとした理由もなしに。彼女がなんらかの害をなすからというのではなく、彼女にハラワタをかき乱され、とことん嫌な気分にさせられるからという理由で。

シャーリーンにヴァーナのことを話したころには、わたしたちの会話――泳ぐときと寝ているとき以外は止むことがなかったように思えるあの会話――はさらなる深みに達していた。ヴァーナはさほどしっかりとした提供物ではなかった。シャーリーンの兄の吹出物のある尻が上下していたという話ほど鮮明に不快というわけではなく、ヴァーナのおぞましさはわたしには説明できないようなものなんだ、と話したのを覚えている。でも、わたしは彼女のことも彼女に対する自分の気持ちもちゃんと説明したのだし、その説明の仕方はそれほど悪くもなかったに違いない。というのは、わたしたちの二週間のキャンプ滞在が終わりに近づいたある日、シャーリーンが昼に食堂へ、嫌悪感と奇妙な喜びに顔を輝かせて駆けこんできたのだ。

「あの子がここにいる。あの子がここにいる。あの女の子が。あのおぞましい女の子が。ヴァーナが。ここにいるよ」

　昼食が終わって、わたしたちは片づけの最中で、皿やマグカップを、その日の台所当番の女の子たちが引っつかんでは洗えるように、台所の棚に置いていた。それから列を作って毎日一時に店開きする売店へ行くことになっていた。シャーリーンは金を取りに宿舎へ駆け戻ったところだった。葬儀屋の父親を持つ金持ちのシャーリーンは、無用心なところがあって、金を枕カヴァーのなかに入れっぱなしにしていた。わたしは泳ぐとき以外はいつも自分の金は身につけていた。昼食後に売店へ行く金が多少なりともある子はみんな行くのだ。わたしたちが嫌ってはいたけれど、予想通りひどい味かどうか確かめようといつも食べてみるタピオカ・プディング、ぐしゃぐしゃの焼きリンゴ、ねとねとしたカスタードといったデザートの後味を取り除いてくれる物を買いに。シャーリーンの表情を見たとき、最初わたしは金を盗まれたのかと思った。でもそれから、そういう災難では彼女の顔はそんな具合には変わらないだろうと思ったのだ。彼女のショックを受けた顔はひどく楽しげだった。

　ヴァーナ？　ヴァーナがここにいるわけないじゃない？　何かの間違いだよ。

　これは金曜日だったはずだ。キャンプはあと二日、あと二日で帰る。そして、特別クラス――ここでも彼らは「特別クラス」と呼ばれていた――の分隊が最後の週末をわたしたちと楽しむために連れてこられたのだということが判明した。それほど多くはなかった――たぶんぜんぶで二十人くらいだったろう――し、わたしの町からばかりではなく、近くの他の町々からも来ていた。実際、シャーリーンがわたしにニュースを伝えようとしていた最中に笛が鳴って、カウンセラーのアーヴァがベンチに跳び乗って、わたしたちに語りかけた。

きっとあなたたち全員がこの訪問者たち——この新しいキャンパーたち——を温かく迎えようと最善を尽くしてくれることと思う、とアーヴァは言った。彼らは専用のテントを持ってきていて、専属のカウンセラーもついてきている。だが食事や水泳やゲーム、それに「朝のお話し会」はわたしたちと一緒にするのだ、と。皆がこれを新しい友だちを作るチャンスと考えてくれるだろうと確信している、と彼女はあのお馴染みの警告するような、咎めるような口調を声ににじませて言った。

テントを張って、新参者たちが荷物を片づけて落ち着くまでにはしばらくかかった。どうやらぜんぜん関心がないらしく、うろうろ出てきて、怒鳴られて連れ戻される子もいた。わたしたちは自由時間というか休憩時間だったので、売店で買ったチョコバーや甘草キャンディー、スポンジタフィーを持ってベッドに寝そべって食べていた。

シャーリーンはずっと言い続けていた。「考えてみてよ。考えてみてよ。あの子がここにいるんだよ。信じられない。あの子、あなたを追いかけてきたんだと思う?」

「おそらくね」とわたし。

「あなたのことずっと、あんなふうにして隠してあげられるかな?」

わたしたちが売店の行列に並んでいたとき、特別クラスの子たちが追い立てられて横を通ったのだが、わたしは頭を下げてシャーリーンの背後に隠れたのだった。一度ちらっとのぞいたら、ヴァーナの後ろ姿が見えた。あのうなだれたヘビのような頭が。

「何かあなただとわからなくするような方法を考えなくちゃね」

わたしの話を聴いて、シャーリーンはヴァーナが積極的にわたしをいじめていたと思いこんだらしかった。そしてわたしもそのとおりだと思っていた、ただし、そのいじめ方はわたしのした説明よりももっと把握し難く、密やかなものだったのだが。今やわたしはシャーリーンに好きなように思わせていた。そのほうが面白かったからだ。

ヴァーナはわたしにすぐには気がつかなかった。シャーリーンとわたしがずっと巧妙に逃げ回っていたこともあるし、それにたぶん、他の特別クラスの子たちの大部分がそうらしかったのと同様、彼女も、自分たちはここで何をやっているんだろうと思いながら、ちょっとぼうっとしていたこともあっただろう。彼らはすぐに、岸辺のむこう端の彼ら向けの水泳教室へ連れていかれた。

夕食時、わたしたちが歌っているなかを、彼らが列をつくって入ってきた。

みんなが集まれば、集まれば、集まれば、
みんなが集まれば、
もっと楽しくなれる。

それから彼らは意図的に分けられて、わたしたちのあいだに分散させられた。彼らは全員名札をつけていた。わたしのむかいにはメアリ・エレンなんとかという子がすわった。わたしの町の子ではなかった。でも、それを喜んでいる暇もなく、ヴァーナが隣のテーブルにいるのが目に入った。周囲よりも背が高かったが、ありがたいことにわたしと同じ方を向いていたので、食事中は彼女はわたしに気づかなかった。

ヴァーナは特別クラスでいちばん背が高かったが、それでもわたしの記憶にあったほどの背丈でもなければ、目立った存在でもなかった。これはたぶん、前年のあいだにわたしは急に背が伸びたのに彼女はおそらく成長がすっかり止まってしまっていたためではないだろうか。

食事のあと、立ち上がってみんなで皿を集めながら、わたしはずっとうなだれて、彼女の方は見ないようにしていたが、それでも彼女がわたしに目を留めたのが、わたしに気づいたのがわかった。たるんだ笑みをちょっと浮かべるのが、あの奇妙なくすくす笑いを喉でたてるのが。

「あの子、あなたに気がついたよ」とシャーリーンが言った。「見ちゃだめ。見ちゃだめ。わたしが盾になってあげるから。動いて。そのまま動いて」

「あの子、こっちへ来てる?」

「ううん。ただ立ってるだけ。じっとあなたを見てるだけ」

「笑ってる?」

「そんな感じ」

「あの子のこと、見られない。ムカムカしちゃうよ」

残りの一日半のあいだ、彼女はどれほどわたしを迫害するだろう?　シャーリーンとわたしは始終この言葉を使った。実際は、ヴァーナは決してわたしたちに近寄ってはこなかったのだが。迫害する。この言葉には大人っぽい、法律に関係したような響きがあった。わたしたちは、まるで自分たちが、というかわたしがつけ狙われているかのように、常に警戒を怠らなかった。わたしたちはヴァーナの所在を把握しておこうと努力し、シャーリーンはわたしに彼女の態度や表情を報告してくれた。シャーリーンが「だいじょうぶ。今なら気づかれないよ」と言ってくれたときに二度ほど、思い切って彼女の方を見てみた。

そういうときのヴァーナは、やや意気消沈して、あるいは不機嫌に、あるいは途方にくれたように見えた。特別クラスの子の大部分と同じく彼女も、漂流してきて自分がどこにいるのか、ここで何をしているのかよくわからないのだとでも言いたげだった。彼らのなかには――彼女ではなかったが――岸辺の背後にある断崖の上のマツやヒマラヤスギやポプラの森にぶらぶら入っていったり、幹線道路に通じる砂だらけの道を歩いていってしまう子がいて、騒ぎを引き起こした。そういう事件のあとにはミーティングが開かれて、皆で新しい友だちに気をつけていてあげてね、あなたたちほどこの場所に慣れていないんだから、と言われた。するとシャーリーンがわたしの脇腹をつっついた。シャーリーンはもちろん変化には、このヴァーナなる人物における自信の減退には何も、体格すら縮小していることにも気づいてはおらず、ヴァーナの陰険で邪悪な表情や脅すような顔つきのことをひっきりなしに報告してくれた。そしてたぶん彼女は正しかったのだ――たぶんヴァーナはシャーリーンのなかに、このわたしの新しい友だちというかボディガードのなかに、この知らない女の子のなかに、ここではすべてが変わってしまって不確かなのだということを示すなんらかのしるしを見てとって、それでしかめっ面をしていたのかもしれない。わたしはその顔を見てはいなかったが。

「あの子の手のことを話してくれなかったじゃない」とシャーリーンが言った。

「手がどうしたの？」

「あの子、わたしが見たことないほど指が長いよ。あの指をあなたの首に回して、ぎゅっと絞め殺せちゃうね。あの子ならできるよ。夜、あの子のテントにいっしょにいたりしたら、怖いよね？」

そうだね、とわたしは答えた。怖い。

「だけど、あの子のテントにいる他の子たちは、お馬鹿すぎて気がつかないんだ」

その最後の週末には変化があった、まるっきり違った気分がキャンプに漂っていた。べつに強烈なものではない。いつもの時刻に食堂のドラで食事の時間が告げられ、出てくる料理は良くなっても悪くなってもいない。休憩時間が来て、ゲームの時間が来て、水泳の時間が来て。売店もいつもどおりに営業し、そしてわたしたちはいつものように「お話し会」に集められる。でもそこには落ち着きのなさと注意力のなさが増大していく気配があった。カウンセラーのあいだにさえそれが見られ、今までどおりの叱責や励ましの言葉が口から出てこないのか、いつもはなんと言っていたのか思い出そうとするかのように、一瞬こちらをじっと見つめたりするのだった。そしてこういうことすべてが、特別クラスの到着とともに始まったように思えた。彼らの存在がキャンプを変えてしまったのだ。まえには本物のキャンプがあった、学校をはじめ子供の生活のどんな部分にもついてまわるいろいろな規則や剝奪や楽しみが設定されていたのに、それが端から崩れてきて、暫定的なものにすぎなかったことを露呈しはじめたのだ。芝居だったことを。

これは、わたしたちが特別クラスの子たちを見ては、あの連中がキャンパーだっていうんなら、本物のキャンパーなんてものはいないんじゃないか、などと思えるようになったせいだろうか？　それも原因のひとつだろう。でも、こういうことすべてが終わるときが、毎日の繰り返しが途切れ、わたしたちが元の生活を再開すべく両親に連れ戻され、カウンセラーたちは先生ですらない普通の人間に戻るときがもうすぐやってくるということもまた原因だった。わたしたちは解体されようとしている舞台装置のなかで暮らしていた。舞台装置とともに、この二週間花開いてきたさまざまな友情や反目や競争意識もまたなくなってしまう。あれがたったの二週間だったなんて、誰が信じられよう？

このことについてどう話していいものか誰にもわからなかったが、わたしたちのあいだには無気力が広がった。倦怠《けんたい》に満ちた不機嫌が。そして天気までもがこんな気持ちを反映していた。この二週間、毎日が晴天で暑かったというのは本当ではないかもしれない、だが、わたしたちのほとんどがそういう印象とともに去っていこうとしていたのは確かだ。そして今、日曜の朝になって、変化が起こった。わたしたちが「戸外の祈り」（日曜には「お話し会」の代わりにこれがあった）をしていると、空が暗くなった。温度に変化はなかった——どちらかと言えば、その日は暑さが増した——が、大気のなかにいわゆる嵐のにおいがあった。それなのに、ひどく静かだった。カウンセラーも、そして日曜になると一番近い町から車でやってくる牧師でさえ、警戒するようにちょくちょく空を見上げた。

数滴が確かに落ちてきたが、でもそれだけだった。礼拝は終わったが、嵐は発生しなかった。空はいくらか明るくなり、陽の光が期待できそうなほどではないものの、わたしたちの最後のひと泳ぎを中止にする必要はなさそうだった。そのあとは、昼食はない。台所は朝食後に閉められていた。売店のシャッターはもう開かない。正午過ぎにはわたしたちを連れ帰るために親が到着し始めるだろう。そして特別クラスの子たちのためのバスがやって来る。わたしたちの荷物はもうほとんど荷造りが終わり、シーツははぎとられ、いつもじとじとしていた目の粗い茶色の毛布はそれぞれの寝床の足元にたたまれていた。

おしゃべりしながら水着に着替えるわたしたちでいっぱいだというのに、宿舎のキャビンの内部はいかにも間に合わせで陰気に見えた。

岸辺も同じだった。いつもより砂の量が少なく、石が多いように思えた。そしてその砂は灰色に見えた。水はなんだか冷たそうだったが、実際はとても温かかった。それにもかかわらず、わたしたちの水泳に対する熱意は冷めてしまって、ほとんどの子は水のなかをただうろうろ歩いていた。水泳カウンセラー――ポーリーンと特別クラス担当の中年女性――はわたしたちにむかって手を叩いてみせねばならなかった。

「さあさっさとしなさい、何をぐずぐずしてるの？　この夏最後のチャンスよ」

わたしたちのなかには泳ぎの上手い子たちもいて、いつもならすぐに浮き台目指して泳ぎだしていた。そして、泳ぎはまあまあの子たちでさえ――シャーリーンとわたしもこれに含まれていた――みんなせめて一回は浮き台まで泳いでぐるっと回って戻ってきて、足の立たない水のなかを少なくとも数ヤードは泳げると証明することになっていた。いつもはポーリーンがすぐに浮き台まで泳いで、水深の深いところにそのまま留まって、じたばたしている子はいないか注意し、そしてまた、泳ぐことになっている子は全員泳がせるべく目を光らせているのだった。ところがこの日は、いつも泳ぐことになっているより少ない人数しかそこまで泳ぎ出していないように見え、ポーリーン自身も、最初に励ましあるいは苛立ちの叫び――とにかく全員水に入れという――を発したあとは、ただ浮き台のあたりでぷかぷかしながら、忠実な泳ぎのエキスパートたちと笑ったりからかいあったりしていた。わたしたちの大半は相変わらず浅瀬でぱしゃぱしゃと、数フィート、あるいは数ヤード泳いでは底に足をついて、互いに水をかけあったり、うつぶせになって死体のように伏し浮きしたり、水泳なんてもう誰もまともにやる気がないといわんばかりの雰囲気だった。特別クラス担当の女の人は水がやっと腰まで来るくらいのところに立っていて――特別クラスの子たち自身は、大半が水が膝まで来るところまでしか行かなかった――スカート付きの花柄水着の上の部分は濡れてさえいなかった。彼女はかがみこんで、自分の担当する子たちに手で小さな水しぶきをはねかし、笑いながら、楽しいわねえ、と話しかけていた。

シャーリーンとわたしがいたところは、たぶん胸まで浸かる程度の水深でしかなかったはずだ。わたしたちはおフザケ水泳の仲間に入って、馬鹿なまねはやめなさいと止める人が誰もいないのをいいことに、伏し浮きをしたり、ばしゃばしゃと背泳ぎや平泳ぎをしたりしていた。水中でどのくらいのあいだ目を開けていられるか試したり、互いの背後にしのびよってわっと背中に飛びついたり。わたしたちの周りでは他の子たちが大勢、同じようなことをしながら、笑い声まじりに叫んだり悲鳴をあげたりしていた。

この水泳のあいだに、キャンパーの親や迎えの人たちが早くも何人か到着し、ぐずぐずしている時間はないのだと告げたために、当該のキャンパーたちが水中から呼び戻された。このためにさらに呼び声と混乱が加わった。

「見て。見て」とシャーリーンが言った。というより、あえいだ、というのが実際だった。わたしに水中に押しこまれた彼女は、ちょうど水からびしょぬれの顔をあげて唾を吐き散らしていたところだったのだ。

わたしは見た。するとヴァーナがこちらに向かってくるところだった。水色のゴムの水泳帽をかぶり、あの指の長い手で水をはねかしながらにやにやしていた。わたしに対する権利を突然取り戻したと言わんばかりに。

シャーリーンと連絡を取り続けたりはしなかった。どんなふうにさようならを言ったのかさえ覚えていない。もしさようならを言っていたのだとしたらだが。どちらの親も同じころに到着して、わたしたちはそれぞれの車にあたふたと乗りこみ、そして元の生活へと引き戻されていった——他にどうしようもないではないか——のだと思う。シャーリーンの親の車はきっと、わたしの親があのころ持つようになっていたような、みすぼらしくて音がうるさくて当てにならない車ではなかっただろう。でも、たとえそうでなかったとしても、両方の家族を引き合わせようなどと、わたしたちは決して考えなかっただろう。誰もかれもが、そしてわたしたち自身も、とにかく早く立ち去ろう、何かを失くしたとか、誰が家族を見つけて誰が見つけていないかとか、バスに乗りこもうとかいった喧騒を後にしようとしていたはずだ。

たまたま、何年もたってから、なんとわたしはシャーリーンの結婚写真を目にした。まだ結婚写真が新聞に掲載される時代だったのだ。小さな町だけでなく、大都市の新聞でも。わたしはそれを、ブルア通りのカフェで友だちを待っているときにトロントの新聞を読んでいて見つけた。

結婚式はグエルフ（オンタリオ州南東部の都市）で行われていた。花婿はトロントの人でオズグッド・ホール（トロントに本部を置く州立ヨーク大学法学部）を卒業していた。花婿は背がとても高かった――あるいはシャーリーンが結局背がとても低いままだったのか。彼女は髪を当時のみっしりとした光沢のあるヘルメットのようなスタイルに結い上げているのに、夫の肩まであるかないかだった。髪型のせいで彼女の顔はひしゃげたようなつまらないものに見えたが、目はクレオパトラ風にこってり縁取りされ、唇は淡い色、という感じだった。こう言うとグロテスクに聞こえるだろうが、あの頃はまさしくそういう顔が賛美されていたのだ。子供時代の彼女を思い出させてくれるのは、あごのユーモラスな小さなふくらみだけだった。

彼女――花嫁、と書かれていた――はトロントのセント・ヒルダ・カレッジ（トロント大学の学寮のひとつトリニティー・カレッジの女子大）を卒業していた。

ならば、セント・ヒルダに通っていた彼女はこのトロントにいたに違いない。わたしが同じ都市でユニヴァーシティー・カレッジ（トロント大学の学寮のひとつ）に通っているときに。わたしたちはもしかしたら、同じときに同じ通りを、キャンパスで同じ小道を歩いていたかもしれないのだ。なのに一度も会わなかった。わたしを見かけておきながら彼女が声をかけなかったとは思えなかった。わたしだって彼女に声をかけないなんてことはなかっただろう。もちろん、彼女がセント・ヒルダの学生だとわかったら、わたしは自分のほうがもっと真面目な学生だと思ったことだろう。友人たちやわたしはセント・ヒルダのことをお嬢様学校だと思っていた。

今やわたしは人類学の院生だった。ぜったい結婚はしないと決めていたけれど、恋人を持つのはかまわなかった。髪はストレートで長く伸ばしていた——友人たちやわたしはヒッピースタイルをイメージしていた。子供の頃の思い出は、今こうして思っているのとは違って、ずっと遠くの、色褪せた、取るに足りないものだった。

新聞に出ていたグエルフの彼女の両親の住所宛てにシャーリーンに手紙を書くこともできた。でもそうはしなかった。どんな女に対してであれ結婚の祝いを述べるなど、わたしには偽善的行為の極みに思えただろう。

でも、彼女はわたしに手紙をくれた。十五年後だっただろうか。わたしの版元気付で手紙をくれたのだ。

「旧友マーリーンへ」と彼女は書いていた。『マクリーンズ（ニュース雑誌）』であなたの名前を見て、どれほど興奮し、嬉しかったことでしょう。しかも、あなたが本を書いただなんて、目がくらむような思いです。まだご本を手にとってはいません。わたしたち、休暇旅行に出かけていたの。でも、できるだけ早くそうするつもりです――そしてちゃんと読みますからね。留守のあいだにたまった雑誌に目を通していたら、あなたの印象的な写真と興味深い書評が目に入ったの。それでね、これは手紙を書いてあなたにおめでとうを言わなくちゃ、と思って。

もしかして、ご結婚なさってて、でもご本を書くときは旧姓を使っていらっしゃるの？　お子さんはいらっしゃるのかしら？　手紙をちょうだいね、そしてあなたのこと、ぜんぶ教えてね。残念ながら、わたしは子供がいません。でもボランティア活動や庭仕事、それにキット（夫よ）とセーリングしたりで忙しくしています。いつもやらなきゃいけないことが山ほどあるみたいなの。今は図書館委員会の委員を務めていますが、あなたのご本をまだ注文していなかったら、みんなの腕をねじってやるわ。

改めて、おめでとうございます。確かに驚いたけれど、でもすごく驚いたってわけじゃないのよ。だって、あなたは何か特別なことをするかもしれないって、ずっと思ってたんですもの」

わたしはそのときも、彼女に連絡をとろうとはしなかった。意味がないように思えたのだ。最初、わたしは最後のところの「特別」という言葉に何の注意も払わなかったが、あとになって思い返したときにはちょっとしたショックを感じた。とはいっても、そのときも自分に言い聞かせたし、今でもそう思っているが、彼女はべつにその言葉になんの意味もこめてはいなかったのだろう。

彼女の言っていた本は、書かないほうがいいと言われた論文から生まれたものだった。わたしはそのままべつの論文を書いたのだが、時間のできたときに一種の趣味的企画としてまえの論文に戻ったのだ。それ以来、当然期待されるような本を数冊共著で出してきたが、あのわたしの単著の本だけが外の世界で、ちょっとした俄《にわか》な注目をわたしの身にもたらしてくれた（そして言うまでもなく、同僚たちからはいささかの非難を）。あの本は今では絶版となっている。題名は『白痴と偶像』――今日ではとても許されない題名で、当時でさえ版元は懸念を持ったが、読者の注意を引きそうだからというので認められたのだった。

わたしが調査しようとしていたのはさまざまな文化――そのような文化を説明するのに「未開の」という言葉はあえて口にされないが――における人々の態度、知能あるいは肉体面で特異な人に対する態度だった。「欠陥がある」とか「障害がある」とか「知恵が遅れている」とかいった言葉もまたもちろんゴミ箱行きだが、それはおそらく正当な理由によるものだ――ただ単にそういった言葉は優越的な態度や常習的な不親切を暗示する可能性があるから、というだけでなく、そういった言葉は正しく説明していないからなのだ。そういう人たちのもつ驚くべき、畏敬の念すら抱かせる――あるいはいずれにせよ格別に迫力のあるものを、それらの言葉はこっそり脇へ押しやってしまう。そして興味深かったのは、迫害と同時にある程度の尊敬の念が見られ、そしてまた、聖なるもの、魔術的なもの、危険なもの、貴重なものと見なされて、さまざまな能力を持っているとされている――あながち間違いでもなく――のを発見したことだった。わたしは歴史上の、そしてまた現代における調査を精一杯行い、詩や小説や、そしてもちろん宗教的慣習をも考慮に入れた。当然のことながら学者仲間のあいだでは、あまりに文学的すぎる、すべての情報を本から得ていると批判されたが、当時のわたしには世界を駆け巡ることはできなかった。助成金を貰えなかったのだ。

もちろん、関連性には気づいていた、シャーリーンもまた気づく可能性はあるとわたしが思った関連性が。それがうんと遠くの、取るに足りない、ただの出発点としか思えなかったのは不思議だ。当時のわたしには子供時代のどんなものでもそう思えたのだ。あれからたどってきた旅路ゆえに、大人になってからの業績ゆえに。危険はない。

「旧姓《メイドン・ネーム》」とシャーリーンは書いていた。これはわたしが長いあいだ聞いたことのない言い方だった。その言葉のお隣は「未婚婦人《メイドン・レディー》」、いかにも処女っぽく悲しげな響きだ。そしてわたしの場合には非常に不適当だった。シャーリーンの結婚写真を見ていたときでさえ、わたしは処女ではなかった――もっとも、彼女がそうだったとも思えないが。べつにわたしには山ほど恋人がいたというわけではない――というか、彼らの大半は恋人とさえ呼びたくはない。一夫一婦の結婚生活を送ってきたのではないわたしの年代の女性の大部分と同様、わたしも数を把握している。十六人。もっと下の年代の女性なら、二十代を終えるか、あるいはもしかしたら十代を終える頃にはきっと多くがこの数に達していることだろう(シャーリーンから手紙をもらったときは、もちろん総数はもっと少なかっただろうと思う。べつに――これは本当だ――

べつにここで改めて確認する気はないが)。そのなかの三人は大切な人で、三人全員が年代順に並べた最初の半ダースのなかに入っていた。「大切な人」というのは、この三人の場合——いや、二人だけだ、三人目はわたしにとって大切な人であったほどには彼はわたしのことを思ってくれなかったから——、つまり、この二人の場合、自分を断ち割ってみせたい、体だけでなく委ねてしまいたい、人生のすべてを彼と同じひとつのバスケットにしっかりと投げこんでしまいたいと思うときが来ていただろうということだ。

わたしはそうならないようにしてきたが、かろうじて、のことだった。

してみると、わたしはあの、危険はないということについて、完全に確信していたわけでもなさそうだ。

つい最近、わたしはべつの手紙を受け取った。この手紙はわたしが退職するまで教えていた大学から転送されてきた。パタゴニアへの旅(わたしはたくましい旅行者になっている)から戻ったら、この手紙が待っていた。届いて一ヶ月以上にもなっていた。

タイプライターで打った手紙だった——それについては、書き手がすぐに詫びていた。「僕は嘆かわしい悪筆なので」と彼は書き、続けて自分は「あなたの幼馴染シャーリーン」の夫であると自己紹介していた。残念ながら、非常に残念ながら、悪いお知らせです、と彼は書いていた。シャーリーンはトロントのプリンセス・マーガレット病院に入院しています。彼女の癌《がん》は最初肺に発生し、肝臓へと広がりました。彼女は、悔やまれることながら、これまでずっとタバコを吸っていました。彼女に残された時間はもうわずかしかありません。あなたのことはそれほど頻繁に口にしたわけではありませんが、話す際には、長年にわたっていつも、あなたの素晴らしい業績のことを嬉しそうに語っていました。彼女がどれほどあなたを大切に思っているか僕にはよくわかるのですが、今この人生最後の時を迎えるにあたって彼女はたいそうあなたに会いたがっているようなのです。彼女からあなたに連絡を取ってくれと頼まれました。子供時代の思い出は彼女にとっては一番大切なのかもしれません、と彼は書いていた。子供時代の親愛の情。他に類を見ないほど強い。

うん、彼女は、今頃はもう死んでいるだろう、とわたしは思った。

でも、死んでいるとしたら——と、わたしはこんなふうに問題を解決したのだ——彼女が死んでいたら、病院へ行って彼女のことをたずねてみてもなんの危険もない。そうすればわたしの良心なりなんなり好きに呼んでくれたらいいが、そんなものも疚しさを感じずにすむ。間の悪いことにずっと留守にしていたのですが、すぐさま飛んでいきました、と彼に手紙を書くことができる。

いや、手紙は書かないほうがいい。彼はわたしの暮らしのなかに礼を述べに現れるかもしれない。「幼馴染」という言葉がわたしには気詰まりだった。それに「素晴らしい業績」という言葉も、べつの意味で。

プリンセス・マーガレット病院はわたしのアパートからほんの数区画のところにある。晴れやかな春の日、わたしはそこまで歩いていった。なぜ電話してみるだけにしなかったのか自分でもわからない。自分はできるだけの努力はしたのだと思いたかったのかもしれない。中央受付でシャーリーンがまだ生きていることがわかった。面会したいかと訊かれて、したくないとは言えなかった。

引き返したっていいんだ、などとまだ考えながら、エレベーターで上階へ行くと、彼女のフロアの看護師詰所があった。詰所がなければ、そのままUターンしてつぎのエレベーターで下へ降りていたかもしれない。下の、中央受付の受付係は、わたしが出て行くのに気づきはしなかっただろう。じつのところ彼女は、列に並んだつぎの人に注意を向けたとたんわたしが出て行ったとしても、気づきはしなかっただろう。それに、たとえ気づかれたとしても、それがどうだというのだ?

恥ずかしく思ったことだろう、きっと。自分の思いやりの欠如が恥ずかしいというよりもむしろ、強靭な精神力の欠如を恥ずかしいと。

わたしは詰所で立ち止まり、部屋の番号を教えてもらった。

部屋は個室で、非常に小さく、特に目立つ装置も花も風船もなかった。最初は、シャーリーンの姿が見えなかった。看護師が屈みこんでいるベッドの寝具が隆起してはいるようだったが、人の姿は目に映らなかった。肥大した肝臓、とわたしは考え、できるうちに逃げ出していればよかったと思った。

看護師が体を起こして振り返り、わたしに微笑みかけた。ぽっちゃりした茶色い肌の女性で、優しい魅力的な声で話したが、その口調からすると西インド諸島出身だったのかもしれない。

「あなたがあのマーリーンですね」と看護師は言った。

その言葉の何かが彼女を楽しませているようだった。

「本当に、あなたに来てもらいたがっていらしたんですよ。もっと近くへどうぞ」

わたしは言われたとおりにして、むくんだ体や尖って変わり果てた顔、病院の寝巻があまりに大きすぎるように感じられるニワトリのような細い首を見下ろした。縮れた毛――まだ茶色い――が地肌から四分の一インチくらい伸びている。シャーリーンらしいところはなかった。

それまでにも死にかけている人の顔は見ていた。両親の顔、愛してしまうんじゃないかと思っていた男の顔までも。わたしは驚きはしなかった。

「今は寝てますけど」と看護師は言った。「あなたが来られるのを待ち望んでいらしたんですよ」

「意識を失ってるわけじゃないんですか？」

「失ってはいません。でも眠ってしまうんです」

そうだ、今はわかる、シャーリーンの面影がある。どこなんだろう？　ピクッと、自信たっぷりでおどけたように口の片隅を動かす、あれかもしれない。

看護師は優しい楽しげな声で話し続けた。「あなただとわかるかどうか。でも、あなたが来られるのを願っていらっしゃいました。お渡しするものがあるんです」

「目は覚まさないのかしら？」

肩をすくめる。「痛み止めの注射をしょっちゅう打たなきゃならないんです」

看護師はベッド脇のテーブルを開けた。

「ほら。これです。自分で渡すのが間に合わなかったらこれをお渡ししてくれって言われてたんです。ご主人から渡してもらうのはお嫌だったみたいで。こうやって来てくださったんだから、きっとお喜びになりますよ」

封をした封筒にはわたしの名前が、震える大文字で書かれていた。

「ご主人では駄目だ、って」と看護師は目をきらきらさせて言い、そして破顔一笑した。何かいけないことでもにおったのだろうか、女の秘密、昔の恋とか?

「明日またいらしてください」と看護師は言った。「なんとも言えませんけどね。伝えられたら、ご本人にお伝えしておきます」

わたしはロビーへ降りるとすぐに手紙を読んだ。シャーリーンはほとんど普通の筆跡で書いていて、封筒の字のような乱雑にのたくった筆跡ではなかった。もちろん、彼女はまず手紙を書いて、そして封筒に入れ、それから封をしてしまっておいたのだ。自分でわたしに手渡そうと思って。あとになって初めて、封筒にわたしの名前を書いておく必要が出てきたのだ。

マーリーンへ。病気がうんと進行してしゃべれなくなるといけないので、この手紙を書くことにしました。どうか、わたしの頼みを聞いてください。グエルフへ行って、そして大聖堂へ行って、ホフストレイダー神父様を呼び出して。絶えざる御助けの聖母大聖堂です。とても大きいから名前を言う必要もありません。ホフストレイダー神父様よ。神父様がどうすればいいかご存知です。これはCには頼めないし、彼にはぜったい知られたくないの。H神父様は知っています。訊いてみたんだけど、わたしを助けることは可能だとおっしゃっています。マーリーン、どうかやってちょうだい、お願い。あなたのことは何も話していません。

C。これは彼女の夫に違いない。彼は知らない。もちろん、彼は知らない。

ホフストレイダー神父。

わたしのことは何も話していない。

通りへ出たら、この手紙を丸めて捨てるのも自由だった。そして、そうした。封筒を投げ捨て、風に飛ばされてユニヴァーシティー・アヴェニューの溝に落ちるままにしておいたのだ。それから、手紙はあの封筒に入っていなかったことに気づいた。それはまだわたしのポケットにあった。

わたしはもう二度と病院へは行かないつもりだった。そしてグエルフにも行かないつもりだった。

キットというのが彼女の夫の名前だった。やっとわたしは思い出した。二人はヨットをやっていたんだ。クリストファー。キット。クリストファー。C。

アパートに戻ったわたしは、自分がエレベーターで上の自分の住まいへ行くのではなく、下の駐車場へ向かっていることに気がついた。わたしはそのままの格好で自分の車に乗りこみ、通りへ出て、ガーディナー高速道路へ向かい始めた。

ガーディナー高速道路、427号線、401号線。ちょうどラッシュの時間帯で、街から出るには悪い時刻だった。わたしはこういうドライブが嫌いだ。それほどしょっちゅうは運転しないので、自信がないのだ。ガソリンは半分以下しか入っていないし、しかもトイレへ行きたかった。ミルトンのあたりで、とわたしは考えた、車を停めてガソリンを満タンにして、トイレへ行って、そしてもう一度よく考えよう。目下のところは、やっていることを続けるしかなかった。北へ向かい、それから西へ向かう。

わたしは車を降りなかった。ミシサーガ出口を通過し、ミルトン出口も通過した。道路標識にグエルフまであと何キロあるか記されているのが目に入り、それを暗算でざっとマイルに変換してみた。いつもこうしなければならないのだ。するとガソリンがもちそうなのがわかった。なぜ止まらないかという自分への言い訳は、太陽がだんだん低くなるとなおさら面倒になる、というものだった。なにしろ、いちばん晴れた日でさえ街の上空にたちこめる靄をあとにしていたのだから。

グエルフの分岐へ入って最初の休憩所で車を降り、強ばって震える足で婦人用トイレへ歩いた。そのあとガソリンを満タンにし、金を払うときに大聖堂への道順をたずねた。道順はあまりよくわからなかったのだが、大きな丘の上にあって、町の中心部のどこからでも見えると教えられた。

もちろんそこまでではなかったが、ほぼどこからでも見えた。優美な尖塔の群が四つの見事な塔から伸びている。ただの壮大な建物なのだろうと予測していたのだが、美しかった。もちろん、壮大でもあった。あんな比較的小さな都市にしては、壮大で威圧的な大聖堂だった（とはいえ、のちに人から聞いた話によると、じつは大聖堂ではないということだったが）。

ここでシャーリーンの結婚式が行われたのだろうか？ いや。もちろん違う。彼女は合同教会のキャンプに来ていたのだし、あのキャンプにカトリックの女の子はいなかった。プロテスタントはじつにさまざまな派がいたが。それに、Ｃは知らないという、あの件もあるし。

彼女は内緒で改宗したのかもしれない。あのあと。

そのうちに、わたしは大聖堂の駐車場への道を見つけ、そこでしばしどうしようかと思い悩んだ。わたしはスラックスとジャケットという服装だった。カトリックの教会――カトリックの大聖堂――に入る際に求められることについてのわたしの知識はひどく古臭いものだったので、自分のこの格好でいいのかどうかさえ自信がなかった。ヨーロッパの大きな教会を訪れたときのことを思い出してみた。腕がむきだしになっていないこと、とかいうのがあったっけ？ ヘッドスカーフをかぶるとか、スカートをはくとか？

丘の上にはなんと輝かしく気高い静けさがあったことだろう。四月、まだ木々には葉は一枚も顔を出していなかったが、太陽は結局のところまだ空のじゅうぶん高いところにあった。教会の敷地には敷石と同じ灰色の雪の低い土手ができていた。

わたしが着ていたジャケットは夕方着るには軽すぎた。というか、こちらのほうがトロントよりも寒くて、風も強かったのかもしれない。

この時刻ならたぶん建物は閉まっているだろう、無人で、鍵が掛かっているだろう。どっしりした正面玄関は、見たところそうらしかった。わたしは階段を上って開くかどうか試してみることさえしなかった。通りから長い階段をたった今上がってきて、あの玄関の階段はまったく無視して迂回して、建物の横にあるもっと近づきやすい入口へと向かった数人の年配の——わたしくらいの年配の——女性たちについていくことにしたのだ。

なかにはさらに人がいた。二、三十人くらいいたのではないか。でも、礼拝に集まったという感じではなかった。皆、信者席のそこここに散らばり、跪《ひざまず》いたりおしゃべりしたりしていた。わたしの前を歩いていた女たちはよそ見しながら両手を大理石の聖水盤に浸し、テーブルの上に籠を並べている男に、こんにちは、と——声を低めもせずに——話しかけた。「外は見かけほど暖かくないですね」とひとりが言うと、男は、風で鼻がちぎれそうになりますよ、と答えた。

告解室が目に留まった。べつべつになった小さなコテージか、大きめの、ゴシック様式の遊具の家といった趣で、黒っぽい木の彫り物がたくさんあり、焦げ茶のカーテンがかかっていた。ほかはどこも輝かしく眩《まばゆ》かった。カーヴした高い天井はこの上なく真っ青で、さらに低い部分のカーヴ——直立した壁と接合している部分——は金色に塗られた宗教的な円形浮き彫り像で飾られていた。一日のこの時間にはステンドグラスの窓に日が当たって、宝石の列のようになっている。わたしはこっそりと通路を進んで祭壇を見ようとしたが、西側の壁にある内陣は眩《まぶ》しすぎて目を向けていられなかった。でも窓の上部には天使の絵が描かれているのが見えた。どれも生き生きとして透き通るようで光のように清純な、天使の群が。

これほど強烈な場所はなかったが、誰もそういう強烈さに圧倒されてはいないように見えた。おしゃべりしていた女性たちは、穏やかではあるものの小さくはない声でそのまま話し続けていた。そして他の人たちは跪いて、事務的に頷いて十字を切ると、自分たちの仕事に取り掛かっていた。

わたしも自分の仕事に取り掛からなければならなかった。司祭がいないか見回したが、ひとりも見当たらなかった。他の人たちと同じく、司祭にもきっと勤務時間というのがあるのだろう。車で家に帰って、居間とか事務室とか書斎に入って、テレビをつけてカラーをゆるめるに違いない。飲み物を持ってきて、夕飯にはまともなものが食べられるのだろうか、などと考えるのだ。教会に一歩入ると、彼らは公の存在となる。祭服に身を包み、何かの儀式を行う用意を整える。ミサとか?

あるいは、告解を聴いたり。でも、いつなら彼らがそこにいるのかわからないではないか。あの格子のある区画には、専用のドアから出入りするのではないのか?

誰かに訊いてみなくては。籠を配っていた男の人はまったく個人的というわけではない理由でここにいるように見えた。といっても案内係ではなさそうだったが。誰も案内係など必要としていなかった。皆好きなところにすわって——あるいは跪いて——、ときには立ち上がってべつの場所に移ったりもしていた。おそらく燃え上がる宝石のような太陽の眩しさが嫌だったのだろう。男の人に話しかけるとき、昔教会でそうしていた癖で小声になってしまい――彼はもう一度繰り返してくれとわたしに頼まねばならなかった。戸惑ったような、ばつの悪そうな顔で、彼は告解室の方向へあやふやに頷いてみせた。もっとはっきりと、よくわかるように言わなければ。

「違います、違います。わたしはただ司祭様にお話があるだけなんです。司祭様に話してくれって頼まれて来たんです。ホフストレイダー神父とおっしゃる司祭様に」

籠配りの男の人はさらに遠くの側廊に姿を消し、すぐに通常の黒い服を着たきびきびと動くでっぷりした若い司祭とともに戻ってきた。

彼はわたしの気づかなかった教会の奥にある部屋――実際は部屋とは言えなかった、わたしたちはドアではなくアーチ型の入口をくぐり抜けたのだから――へ入るよう身振りで促した。

「ここでお話ししましょう」と彼は言って、わたしのために椅子を引いてくれた。

「ホフストレイダー神父様――」

「ああ、いえ、お断りしておきますが、私はホフストレイダー神父ではありません。ホフストレイダー神父はここにはいないのです。休暇中でして」

わたしは一瞬言葉に詰まった。

「できるだけお力になりたいと思います」

「ある女性が」とわたしは言った。「ある女性がトロントのプリンセス・マーガレット病院で死にかけているんですが――」

「はい、はい。プリンセス・マーガレット病院のことは知っていますよ」

「その人に頼まれて――ここに彼女からの手紙を持っています――彼女はホフストレイダー神父様に会いたがっているんです」

「その女性はこの教区の信者さんですか？」

「さあわかりません。彼女がカトリックかどうかも知らないんです。彼女はここの出身です。グエルフの。彼女は長いあいだ会っていなかった友だちなんです」

「あなたはいつその女性と話をされたのですか？」

彼女と話したわけではない、彼女は眠っていて、でもわたし宛の手紙が置いてあったのだと説明しなければならなかった。

「ですが、その女性がカトリックかどうかあなたはご存知ないわけですね？」

司祭の口の端は炎症を起こしてひび割れていた。きっとしゃべるのはつらかっただろう。

「彼女はカトリックだと思います、でも、ご主人は違うし、彼女がカトリックだということも知らないんです。彼女はご主人に知られたくないんです」

わたしは話をよりはっきりさせようと思ってこう言った、これが本当がどうか確信を持っていたわけではなかったのだが。この司祭にすぐに関心をなくされてしまいそうな気がしたのだ。

「ホフストレイダー神父様はこのことについてぜんぶご存知のはずです」とわたしは言った。

「その女性と話はしていないのですね？」

彼女は薬物を投与されているが、ずっとというわけではなく、きっと頭が明晰になる時間もあるはずだ、とわたしは話した。この点も強調しておかなくては、と思ったのだ。

「その女性が告解したいのであればですねえ、プリンセス・マーガレット病院でも司祭は頼めますよ」

わたしはそれ以上言うことが思い浮かばなかった。手紙を取り出して、紙を伸ばし、司祭に手渡した。わたしが思っていたほど字はきれいに見えなかった。封筒の字と比べたら読みやすいというだけだったのだ。

司祭は困惑した表情になった。

「このCというのは誰です？」

「彼女のご主人です」彼女の夫に連絡を取ろうと、名前を訊かれるのではないかと心配になったが、代わりに司祭はシャーリーンの名前を訊いた。その女性の名前は、と彼は言った。

「シャーリーン・サリヴァンです」彼女の苗字まで覚えていたとは不思議だった。そして一瞬ほっとした。それがカトリックっぽい名前だったからだ。もちろん、そうするとカトリックなのは夫のほうだということになる。でも司祭は夫は信仰を捨てたのだと思ってくれるかもしれない、そうなればきっとシャーリーンが内緒にしておきたいという気持ちも納得できるものとなるし、彼女の願いの切迫感も増すだろう。

「なぜその女性はホフストレイダー神父を必要としているのですか？」

「たぶんなにか特別なことがあるんじゃないかと思います」

「告解はすべて特別なものです」

司祭は立ち上がろうとしたが、わたしはそのますわっていた。司祭はまた腰を下ろした。

「ホフストレイダー神父は休暇中ですが、町の外に出ているわけではありません。電話して、この件を依頼することはできますが。どうしてもとおっしゃるなら」

「はい、お願いします」

「神父を煩わせたくはないのですがね。あまり体調がよくないのです」

神父が体調が悪くてトロントまで自分で車を運転できないのならば送ってもいいが、とわたしは申し出た。

「必要な場合はこちらで交通手段の手配はします」

司祭はあたりを見回し、目的の物が見つからなかったらしく、ポケットのペンを取ると、手紙の余白に書くことにしたようだった。

「名前を確認しておきたいんですが。シャーロット――」

「シャーリーンです」

この面倒な会話のあいだに、わたしは誘惑に駆られはしなかっただろうか？　ただの一度も？　わたしが自分の殻を破るかもしれない、賢明にも殻を破るかもしれないと思われそうだ、あの油断ならないながらも大いなる許しを垣間見て。だが、そんなことはない。わたしはそういう人間ではない。済んでしまったことはどうしようもない。天使の群、血の涙、それでもやはり。

わたしはエンジンをかけようとも思わずに車のなかですわっていた。そのころには凍えるほど寒かったのだが。つぎに何をすればいいのかわからなかった。というか、自分にできることはわかっていた。幹線道路への道を見つけて、トロントへ向かって絶え間なく続く明るい車の流れに加わればいい。あるいは、運転する気力がないと思えば、一晩泊まる場所を見つければいい。たいていのところには歯ブラシが置いてあるし、でなければ歯ブラシを買える販売機の場所を教えてくれる。何が必要か、どうすることが可能かはわかっていたが、差し当たってそうするだけの気力がなかったのだ。

湖では、モーターボートは岸からじゅうぶん離れたところを走ることになっていた。とくに、わたしたちがキャンプしていた区画からは、ボートのたてる波で泳ぐじゃまをされないようじゅうぶん距離を置くことになっていた。ところがあの最後の朝、あの日曜の朝、ボートのうちの二艘が競争を始め、円を描きながら近寄ってきた――もちろん浮き台までは来なかったが、波が立つくらい近くまで。浮き台は揺れ動き、ポーリーンは非難と狼狽の叫びをあげた。ボートの音がうるさくて操縦している人たちには彼女の声は聞こえず、どのみちすでにボートの立てた大きな波が岸へ向かっていて、浅瀬にいたわたしたちの大半が、波といっしょにぴょんと跳ね上がるか足元をすくわれて転がるかした。

シャーリーンとわたしはどちらも足を滑らせた。わたしたちは背中を浮き台に向けていた。ヴァーナがこちらへやってくるのを見つめていたからだ。わたしたちは脇の下あたりまで水に浸かって立って、ポーリーンの叫び声が聞こえたのと同時に、持ち上げられて投げ出されたのだと思う。他の多くの女の子たちと同じく、わたしたちも大声をあげていたかもしれない。最初は恐怖から、ついで、またちゃんと立てて、波が前方へ行ってしまった嬉しさから。あとからの波はそれほど強くはなく、わたしたちは波にさらわれずに踏んばることができた。

わたしたちが転んだとき、ヴァーナがこちらに向かって倒れこんできた。わたしたちがびしょ濡れの顔で腕をばたばたさせながら浮かび上がると、ヴァーナは水面下で大の字になっていた。あたり一面、悲鳴や叫び声の大騒ぎで、さっきよりは小さな波がやってくると、最初の攻撃になぜか遭わずにすんだ子が二度目の波に押し倒された振りをして、騒ぎはいっそう大きくなった。ヴァーナの頭は水面に出てこなかった。今や彼女は動かないわけではなく、水のなかでゆったりと、くらげのように軽やかに回っていた。シャーリーンとわたしは手を彼女に当てていた。彼女のゴムの帽子の上に。

これは事故だったということもあり得る。わたしたちはバランスを取ろうとして、この手近にあった大きな弾力性のある物体にしがみついた、ということも。それがなんであるのか、自分たちが何をしているのかほとんど気づかないで。わたしはすべてをよく考えてみた。わたしたちは許されただろうと思う。まだほんの子供で。恐慌をきたして。

そうだ、そうだ。自分たちが何をしているか、ほとんどわかっていなかった。

これは多少なりとも真実なのだろうか？　わたしたちはそもそも何かしようと決めたりしたわけではない、という意味では真実だ。顔を見合わせてやろうと決めてから、続いて意識して実行したことをやったわけではない。意識して、というのは、ヴァーナの頭が水面に浮かび上がろうとしたときに、わたしたちは確かに目を合わせていたからだ。ヴァーナの頭はなんとしても浮かび上がろうとしていた、シチューのなかの団子のように。体の他の部分は水のなかで見当違いな弱々しい動きをしていたが、頭は、何をすべきかわかっていた。

浮かび上がろうとする動きのおかげでつるつる滑るのが捕まえやすくなっていなかったら、わたしたちの手はあのゴムの頭、ゴムの帽子を逃していたかもしれない。わたしはあの色を完璧に思い出せる。薄い、気の抜けた青だ。でも模様はわからなかった――魚、人魚、花――頭頂部がわたしの両の掌に押しつけられていたあの帽子の模様は。

シャーリーンとわたしはじっと互いの顔を見つめ合っていた。自分たちの手がしていることを見下ろしはしないで。彼女の目は大きく見開かれて、してやったりという喜びに満ちていた。わたしの目も同じだったはずだ。自分たちが悪いことをしているという意識は、自分たちの悪事に得意になっているなどということはなかったと思う。むしろ、わたしたちに――なんと――求められていることをしているだけのような、これはわたしたちの人生における、わたしたちがわたしたちであることの最高の瞬間、極みなのだ、というような気分だった。

わたしたちは行き過ぎて戻れなくなったのだ、と言われるかもしれない。わたしたちには選択の余地はなかった。でも誓って言うが、選択などということは、あのまえも、あのときも、わたしたちの頭には浮かばなかったのだ。

ぜんぶでたぶん二分くらいしかかからない出来事だったと思う。三分？　それとも一分半だったか？

ちょうどそのとき、うっとうしい雲が晴れた、などと言うのはあんまりなようだが、ある時点で――たぶんモーターボートが侵入してきたときか、ポーリーンが叫び声をあげたとき、あるいは最初の波が襲ってきたとき、それともわたしたちの掌の下のゴムの物体が自分の意志を持つことを止めたとき――ぱっと太陽が顔を出し、さらに多くの親が岸辺に姿を見せ、馬鹿騒ぎは止めて水からあがるよう、わたしたち全員に指示が下された。水泳は終わった。この夏はもう終わりだ、湖や公営プールへ来られないところに住んでいる子にとっては。個人宅のプールなど、映画雑誌のなかだけのものだった。

まえにも言ったように、シャーリーンと別れてうちの車に乗りこむところへ来ると、わたしの記憶は働かなくなる。どうでもいいことだったからだ。あの年頃のときは、物事には終わりがあった。物事は当然終わるはずと思っていた。

ありふれた、侮辱的あるいは不必要なことは何も言わなかったのは確かだ。言っちゃ、だめよ、みたいなことは。

不安が芽生え始めるのが想像できる、とはいえ、それほど速やかに広がりはしない。競合するさまざまなドラマがなければもっと早かったかもしれないが。サンダルを片方失くした子がいる。いちばん年少の女の子のひとりが、波のせいで砂が目に入ったと金切り声をあげている。

ほぼ確実に誰かがもどしている。水のなかでの興奮のせい、あるいは家族がやってきた興奮、それとも禁制品のキャンディーを急いで食べ過ぎたせいで。

そして直ちに、ではないが、程なくして、こんななかを懸念が、誰かがいないという懸念が駆け巡る。

「誰が？」

「特別クラスの子だって」

「やあねえ。やっぱり」

特別クラス担当の女性が走り回る。花柄の水着のままで、太い腕や脚のカスタードみたいな贅肉を揺らしながら。声は乱れて泣いているようだ。

誰かが木立を調べにいく。小道を走って、あの子の名を呼ぶ。

「その子の名前は？」

「ヴァーナです」

「待って」

「なんです？」

「あそこの水のなか、何かない？」

でもうその頃には、わたしたちは立ち去っていたはずだ。

# 木

Wood

ロイは家具の布張りをしたり、表面の磨き直しや削り直しをしている。彼はまた、横木や脚がなくなっているなど、壊れかけた状態の椅子やテーブルの修復も引き受けている。こういう仕事をやっている者はもうあまり多くないので、こなせる以上の仕事が舞いこむ。彼にはどうしたらいいのかわからない。手伝いを雇わないことについての彼の言い訳は、役所に面倒な手続きをあれこれ踏まされるから、というものだったが、本当の理由は、ひとりで働くことに慣れてしまっているからかもしれない――彼はこの仕事を軍隊を離れてからずっとやっている――始終そばに他人がいるなど想像できないのだ。もし彼と妻のリーアとに息子がいたら、大きくなるにしたがってこの仕事に興味を持ち、じゅうぶんな年齢になったら店で手伝うようになっていたかもしれない。それとも、せめて娘でもいれば。一度、妻の姪であるダイアンに仕事を教えてみようかと思ったこともある。ダイアンは子供の頃、まつわりついては彼のやることを眺めていて、結婚してからは――十七歳で、とつぜんに――彼の仕事をいくらか手伝っていた。彼女と夫は金が必要だったからだ。ところが彼女は妊娠し、ペンキ除去剤や木材着色剤、アマニ油、艶《つや》出し剤、それに木の煙などにむかむかするようになった。というのが、彼女がロイに言ったことだった。彼女はロイの妻には本当の理由を話した――女に相応《ふさわ》しい仕事ではないと夫が思っているのだ、と。

そういう次第で、今や彼女は四人の子持ちとなって、老人ホームの厨房で働いている。彼女の夫はその仕事なら問題ないと思っているらしい。

ロイの仕事場は家の後ろの小屋だった。薪ストーヴで暖をとっているのだが、ストーヴの燃料を集めることから、彼はまたべつの興味へと誘われた。それは密やかなものだが、秘密というわけではない。つまり、そのことについては皆知っているが、彼がどのくらいそのことを考えているか、彼にとってどれほど大切なことなのかは、誰も知らないのだ。

それは、木を切ることである。

彼は四輪駆動のトラックとチェーンソーと八ポンドの割り斧を持っている。林地で薪を割って過ごす時間がどんどん長くなっている。結局自分で必要とする以上になってしまう――そこで、売るようになった。最近の家は居間に暖炉がひとつ、食堂にもうひとつあって、家族が過ごす部屋にはストーヴがあることが多い。そして皆、いつも火を起こしておきたがる――パーティーやクリスマスのときだけではなく。

彼が林地へ行き始めたときは、リーアは心配したものだった。林地でひとりのときに事故にあわないだろうかと心配したのだが、仕事がおろそかになるんじゃないかということも心配した。仕事の出来栄えに影響が出るかもしれないと思ったわけではなく、スケジュールを気にしたのだ。「相手の期待を裏切りたくはないでしょう」と彼女は言った。「人がこれこれの時期にこういう物が要ると言うときには、ちゃんと理由があるのよ」

リーアは彼の仕事を義務のようなものだと思っていた——人助けのようなものだと。彼が値段を上げたときには、リーアはきまりの悪い思いをし——じつは彼もだったが——最近は材料費が高くついて、といちいち皆に説明した。

リーアも仕事を持っていたあいだは、彼女が仕事に出かけてから林地へ行き、彼女の帰宅まえに帰ってくるようにすることは難しくなかった。リーアは町にある歯科医院のひとつで受付と帳簿付けをしていた。彼女にとっては好都合な仕事だった。人と話をするのが好きだったからだ。それに、歯科医にとっても好都合だった。彼女は信義に篤《あつ》い大家族の出身で、皆リーアの雇い主以外の医者に歯を診てもらおうなどとは決して思わない人たちだったのだ。

こうした彼女の身内たち、ボウル家の者やジェッター家の者やプール家の者は、以前はしょっちゅう家に来ていた。でなければリーアが誰かの家に行きたがった。この一族は互いにいっしょにいるのをいつも楽しむというわけではないが、集まる機会がたっぷりあるようにはしておきたいのだった。クリスマスや感謝祭には二十人か三十人がひとつのところにひしめき合い、普通の日曜でも十人くらいは集まる——テレビを見て、しゃべって、料理して、食べて。ロイはテレビを見るのも好きだし、しゃべるのも好きだし、食べるのも好きだが、どれかふたつをいっぺんにやるのは好きじゃないし、三つぜんぶとなるとぜったい嫌だ。そこで、皆が日曜に彼の家に集まることになったときは、起きると小屋へ行って鉄木《てつぼく》かリンゴの木――このどちらかだが、とくにリンゴの木には気持ちの安らぐ甘い香りがある――で火を起こすのが習慣となった。べつに隠し立てもせずに、彼は塗装剤やオイルといっしょに棚の上にいつもライウィスキーを一瓶置いている。家のなかでもライウィスキーを飲んだし、同席者にも気前よく勧めたが、小屋でひとりでいるときに注ぐやつのほうが旨かった。あら、すてきねえ、なんて声をあげる人間が周りに誰もいないときのほうが、煙のにおいがいいのと同じように。家具の仕事をしているときは決して飲まなかったし、林地へ入るときも飲まなかった――客であふれかえる日曜だけだった。

彼がそんなふうにひとりで出ていっても問題にはならなかった。親戚の者たちはないがしろにされたようには感じなかった――彼らはロイのような、婚姻によって一族に仲間入りしただけで、しかも子供という貢献さえせず、自分たちとは違う人間には、わずかな興味しか抱いていなかったのだ。一族の者たちは大柄で、開放的で、おしゃべりだった。ロイは背が低く、小柄で、無口だった。彼の妻はだいたいにおいて気楽な女で、ありのままのロイが好きだった。だから彼を非難もしなければ、彼にかわって謝ることもなかった。

二人ともなんとなく、子供を山ほど持っている夫婦よりも自分たちのほうが互いを大切に思っていると感じていた。

去年の冬、リーアはほとんどずっとインフルエンザと気管支炎で具合が悪かった。皆が歯科医院へ持ちこむ細菌をぜんぶ貰っているのだと彼女は思った。それで、仕事を辞めた――どっちみち少し飽きてきたし、常々したいと思っていたことをする時間がもっとほしいから、と彼女は言った。

だが、そのしたいと思っていたことがなんなのか、ロイにはわからないままだった。リーアの気力は落ちこんだまま回復しなかった。そしてそれは彼女の性格に深刻な変化をもたらしたように思えた。人が来ると神経が尖るようになったのだ——誰よりも身内が来ると。ひどく疲れて、しゃべりたい気分にはなれなかった。外へ出かけるのを嫌がった。家のなかのことはきちんとやっていたが、休み休み用事をするので、単純な家事をこなすのに一日じゅうかかった。テレビに対する興味はほぼ失ったが、ロイがつけると見ようとした。そして彼女は丸みのある陽気な外見も失って、痩せて不恰好になった。温かみ、輝き——なんであれ彼女を魅力的にしていたもの——は、彼女の顔や茶色の瞳から消えてしまった。

医者は丸薬をいくらかくれたが、少しでも効いているのかどうか、彼女にはわからなかった。姉妹のひとりがホリスティック医学の医者へ連れていってくれ、三百ドルの診察料を取られた。こちらも、多少なりとも効き目があったのかどうか、彼女にはわからなかった。

ロイとしては以前馴染んでいた、ジョークを発するエネルギッシュな妻が恋しい。あの妻を取り戻したいのだが、どうすることもできず、ただこの沈みこんだ物憂げな女を我慢するしかない。蜘蛛の巣が気になるかのように、あるいは野ばらの茂みにでもはいりこんでしまったかのように、ときどき顔の前で片手を振ったりする。目がおかしいのかと訊いても、だいじょうぶだと言い張るのだ。

彼女はもう車の運転もしない。ロイが林地へ行くことについても何も言わない。ひょっこり治ってしまうかもしれない、とダイアンは言う（ダイアンはいまだにこの家へやってくるほぼ唯一の人間だ）。治らないかもしれない。

それは医者が言ったこととほとんど同じだ、もっとずっと注意深い言葉だったが。丸薬を投与しているからあまりひどく落ちこむことはないはずだと医者は言う。あまりひどくというのはどのくらいひどくってことなんだ、とロイは思う。それに、どの時点でわかるんだ？

林地のなかに、製材所の連中が木を切り出して先端だけが地面に残してある区画を見つけることもある。森林管理の連中が立ち入って、間引いたほうがいいと思う木の樹皮を輪状に切り取ってあるのを見かけることもある。病気になっていたり、曲がっていたり、あるいは材木として使い物にならない木だからだ。たとえば鉄木は材木としては役に立たないし、サンザシやカロライナシデもそうだ。こういう木立を見つけると、彼は農場主なり誰なり所有者に連絡をとり、交渉し、価格の合意ができると、薪を取りにいく。この多くは晩秋に行われる――十一月の今か、あるいは十二月始めに――というのは、それが薪を売る時期だからであり、また、トラックを林地に乗り入れるには一番いい時期だからだ。近頃の農場主は、自分で木を切って引きずっていた時代と違って、林地へ入るのにじゅうぶん往来を重ねた道を必ず確保しているわけではない。畑を車で横切っていかなければならないことが多いのだが、これが可能なのは年に二回――畑が耕されるまえと作物が刈り取られたあとだけなのだ。

作物が刈り取られたあとのほうが、よりいい。霜で地面が固くなる季節だからだ。そしてこの秋は薪の需要がこれまでになく多く、ロイは週に二、三度、出かけている。

葉や、全体的な形や大きさで木を見分ける人が多いが、葉のない深い木立を歩きながら、ロイには樹皮で木がわかる。ずっしりして頼りになる薪である鉄木は、ずんぐりとした幹に毛羽だった茶色い樹皮だが、大枝の先端は滑らかでくっきりと赤みがかっている。桜は木立のなかで一番黒っぽい木で、樹皮には絵のようなウロコ状の斑点がある。ここでは桜の木がどれほど高く伸びるか知ったら、ほとんどの人は驚くことだろう――果樹園の桜の木とはまったく違う。リンゴの木は果樹園にある見本にむしろ近い――それほど高くなく、樹皮にはあまりはっきりしたウロコ模様はなく、桜ほど黒っぽくもない。トネリコはきりっとした木で、幹にはコーデュロイのような畝《うね》がある。カエデの灰色の樹皮はでこぼこしていて、陰の部分が黒い筋になり、交わってざっとした四角になっている部分もあればそうじゃないこともある。その樹皮には気持ちのいい無頓着さがあり、地味でありふれていて、大半の人が木といえばまず思い出すカエデの木にはふさわしい。

ブナノキやオークはまたべつだ――何か注目に値するドラマチックなものを持っている。どちらも、今ではほとんどなくなってしまった大きなニレの木ほど美しい形ではないが。ブナノキはなめらかな灰色の樹皮、象の肌のようで、イニシャルを刻むのに選ばれるのがたいていこれだ。刻まれたイニシャルは何年、何十年と過ぎていくうちにナイフで刻まれた細い溝が大きな傷となり、しまいに文字は、縦より横のほうが広がって読めなくなる。

ブナノキは林地のなかで百フィートの高さに育つ。開けた場所だと縦にも横にも同じように広がるが、林地のなかだと上に伸び、先端の枝はぎゅっと突き出していてシカの角のように見える。だが、この尊大な様子の木は木目がねじれているという欠点を持っていることがあり、それは樹皮のさざ波状の模様を見ればわかる。それはその木が大風で折れたり倒れたりするかもしれないというしるしだ。オークは、この国ではそれほどありふれているわけではない。ブナノキほどありふれてはいないが、いつも簡単に見つけられる。カエデが常に裏庭にはつきものの、なくてはならない木に見えるように、オークは常にお話の本に出てくる木のように見える。「むかしむかし森のなかに」で始まる物語ではどれでも、森といえばオークの木々が立ち並んでいるかのように。その黒っぽい、つやつやした、精巧なギザギザの刻まれた葉は木の見栄えの一因だが、葉が落ちて、灰黒色で入り組んだ表面の、厚みのあるコルクのような樹皮や、まがまがしくねじれたり曲がったりした枝がはっきり見えるようになっても、同じく伝説的な存在に思える。

自分のやっていることがわかっていれば、ひとりで木を切りに行っても危険はほとんどないとロイは思っている。木を切り倒す時はまず、木の重心を見極めねばならない。それから、重心がそのちょうど上に来るように、七十度のくさび形に切り込みを入れる。この切り込みを入れる側によって、もちろん木が倒れる方向が決まる。倒す反対側に追い口の切り込みを、くさび形切り込みとはつながらないように、しかし高さは揃えて入れる。つまり木を切るには、その木のまさに重心となる部分を蝶番のように残しておいて、そこから倒れるようにするということだ。他のどの枝にも引っかからないように倒すのが一番だが、どうしてもそうなってしまう場合もある。木が他の木々の枝にもたれかかって、チェーンで引き起こせる位置にトラックを乗り入れられない場合は、幹を下から何箇所かで切断していって、上部がはずれて落ちてくるようにする。木を倒すと枝が下になっているので、幹を地面に着けるために大枝を切り払っていくのだが、そのうちに木を支えている大枝に行き当たる。こういう大枝には圧力がかかっていて——弓のようにしなっているかもしれない——うまくやるコツは、木が自分の反対側へ転がるように、そして枝が跳ね返ってぶちのめされたりしないように切ることだ。無事幹が地面に落ちたら、それをストーヴ用の長さに切って、そのストーヴの長さにしたものを斧で割る。時には予期しないことに出会う。風変わりな、斧で割れない木片があるのだ。そういうものは横にしてチェーンソーで割らねばならない。こんなふうに木目に沿って切ったおが屑は、長い紐になって剝がれてくる。ブナノキやカエデのなかにも横にして割らねばならないものがある。大きな丸い塊の年輪に沿って周囲を切っていき、そのうちほぼ四角になって、もっと楽に攻められるようになる。朽ちているのもあり、年輪のあいだに菌類が生えている。だが概して木材の堅さはこちらの予想どおりだ——大枝の部分よりも幹の部分のほうが堅く、少しは開けたところで育った太い幹のほうが木立の真ん中で上へ伸びた高くて細いものより堅い。

予期しないこと。だが、そういったことには備えることができる。そして、備えができていれば、危険はない。彼は以前はこういうことを妻に説明しようと思っていた。手順のこと、予期しないこと、見分け方。だが、それをどう話せば妻に興味を持ってもらえるのかわからなかった。ダイアンがもっと若かった頃に自分の知識をなんとか伝えておけばよかったと思ったこともある。今はもう、ダイアンには耳を傾ける暇はないだろう。

それに、ある意味で彼の木に関する思いはあまりに自分だけのものなのだ——その思いは貪欲で、とりつかれているといってもいいくらいだ。他のどんな面でも、彼は決して貪欲な男ではない。ところが、いく晩も横になりながら、手に入れたいと思っている見事なブナノキを思い描くことはあるのだ。見かけどおり申し分のないものだろうか、それとも何かごまかしが秘められているのだろうか、と考えながら。この郡の、農場の奥や個人所有の畑の後ろにあるせいで見たことさえないさまざまな林地のことを考える。林地を抜ける道を車で走っている時は、何かを見逃すのが心配で顔を左右に動かしてしまう。彼の目的にとっては価値のない物にでさえ、興味を引かれる。たとえば、あまりにきゃしゃでひょろひょろして使い物にならないカロライナシデの木立。黒っぽい垂直の畝が色の薄い幹に走っているのが彼の目に映る——彼はその場所を覚えこむ。目にしたすべての林地を頭のなかの地図に記しておきたいのだ。彼はこれを実用的な目的を引き合いに出して正当化するかもしれないが、それだけが真実のすべてというわけではないだろう。

初雪の一日、二日あと、彼は木立のなかで樹皮を輪状にはいだ木を見ている。彼にはここにいる権利がある——もう、スーターという名前の農場主に話をつけてあるのだ。

この木立の端には不法投棄場がある。開いている時間が合わなかったり、場所が不便だったりするのか、郡区のゴミ捨て場に持っていかずに、この人目につかない場所にゴミを捨てる人がいるのだ。そこで何か動いているものがロイの目に映る。犬かな？

ところがその姿は上体を起こし、汚らしいコートを着た男だとわかる。じつのところそれはパーシー・マーシャルで、何か見つからないかとゴミ捨て場をつつきまわっているのだ。以前にはこういう場所で、貴重な古いつぼや瓶、銅の湯沸しさえ見つかることがあったが、もうそんな可能性はあまりない。それにどのみち、パーシーは知識のあるゴミ拾い屋ではないし。ただ自分の使えそうな物を探しているだけなのだ――とはいえ、このプラスチック容器や壊れた間仕切り、詰め物が飛び出したマットレスの山のなかで、いったい何が見つかるのかは疑問だが。

パーシーはここから数マイル離れた十字路のところにある、板を打ちつけた空家の奥の一部屋で、ひとりで暮らしている。ぶつぶつひとり言を言いながら、道を、川のほとりを、町中を歩き、薄ら馬鹿の浮浪者を演じることもあれば、地元の名物賢人になってみせることもある。栄養不足の、汚い、不便な生活は、彼自身の選択なのだ。郡のホームに入ったこともあるのだが、決まった日課や、他の大勢の年寄りといっしょに暮らすことに耐えられなかった。ずっと昔、彼はなかなかいい農場を始めたのだが、農場主の生活はあまりに変化に乏しかった――そこで彼は身を持ち崩して、酒の密売、へまな押込みをやり、刑務所に何度か入り、そしてここ十年ほどはまた、老齢年金の助けもあってある程度保護された身分にまで生活を立て直してきた。彼は地元の新聞に写真入りで記事になったことさえある。

最後のひとり。地元の自由人がエピソードと見識を語る。

彼は、ちょっと言葉を交わさなければ悪いと思っているかのように、難儀しながらゴミ捨て場から這い上がってくる。

「木を切り出しに行くのかね？」

「そうするかもしれん」とロイは答える。パーシーは薪を恵んでもらうのを狙っているのかもしれない、とロイは思う。

「なら、急いだほうがいいな」とパーシー。

「なんでだ？」

「ここの木はぜんぶ契約されちまうからな」

相手を喜ばせるのはわかっていながら、その契約というのはなんだとロイは尋ねずにはいられない。パーシーはうわさ好きだが、嘘つきではない。少なくとも、彼が本当に興味を持っている事柄、つまり、取引とか、相続とか、保険とか、家宅侵入とか、金銭絡みのこと全般については。金を握っていられたことのない人間は金のことについてあまり一生懸命考えないと思うのは間違いだ。パーシーのことを哲学的な浮浪者で、昔々の思い出に浸りきっているに違いないと思う人間にとっては、これは意外だろう。もっとも、必要とあらば、彼はそういうこともちょっとは話せるが。

「ある男のことを聞いたんだ」パーシーはぺらぺらしゃべり始める。「町に行ったときにな。さあなあ。なんか、その男は製材所をやってるみたいでな、リヴァー・インの契約をとって、あそこで一冬に要る薪はぜんぶその男のとこから入れるとかでな。一日に一コード（薪の計量単位、三・六二立方メートル）。あそこじゃそれだけ燃やすんだ。一日一コード」

「どこで聞いたんだ?」とロイはたずねた。

「ビアホールだ。うん、たまに行くんだ。一パイントしか飲まんけどな。そしたら俺の知らん連中がいてな、だけどそいつらも酔っちゃあいなかったぞ。その林地の場所とかを話してて、で、それは確かにここだった。スーターの林地だ」

ロイは農場主とつい先週話したところだった。いつもの伐採をするのに、取引をけっこううまくまとめたと思っていたのだ。

「山ほどの木だ」ロイはあっさりと言った。

「そうだな」

「ぜんぶ伐採するつもりなら、許可をとらなきゃならないぞ」

「そりゃそうだ。不正なことをやらない限りな」パーシーはさも嬉しそうに言った。

「俺には関係ないことだ。こなせるだけの仕事はあるからな」

「そりゃそうだろう。こなせるだけの仕事はな」

家へ帰るあいだずっと、この話がロイの頭から離れない。ロイはときどきリヴァー・インに薪をいくらか売っていた。だが今やホテルは、しっかりした仕入先ひとつに絞ろうと決めて、そしてそれはロイではないのだ。

そんなにたくさんの薪を、今この雪がすでに降りはじめている時期に伐り出すという問題について考えてみる。できることはただひとつ、本格的な冬が始まるまえに幹を開けた畑に引っぱり出すことだろう。できるだけ手早く引っぱり出して、大きな山を築いておいて、あとで鋸でひいて斧で割らねばならない。そして幹を引っぱり出すには、ブルドーザーが、少なくとも大きなトラクターがいる。入っていく道を作って、チェーンで引きずり出さねばならないだろう。仲間がいる――ひとり――あるいはふたり――ではとてもできない。大規模にやらねばならない。

となると、とても彼がやっているような片手間仕事という感じではない。大きな集団、この郡の外から来た人間だ。

ロイが話をしたとき、エリオット・スーターはこんな申し出があることをまったくにおわせなかった。だが、そのあとで打診され、ロイから持ちかけられた、べつに正式なものではない取り決めは忘れてしまおうとスーターが決めた、ということはじゅうぶんあり得る。ブルドーザーを乗り入れさせようと決めた、ということは。

その夜、電話をかけてどうなっているのか訊いてみようかとロイは思う。だが、農場主が本当に心変わりしてしまっているのならどうしようもないじゃないか、とも思う。口約束に固執したって仕方がない。あの男はロイに、とっとと失せろ、と言えばいいのだ。

ロイにとっていちばんいいのは、パーシーの話など聞かなかった、他のやつのことなんか聞かなかったように振る舞うことなのかもしれない――とにかく行って、ブルドーザーが来るまえに、できるだけ急いで切れるだけの木を切るのだ。

もちろん、ぜんぶパーシーの誤解かもしれないという可能性も常にある。ロイに嫌な思いをさせようとして話をでっちあげたということはまずないだろうが、勘違いしたという可能性はある。

だが、考えれば考えるほど、ロイはこの可能性を考慮に入れなくなる。彼の頭にはずっとブルドーザーとチェーンを巻かれた幹、畑に積み上げられた幹の大きな山、チェーンソーを持った男たちが浮かんでいる。近頃ではこれが連中のやり方なのだ。大量販売。

あの話がこれほどまで衝撃だった原因のひとつは、ペレグリン川沿いのリゾート・ホテルであるリヴァー・インをロイが嫌っていることだ。ホテルは、パーシー・マーシャルが住んでいる十字路からさほど遠くない、古い工場の跡地に建っている。じつのところ、パーシーが住んでいる土地も家もホテルが所有している。あの家を取り壊すという計画もあったのだが、ホテルの宿泊客がたいしてやることもないままに、道を歩いてきては、この廃屋や横にある古い馬鍬やひっくり返った荷馬車、役に立たないポンプ、それに本人が写真に収まろうという気になったときにはパーシーの写真を撮るのを喜ぶのがわかったのだ。スケッチをする客もいる。彼らはオタワやモントリオールといった遠方からやってきて、そしてたぶん自分たちは僻地にいると思っている。

地元の人々は特別なランチやディナーの際にホテルへ行く。リーアも一度、歯医者とその妻、歯科衛生士とその夫とともに行ったことがある。ロイは行こうとしなかった。たとえ他人様が払ってくれるとしても、法外な値段の料理なんか食いたくない、と彼は言った。とはいえ、自分はホテルの何が気にくわないのか、それほどはっきりわかっているわけではない。世間の人人が楽しもうとして金を使うのに反対だというわけではないし、金を使いたがる人間相手に金儲けしようという連中の考えに賛成できないというわけでもない。ホテルの年代物の家具の修復や張替は彼ではなく他の職人たち――このあたりの出身ではまったくない連中――がしたというのは事実だが、たとえ彼がその仕事を依頼されたとしてもたぶん断っていただろう。もうすでにじゅうぶん過ぎる仕事を抱えているので、とか言って。いったいあのホテルがどうだっていうの、とリーアに訊かれたとき、彼が思いつくことができた答えは、ダイアンがあそこのウェイトレスの仕事に応募したら、太りすぎているからといって断られた、ということだけだった。

「だって、あの子太ってたじゃない」とリーアは言った。「今も太ってるけど。あの子、自分でそう言ってるわよ」

確かに。だがロイはそれでもやはり、ああいう連中はお高くとまった気取り屋だと思う。気取り屋のハゲタカだ。連中は昔の店や昔の劇場に似せたつもりの、新しい建物を建てる。見せかけだけのために。連中は見せかけのために薪を燃やす。一日一コード。そこで今度はブルドーザーを持ってるどこかのやり手が、林地をトウモロコシ畑みたいになぎ倒してしまおうとしているのだ。いかにもありそうな強圧的なやり方だ、連中ならやりかねない、一種の略奪だ。

ロイはリーアに自分の聞いたことを話す。彼は相変わらず妻にいろいろ話す――習慣になっているのだ――といっても、今では彼女がまともに聞いてくれないことにすっかり慣れてしまって、答えが返ってくるかどうかはほとんど気に留めていない。今回は、彼女は彼自身が言っていることをそのまま繰り返す。

「気にすることないわ。どっちにしろ、仕事はもうじゅうぶんあるんだから」

それは彼の予測できる答えだった。彼女が元気だろうと、そうでなかろうと。ピントがずれている。だが、妻なんて――そして夫もたぶん同じく――だいたい五割がたそんなもんじゃないか？

つぎの朝、彼はしばらくドロップリーフ・テーブル（袖板が持ち上がる伸長式テーブル）の仕事をする。小屋に一日いて、期限の過ぎている仕事をいくつか片づけるつもりだ。正午近くに、ダイアンの騒騒しいマフラー音が耳に響いてきたので、窓から外をのぞく。リーアをリフレクソロジーに連れて行くために来てくれるのだ――ダイアンはそれがリーアの体にいいと思っていて、リーアは異議を唱えない。

ところがダイアンは家ではなく、小屋のほうへやってくる。

「こんちは」と彼女は言う。

「こんちは」

「仕事、忙しい？」

「相変わらず忙しいね」とロイは答える。「仕事やろうか？」

これは二人のお決まりのやりとりだ。

「仕事ならもうあるわ。あのね、ここへ来たのはね、ちょっと頼みたいことがあるの。じつはねえ、あのトラックを貸してもらいたいの。明日、タイガーを獣医に連れていくのにね。車じゃどうしようもないのよ。車に乗せるには大きくなりすぎて。お願いするのはほんとに気がひけるんだけど」

ロイは気にするなと答える。

タイガーを獣医へなあ、と彼は考える。物入りなことだ。

「トラックを使うつもりじゃなかったの？」とダイアン。「つまりその、乗用車でいいの？」

もちろん彼は、今日仕事が片づいてしまったら、明日林地へ行くつもりだった。ならば今日の午後に行かなきゃいけないな、と彼はここでそう決める。

「ガソリンは満タンにしておくから」とダイアンは言う。

ということは、やらなければならないことがもうひとつ、ダイアンに気を使わせないように、忘れず自分で満タンにしておかなければ。彼は「じつはな、林地へ行きたいのは、気になることが持ち上がってそれが頭から離れないんだ――」と言いかける。だがダイアンはドアを出てリーアを連れにいってしまう。

二人が視界から消え、後片づけを終えるとすぐに、彼はトラックに乗りこんで前日行ったところへ向う。パーシーのところへ立ち寄ってもっといろいろ訊いてみようかとも思うが、そんなことをしても何もならないと判断する。そんなふうに関心を見せたら、パーシーに話をでっち上げさせるだけになるかもしれない。彼はまたも農場主と話してみようかと考えるが、昨夜と同じ理由で止めておくことにする。

彼はトラックを林地のなかへ続く小道に停める。この小道はすぐに細くなって消えてしまう。そしてまだ消えないうちに、もう彼は小道を離れている。彼は木を見て歩く。昨日と変わりはないようで、強引な計画の対象となっている形跡などひとつもない。彼はチェーンソーと斧を持ってきていて、気が急いている。もし誰か他の人間がここへ現れたら、誰かに文句を言われたら、自分は農場主から許可を得ているし、他の取引の話なんか知らないと言ってやろう。そしてさらに、農場主本人がここへ来て彼に出て行けと言わない限り、自分は木を切り続けるつもりだと言ってやるんだ。本当にそうなったら、もちろん彼は出て行かねばならない。だが、そんなことにはまずならないはずだ。スーターは大柄な男で腰が悪いから、自分の地所を歩きまわるのはあまり好きではないのだ。

「……権限はない……」とロイは、まるでパーシー・マーシャルのようにひとり言を言う。

「ちゃんと書類を見せてもらいたいね」

彼は、顔を見たこともない知らない人間にむかってしゃべっている。

林地の地面はどこでも、通常は周辺の土地の表面よりもでこぼこしている。これは木が倒れて根っこといっしょに土も引き上げ、そしてそこで横倒しになったまま朽ちていくせいだとロイはいつも思っていた。木が横倒しになって朽ちた部分は盛り上がるだろう——根っこが地面から引き抜かれた部分はくぼみになるだろう。だが彼がどこかで——ごく最近のことだが、どこでだったか思い出せたらいいんだがなあ、と彼は思う——読んだものによると、これはずっと昔、氷河時代のすぐあとに起こったことが原因となっていて、地層のあいだに氷ができて、土を押し上げて奇妙な瘤《こぶ》にしたのだという。現在でも北極圏では起こっているように。土地が開墾されず、利用されていないところでは、瘤はそのまま残っているのだ。

ロイにいま降りかかるのは、じつにありふれた、それでいておよそ信じられないような出来事だ。林地を歩きまわる愚かな夢想家にならぼけっと自然を眺める行楽客にならば、林地を歩くのは公園を散策するようなものだと思っていた人間にならば起こるかもしれないことだ。長靴ではなく軽い靴を履いて、地面に注意などしていなかった人間にならば。これまで何百回となく林地を歩いていて、ロイには今まで決してこんなことは起こらなかった。起こりそうになったことも一度としてなかった。

しばらくのあいだ雪が軽く降り続いていて、地面や落ち葉が滑りやすくなっている。彼の足の片方が滑ってねじれ、それからもう片方は雪の積もったふわふわの表面を通り抜けて地面へ突っこんでしまうが、それは彼が思っていたよりもずっと深い。つまり、彼はうかつにも、必ず試しながらそろそろと足を載せるか、それともそばにもっといい足場が見えたらまったく踏みこまないようにすべき場所へ、足を踏みこんで——ほとんど投げ出されて——しまう。それにしても、どうなっているのだ？　まともにひっくり返るわけではない。ウッドチャックの穴に躓《つまず》くのとは違う。不意打ちをくらった彼は、ほとんど信じられないような気持ちで不本意ながらよろめき、それからなぜか滑ったほうの足がもう片方の下になるような具合に倒れる。転びながらもチェーンソーは体から遠ざけ、斧はうんとむこうへ放り投げる。だがじゅうぶんではなかったようで――斧の柄が彼のねじったほうの脚の膝をしたたかに打つ。チェーンソーに体を引っ張られるが、少なくともその上に倒れこみはしない。

まるで自分の体がスローモーションで倒れていくような気がする。慎重に、否応なく。肋骨を折っていたかもしれないのに、折れなかった。それに斧の柄が跳び上がって顔を打っていたかもしれないのに、そうはならなかった。脚に深手を負っていたかもしれない。彼はこうしたさまざまな可能性を、即座にほっとする、というのではなく、そんなことにはならなかったのだとまだ確信できていないかのように思い描く。なんといってもこんなことになったきっかけが――足が滑ったり、下生えの部分に足を突っこんで倒れたりといった――あまりに愚かしく無様で、あまりに信じられないので、どんな荒唐無稽な結果でも生じてきそうだからだ。

彼は立ち上がろうとする。両膝が痛い――片方は斧の柄で打ったせいで、もう片方は地面に強くぶつかったせいで。彼は桜の若木の幹につかまり――ここに頭をぶつけていたかもしれない――そろそろと立ち上がる。ためらいがちに片方の足に体重を載せ、もう片方は地面にちょうど触れる程度にしておく――滑って、体の下でひねったほうの足だ。すぐにこちらの足にも体重をかけてみるつもりだ。チェーンソーを拾おうと屈みこんで、また倒れそうになる。痛みが地面から突き上げて、そのまま頭蓋まで達する。彼はチェーンソーのことを忘れ、上体を伸ばす。どこから痛みがくるのかわからないまま。あの足――屈んだときにあの足に体重をかけただろうか？　痛みはそちらの足首へと引いていく。彼はできるだけそちらの脚をまっすぐにしながら、そのことを考え、そしてうんと用心しながらそちらの足を地面に着けて、体重をかけてみる。信じられない痛みだ。こんなに続くなんて信じられない、彼を打ち負かそうとこんなに続くことがあるとは。足首をひねっただけではないに違いない――捻挫しているのだ。折れている可能性もあるだろうか？　長靴の上からでは、もう片方の信頼のおける足首となんら違いはない。

痛みを我慢しなければならないのはわかっている。ここから出るには、痛みに慣れなければならない。そして彼は努力し続ける。だが、まったく進展はない。そちらの足には体重をかけられないのだ。折れているに違いない。足首の骨折――それでさえ軽い怪我なのには間違いない、おばあさんが氷で滑ったときにやるようなやつだ。彼は幸運だったのだ。足首の骨折、軽い怪我。とはいっても彼は一歩も進めない。歩けない。

ついに彼にわかったのは、トラックに戻るためには斧とチェーンソーを捨てて、両手両膝をついて四つん這いで行かねばならないということだ。彼はなるべく楽なように四つん這いになると、もう雪で埋まりかけている自分の足跡へと体を引きずっていく。キーの入っているポケットを確かめねば、と思う。ちゃんとジッパーが閉まっているか確認せねば。帽子は振り落として地面に捨てておく――ひさしが視界を邪魔するのだ。今や雪は彼の頭に直に降りかかる。だが、それほど冷たくはない。いったん這うことを移動の手段として受け入れると、悪くない――つまり、不可能ではないということだ、両手といいほうの膝にはつらいが。今度はじゅうぶん用心しながら下生えの部分を体を引きずって越え、若木のあいだを縫って、でこぼこの地面を進んでいく。転がっていけそうなちょっとした坂に行き当たっても、やめておく――悪い方の脚をかばわねばならない。沼地を通ってこなくてよかったと彼は思う。それに、あれ以上ぐずぐずせずに引き返し始めてよかった。雪はひどくなってきて、彼の足跡はほとんど消えかけている。たどっていく足跡がなければ、地面の高さからでは、自分が正しい方向へ進んでいるのかどうかよく分からなかっただろう。

最初は非現実的に思えた状況が、どんどん当たり前に思えてくる。両手と両肘と片膝で、地面すれすれに進んでいく。幹が腐っていないか確かめて、それから腹ばいになって体を引きずり、乗り越えていく。両手に腐った葉や土や雪を握りこんで――手袋をはめたままではだめなのだ。自分の冷えきった擦り傷だらけの素手でないと、林地の地面にある物をちゃんと摑めないし感触を探れもしないのだ――彼はもはや自分自身に驚かない。彼はもはや置いてきた斧やチェーンソーのことを考えない。最初は離れがたかったのだが。事故そのもののことさえほとんど思い返さない。とにかく、起こってしまったのだ。もはやすべてが少しも、信じられないことだとも突拍子もないことだとも思えない。

かなり急な土手を上らねばならないところがあって、そこまでたどり着くと、彼はここまで来られたことにほっとして、一息つく。手をジャケットの中に入れて温める、片方ずつ。なぜか、似合わない赤いスキージャケットを着たダイアンの姿が頭に浮かび、あいつの人生はあいつの人生なんだ、心配したってしょうがないさ、と思う。それから、テレビを見て笑うふりをしている妻の姿が浮かぶ。ひっそりした姿が。少なくとも妻は食べる物もあるし暖かくしている。足を引きずって道を歩くどこかの難民ではない。最悪の事態ってわけじゃない、と彼は思う。最悪ってわけじゃ。

彼は土手を上り始める。両肘と、ひりひりするけれど役に立つ片膝を、突っこめるところにぐっと突っこむようにして。彼は進み続ける。こうすれば滑り落ちないでいられるとでもいうように、歯を食いしばる。露出した根やなかほどまではしっかりしていそうな茎が目に入れば引っつかむ。ときには滑り、摑んでいたところを離してしまうが、落下をくい止めてまたじりじり上がっていく。決して頭をあげてあとまだどのくらい進まねばならないか確かめることはしない。この斜面が永遠に続いているようなつもりでいれば、頂上へ着いたらそれは思いがけない贈り物のようなもの、予期せぬ驚きとなるだろう。

ずいぶん時間がかかる。だが、ついに彼は体を平らな地面へ引っぱりあげ、そして前方の木立と降りしきる雪のむこうにトラックが見える。トラックが、古い赤のマツダ、忠実な昔からの友だちが、奇跡のように待っている。平らなところへ出ると、彼の自分に対する期待がまたしても高まり、ひざまずくと、悪いほうの足に負担をかけないよう、かけないよう、いいほうの脚でふらふら立ち上がり、もう一方を引きずって酔っぱらいのようにぐらつく。片足跳びのようなことをやってみる。だめだ——これではバランスを失ってしまう。悪い脚にちょっと体重をかけてみる。うんとそっと。そして、この痛みでは気絶するかもしれないと悟る。彼はもとの姿勢に戻って、這う。だが、木立を抜けてトラックのほうへ這っていくかわりに、直角に向きを変えて小道があるのがわかっているほうへ進む。そこへ着くと、進み方が早くなる。固い轍の上を、日中の日差しで解けた泥が今やまた凍り始めている上を這っていく。片膝と両の掌にとっては過酷だが、それ以外はこれまで辿らねばならなかった道筋よりずっと楽で、彼はなんだかクラクラしそうな気分だ。前方にトラックが見える。彼を見つめている。彼を待っている。

運転はできる。なんと幸運なことに、損傷は左脚だ。最悪の時が過ぎてみると、安堵感とともに心をかき乱すさまざまな疑問が湧いてくる。誰がチェーンソーと斧を取ってきてくれるだろう？　それが誰にしろ、場所を説明できるだろうか？　どのくらいで二つとも雪に覆われてしまうだろう？　いつ歩けるようになるのだろう？

益体《やくたい》もない。彼はすべてを押しやり、頭を上げてもう一度トラックを見て心を励ます。また止まって休み、手を温める。もう手袋をはめてもいいのだが、手袋を台無しにすることはないじゃないか？

大きな鳥が林地から飛び立って彼の片側へ来る。彼は首を伸ばしてなんの鳥なのか見てみる。タカのようだが、ハゲタカかもしれない。もしハゲタカなら、彼に目をつけて、彼が傷ついているのを見てこりゃあ運が良かったと思っているのだろうか？

鳥が円を描いて戻っていくのを見ようと待ち構える。そうすれば飛び方や翼でなんなのかわかる。

そして彼がそうしているあいだに、彼が待って、そして鳥の翼に注目する——あれはハゲタ力だ――あいだに、ここ二十四時間彼の心を占めていた話に関するまったく新しい考えもまた湧いてくる。

トラックが動いている。いつ動き始めたのだ？　鳥を見ていたあいだだろうか？　最初はほんのちょっとした動き、轍のなかでの揺れ――幻覚かもしれないくらいのものだ。だが、彼の耳にエンジン音が聞こえる。動いている。彼の注意がそれているあいだに誰かがさっと乗りこんだのだろうか、それとも誰かがなかでずっと待っていたのだろうか？　ロックしたのは確かだし、キーは身につけている。彼はもう一度ジッパーを閉めたポケットを触って確かめる。誰かが彼の目の前でトラックを盗もうとしている、しかもキーなしで。彼はうずくまったままの姿勢で、大声でわめき、手を振る――それが何かの役に立つとでもいうように。ところが、トラックはバックして向きを変えて走り去るのではなく、小道をガタガタ真っ直ぐ彼に向かってきて、今や運転者がクラクションを鳴らしている。警告ではなく、挨拶するように。そして速度を落とす。

彼にはそれが誰なのかわかる。

べつのキーを持っている唯一の人間だ。可能性のある唯一の人間。リーアだ。

彼は体重を片方の脚にかけようともがく。妻がトラックから飛び降りて駆け寄り、彼を支える。

「ちょっと倒れたんだ」と彼は息を切らしながら妻に説明する。「生まれてこのかたやらかしたなかで一番マヌケなとんでもない失敗だったよ」それから彼は、妻にどうやってここへ来たのか訊いてみなくてはと思う。

「あのね、飛んできたわけじゃないわよ」と彼女は答える。

車で来たの、と彼女は話す——運転を止めたことなんかぜんぜんなかったかのような口ぶりだ——車で来たけれど、道路に置いてきたのだと。

「この小道にはあれじゃ頼りなさすぎるからね」と彼女は言う。「それに立ち往生しちゃうかと思ったの。だけどそんなことにはならなかったわね、泥が凍って固くなってるから」

「トラックが見えたのよ」と彼女。「それでそのまま歩いてきて、ロックを外してなかですわってたの。あなたはすぐに戻ってくるだろうと思ってね、雪が降ってるし。でもまさか、四つん這いで戻ってくるとは思わなかったわ」

歩いたせい、あるいはたぶん寒さのせいで、彼女の顔は血色が良くなり、声ははっきりしている。彼女はしゃがんで彼の足首を見て、腫れているんじゃないかしら、と言う。

「これくらいですんでよかった」と彼は答える。

今度ばかりは心配していなかったのだ、と彼女。今度はべつに心配していなかったのだけれど、心配すべきだった、と（彼は、ここ何ヶ月もなんにしろ心配する様子なんかみせなかったじゃないか、とあえて口にすることはしない）。彼女は、虫の知らせひとつ感じなかったのだ。

「あんたに話そうと思って来ただけなの」と彼女。「話すのが待てなかったのよ。女の人に施術してもらいながら思いついたことをね。そしたらあんたが這ってるのが見えたの。それで、うわあ大変、って思ったわけ」

「何を思いついたんだ？」

「ああそれね。ええっと、あんたはどう思うかしらねえ。あとで話すわ。あんたの足首を固定しなきゃ」

　何を思いついたのか？

　彼女が思いついたのは、パーシーが耳にした一団は存在しないのではないかということだ。パーシーは何かの話を耳にしたが、それはどこかのよそ者たちが林地を伐採する許可を受けたということではなかった。彼が聞いたのはすべてロイ自身のことだったのだ。

「だってね、あのエリオット・スーターっていうのはなんでも話を大きくするでしょ。あたしはあの一族を知ってるの、あの人の奥さんはアニー・プールの姉さんなのよ。あの人が自分のした取引にいろいろくっつけて吹聴してまわると、さあどうなるかしらね？　しまいにはリヴァー・インがおまけにくっついて、一日百コードよ。誰かがビールを飲みながら、ビールを飲んでる他の誰かの話に聞き耳を立ててる、するとほらね。それにあんたは契約を取ったみたいなもんでしょ――だって、取り決めをしたんだから――」

「どうも馬鹿げてるようだが――」とロイ。

「あんたはそう言うだろうと思ったけど、考えてみてよ――」

「馬鹿げているようだが、五分ほどまえに俺も同じことを思いついたんだ」

　そうなのだ。ハゲタカを見上げていた時に彼の頭に閃いたのがこれなのだった。

「ほらね」リーアは満足そうな笑い声をあげる。「何もかもがどこかでホテルとつながってて、それがなんだか大きな話になっちゃったのね。大きなお金の絡んだような話に」

そうだったのだ、と彼は思う。彼は自分自身の話を聞いていたのだ。騒動のあれこれが頭に蘇《よみがえ》る。

ブルドーザーは来ない、チェーンソーを持った男たちも群がってはこない。トネリコも、カエデも、ブナノキも、鉄木も、サクラも、すべて彼のもとに無事残るのだ。当分のあいだは、すべて無事に。

リーアは彼を支えようとして息を切らしながらも、「賢人は皆同じように考える」と言う。今は妻の変化を口にすべきときではない。ハシゴの上にいる人におめでとうと声をかけたりはしないのと同様に。

トラックの助手席に乗りこもうと体を持ち上げながら——そしてある程度は持ち上げられながら——足をぶつける。彼はうめくが、それはひとりだったら発していたであろううめき声とはべつのものだ。べつに彼は痛みを大げさに表現しようとしているわけではなく、ただこうして妻に痛みを説明しているだけなのだ。

というか、妻に痛みを差し出してさえいるのかもしれない。というのは、妻の活気が戻ってきたらきっとこう感じるだろうと思っていたような気分に自分がなってはいないことを自覚しているからなのだ。うめき声をあげれば、この不足を覆い隠すか、言い訳になるかもしれない。もちろん、彼が多少用心深くなるのは当然のことだ、これがこのままずっと続くものか、ほんの一時的なものなのかわからないのだから。

だがたとえずっと続くとしても、すっかり良くなったとしても、さらに何かがある。こうして得たものを曇らせる何か失われたものが。彼が認めるのを恥ずかしく思うであろう、何か失われたものが。認めるだけの気力があったなら。

闇も雪も深すぎて、いちばん手前の木々しか見えない。以前にもこの時間に来たことはある、初冬の、闇の帳《とばり》が降りるときに。だが、こうして注意を払っていると、林地について、これまで来たときには見逃していたらしいことに気づく。なんともつれあい、なんと密生して密やかなのだろう。木がつぎつぎとあるのではなく、すべての木々が一体となって、互いに幇助し合い、ひとつのものを織りなしている。こちらの知らないところでの変形だ。

林地にはべつの名前があって、その名前が彼の頭を歩き回り、ほとんど捕まえられそうな場所を出入りしている。だが捕まらない。仰々しい言葉で、不穏だが冷たい響きに思える。

「斧を置いてきちまった」と彼は無意識に言う。「チェーンソーも置いてきた」

「どうってことないでしょ。誰か取りにいってくれる人を見つければいいわ」

「それに、車もある。おまえが降りてあっちを運転して、俺にトラックを運転させてくれないか?」

「気は確かなの?」

彼女の声は上の空だ。ちょうどトラックをUターン場所へバックさせようとしているのだ。ゆっくりと、といってもゆっくりすぎることはなく、轍でガタンと弾みながらも小道からそれないようにして。この角度からバックミラーを見ることに彼は慣れていないので、窓を下げて首を突き出し、顔に雪がかかる。これは妻のしていることを確かめるためだけではなく、暖かくてぼうっとしてきた頭を多少はっきりさせるためでもある。

「気をつけて」と彼は言う。「そうだ。気をつけて。これでよし。だいじょうぶだ。だいじょうぶだ」

彼がこう言っているあいだ、彼女は何か病院のことを言っている。

「……あなたを診てもらわなくちゃ。大事なことから先よ」

彼の知る限り、彼女はこれまでトラックを運転したことはない。こんなにちゃんと運転できるなんて、すばらしい。

森林《フォレスト》。この言葉だ。見慣れない言葉ではないが、たぶん彼が使ったことのない言葉だ。彼がふつう敬遠してしまう類の格式ばった響きがある。

「人気のない森林」と彼は言う。あたかもそれが何かにキャップをはめてくれるかのように。

# あまりに幸せ

Too Much Happiness

数学を勉強したことのない多くの人々が算術と混同して、数学は無味乾燥な自然科学であると思っている。ところが実際は、この自然科学の学問には大いなるファンタジーが要求されるのだ。

――ソフィア・コワレフスカヤ

# I

一八九一年一月一日、小柄な女性と大柄な男性がジェノヴァの旧墓地《オールド・セメタリー》を歩いている。二人とも四十歳くらいだ。女性は子供のように頭が大きく、黒っぽい巻き毛が絡み合い、ちょっと懇願するようなところのある熱意あふれる表情をしている。その顔にはやつれが見え始めている。男性は巨漢だ。体重は二八五ポンド、体格が大きい上にロシア人なので、よくクマと呼ばれたり、コサックと呼ばれたりもする。目下彼は墓石の上にかがみこんで、ノートに墓碑銘《ぼひめい》を書きこみながら、即座に意味を摑めない略語に頭を悩ませている。ロシア語、フランス語、英語、イタリア語が話せ、古典ラテン語も中世ラテン語も理解できるのだが。彼の知識は体格と同じく広大で、専門は行政法なのだが、現代アメリカの政治制度の発展やロシア社会及び西洋社会の特性、古代のさまざまな帝国における法律とその実践について講義することもできる。だが彼は学者ぶるタイプではない。機知に富んでいて人に好かれ、いろいろな面で屈託がなく、ハリコフ近郊に持っている地所のおかげで、この上なく快適な生活を送ることができる。とはいえ、ロシアでは大学教員の職に就くことを禁じられてきた。自由主義者だからだ。名前は彼本人に似合っている。マクシム。マクシム・マクシモヴィッチ・コワレフスキー。彼といっしょにいる女性も同じ名前である（女性形はコワレフスカヤ）。彼の遠縁に当たる男と結婚したのだが、今は寡婦だ。

彼女は彼にからかうような口調で話しかける。

「あのね、わたしたちのどちらかが死ぬわよ」と彼女は言う。「今年のうちにわたしたちのどちらかが死ぬわ」

半分聞き流しながら、「どうして？」と彼は尋ねる。

「だってわたしたち、新年の第一日目に墓地を歩いちゃったもの」

「なるほど」

「あなたでも知らないことがまだいくらかはあるのね」と彼女はいつもの生意気だが気遣わしげな口調で言う。「わたしは八歳になるまえに知っていたわ」

「女の子は台所女中と過ごす時間が多くて、男の子は馬小屋で過ごす——そのせいじゃないかな」

「馬小屋の男の子たちは死についての話は聞かないの？」

「それほどはね。他のことに専念してるんだ」

その日は雪が降っているが、柔らかい雪だ。二人が歩いたあとには溶けた黒い足跡が残る。

彼女が彼に初めて会ったのは一八八八年だった。彼は社会科学の学校の設立について助言するためにストックホルムへ来ていた。共通の国籍、しかも苗字まで同じことが、特に惹かれ合うこともなかったのに二人をくっつけたのだった。彼女には故国では歓迎されない同じ自由主義者をもてなし、全般的に面倒を見なければという責任感があったのかもしれない。

ところがそれが、まったく義務ではなくなってしまったのだ。二人はまるで本当に長いあいだ会えなかった身内同士であるかのように互いに飛びついた。ジョークや質問の奔流が続いた。即座に理解が生まれ、ロシア語での豊かな会話が広がった。あたかも西ヨーロッパの言語は、二人がそのなかにあまりに長いあいだ閉じこめられていたもろい形式的な籠にすぎなかった、あるいは人としての本物の言語のけちな代用品にすぎなかったのだとでもいうように。二人の行動も、たちまちストックホルムの礼節から溢れでてしまった。彼は彼女のアパートに夜遅くまで居すわった。彼女は彼のホテルへひとりで出かけて、彼と昼食をともにした。彼が氷上でのちょっとした事故で片脚を痛めると、彼女は彼の入浴や着替を手伝い、しかもそれを皆に話した。彼女はそのとき自分自身については自信があったし、とりわけ彼のことについては自信があった。彼女はある友人に宛てた手紙で彼のことを、ミュッセ（フランスのロマン主義作家、詩人）を真似てこんなふうに描写した。

彼はとても楽しげで、なおかつとても憂鬱そう――
気難しい隣人にして、素晴らしい仲間――

すこぶる不真面目で、それでいてひどく気遣わしげで――
怒りっぽく純朴で、それでいて世慣れていて――
恐ろしく誠実で、同時に極めて悪賢い。

そして末尾に、彼女はこう書いた。「おまけに本物のロシア人なのだ、彼は」

おデブさんのマクシム、と当時彼女はそう呼んでいた。

「おデブさんのマクシムといっしょにいるときほど恋愛小説を書きたくなることは、これまでありませんでした」

そして、「長椅子の上でも心のなかでも、彼はあまりにも広範な空間を占めてしまうのです。彼がいるところで彼以外のことを考えるのは、わたしにはとにかく不可能なのです」。

このとき彼女はまさにボルダン賞（フランス最大の科学賞）に応募する論文を夜を日に継いで準備せねばならない時期だった。「わたしはね、わたしの関数だけじゃなく、楕円積分と剛体もほったらかしなの」と彼女は同僚の数学者、ミッタク＝レフラーに冗談めかして言い、レフラーはマクシムに、しばらくのあいだウプサラ（ストックホルム北方の大学所在地）へ行って講義をしていたほうがいいと説いた。彼女は彼への思いから、白日夢から離れて、剛体の動きと、いわゆる「人魚問題」を二個の独立変数を持つテータ関数を使って解決する方へ戻った。彼女は必死になって、しかし心楽しく研究に励んだ。なおも心の奥には彼の姿があったからだ。彼が戻ったとき、彼女は疲れはててはいたが意気揚々としていた。ふたつ分の成功の喜びだ――論文は最後の磨きをかけて匿名で提出すればいいようになっているし、恋人はぶつくさ言いながらも陽気で、逸る思いで追放から戻り、どうやら彼女を生涯の女性とするつもりでいるらしい気配をみなぎらせているように思える。

ボルダン賞のせいで駄目になってしまったのだ。そうソフィアは思った。彼女自身は最初は圧倒された。シャンデリアだのシャンパンだのに幻惑された。賛辞は目眩がするほどで、素晴らしいという言葉や手へのキスが、不都合にして不変の事実の上を厚く覆った。彼らは決してその才能にふさわしい仕事を彼女に与えてはくれないだろうという事実、地方の女子高で教職に就けたら幸運だろうという事実だ。彼女がいい気分でいるあいだに、マクシムは逐電した。本当の理由については、もちろん一言もなしに――ただ、論文を書かねばならない、ビューリ（イングランド南部の村）で静かに落ち着いて過ごしたいから、というだけで。

彼は自分が無視されたと感じたのだった。無視されるのには慣れていない男、大人になってからというもの、どのサロンやレセプションに顔を出そうと恐らく無視されたことなどない男だった。そして、パリでも無視されるようなことはあまりなかったのだ。べつに彼が普通の人間だからソーニャ（ソフィアの愛称）を照らすスポットライトのなかで目につかない存在となったわけではない。じつに立派で、評判の定まらない男、なかなかの体格と知性を有し、陽気なウィットや如才ない男の魅力も兼ね備えている。一方、彼女の方はまったく目新しい存在、魅力的なフリーク、数学の才能と女らしいはにかみを備えた、まことにチャーミングで、それでいて巻き毛の下にまったく型破りの頭脳を持つ女だった。

彼はビューリから冷ややかでむっつりした詫びの手紙を寄越し、騒ぎが終わったら訪ねるという彼女の申し出を拒絶した。ある女性といっしょにいるのだと彼は書いていた。ソーニャに会わせるわけにはいかないのだと。この女性は苦しんでいて、目下のところ彼の気遣いを必要としている。ソーニャはスウェーデンへ帰るべきだ、と彼は記していた。友人たちが待ってくれているところのほうが幸せでいられるはずだ、と。生徒たちはソーニャを必要としているだろうし、小さなお嬢さんだってそうだろう（鋭い一突き、ソーニャにはお馴染みの、駄目な母親であるとのほのめかしか？）。

そして彼の手紙の末尾には、じつにひどい一文が。

「もし貴女を愛しているならば、もっと違う書き方をしていたでしょう」

すべておしまいだ。賞と異様できらびやかな名声とともにパリから戻るのだ。とつぜん彼女にとっては指をぱちんと鳴らす程度の重要性しかなくなった友人たちのもとへ。それよりは重要性があるとはいえ、その重要性も、不思議なことにいまだにそうなれる、数学者としての自己に変身して彼らの前に立ったときだけである、学生たちのもとへ。そして、ほったらかしにされているということになってはいるがあっけにとられるほど陽気な、小さなフフのもとへ。

ストックホルムでは何もかもが思い出を呼び起こした。

彼女は、馬鹿げた費用をかけてバルト海の向こうから持ってきた家具のある、同じ部屋にすわる。目の前には、つい最近雄々しく彼の巨体を支えたあの同じ長椅子が。彼の腕のなかに巧みに引き寄せられたときには、さらに彼女の体をも支えたのだ。その巨体にもかかわらず、彼は愛の行為においては決して不器用ではなかった。

もうなくなってしまった彼女の昔の家で著名な客や著名ではない客が腰掛けたものと同じ赤いダマスク織だ。おそらくフョードル・ドストエフスキーも、あの嘆かわしい神経を高ぶらせた様子でここに腰掛けて、ソフィアの姉のアニュータに幻惑されていたのだろう。そしてもちろん、母の意に満たない子供であったソフィア自身も、いつものように不愉快な存在として。

これまたパリビノ（ベラルーシ近くの村）の実家から持ってきた、陶板に描かれた彼女の祖父母の肖像画が嵌《は》めこまれたあの同じ古い飾り戸棚。

シューベルト家の祖父母だ。心を慰めてくれるものではない。祖父は制服姿、祖母は夜会服で、馬鹿げた自己満足を見せつけている。彼らは望みのものを手にしていた、とソフィアは思った。そして、それほどずる賢く立ち回れなかったりさほど運のなかった人たちに対しては、軽蔑しか抱いていなかった。

「わたしにはドイツ人の血が混じっているって知ってた？」彼女はそうマクシムに尋ねたことがあった。

「もちろんさ。でなきゃそんなにびっくりするほど勤勉になれるはずがないだろう？　それに、架空の数字で頭をいっぱいにしたりなんてこともね？」

もし貴女を愛しているならば。

フフがジャムの皿を運んできて、子供のトランプゲームをしてくれと頼んだ。

「邪魔しないでちょうだい。邪魔をしないでいられないの？」

やがて彼女は目から涙を拭うと、子供に謝った。


だが、ソフィアは結局のところ、いつまでも塞ぎこんでいる人間ではなかった。面子を捨て、機転を働かせ、軽い調子の手紙を何通か書いた。たわいない楽しみ――スケートをしているとか乗馬をしているとか――のことを気楽そうに書いたりロシアやフランスの政治に注目してみせたりして、彼を安心させ、もしかしたら、彼の警告は必要のない無慈悲なものだったと思わせさえするかもしれない手紙を。彼女は首尾よく、来ないかと誘う言葉を引き出し、夏に講義を終えるとすぐにビューリへ向かった。

楽しい時間。そしてまた、彼女の言うところの、諍《いさか》い（やがて彼女はこれを「会話」に変える）。よそよそしい一時、仲違い、ほぼ仲違い、いきなり優しく。がたぴしとヨーロッパを巡り、恥ずかしげもなく大っぴらに愛人同士であることを見せつけながら。

彼にはべつの女たちがいるのだろうかと、彼女はときどき思った。彼女自身は、言い寄ってくるドイツ人と結婚しようかという考えを弄んでいた。だがそのドイツ人はあまりにいちいち細かすぎたし、家庭の切り盛りが上手な主婦を求めているのではないかと思われた。それに、彼女はそのドイツ人を愛してはいなかった。彼がドイツ語で実直に愛を語れば語るほど、彼女の血は冷たくなった。

マクシムはこの高潔なる求婚のことを聞くと、彼女は自分と結婚すべきだと言った。僕が提供するもので満足してもらえるのならばね、と。こう言ったとき、彼は金のことを話している
ようなふりをした。彼の財産で満足できたら、というのはもちろん冗談だった。大部分は彼女に端を発する落胆や口論をなかったことにし、熱のこもらない礼儀正しい愛情で満足する――これはまたまったくべつの話だった。

彼をからかって、彼が本気ではないと信じているかのように思わせることへと彼女は逃げこみ、それ以上何の決断も下されることはなかった。ところがストックホルムへ帰ると、彼女は自分を馬鹿だと思った。そしてクリスマスに南へ行くまえに、自分は幸せに行き着くのか後悔へ行き着くのかわからない、とジュリアに手紙を書いた。自分の思いを本気で語り、彼が本気なのかどうか見極めるつもりだった。おそろしく屈辱的な失望を味わわされることを覚悟していた。

彼女はそれを免れた。マクシムはやはり紳士で、約束を守った。二人は春に結婚することになった。そうと決まると、二人はそもそもの始め以来、それまでなかったほど互いを気持ちよく受け入れられるようになった。ソフィアの態度は良くなり、ふくれたりかっとなったりしなくなった。彼はある程度礼儀正しい振舞いを期待していたが、主婦としての礼儀正しさではなかった。彼は、スウェーデンの夫なら反対するかもしれない彼女のタバコや、際限なくお茶を飲むことや、政治に対して怒りを爆発させることに異議は唱えないだろう。それに彼女は、痛

風に悩まされているときの彼が彼女同様聞き分けがなくなって苛立ち、自己憐憫に浸ったりするのを見ても、不愉快には思わなかった。二人はつまるところ、同国人だったのだ。そして彼女は、ヨーロッパで唯一、自分たちの新しい大学のために女性の数学者を進んで雇おうとする国民である、道理をわきまえたスウェーデン人に、気が咎めながらもうんざりしていた。彼らの都市はあまりに清潔で整いすぎていて、彼らの習慣はあまりに規則正しく、パーティーはあまりに行儀が良すぎた。いったんこのコースは正しいと決めたら、彼らはとにかくそのコースを進む。ペテルブルクやパリでなら果てしなく続くであろう、刺激的でおそらくは危険な夜な夜なの論争などなしに。

彼女の本当の仕事は教職ではなく研究なのだが、マクシムはそれを邪魔することはないだろう。彼女に打ちこめるものがあることを彼は喜んでくれるだろう。もっとも、彼は数学を、取るに足らなくはないがどうも的を外れていると思っているのではないか、と彼女は感じていた。法学と社会学の教授なのだもの、他にどう考えようがあるだろう?

数日後、彼が列車に乗る彼女を送っていくときには、ニースの気候は暖かくなっている。

「とても行けないわ、こんな穏やかな空気のところから出て行くなんて無理だわ」

「ああ、だけど君の机や君の微分方程式が待っているよ。春にはきっと離れられなくなっているさ」

「離れられないと思ってるの?」

考えてはいけない――これは、春に結婚するんじゃなければいいのになあと遠回しに言っているのだ、などと考えてはいけない。

彼女はすでにジュリアに手紙を書いて、結局幸せになるのだと記していた。結局幸せ。幸せ。幸せ。

駅のプラットホームで、黒猫が二人の通り道を斜めに横切る。彼女は猫が大嫌いだ。とりわけ黒猫は。だが彼女は何も言わずに、身震いを押さえこむ。すると、まるでこの自制に対する褒美のように、彼は彼女さえ構わないならカンヌまで一緒に乗っていくと告げる。彼女はやっとのことで返事をしながら、深い感謝の念をおぼえる。それに、とんでもないことに涙がこみあげてくる。公衆の面前で泣くなどということは、彼にとっては見下げ果てた行為だ（人目につかない場であっても、泣かれるのを我慢せねばならないと彼は思っていない）。

彼女はなんとか涙を引っこめ、カンヌに着くと彼は彼女を自分のたっぷりとした仕立ての良い、男のにおい――毛皮動物と高価な煙草の混じり合ったもの――のする服のなかに包みこむ。彼は彼女に礼儀正しくキスするが、舌をちろっと彼女の唇に這わせ、密やかな欲求を思い出させる。

彼女はもちろん、自分の研究が「偏微分方程式についての理論」に関するものであり、少しまえに完成しているなどということを彼に思い出させはしなかった。ひとり旅の最初の一時間かそこらを、彼女は彼と別れたあとのいくばくかの時をいつも過ごすようにして過ごす――愛情のしるしを苛立ちのしるしと比較し、無関心をある程度制限された情熱と比較するのだ。

「男が部屋を出ていくときは何もかもそこへ置いていくものだということをいつも覚えておきなさいね」と彼女は友人のマリー・メンデルソンに言われたことがある。「女が出ていくときは、その部屋で起きたことを何もかもいっしょに抱えていくのよ」

少なくとも今では自分の喉が痛いことに気づく時間のゆとりが彼女にはある。彼もそうなっているとしたら、自分を疑わないでくれるといいが、と彼女は思う。壮健な独身男である彼は、ほんのちょっとした感染でも辱められたと捉え、換気の悪さや汚染された呼気を個人的な攻撃と見なしているのだ。ある点で、彼はまったくもって甘やかされた人間だ。

甘やかされていて嫉妬深いのだ、本当のところ。すこしまえ、彼は彼女に自分の著作のいくつかが、たまたま名前が同じせいで彼女のものだとされ始めた、と書いて寄越した。彼はパリの著作権代理人から、「親愛なるマダム」という呼びかけで始まる手紙を受け取ったのだという。

なんと、僕は忘れていたのですよ、と彼は書いていた。貴女が数学者であるだけでなく小説家でもあることを。僕はそのどちらでもないのですから、パリの人々はさぞがっかりでありましょう。単なる学者にして、ひとりの男にすぎないのですから。

確かに、素晴らしいジョークだ。

## Ⅱ

列車のなかに灯がともされるまえに彼女は眠ってしまう。眠るまえの最後の考えごと――不愉快な考えごと――はヴィクトル・ジャクラール、死んだ姉の夫のことで、パリで会うつもりなのだ。会いたくてたまらないのは、本当は姉の息子であるまだ子供の甥のユーリーなのだが、少年は父親と暮らしている。彼女がいつも思い浮かべるユーリーは五歳か六歳頃の姿で、天使のようなブロンド、人を疑わない優しい性格で、母親のアニュータのように気性の激しいところはなかった。

彼女はアニュータの出てくる支離滅裂な夢を見る。といっても、ユーリーやジャクラールが登場するよりもずっとまえのアニュータだ。結婚していないアニュータ、金髪で、美しく、気が短くて、パリビノの実家の領地にいた頃の。そこでアニュータは自分の塔の部屋をギリシャ正教のイコンで飾りながら、これでは中世ヨーロッパの宗教芸術品とはいえないと文句を言っている。彼女はブルワー＝リットン（イギリスの小説家、劇作家、政治家）の小説を読んでいて、ヴェールを身につけ、ヘイスティングズのハロルド（イングランド王ハロルド二世）の愛人エディス・スワンネックにますますなりきっている。アニュータはエディスについて自分でも小説を書こうと考えていて、もうすでに数ページ、ヒロインが彼女しか知らないある痣《あざ》を頼りに惨殺された恋人の体を見分けねばならないというシーンを書いている。

なぜかこの列車にやってきた彼女は、その数ページを読んでくれるのだが、ソフィアはそんな彼女に、あの塔の部屋の時代からこっち、どれほど状況が変わってしまったか、どんなことが起こったか説明できない。

目覚めたソフィアは、すべて本当ではないかと思い――中世と、とりわけイギリスの歴史に対するアニュータの執着――そして、ある日それがヴェールもなにもかも最初からなかったかのように消え失せてしまい、代わりに、真剣かつ現代的になったアニュータが、ある娘が両親に強いられてよくある世間的な理由で若い学者をはねつけて学者は死んでしまう、という物語を書いていたのだった、と思い返す。学者の死後、娘は彼を愛していたことに気づき、となると後を追って死ぬしかなくなる。

アニュータはこの小説をフョードル・ドストエフスキーが編集している雑誌にこっそり投稿し、掲載されたのだった。

父は激怒した。

「自分の書いたものを売るようになったんなら、すぐに自分自身を売るようになるぞ」

この騒ぎのなかへフョードル本人が現れ、パーティーで見苦しい振舞いはしたものの、密かに訪問してアニュータの母親をなだめ、しまいに結婚を申し込んだ。父親が断固これに反対していたがために、アニュータは求婚を受け入れて駆け落ちしようかという気になりかけた。だが結局のところアニュータは自分が注目を浴びるのが好きなのであって、おそらくはフョードルといっしょになればどうしてもそれが犠牲となってしまうかもしれないという予感があったのだろう、彼の申し込みを断った。彼はアニュータを小説『白痴』のなかにアグラーヤとして登場させ、自身は若い速記者と結婚した。

ソフィアはまたうとうとし、べつの夢に滑りこんだが、そこでは彼女とアニュータはどちらも若く、といってもパリビノにいた頃ほど若くはなくて、いっしょにパリにいるのだが、アニュータの恋人のジャクラール——まだ夫ではない——が彼女のヒーローとしてヘイスティングズのハロルドや作家のフョードルに取って代わっている。そしてジャクラールは礼儀知らずではあるものの（彼は農民の出自であることを誇りとしている）正真正銘のヒーローで、初めから不誠実だ。彼はパリの外のどこかで戦っていて、アニュータは彼が殺されるのではないかと心配している。彼がとても勇敢だからだ。今、ソフィアの夢のなかでは、アニュータは彼を探しに行ってしまったのだが、彼女が泣きながら彼の名を呼びつつ歩き回る通りはパリではなくペテルブルクで、ソフィアは死んだ兵士たちや血まみれの市民たちでいっぱいのパリ市民の病院に取り残されていて、死者のなかにはソフィア自身の夫ウラジーミルもいる。彼女はこのさまざまな犠牲者たちから逃げ出す。マクシムを探すのだ。彼は戦いの危険が及ばないスプレンディド・ホテルにいる。マクシムはソフィアをここから連れ出してくれるだろう。

彼女は目覚める。外は雨が降って暗く、仕切客室《コンパートメント》には他の乗客がいる。だらしない格好の若い女がドアの横に、スケッチの紙ばさみを持ってすわっている。夢を見ながら声をあげてしまったかもしれないとソフィアは気になるが、たぶんそんなことはなかったのだろう、娘は邪魔された様子もなく眠っているのだから。

この娘が目を覚ましていて、ソフィアが「ごめんなさいね、一八七一年の夢を見ていたの。わたしはその場にいたのよ、パリに。わたしの姉はパリ・コミューン支持者と恋仲だったの。彼は捕まってね、銃殺されるかニューカレドニアへ送られるかするかもしれないところだったんだけど、なんとか逃がすことができた。わたしの夫の働きよ。パリ・コミューン支持者などではない、ジャルダン・デ・プラント（セーヌ河畔の植物園）で化石を眺めてさえいればいい、夫のウラジーミルのね」と言ったとしたらどうだっただろう。

娘はうんざりしていたことだろう。礼儀は守ったかもしれないが、それでも、自分に言わせればそんなことはすべてアダムとイヴの楽園追放以前に起こったようなものだという気持ちは表明したことだろう。娘はおそらくフランス人ですらないのではないか。二等で移動できるようなフランス娘は、ふつうひとりで旅することはない。アメリカ人？

おかしな話だが、ウラジーミルが当時ジャルダン・デ・プラントで幾日か過ごすことができたのは事実だ。そして、彼が殺されたというのは事実ではない。騒ぎの最中、彼は紛れもなく自分の唯一の仕事である古生物学者としての基盤を築いていたのだ。そして、アニュータがソフィアを病院へ連れていったのも事実だ。そこでは本物の看護師たちが全員解雇されてしまっていた。彼らは反革命的であるとされて、コミューンの同志や妻たちと入れ替えることになったのだ。一般人の女たちはこの入れ替えを呪った。なにしろ包帯の作り方もわからなかったのだから。そして負傷者は死んでいった。とはいっても、大部分はどのみち死んだのかもしれない。戦いによる負傷だけではなく、病気にも対処せねばならなかった。一般市民はイヌやネズミを食べていると言われていた。

ジャクラールと仲間の革命家たちは十週間戦った。敗北のあと、彼はヴェルサイユの地下牢に拘置された。彼と間違えられて何人かの男が射殺されていた。あるいはそう伝えられていた。その頃にはアニュータとソフィアの父である将軍がロシアから到着していた。アニュータはハイデルベルクへ連れていかれ、そこで倒れて臥せってしまった。ソフィアはベルリンへ、数学の研究へと戻ったが、ウラジーミルは留まり、第三紀の哺乳類はうっちゃっておいて、将軍と共謀してジャクラールを自由の身にしようとした。これは賄賂と大胆さによって成された。ジャクラールは兵士ひとりに警護されてパリの刑務所へ移されることになっていて、展覧会で人出が予想される通りを通るはずだった。ウラジーミルは、金を貰った護衛が頼まれたとおりよそ見している隙に彼をかっさらうつもりだった。そしてそのままウラジーミルの誘導のもと、ジャクラールに人混みを突っ切らせて一般市民の服が用意されている部屋へ向かわせ、それから鉄道の駅へ連れていってウラジーミル自身のパスポートを与え、スイスへ逃げられるようにするのだ。

これはすべて成し遂げられた。

ジャクラールはアニュータがやってくるまでパスポートを送り返そうともせず、アニュータが返して寄越した。金は一銭も返済されなかった。

ソフィアはパリのホテルからマリー・メンデルソンとジュール・ポワンカレに手紙を出した。マリーのメイドが、女主人はポーランドにいると返事を寄越した。ソフィアはさらに手紙を書いて、春になったら「世間では女の一生の大事とされているのかもしれない例のイベントにはどんな衣装がふさわしいのか選ぶ」際に、友の助けを求めるかもしれない、と記した。そして、彼女自身とファッションの世界とは「相変わらずかなり混乱した関係」なのだと、括弧で括ってつけくわえた。

ポワンカレは朝のとんでもなく早い時間にやってきて、すぐさまソフィアの昔の師である数学者ヴァイエルシュトラスの行動について文句を言い始めた。彼はスウェーデン王が最近授与した数学の賞の審査員のひとりだったのだ。ポワンカレはじつはその賞を受賞したのだが、ヴァイエルシュトラスは彼の――ポワンカレの――論文には、自分、ヴァイエルシュトラスには時間がなくて究明できなかった誤りが存在する可能性があると公表するのを妥当なことであると考えたのだ。ヴァイエルシュトラスは注釈をつけた質問状をスウェーデン王のもとへ送った――そのような御方が彼の述べていることをわかってくれるとでもいわんばかりに。また、将来ポワンカレはその業績の肯定的ではなくむしろ否定的な部分ゆえに評価されることになろうというようなことも言っていた。

ソフィアは、これからヴァイエルシュトラスに会いにいくからその件について彼と話してみると言って、ポワンカレをなだめた。この件に関しては何も聞いていないような顔をしていたが、じつは彼女はもう昔の師にからかうような手紙を出していたのだった。

「先生からの情報をお受け取りになってからというもの、王様はきっと畏《おそ》れ多くも夜も眠れぬ思いでいらしたことでしょうね。これまで幸いにも数学のことなんぞご存知なかった畏《かしこ》き御心をどれほど苦しめ参らせたことか、ちょっとお考えになってくださいませ。王様を御自らの寛大さを悔いるお気持ちにさせ参らすことのないよう、お気をつけなさいませね……」

「それに、結局は」と彼女はポワンカレに言った。「結局はちゃんと賞を貰ったのだし、それはずっとあなたのものなのよ」

ポワンカレは同意し、ヴァイエルシュトラスが忘れ去られても自分の名は輝いているだろうとつけくわえた。

わたしたちは皆忘れ去られるんだわ、とソフィアは思ったが、口には出さなかった。この点に関しての、男の――とりわけ若い男の――傷つきやすい感受性を慮《おもんぱか》ったのだ。

彼女は正午になると彼に別れを告げて、ジャクラールとユーリーに会いにいった。二人はこの都市の貧しい地区に住んでいた。彼女は洗濯物がぶら下がった――雨は止んでいたが空はまだ暗かった――中庭を横切って、いささか滑りやすい長い外階段を上っていかねばならなかった。ドアのかんぬきはかかっていないから、とジャクラールの声がして、ソフィアが入っていくと、彼は逆さにした箱に腰掛けて長靴を黒く塗っていた。彼は挨拶のために立ち上がったりはせず、ソフィアが外套《がいとう》を脱ぎかけると、「脱がないほうがいい。ストーヴは夕方まで点けないから」と言った。彼はたったひとつの肘掛け椅子を彼女に身振りで勧めたが、その椅子はほろぼろでべたべたしていた。これは彼女の予想以上にひどかった。ユーリーは家にはいなかった。ソフィアが来るのを待ってはいなかった。

彼女はユーリーについて、二つのことを確かめたいと思っていた。彼はアニュータはじめロシア人側の親族のほうにより似てきているのだろうか？　そして、背は伸びているのだろうか？　昨年オデッサで、十五歳の彼は十二歳以上には見えなかった。すぐさまソフィアは、状況が変わり、そんな心配はさして重要ではなくなったのを知ることとなった。

「ユーリーは？」と彼女はたずねた。

「出かけた」

「学校にいるの？」

「そうかもしれん。あいつのことはほとんど知らないんだ。そして、知れば知るほどどうでもよくなる」

まずは彼をなだめておいて、話を切り出すのはあとにしようとソフィアは思った。ソフィアが彼の――ジャクラールの――健康について尋ねると、彼は肺の具合が悪いのだと答えた。一八七一年の冬の、あの飢えや毎晩戸外で過ごした日々から回復できていないのだと。戦う者たちが飢えていたという覚えはソフィアにはなかった――彼らは戦うために、食べるのが義務だった――が、自分もちょうど汽車のなかであの頃のことを思い出していたのだと、愛想よく言った。ウラジーミルのことや、あのコミックオペラのシーンのような救出劇のことを思い出していたのだと話した。

あれはコメディーじゃないし、オペラでもない、と彼は言った。だが彼は生き生きとしてきて、あのときのことについてしゃべった。彼と間違えられて射殺された男たちのことを、五月二十日から三十日のあいだの死に物狂いの戦いのことを語った。彼がついに捕らえられたときには、即決処刑の時期はもう終わっていたが、それでもなお、茶番じみた裁判のあとに殺されるのだろうと彼は思っていたのだった。どうやって逃れることができたのかは、神のみぞ知る、だ。べつに神を信じているわけじゃないが、と彼は毎度のことながらつけくわえた。

毎度。そして彼が毎度その話を語るうちに、ウラジーミルの部分――それに将軍の金の部分も――は小さくなっていった。パスポートのことも口にはされなかった。重要なのはジャクラール自身の勇気、ジャクラール自身の機敏さだった。とはいうものの、話すにつれて、彼は明らかに先刻よりも聴き手に好感を示す様子になった。

彼の名はまだ記憶されている。彼の物語はまだ語られているのだ。

そしてさらに物語が続いた。これまたお馴染みのものだ。彼は立ち上がると、ベッドの下から金箱を取り出した。そこには大事な書類が入っていた。彼にロシアから出ていくよう命じる書類が。コミューンの日々からしばらくしてアニュータとペテルブルクにいたときのものだ。

彼はその全文を読みあげないではいられない。

「コンスタンティン・ペトロヴィッチ閣下、取り急ぎお知らせ致します。元パリ・コミューンのメンバーであるフランス人ジャクラールは、パリ在住時はポーランド・プロレタリア革命党の代表であるユダヤ人カール・メンデルソンと常に連絡を取り、妻を通じたロシア人ルートによってメンデルソンの手紙をワルシャワへ届けることにも関与しておりました。ジャクラールは多くの著名なフランス人過激派と親交を結んでおります。ジャクラールはペテルブルクから、ロシアの政治事情についておよそ欺瞞《ぎまん》に満ちた有害な情報をパリへ送っておりました。そして三月一日の皇帝に対する企て以後、この情報はあらゆる許容の限界を越えたものとなったのでありあります。そこで、閣下におかれましては、かの者の我が帝国境界外への追放をご決断下さいますようご進言申し上げる次第であります」

読みあげながら、彼の表情には嬉しさが蘇《よみがえ》り、彼がいつもからかったりふざけたりしていたことを、彼女や、それにウラジーミルでさえもが、たとえただの聴き手としてに過ぎなかろうと彼に認めてもらうとなんとなく光栄に感じたのを、ソフィアは思い出した。

「いやあ、残念だよ」と彼は言った。「この情報が完全じゃないのはまことに残念だ。こいつは俺がリヨンのインターナショナルのマルクス主義者たちに、パリにおける彼らの代表として選ばれたってことには触れてないんだからな」

そのとき、ユーリーが入ってきた。少年の父親は話し続けた。

「もちろんそれは秘密だった。表向きは、俺はリヨン公安委員会のメンバーってことになってた」彼は今や狂暴なほどの喜びと熱意に満ちて、行きつもどりつしていた。「リヨンでだったなあ、ナポレオン三世が捕虜になったって話を聞いたのは。売春婦みたいに塗りたくってさ」

ユーリーは叔母に会釈すると、ジャケットを脱ぎ——どうやら寒さは感じないらしかった

――箱にすわって父親がやっていた長靴の作業を再開した。

そう。少年は確かにアニュータに似ていた。だが、彼が似ていたのは晩年のアニュータだった。むっつりと疲れたような瞼《まぶた》のたるみ、ぽってりした唇の、懐疑的な――彼の場合は蔑むような――ゆがみ。そこには危険を、正義の栄光を渇望し、激しい毒舌をほとばしらせる金髪の少女の面影はひとつもなかった。そんな女性はユーリーの記憶には一切ないのだろう、不格好で喘息《ぜんそく》持ちの、癌《がん》を患う、死にたいと口にする病身の女の記憶だけで。

ジャクラールは、最初は彼女を愛していた。たぶん、彼が他人を愛せる程度には。彼は彼女の自分に対する愛に気づいていた。彼は彼女との結婚を決意したことを明らかにする、彼女の父親に宛てた率直な、というか、おそらくは単に自慢しているだけの手紙で、自分にここまでの愛情を抱いている女性を捨てるのは正しいことではないように思える、と記していた。アニュータが彼を見出して有頂天になっていた二人の関係の最初の頃でさえ、彼は決して他の女たちをあきらめたりすることはなかった。そして結婚生活を通じてずっと、間違いなくあきらめてはいなかった。彼はいまだに女にとって魅力的かもしれないと、ソフィアは思った。髭は灰色で不精たらしく、しゃべるうちに興奮しすぎてわけのわからないことをまくしたてたりもしたが。苦闘に疲れ果てた英雄、自らの青春を犠牲にした英雄――彼は自分をそんなふうに見せようとしているのかもしれなかったが、効果がないわけではなかった。それに、それはある程度事実だった。彼は実際に勇敢だったし、理想も持っていたし、小作農の生まれで、蔑まれるのがどういうことか知っていた。

そしてソフィアもまさにそのとき、彼を蔑んでいた。

部屋はみすぼらしかったが、よく見るとできるだけきれいにしてあるのがわかった。壁の釘には鍋がいくつか掛かっていた。冷たいストーヴは磨かれていたし、掛かっている鍋の底も。今もやはり女がいるのかもしれない、とソフィアは思った。

彼はクレマンソー（フランスの政治家）の話をしていて、仲がいいのだと言った。彼は今や、イギリス外務省に雇われている（ソフィア自身は、これは事実無根だと思っていたが）と彼なら非難するはずの男との親交を、自慢しようとしているのだった。

ソフィアはアパートがきちんとしていると褒めて彼の気をそらせた。

彼は話題が変わったのに驚いてあたりを見回し、それからゆっくりと笑みを浮かべた。それに新たな意地の悪い表情も。

「結婚した女がいるんでね。そいつが俺の世話をしてくれるんだ。フランス女でね、嬉しいことにロシア人みたいにぺちゃくちゃしゃべる怠け者じゃない。教育もあって、住み込みの家庭教師をやってたんだが、政治についての考え方のせいで解雇されたんだ。悪いがあんたをあいつに紹介するわけにはいかないな。あいつは貧しいがちゃんとした人間だし、まだ自分の評判を大事にしてるからな」

「あらそう」ソフィアは立ち上がりながら言った。「わたしもまた結婚するって言うつもりだったのよ。ロシア人の紳士とね」

「あんたがマクシム・マクシモヴィッチとつきあってるって話は聞いてたよ。結婚のことは何も聞いてないけどな」

ソフィアは寒いなかで長いあいだすわっていたために震えていた。ソフィアはできるだけ陽気に、ユーリーに声をかけた。

「叔母さんを駅まで送ってくれない？　あなたと話す機会がなかったし」

「気を悪くしたんじゃないといいが」ジャクラールはひどく嫌味な口調で言った。「俺はいつも本当のことを話すようにしてるもんでな」

「気を悪くなんかしていないわ」

ユーリーはジャケットを羽織ったが、それが大きすぎることにソフィアは今気がついた。おそらく古着市で買ったものだろう。ユーリーは成長はしているが、ソフィアほどの背丈しかない。人生の大事な時期に適切な食べ物を摂っていなかったのかもしれない。この子の母親は背が高かったし、ジャクラールも依然として背は高かった。

あまり叔母を送っていきたがっているようには見えなかったのに、ユーリーは階段を降り切るよりまえにしゃべり始めた。それに、頼まれもしないのに叔母の鞄をすぐさま手に持った。

「しみったれすぎるよね、叔母さんのために火も点けないなんて。箱のなかには薪があるんだよ、あの女が今朝持ってあがってたんだから。ドブネズミみたいに不細工な女なんだ。だから叔母さんに会わせたくなかったんだよ」

「女の人のことをそんなふうに言うもんじゃないわ」

「どうしていけないの？　だって、平等でいたいんでしょ？」

「『人のことを』って言うべきだったわね。だけどね、わたしはその人のこともあなたのお父さんのこともべつに話したくはないの。あなたのことを話したいのよ。勉強のほうはどう?」

「どれもぜんぶ嫌いだよ」

「大嫌いだよ」

「どうして? ぜんぶ嫌いってことはないはずよ」

「わたしにロシア語で話せる?」

「あれは野蛮な言葉だよ。どうして叔母さんはもっときれいなフランス語がしゃべれないの? 父さんは、叔母さんの発音は野蛮だって言ってるよ。母さんの発音も野蛮だったって。ロシア人は野蛮だ」

「それもお父さんが言ってるの?」

「判断は自分でできる」

二人は一時黙ったまま歩いた。

「この時期のパリって、ちょっと殺風景ね」とソフィアは言った。「あの夏セーヴルでとっても楽しかったの、覚えてる? いろんなことを話したわね。フフはまだあなたのこと覚えていて、あなたのことを話すのよ。あなたがどれほどわたしたちのところへ来ていっしょに暮らしたがっていたか、フフは覚えているわ」

「まだちっちゃかったからだよ。あの頃は現実的な考え方ができてなかったんだ」

「じゃあ今はできてるの? 自分の一生の仕事について考えてる?」

「うん」

少年の声音ににじむ嘲るような満足感に、ソフィアはそれが何なのか訊くのは止めた。どっちにしろ、少年は説明してくれた。

「僕は乗合馬車のボーイになって、駅の名前を大声で言うんだ。クリスマスシーズンに家出したときその仕事をやってたんだけどね、父さんに連れ戻されたんだ。あと一歳年をとったら、父さんはもう連れ戻せなくなるんだよ」

「駅の名前を叫ぶことにずっと満足してはいられないかもしれないわ」

「どうして? すごく役に立つんだよ。必ず必要なんだ。数学者なんてべつに必要ないんじゃないかな、僕が思うにさ」

ソフィアは黙ったままでいた。

「自分に誇りを持てないよ」と少年は言った。「数学の教授になんかなったって」

二人は駅のプラットホームへと上っていった。

「誰も理解できないし気にもしないし、誰の役にも立たないようなことで賞をもらったり、お金をたくさんもらったりするんじゃね」

「鞄を持ってくれてありがとう」

ソフィアはユーリーに金をいくらか渡した。渡そうと思っていたほどの額ではなかったが。ユーリーはそれを、僕のプライドが許さないんじゃないかと思った? とでも言いたげな嫌な笑いを浮かべて受け取った。そして、不本意ながらだと言わんばかりにそそくさと礼を言った。

ユーリーが去っていくのを見送りながら、きっともう二度と会うことはないだろうとソフィアは思った。アニュータの子。結局のところ、あの子はなんとアニュータに似ていることだろう。パリビノで、家族揃った食事の席を毎度のように傲慢な長広舌でかき乱していたアニュータ。現在の自分の生活に対する軽蔑と、自分はまったく新しくて正しい容赦のない世界へと導かれる運命なのだという信念に充ち満ちて庭の小道を行きつもどりつしていたアニュータ。ユーリーは人生のコースを変えるかもしれない。先のことはわからない。叔母のソフィアに多少の好意を持つようにさえなるかもしれない。もっとも、おそらくユーリーが今のソフィアの歳になる頃までは無理だろうが。そしてその頃には、ソフィアはとっくに死んでいる。

## Ⅲ

ソフィアの乗る汽車までまだ三十分あった。お茶と喉のための薬用ドロップが欲しかったが、列に並ぶ気にもフランス語をしゃべる気にもなれなかった。体調良好のときにはどれほどうまく操れても、ちょっと気持ちが落ちこんだり病の兆《きざ》しでもあろうものなら子供時代の言葉という避難所へ戻ってしまうものなのだ。ソフィアはベンチに腰掛けて、頭をがっくりと垂れた。ちょっとの間眠れる。

ちょっとの間以上だ。駅の時計では十五分経っていた。そろそろ人が集まってきていて、周囲は非常な活気に満ち、荷物のカートが動き回っている。

自分の乗る汽車へと急ぐソフィアの目に、マクシムのものに似た毛皮の帽子をかぶった男が映った。大柄な男で、黒っぽいオーヴァーを着ている。顔は見えなかった。男は遠ざかっていた。だが、その広い肩も、礼儀を弁《わきま》えながらも断固進んでいく足取りも、どうもマクシムを思い出させる。

荷物を高く積み上げたカートがあいだを横切り、そして男の姿は消えてしまった。

もちろん、マクシムのはずがない。彼がパリで何をしているというのだ？　どの汽車に、あるいはどこの約束の場所に向かって急いでいるというのだ？　汽車に乗りこんで窓際の席を見つけながら、ソフィアの胸は嫌な感じでどきどきし始めていた。当然のことながら、マクシムの人生にはこれまで他の女たちがいたはずだ。たとえば、ソフィアをビューリに招くことを拒んだときに彼がソフィアに紹介するわけにはいかないと言ったあの女。だが、彼は安っぽい揉め事に関わるような男ではないと彼女は信じていた。ましてや激しい嫉妬だの、女の涙や難詰とは。あの以前の出来事の際に、ソフィアにはなんの権利もない、彼自身に対してなんの力も持ってはいないと彼は指摘したではないか。

ということはつまり、今ではソフィアはいくらかの力を持っていると彼は考えている、彼女を裏切るなど自分の品位に関わると思っているはずだ、ということではないか。

それに彼を見たと思ったとき、ソフィアはちょうど不自然で不健康な眠りから目覚めたところだった。彼女は幻覚を見ていたのだ。

汽車はいつものうなりやガタガタいう音とともにゆっくりと駅の屋根の下から抜け出していった。

以前はパリが大好きだったものだ。アニュータの興奮した、時に不可解な指示に従わされていたコミューン時代のパリではなく、その後、すっかり大人になって訪れ、数学者や政治思想家に紹介されたパリだ。パリには退屈とか俗物性とか欺瞞といったものがない、と彼女は言明したものだ。

そして彼らはソフィアにボルダン賞を授与してくれた。彼らは惜しげもなく明かりの灯されたこの上なく優美な部屋でソフィアの手にキスし、スピーチや花を捧げた。ところがソフィアに仕事を与える段になると、彼らは扉を閉ざしてしまった。学のあるチンパンジーを雇おうかと考えるのと同じくらい思いもよらないことだった。大物科学者たちの妻はソフィアと顔を合わせたがらず、家に招こうともしなかった。

妻たちはバリケードの監視人、容赦のない見えない軍隊だった。夫たちは妻たちの禁止令に悲しげに肩をすくめはしたものの、妻たちに与えるべき権限は与えた。古い概念を吹き飛ばす頭脳を持った男たちが、ぴったりしたコルセットや名刺、芳香に満ちた霧で喉が詰まるような類の会話への欲求で頭がいっぱいの女たちに相変わらず束縛されているのだった。

こんな恨み節はもうやめなくては。ストックホルムの妻たちは彼女を自宅へ招き入れてくれた。非常に重要なパーティーや、内輪のディナーに。ソフィアを賞賛し、ソフィアを見せびらかした。ソフィアの子供を歓迎してくれた。ソフィアは奇妙な存在だったかもしれないが、是認してもらえる奇妙な存在だった。多数の言葉をしゃべるオウムか、何のためらいも考えこむそぶりも見せずに十四世紀のある日付が火曜日になると言える神童のようなものだ。

いや、それは公平ではない。彼らはソフィアのしたことに敬意を抱き、もっとたくさんの女性たちがそういうことをすべきなのであり、やがてはそうなると、彼らの多くが信じていた。ではなぜソフィアは彼らにいささかうんざりし、夜更かしやとめどないおしゃべりを懐かしく思うのだろう？　彼らが牧師の妻のような服装か、でなければロマのような格好をしていることが、なぜ気になるのだろう？

ソフィアはひどい気分で、それはジャクラールとユーリーと、紹介してもらえなかった尊敬すべき女性のせいだった。それに、喉の痛みと微かな震えとの。間違いなく本格的な風邪の症状が出始めていた。

いずれにせよ、彼女自身がもうすぐ妻になるのだ、それも、金持ちで賢くて洗練された男の妻に。

お茶のワゴンがやってくる。お茶は喉に効くだろうが、ロシア風紅茶ならよかったのにとソフィアは思う。パリを出たすぐあとに降り出した雨は、今では雪になっている。ソフィアはロシア人のご多分に漏れず、雨より雪のほうが、ずぶ濡れの黒っぽい地面よりも白い野原のほうが好きだ。そして雪があるところでは、ほとんどの人々が冬の現実を認識して、住居を暖めようと半端ではない手段を講じる。ソフィアはヴァイエルシュトラスの家を思い出す。今夜はそこに泊まるのだ。教授と彼の妹たちはホテルに泊まると言っても耳を貸さないだろう。

彼らの家はいつも快適で、黒っぽい敷物にフリンジのついたどっしりしたカーテン、深々とした肘掛け椅子がある。そこでの暮らしは儀式に則っている――それは研究に、とりわけ数学の研究に捧げられている。内気で、たいていは身なりの良くない男子学生がつぎつぎと居間を横切って書斎へ行く。教授の二人の未婚の妹は通り過ぎる彼らに優しく挨拶するが、返事はほとんど期待していない。二人はせっせと編み物や繕《つくろ》い物やかぎ針を使った敷物作りをしている。二人は兄が素晴らしい頭脳の持ち主で、偉大な人間であることを知っているが、また同時に兄が座ってばかりの職業のせいで毎日プルーンを服用せねばならないことも知っている。最高級のウールでさえ、発疹《ほっしん》ができるので肌に直にはまとえないということも。同僚が発表した論文のなかで彼のことを褒めていないと傷つくということも（会話のなかでも著述のなかでも気に留めていないふうを装い、自分を軽視した当人をきちんと称賛するのだが）。

この姉妹――クララとエリザ――は、ソフィアが書斎へ向かおうとして居間に入ってきた最初の日、仰天したのだった。彼女を通した使用人は客を選ぶよう仕込まれてはいなかった。この家の住人たちは世間とあまり交渉のない生活を送っていたし、それに、やってくる学生たちはみすぼらしくて礼儀知らずなことが多く、一般の良家の基準は当てはまらなかったのだ。それでもなお、メイドは多少の躊躇をうかがわせる物言いをしたのち、顔はほとんど黒っぽいボンネットの陰に隠れ、内気な物乞いのように怯えた物腰のこの小柄な女性を通したのだった。姉妹にはソフィアの実年齢はまったく見当がつかなかったが——ソフィアが書斎へ通されたあとで——学生の母親かもしれない、教授料を値切るとか免除を乞うとかしに来たのではないか、という結論に達した。

「まったくねえ」より活発な推測を繰り広げるクララが言った。「まったくねえ、どんな人を家に入れちゃったのかしら、あの人、シャルロット・コルデー（フランス革命当時のジロンド党支持者で、マラーを暗殺して処刑された）？　なんて、わたしたちは思ったのよ」

こういうことすべてを、ソフィアはのちに姉妹と友人になってから聞かされた。そしてエリザは皮肉っぽくつけくわえた。「幸い兄はお風呂に入ってはいなかったわ（マラーは浴槽で刺殺された）。だってわたしたちは兄を守ろうと立ち上がるわけにはいかなかったのよ、あの果てしないマフラー作りに没頭していたものでね」

姉妹は前線の兵士たちのためにマフラーを編んでいたのだった。それは一八七〇年、ソフィアとウラジーミルが研究旅行のつもりでいたパリ行きに出かけるまえのことだった。当時二人はべつの次元に、過去の世紀にはまりこんでいたために、自分たちが生きている世界にはわずかな注意しか向けておらず、同時代の戦争のことはほとんど耳に入っていなかった。

妹たちと同様ヴァイエルシュトラスも、ソフィアの年齢も目的も見当がつかなかった。のちに彼は、数学の資格も持っていると主張するために彼の名前を利用しようとする、心得違いの女家庭教師だと思った、とソフィアに語った。こんな女が押しかけてくるのを許したことで、メイドと妹たちを叱らなければならないと彼は考えた。だが、彼は礼儀正しく親切な男だったので、ソフィアをすぐに追い払ったりせず、認知された学位を取得した上級レベルの学生しか受け入れていないこと、現在学生の数は手一杯の状態であることを説明した。それから、あの馬鹿げた帽子で顔を隠し、両手でショールを握りしめてなおもじっと立っている――そして震えている――彼女を前にして、適格ではない学生を思いとどまらせるために以前一度か二度使った方法というか策略を思い出した。

「あなたのような場合にしてあげられることといえば、いくつか問題を出して、今日から一週間ののちにそれを解いてここへ持ってきてもらうことですかな。解答が満足できるものならば、もう一度話しあいましょう」

その日から一週間後、彼はソフィアのことをすっかり忘れていた。もちろん、もう二度と顔を合わせることはあるまいと思っていたのだ。書斎に入ってきたソフィアに、彼は見覚えがなかった。ほっそりした姿形を隠していた外套を脱ぎ捨てていたせいかもしれない。彼女はきっと、より大胆になっていたのだろう。あるいは気候が変わっていたのかもしれない。帽子のことは覚えていなかった――彼の妹たちは覚えていた――が、女性の装飾品のことなど彼はたいしてわかってはいなかった。だが、ソフィアがバッグから紙を取り出して机に広げると、彼は思い出して、ため息をついて眼鏡をかけた。

彼はどれほど驚いたことだろう――彼はこのこともののちになって彼女に語った――問題はすべて解かれ、しかもまったく独創的な解き方もあったのだ。だがそれでもなお彼はソフィアを疑った。今度は、誰か他の人間の、たぶん政治的な理由で身を隠している兄弟とか恋人の解いたものを持ってきたに違いないと思ったのだ。

「おすわりなさい」と彼は言った。「ではこれからこの解法をひとつずつ説明してください、すべて手順を追ってね」

ソフィアが前へ身を乗り出して説明し始めると、だらんとした帽子が目にかぶさったので、彼女はそれを脱いで床に置いた。巻き毛が現れた。輝く瞳が、若さが、身を震わせる興奮が。「わかりました」と彼は言った。「わかりました。わかりました。わかりました」彼は極力驚きを、とりわけ彼自身のものとはじつに鮮やかに異なった解法に対する驚きを押し隠しながら、考え考え重々しく話した。

ソフィアは彼にとって多くの点で衝撃だった。彼女はあまりにきゃしゃで若く、意欲的だった。彼女を落ち着かせ、注意深く支えて、彼女自身の頭のなかにある花火の扱い方を習得させてやらねばならないと彼は思った。

今までずっと——あまり心を高ぶらせないようにいつも用心しているので、こういうことはどうも口にしづらいのだがね、と彼は打ち明けた——今までずっとこんな学生がこの部屋へ入ってくるのを待っていたのだ、と。彼にじゅうぶん挑める学生、彼の頭脳の努力の軌跡を追えるだけでなく、もしかしたらその先へ飛んでいけるかもしれない学生を。自分が本当に信じていることを語るについて、彼は用心深くあらねばならなかった——つまり、第一級の数学者の頭には何か直感めいたものがあるに違いない、ずっとそこにあったものを明らかにする稲妻のようなものがあるに違いないということを。厳密、細心であらねばならないが、また偉大なる詩人でもあらねばならないのだ。

ついに思い切ってこうしたことをすべてソフィアに語ったとき、彼はまた、数理科学に関連して「詩人」などという言葉を使うと小馬鹿にする者たちもいるのだと言った。そしてまた、自分たちの思考の混乱や弛緩を弁護しようとしてそういう概念にすぐさま飛びつく者たちもいるのだ、とも言ったのだった。

ソフィアが予想していたように、東へ向うにつれて汽車の窓の外の雪はどんどん深くなった。これは二等車で、カンヌから乗った列車と比べるとひどく質素だった。食堂車はなかったが、冷たいパン——香辛料の効いたさまざまなソーセージを挟んだものもあった——を販売用ワゴンで買うことができた。ソフィアは長靴の半分くらいの大きさのチーズを挟んだパンを買い、とても食べきれないだろうと思ったが、いつの間にか食べてしまった。それから、頭からドイツ語を呼び覚ます手助けにと、ハイネの小さな本を取り出した。

目をあげて窓を見るたびに、降りしきる雪は激しくなるように思え、汽車はときどき速度を落とし、ほとんど止まりそうになった。この調子では、深夜までにベルリンに着けば運がいいほうだろう。ホテルへ行くつもりだったのに、説得されるままポツダム通りの家に行くことになどしなければよかった、とソフィアは思った。

「あなたが一晩同じ屋根の下にいてくださるだけで、かわいそうなカールはどれほど喜ぶことでしょう。兄はいまだにあなたのことを我家へやってきた小さな女の子だと思っているんです、あなたの業績をたいそう褒めたたえ、あなたの素晴らしいご活躍を自慢に思ってはいるんですけれどね」

ソフィアがベルを鳴らしたときには、じつのところ真夜中を過ぎていた。クララが部屋着姿で出てきた。使用人はもう寝かせていたのだ。兄は――クララはこれを半ば囁き声で言った――辻馬車の音で目を覚まし、エリザが兄を落ち着かせて朝になったらソフィアに会えると言いにいったのだ、とクララは話した。

「落ち着かせる」という言葉がソフィアには不吉に聞こえた。姉妹の手紙には一種の疲労としか記されていなかったのだ。そしてヴァイエルシュトラス自身の手紙には個人的なニュースは一切なく、スウェーデン王のために問題を明らかにするということにおいてのポワンカレと彼――ヴァイエルシュトラス――の数学に対する義務のことばかりだった。

こうして兄のことに触れる老女の口調にちょっと敬虔《けいけん》な、あるいは畏れるような響きが混じるのを耳にし、かつては馴染んで心強いものだったけれど今夜はかすかに淀んでわびしく感じられるあの家のにおいを嗅ぐと、ソフィアは、もしかすると昔とは違ってからかったりするのはあまり適切なことではないのかもしれないという気が、新鮮な冷たい空気だけではなく、自分ではまるで気づいていなかった、ちょっと脅かすような、かき乱すようなところがあるかもしれない成功の活気を、熱いエネルギーを持ってきてしまったのではないかという気がした。

以前なら激しい喜びとともに（姉妹について驚くことのひとつが、非常に因習的なのにひどくはしゃいだりする、ということだった）抱きしめられて迎えられていたソフィアだが、相変わらず抱きしめられはするものの、それは衰えた目に涙を浮かべ、老いた腕を震わせてなのだった。

だがソフィアの部屋には湯を入れた水差しがあり、ナイトテーブルにはパンとバターが置かれていた。

服を脱いでいると、二階の廊下からちょっと興奮した囁き声が聞こえてきた。彼らの兄の容態についてしゃべっていたのかもしれないし、ソフィア自身のことだったのかもしれないし、パンとバターに覆いがなかったことについてだったのかもしれない。たぶん、クララがソフィアをこの部屋へ案内して初めてそれに気づいたのだろう。

ヴァイエルシュトラスのもとで研究していたとき、ソフィアは小さな暗いアパートに住んでいた。ほとんどずっと、化学を勉強していた友人のジュリアと同居だった。二人はコンサートにも芝居にも行かなかった――持ち金は限られていたし、研究に余念がなかったのだ。ジュリアは民間研究機関に出かけ、そこで女性にはなかなか得られない特権を獲得していた。ソフィアは来る日も来る日も書き物机に向かい、ランプが灯されるまで椅子から立ち上がらないこともあった。それから伸びをして歩く。せかせか、せかせかと、アパートの端から端まで――ひどく短い距離だ。さっと駆け出したり声に出してしゃべったり、馬鹿なことを始めることもあって、ジュリアのようにソフィアのことをよく知る人でなければ、誰でもソフィアの正気を疑ったことだろう。

ヴァイエルシュトラスが考えていたのは、そして今では彼女が考えていることでもあるが、楕円関数とアーベル関数、そして無限級数として表した場合の解析関数の理論に関するものだった。彼の名を冠せられた理論は、有界な無限実数列はすべて収束部分列を有すると主張していた。これについて、ソフィアは彼の後を追い、のちには彼に挑み、そして一時など彼より前へ飛び出しさえして、二人の関係は教師と生徒から数学者仲間同士へと進展し、彼女はしばしば彼の研究の促進剤となった。だがこういう関係にまで発展するには時間がかかり、日曜の夕食の席で――彼は日曜の午後をソフィアに当てていたのでそのまま招かれるのだった――彼女は若い親族、熱心な弟子という感じだった。

ジュリアが来ると、彼女も招かれ、二人の娘は肉のローストやじゃがいものクリーム煮、それに軽くて美味しいデザートを振舞われ、それはドイツ料理に対する娘たちの評価をすべて覆してしまった。食事が終わると娘たちは火の側にすわり、エリザが本を朗読するのに耳を傾けた。エリザはスイスの作家コンラート・フェルディナント・マイヤーの物語を、表現力豊かに熱をこめて朗読した。文学は、さんざん編み物や繕い物をしたあとの、週に一度の楽しみだった。

クリスマスには、ソフィアとジュリアのためにツリーが用意された。ヴァイエルシュトラス家の人々自身はもう何年もわざわざそんなことはしていなかったのだが。きらびやかな紙に包まれたボンボンやフルーツケーキ、焼きリンゴもあった。彼らいわく、子供たちのために。

ところが間もなく、憂慮すべき驚きがやってきた。

その驚きとは、内気で世間知らずの若い娘というイメージそのものに思えたソフィアに、なんと夫がいるということだった。講義を受けるようになった最初の数週間、ジュリアがやって来る以前、日曜の夜には玄関口まで若い男がソフィアを迎えに来ていたが、男はヴァイエルシュトラス一家には紹介されず、使用人だと思われていた。男は背が高くてぱっとせず、まばらな赤い顎髭を生やし、鼻が大きく、不精な格好だった。じつのところ、もしヴァイエルシュトラス一家がもっと世知に長けていたら、自尊心ある身分の高い一家――ソフィアの家柄はそうであると彼らは知っていた――にはそんなだらしのない使用人はいないはずだ、従ってその男は友人に違いないと気づいていたことだろう。

それからジュリアがやってきて、若い男は消えた。

男の名はウラジーミル・コワレフスキーといって、自分は彼と結婚しているのだということをソフィアが明らかにしたのは、しばらくしてからだった。彼はウィーンとパリで勉強していたが、すでに法律の学位を持ち、ロシアでは教科書の出版をやろうとしていた。彼はソフィアより数歳年上だった。

このニュースと同じくらい驚きだったのが、ソフィアがそれをヴァイエルシュトラスに打ち明けて、妹たちには話さなかったことだった。家のなかで、生活というものといくらか関わっているのは——使用人の暮らしのこととか、そこそこ最新の小説を読むとかいったことだけにせよ——妹たちだった。ところがソフィアは、母親や女性家庭教師たちには好かれたことがなかった。父である将軍との話し合いはいつもうまくいくとは限らなかったが、ソフィアは父を尊敬していたし、父もたぶん自分を重んじてくれているのではないかと思っていた。だから、大事な話のときにソフィアが頼るのは家長である男性だったのだ。

ヴァイエルシュトラスが困惑したに違いないということはわかっていた——ソフィアが打ち明けたときではなく、彼が妹たちに話さねばならなかったときにだ。ソフィアが結婚していたという事実だけではなかったからだ。ソフィアはきちんと法的に結婚していた。だがそれは「白い結婚」だった——ヴァイエルシュトラスも妹たちも聞いたことのないものだ。夫と妻は同じところに住まないだけでなく、一切生活をともにしない。彼らは一般に認められている理由で結婚するのではなく、秘密の誓いで結ばれていて、決してそのようには暮らさないのだ、決して——。

「婚姻を完遂しない？」そう言ったのはたぶんクララだったろう。てきぱきと、じれったい様子すら見せて、この一瞬を済ませてしまおうと。

そうだ。そして国外で勉強したい若者たち——若い女性たち——は、こういうごまかしを行わざるを得ないのだ。未婚のロシア女性は両親の同意がないと国を離れることができないのだから。ジュリアの両親はじゅうぶん啓蒙されていて娘を出してやったが、ソフィアの両親はそうではなかった。

なんて野蛮な法律。

確かに。ロシア人というやつは。だが、若い女性たちのなかには若い男性の助けを借りて逃げ道を見つける者もいた。非常に理想主義的で同情心あふれる若い男性のね。ことによると彼らはその上、無政府主義者なのかもしれないぞ。わかったもんじゃないだろう?

そういう若い男性のひとりを見つけてきたのはソフィアの姉だった。姉は友人といっしょに彼との顔合わせを行った。彼女たちの動機はおそらく、知的なものというよりは政治的なものだったのだろう。なぜ二人がソフィアをいっしょに連れていったのかは見当もつかない——彼女は政治にはなんの情熱も持っていなかったし、自分にそんな冒険ができるとも思っていなかった。ところがその若い男性は年長の二人の娘——姉はアニュータという名前で、いかに事務的に振舞おうとその美しさは隠せなかった——を見て、嫌だと言った。いや、あなた方立派なお嬢さんたちのどちらともこんな契約を結びたくはありません、ですが、あなたの妹さんとならやりましょう。

「たぶん、年長の二人は問題を起こしそうだと彼は思ったんじゃないかしら」——こう言ったのはエリザかもしれない、小説での経験から——「とりわけ、美しさだわ。彼はわたしたちのソフィアに恋をしたのよ」

恋はここには登場しないはずだ、とクララはエリザに指摘したかもしれない。

ソフィアは提案を受け入れる。ウラジーミルは将軍を訪れ、妹娘との結婚を申しこむ。その青年が、これまでのところ世間でさほど名を成しているわけではないとはいえ、良家の出であることを知って、将軍は丁重に遇する。だがソフィアは若すぎる、と将軍は言う。あの娘はそもそもこの結婚申込みのことを知っているんだろうか？

知っています、とソフィアは答えた。そして、彼を愛していると。

二人はすぐさま自分たちの感情に従って行動するのではなく、一定の時間を、かなりの時間をおかねばならない、パリビノ（一家は目下のところペテルブルクに住んでいた）で互いについて知るのだ、と将軍は言った。

事態は足踏み状態となった。ウラジーミルはいい印象を与えないだろう。彼は自分の過激な考えをあまり隠そうとしないし、わざとやっているのかと思うほど服装がひどかった。この求婚者と顔を合わせれば合わせるほどソフィアは彼と結婚したくなくなるだろうと、将軍は自信を持っていた。

しかしながらソフィアには自分なりの計画があった。

ソフィアの両親が重要な晩餐会を催す日がやってきた。外交官、教授、将軍の砲術学校の軍隊仲間などが招待されていた。喧騒の最中にソフィアはこっそり抜け出すことができた。ソフィアはひとりでペテルブルクの街へ行った。使用人か姉の付き添いなしで歩くのは初めてだった。彼女はウラジーミルが下宿している、貧しい学生が暮らす地区へ行った。ドアはすぐさま彼女のために開かれ、なかへ入るやいなや、彼女はすわって父親に手紙を書いた。

「お父様、わたしはウラジーミルのもとへ来ました。このままここにいるつもりです。どうかこれ以上わたしたちの結婚に反対しないでください」

全員がテーブルについてから、ソフィアがいないことがわかった。使用人が見にいくと部屋は空だった。妹のことをたずねられたアニュータは、何も知らないと答えながら顔を赤らめた。顔を隠すために、アニュータはナプキンを落とした。

将軍は手紙を手渡された。彼は詫びを言って席を立ち、部屋から出ていった。ソフィアとウラジーミルはすぐさま将軍の立腹した足音がドアの外から響いてくるのを耳にすることとなった。将軍は面汚しの娘と娘が自らの評判を進んで犠牲にしようとした男に、すぐいっしょに来いと命じた。三人は一言も交わさずに家に戻り、そしてディナーの席で将軍はこう言った。

「皆さんに未来の義理の息子、ウラジーミル・コワレフスキーをご紹介いたします」

とまあ、そういうことになったのだった。ソフィアは大喜びだった。べつにウラジーミルと結婚できるからではなく、ロシア女性の解放に加勢することでアニュータを喜ばせたからだ。パリビノで、伝統的な華々しい結婚式が行われ、花嫁花婿はひとつ屋根の下で暮らすべくペテルブルクへ発った。

そして見通しがたつと、二人は国外へ出て、もはやひとつ屋根の下では暮らさなくなった。ソフィアはハイデルベルク、そしてベルリンへ、ウラジーミルはミュンヘンへ。彼は行けるときにはハイデルベルクを訪れたが、アニュータとその友人のザナがやってきて、それからジュリア——名目上は、女性四人は全員彼の保護下にあった——も来ると、もはや彼の居場所はなくなってしまった。

ヴァイエルシュトラスは将軍の妻と手紙のやりとりをしていることを女たちには明かさなか

った。ソフィアがスイスから（本当はパリから）戻ってきたとき、ひどく疲れはてて弱々しく見えたので、彼はソフィアの健康を心配して母親に手紙を書いたのだ。母親は返事を寄越し、娘がそんなふうになったのは、あのもっとも危険な時期のパリにいたせいだと彼に告げた。だが母親は、娘たちが政治の大変動を切り抜けたことよりも、娘たちのひとりが結婚もしないまま公然と男と暮らし、もうひとりはちゃんと結婚していながら実際には夫とまったくいっしょに暮らしていないとわかったことで動転しているようだった。そんなわけで、彼は心ならずも、娘の打ち明け話を聞くよりもまえに母親から打ち明け話を聞かされていたのである。そして実を言えば、彼はソフィアの母親が死ぬまでこのことについては何もソフィアに話さなかった。

だが、ついにソフィアに話したとき、彼はまた、クララとエリザがすぐさま、どうしたらいいだろうかとたずねたのだということも話した。

いかにも女の考えそうなことだ、と彼は言った。なんとかすべきだなどと思うのは。

彼はきっぱりと答えたのだった。「何もする必要はない」

朝になると、ソフィアは清潔ではあるがしわくちゃの服を鞄から取り出し――彼女はどうも荷物をきちんと詰めるということができなかった――巻き毛の灰色の部分をなるべく隠すようにして髪を整え、もうすでに生活のざわめきが聞こえる階下へ行った。食堂には彼女の席だけが残されていた。エリザがコーヒーと、この家でソフィアが初めて食べるドイツ風の朝食を運んできた――冷肉の薄切りとチーズとこってりバターを塗ったパン。クララは二階でソフィアに会わせるために兄の身だしなみを整えている、とエリザは言った。

「最初はね、理髪師を呼んでいたの」と彼女は話した。「でもそのうち、クララがとても上手にできるようになってね。あの人、どうやら看護師の腕を持っているみたい。わたしたちの片方にそんな才能があって、運が良かったわ」

こんな話を聞かされるまえから、彼らが金に不自由しているらしいのをソフィアは感づいていた。ダマスク織もメッシュのカーテンもみすぼらしいし、ソフィアが使った銀のナイフやフォークはしばらく磨かれていないようだった。居間へと開かれたドアのむこうで、現在の使用人である粗野な様子の若い娘が火格子を掃除しながらもうもうと埃をたてているのが見えた。エリザはそちらを見て、ドアを閉めてちょうだいと言いたそうな顔をしたが、立ち上がると自分で閉めた。沈んだ顔を赤らめてテーブルに戻ってきたエリザに、ソフィアはせっかちに、無礼ともいえそうな口調でたずねた。ヴァイエルシュトラス先生の病気はなんなのか、と。

「ひとつには心臓が弱っているのです。それに、秋にかかった肺炎から回復できていないようなの。それから、生殖器の肥大もありますしね」とエリザは、声を低めはしたものの、ドイツ女性らしくはっきりと言った。

クララが出入口に現れた。

「さあ、兄があなたを待っているわ」

ソフィアは階段を上りながら、教授のことではなく彼を人生の中心に据えてきたあの二人の女性のことを思った。マフラーを編み、リネン製品を繕い、使用人には任せられないデザート作りやジャム作りに勤しみ。兄と同様ローマ・カトリック教会を尊び――ソフィアに言わせれば、冷たい、慰められない宗教だ――そしてそれがすべて、見たところ一瞬の反抗心も起こさず、かすかな不満すらちらつかせずに、なのだ。

わたしなら気が変になるだろう、と彼女は思った。

たとえ教授になるためでも、わたしなら気が変になるだろう、と彼女は思った。学生というのは大体において頭は凡庸だ。この上なくわかりやすい、通常のパターンだけしか彼らの頭には銘記されないのだ。

マクシムに会うまえだったら、とてもこんなことは自分で認められなかったことだろう。

ソフィアは自分の幸運を、来るべき自由を、もうすぐ夫となる人のことを思って微笑みながら寝室に入った。

「ああ、やっと来てくれたな」ヴァイエルシュトラスはどことなく弱々しく、無理をしている様子でそう言った。「いけない子だ、あの子は私たちを見捨てたんだ、皆でそう思っていたんだよ。君はまたパリへ、気晴らしに行くところなのかね？」

「パリから戻る途中なんです」とソフィアは答えた。「ストックホルムへ帰るんです。パリは少しも楽しくありませんでした、おそろしく侘しい感じで」ソフィアは彼がキスできるよう手を差し伸べた、片方ずつ。

「じゃあ、君のアニュータは病気なのかね？」

「姉は亡くなりました、敬愛《マイン・リーベル》する先生」

「お姉さんは監獄で亡くなられたの?」

「いえ、いえ。もうずっとまえのことなんです。姉はそのとき監獄に入ってはいませんでした。姉の夫が入れられていたんです。姉は肺炎で亡くなったんですけれど、長いあいだ、いろいろなことで苦しんでいました」

「ああ、肺炎か。私もかかったよ。それにしても、君にはつらいことだったねえ」

「わたしの心が癒えることはないと思います。でも、いいお知らせがあるんですよ。嬉しいお知らせが。わたし、春に結婚するんです」

「あの地質学者とは離婚するのかい? 当然だがね、君はもっとずっとまえにそうすべきだったんだ。とはいえ、離婚というのはどうしたって愉快なことじゃないからなあ」

「彼も亡くなったんです。それに彼は古生物学者でした。新しい学問なんです、とても興味深い。化石からいろいろなことがわかるんです」

「そうだった。今思い出したよ。その学問のことは聞いたことがある。じゃあ、彼は若くして亡くなったんだね。彼が君の邪魔をしないでくれたらいいが、とは思っていたがね、死んでほしいなんて思ったことは本当のところなかったよ。彼は長いあいだ病んだのかね?」

「そう言えるかもしれません。覚えていらっしゃるでしょう、わたしは彼のもとを去り、先生がミッタク=レフラーに推薦してくださったじゃないですか」

「ストックホルムでね。そうだろう? 君は彼のもとを去った。そうだ。そうしなければならなかったんだ」

「そうです。でもそれはもう終わって、同じ苗字だけれど近縁ではなくて、まるで違うタイプの人と結婚するんです」

「じゃあ、ロシア人なんだね？　その人も化石を研究するの？」

「いいえ違います。彼は法律学の教授です。とても精力的で陽気なんです、ひどく塞ぎこむこともありますけれど。ここへ連れてきますから、会ってくださいね」

「喜んで歓迎するよ」とヴァイエルシュトラスは悲しげに言った。「君の仕事もこれでおしまいになるんだね」

「そんなことありません、そんなことありませんとも。彼はそんなことを望んではいないんです。でも、わたしはもう教えるのは止めます、自由になるんです。そして、南仏の快適な気候のなかで暮らして、いつも健康でいて、もっともっと研究をします」

「まあ見ていてみようかね」

「大事な方《マイン・リーベル》」と彼女は言った。「わたしは先生に命令します、わたしのために楽しくお暮らしくださいって命令します」

「私はすっかり老けこんで見えることだろうね」と彼は言った。「それに、私は静かな生活を送ってきたからね。私には君のようにいろいろな側面はない。君が小説を書くというのは私にはなかなか驚きだったよ」

「先生にはお気に召さなかったでしょうね」

「それは違う。君の回想録はよかったよ。なかなか面白く読ませてもらった」

「あの本はべつに小説じゃありませんからね。わたしが今度書いたものは、先生のお好みではないでしょうね。自分でも好きになれないことがあるんですもの。これは恋よりも政治に関心のある娘の物語なんです。ご心配なく、先生はお読みになる必要はないでしょうから。ロシアには検閲がありますから出版されないでしょうし、外の世界にとってはあまりにロシア的だから用はないでしょう」

「私はだいたいにおいて小説というものを好まないんだ」

「小説は女のためのものだから？」

「本当のところ、ときどき君が女性だということを忘れてしまうよ。私にとって君は――君は――」

「君は何なんです？」

「私にとっては賜物だよ、私だけのね」

ソフィアは屈んで彼の白い額にキスした。彼女は涙を抑えて彼の妹たちに別れの挨拶をし、家を立ち去った。

もう二度と先生にお目に掛かることはないだろう、と彼女は思った。

クララがその朝彼の頭の下に置いたばかりに違いない枕の糊を付けたてのカヴァーと同じくらい白い彼の顔を、ソフィアは思い返した。もしかしたら、クララはもうすでにあの枕を取り去って、彼の頭はもっと柔らかくてみすぼらしい枕に埋もれているのかもしれない。もしかしたら、枕の交換で疲れて、彼はすぐに眠ってしまっているのかもしれない。ソフィアと会うのはこれが最後だと彼は思ったことだろう。そしてソフィアも同じ思いでいるとわかっていたことだろう。だが、今のソフィアがどれほど——これは彼女にとっては面目ないことであり、内緒のことなのだが——心が軽いか、自由だと感じているか、涙を流してはいるもののあの家から一歩遠ざかるごとにいっそう自由に感じるか、彼は知らないだろう。

彼の人生は、とソフィアは思う。妹たちの人生よりもずっと大きな満足感をもって思い返せるものだったのだろうか？

彼の名はしばらくは残るだろう。教科書に。それに数学者たちのあいだで。彼が自分の評判を確立することにもっと熱心だったら、選り抜きの努力家たちのサークルのなかでいつも前にいるようにしていれば、もっと長く残ったかもしれない。彼にとっては自分の名前よりは研究のほうが大事だった。彼の仲間の多くは、どちらも同じく気にかけていたのだが。

執筆活動のことは話すのではなかった。彼にとっては軽薄なことだ。ソフィアは、失われたすべてに対する愛、かつて諦めたものやかつて大切にしていたものへの愛に浸りながら、パリビノでの暮らしの回想録を書いた。彼女はそれを実家から遠く離れて、その実家もなくなり、姉もいなくなってから書いた。そして『虚無主義の娘』は、祖国を思う胸の痛みから、迸《ほとばし》る愛国心と、それにたぶん、数学や自分の人生の激動にかまけてこれまでじゅうぶんな関心を持ってこなかったという思いから生まれた。

祖国を思う胸の痛み、そうだ。だが、ある意味で彼女はこの小説をアニュータに捧げるために書いたのだ。これは、世間並みの生活を送るという将来の展望をなげうって、シベリア流刑となった政治犯と結婚する若い女性の物語だった。こうすることによって彼女は、彼の暮らしが、彼の刑罰が、妻を伴う男に適用される規則に従って多少楽なものと——シベリア北部ではなく南部に——なるようにしたのだった。物語は、原稿の形ででも読んでもらえれば追放されたロシア人たちに称賛されそうだった。本がロシアで発禁になりさえすれば、追放された政治犯たちのあいだでそういう称賛を引き起こすのだということは、ソフィアもよく知っていた。『ラエフスキ家の姉妹』——回想録——のほうをソフィアはより気に入っていたが、こちらは検閲を通り、ノスタルジアだとして相手にしない批評家もいた。

## Ⅳ

ソフィアは以前にヴァイエルシュトラスを失望させたことがある。彼女が初期の成功を収めたときに、彼を失望させたのだ。彼は決して口にしないが、それは事実だった。ソフィアは彼に背を向け、数学にも背を向けたのだ。彼から手紙を貰っても返事も出さなかった。ソフィアは一八七四年の夏にパリビノの実家へ、学位を取得して戻った。ヴェルヴェットのケースに入った証書はトランクにしまわれ、数ヶ月間——数年間——ずっと忘れられることとなった。

牧草地や松の木のにおい、金色の暑い夏の日々、それに北部ロシアの明るく長い夕べがソフィアを酔わせた。ピクニックに素人演劇、舞踏会、誕生日、旧友たちの歓迎、それに、一歳の息子を連れて幸せそうなアニュータの存在。ウラジーミルもその場にいた。そして、ぬくもりやワインや長時間にわたる陽気な夕食や、ダンスや歌や、そんな気楽な夏の雰囲気のなかで、自然と彼に屈することになったのだった。やっと彼を彼女の夫というだけでなく、愛人とすることになったのだ。

そうなったのは、べつにソフィアがウラジーミルと恋に落ちたからではなかった。ソフィアは彼に感謝はしていたが、恋などという感情は実生活においては存在しないのだと思いこんでいた。彼の望みに同意すれば二人ともいっそう幸せになれるのではないかとソフィアは思い、しばらくのあいだはそうなった。

秋になると二人はペテルブルクへ行き、重要な楽しみごとのある暮らしが続いた。晩餐会、芝居、レセプション、それに不真面目なものも真面目なものもある、さまざまな新聞や雑誌を読むことも。ヴァイエルシュトラスは手紙で、数学の世界を捨てないでくれとソフィアに懇願した。彼はソフィアの論文が数学者のための雑誌『クレレ数学雑誌』に掲載されるよう計らった。ソフィアはほとんどそれを見もしなかった。彼はソフィアに、一週間――ほんの一週間だけ――費やして、土星の輪に関する彼女の論文に磨きをかけてみてくれないか、そうすればその論文も掲載してもらえるかもしれないから、と頼んだ。彼女はそんな気にはなれなかった。ほぼ途切れ目のない祝いごとに追われて、忙しすぎたのだ。名の日の祝い（自分の洗礼名と同じ名を持つ聖者の祝日）、叙勲の祝い、新しいオペラやバレエの祝い。だがじつのところ、それは生きるということ自体を祝っているように思えた。

周囲のじつに多くの人たちが子供の頃からわきまえているらしいことを、ソフィアはかなり遅くなってから学びつつあった——大きな成果を上げなくとも、人生は申し分なく満足できるものになりうるということを。骨の髄まで疲れ果てないようなことで人生を満たせるのだということを。快適にしつらえられた生活のために必要な物を手に入れ、そして楽しく社交生活を送っていると、退屈したり無為に過ごすということすらなく、しまいに、自分はまさしく皆を喜ばせることをしたのだという気分になれる。苦闘の必要などないのだ。

ただし、どうやって金を手にいれるかという問題はべつだった。

ウラジーミルは出版業を再開した。二人は借りられるところから金を借りた。やがてソフィアの両親は両方とも亡くなり、彼女が相続した遺産は、温室や製パン所、蒸気洗濯屋と結合した公衆浴場に投資された。二人には壮大な計画があった。だが、たまたまペテルブルクの気温がいつもより寒くなり、人々は蒸し風呂にさえ惹かれなかった。建築業者その他には騙され、市場は不安定になり、生活のための頼れる基盤を築くどころか、負債は嵩む一方だった。

そして、他の結婚しているカップルと同様に振舞うことは、お定まりの高くつく結果をもたらした。ソフィアは女の子を産んだ。赤子には母親の名前が与えられたが、二人はその子をフフと呼んだ。フフには子守と乳母、それに専用の続き部屋があてがわれた。一家はコックとメイドも雇った。ウラジーミルはソフィアのために流行の新しい服を買い、娘には素晴らしい数数のプレゼントを買った。彼はイェナ大学で学位を取っていて、ペテルブルクで助教授になることができたが、これではじゅうぶんでなかった。出版業はほぼ壊滅状態だった。

そのころ、皇帝が暗殺され、政治状況は不穏になり、ウラジーミルはひどく鬱《ふさ》ぎこんでしまって、仕事も考えごともできなくなった。

ヴァイエルシュトラスはソフィアの両親が亡くなったことを聞き、彼いわく、彼女の悲しみをちょっと和らげるために、自分の新しい優れた積分のシステムについて知らせて寄越した。だが、彼女はまた数学へと引き戻されることはなく、劇評を書いたり、新聞に一般向けの科学記事を書いたりすることに専念した。それに使われる才能は、より市場性があり、他の人々にとっては数学ほど不穏ではなく、また彼女自身にとっては数学ほど疲れないものだった。

コワレフスキー一家は運が変わることを期待してモスクワへ引っ越した。

ウラジーミルは回復したが、教職に戻れそうな気はしなかった。彼は新たな投機のチャンスを見つけ、油田からナフサを製造する会社で仕事口を提供された。会社の持ち主はラゴージンという兄弟で、ヴォルガ川のほとりに精製所と現代的な城を持っていた。その仕事口は、ウラジーミルが借金した金を投資することが条件だった。

だが、今回はソフィアは前途に厄介事が待ち受けているのを察知した。ラゴージン兄弟はソフィアに好感を持たず、ソフィアは彼らが好きではなかった。ウラジーミルはどんどん彼らに影響されていった。新しい人間だよ、と彼は言った。うわついたところが少しもない、と。彼は高飛車になり、粗野で傲慢な態度になった。本当に重要だと言える女の名前をひとり挙げてみろよ、と彼は言った。社会に本当に何か変化をもたらした女だよ、男を誘惑して殺したり、とかじゃなく。女というのは生まれつき遅れていて自己中心的で、何か思いつくと、まともに打ちこめるようなことを思いつくと、ヒステリックになって、自惚れでもって台無しにしてしまうんだ。

ラゴージン兄弟がそう言ってるのね、とソフィアは返した。

ここへ来て彼女は再びヴァイエルシュトラスと文通を始めた。フフを旧友のジュリアに預けると、彼女はドイツに向かった。そしてウラジーミルの兄のアレクサンダーに、ウラジーミルはラゴージン兄弟の餌にあまりにいそいそと食いついてしまい、あれではまるでまた一撃食らうことになる運命を自分で引き寄せているようなものだ、と手紙を書いた。それでもなお彼女は夫に、戻ろうかと申し出る手紙を出した。彼は色良い返事を返してこなかった。

二人はもう一度、パリで会った。ソフィアはそこで倹約生活を送りながら、ヴァイエルシュトラスに仕事を探してもらっていた。彼女はまた数学の問題に沈潜していて、知合いもそういう人たちだった。ウラジーミルはラゴージン兄弟に疑念を抱くようになっていたが、手を引けないところまで関わってしまっていた。それでも彼はアメリカへ行く話をした。そして実際に行ったのだが、戻ってきた。

一八八二年の秋、彼は兄に自分はまったく価値のない人間だということが今やわかったと手紙を書いた。十一月には彼はラゴージン兄弟の破産を知らせて寄越した。兄弟は自分をなんらかの刑事訴訟に巻きこもうとしているのではないかと彼は危惧していた。クリスマスには、彼は今ではオデッサで彼の兄の家族と暮らしているフフに会った。娘が父親を覚えていて、健康で賢いことを彼は嬉しく思った。そのあと、ジュリア、兄、その他友人たちに宛てて別れの手紙を用意したが、ソフィアには書かなかった。そして、法廷に宛ててラゴージン事件における自分の行動のいくつかを説明する手紙も書いた。

彼はさらにしばらく先延ばしにした。頭から袋をかぶってクロロホルムを吸いこんだのは、四月になってからだった。

ソフィアはパリで、食べ物を拒んで部屋から出ようとしなくなった。食べ物を拒否することだけに考えを集中して、自分が感じていることを感じなくてすむようにしようとしたのだ。彼女はしまいに強制的に食べ物を摂取させられ、それから眠りに落ちた。目覚めると彼女はこの自分の行為を深く恥じた。そして、問題を解き続けられるよう、紙と鉛筆を求めたのだった。

金はまったく残されていなかった。ヴァイエルシュトラスは、もうひとりの妹としていっしょに暮らしてくれと手紙を寄越した。だが、彼はなおもできるだけの画策を続け、ついにうまく元の教え子であり友人でもあるスウェーデンのミッタク＝レフラーと話をつけることができた。ストックホルムの新しい大学がヨーロッパの大学としては初めて、女性の数学教授を採用しようと言ってくれたのだ。

ソフィアはオデッサで娘を拾い、差し当たって預かってもらおうとジュリアのところへ連れていった。ソフィアはラゴージン兄弟に激怒していた。ウラジーミルの兄への手紙で兄弟を

「狡猾で不快極まりない悪党」と呼んだ。彼女はこの件を担当している判事に、すべての証拠からみてウラジーミルがやすやすと騙されたのは確かだが不正なことはしていない、と宣言させた。

それから彼女は再び汽車でモスクワからペテルブルクへ、新しい、そして広く世間で喧伝されている――それにきっと遺憾に思われている――スウェーデンでの仕事に旅立つために向かった。ペテルブルクからは船で行った。船は圧倒されるような日没へ向かって進んだ。もう馬鹿なことはおしまいだ、と彼女は思った。これからはまっとうな人生を歩むのだ。

彼女はまだマクシムと会ってはいなかった。ボルダン賞を受賞してもいなかった。

## V

ソフィアは最後の悲しい、しかしほっとする別れをヴァイエルシュトラスに告げたすぐあと、午後の早い時間にベルリンを離れた。汽車は古くて速度は遅かったが、ドイツの汽車への期待に違わず、清潔で暖房が効いていた。

旅程の中程を過ぎたころ、ソフィアのむかいの男が新聞を広げて、読みたいページがあったらどうぞ、とソフィアに申し出た。

ソフィアは礼を言って断った。

男は窓の、粉雪が吹きつける景色を顎で示した。

「いやあまったく」と男は言った。「まあこんなもんでしょうがね」

「確かにねえ」とソフィアは応じた。

「ロストック（ドイツ北東部の港市）のむこうへいらっしゃるんでしょう？」

男はドイツ人のものではない訛《なまり》に気づいたのかもしれない。ソフィアは男に話しかけられるのも、こんな結論を下されるのもべつに構わなかった。男はソフィアよりずっと若く、きちんとした身なりで、いささかの敬意を払ってくれていた。以前にどこかで会うか見かけるかしている人のような気がした。しかし、旅をしているとこういうことはままあるものだ。

「コペンハーゲンへ行くんです」とソフィアは答えた。「それからストックホルムへ。わたしにとっては、雪はひどくなる一方でしょうね」

「じゃあロストックでお別れしなくてはなりません」と男は言った。たぶん、長々と会話する羽目にはならないからとソフィアを安心させようとしたのだろう。「ストックホルムには満足していらっしゃいますか？」

「この季節のストックホルムは大嫌いです。本当に嫌です」

ソフィアは自分の言葉に驚いた。だが男は嬉しそうな笑顔になると、ロシア語でしゃべり始めた。

「すみません。でも僕は正しかった。今度は僕があなたにむかって外国人みたいにしゃべっているわけですね。でもね、僕は昔、ロシア語で勉強していたんですよ。ペテルブルクで」

「わたしの訛でロシア人だとわかったのですか？」

「はっきりとではありません。あなたがストックホルムについてのお気持ちをおっしゃるまではね」

「ロシア人は皆ストックホルムが大嫌いなのですか？」

「いえ。いえ。ですが彼らは、大嫌いだと言うんです。大嫌いなんですよ。大好きなんです」

「あんなこと言うべきじゃありませんでした。スウェーデンの人たちにはとても親切にしてもらっているんです。いろいろ教えてくれますし――」

男はここで笑いながら首を振った。

「本当ですよ」とソフィアは言った。「わたしにスケートを教えてくれました――」

「そりゃあそうでしょう。ロシアではスケートは教わらなかったんですか？」

「ロシア人はそれほど――それほどしつこくいろいろ教えたがらないんです、スウェーデン人のようにはね」

「ボルンホルム（スウェーデン南方のバルト海にあるデンマーク領の島）でもそんなことはありませんよ」と男は言った。「僕は今ボルンホルムに住んでいるんです。デンマーク人もそれほど――しつこく、って言うんでしたっけ、ありません。ですがもちろん、ボルンホルムでは僕たちはデンマーク人でさえないんですからね。デンマーク人じゃないって僕たちは言ってるんです」

男はボルンホルム島の医者だった。喉を診てもらえないかと頼むのはあまりに厚かましいだろうか、とソフィアは考えた。今ではひどく痛くなっていたのだ。厚かましすぎる、とソフィアは結論を下した。

この先、デンマーク国境を越えたら、おそらくはひどく揺れるフェリーに長時間乗らなければならないのだと男は語った。

ボルンホルムの人々は自分たちがデンマーク人であるとは思っていない、と彼は話した。自分たちは十六世紀にハンザ同盟に吸収されたヴァイキングだと思っているのです。ヴァイキングの歴史は荒っぽかった、人々を捕虜にしました。悪辣なボスウェル伯爵（メアリ・スチュワート女王の三番目の夫）についてお聞きになったことは？　伯爵はボルンホルムで死んだと言う人もいる。もっともシエラン（デンマーク最大の島）の人々はあそこで死んだと言いますが。

「彼はスコットランド女王の夫を殺して自分が女王と結婚したんですよ。でも、獄につながれて死んだんです。正気を失って死にました」

「スコットランドのメアリ女王ですね」とソフィアは言った。「それなら聞いたことはあります」そして確かに聞いたことはあったのだった。そのスコットランド女王は、アニュータのずっと昔のヒロインのひとりだったのだ。

「ああ、お許し下さい。無駄話をしてしまいました」

「許すですって？」とソフィア。「あなたの何を許して差し上げなければならないんですか？」

男は顔を赤らめた。「あなたがどなたかは存じています」

最初はわからなかったのだと、男は言った。だが、彼女がロシア語を話したときに、はっきりわかったのだった。

「あなたは女性教授ですね。雑誌であなたのことを読んだのです。写真もあったのですが、実際よりもうんと老けて写っていました。お邪魔して申し訳ありませんでしたが、つい自分を抑えられなくなりましてね」

「あの写真ではずいぶん厳しい顔をしていましたけれど、それはね、笑顔だと世間に信用してもらえないんじゃないかと思うからなんです」とソフィアは言った。「お医者様も同じじゃないんですか?」

「そうかもしれません。僕は写真を撮られるのは慣れていませんが」

今や二人のあいだには、かすかな気まずさがあった。男を気楽にさせてやるかどうかは彼女次第だった。男に打ち明けられるまえのほうがやりやすかった。ソフィアはボルンホルムの話題に戻った。くっきりとゴツゴツしている、と男は言った。デンマークのように温和でなだらかではない、と。景観と澄んだ空気に惹かれて人がやってくる。ソフィアが訪れたいというのであれば、案内させていただければ光栄だ、と。

「非常に珍しい青い石があるのです」と男は言った。「青大理石と呼ばれています。割って磨かれて、御婦人方の首飾りとなります。ひとつお望みでしたら——」

男はくだらないことをしゃべっていたが、それは何か言いたいことがあるのに言えないからだった。ソフィアにはそれがわかった。

汽車はロストックへ近づいていた。男はますますそわそわし始めた。紙片とか男の手持ちの本とかにサインしてくれと頼まれるのではないかとソフィアは心配になった。誰かにそんなことを頼まれるのはごく稀だったが、そんな時はいつも悲しくなるのだった。理由は説明できなかったが。

「どうか聞いてください」と男は言った。「あなたに言わなくてはならないことがあるのです。話してはいけないことなのですが。お願いです。スウェーデンへいらっしゃるとき、どうかコペンハーゲンへは寄らないでください。怯えた顔をしないでくださいよ、僕はちゃんと気は確かなんですから」

「怯えてなんかいません」とソフィアは答えた。だが、少しばかり怯えていた。

「べつのルートで行ってください、デンマーク諸島経由でね。駅で切符を変更するんです」

「理由をお訊きしていいかしら？　コペンハーゲンには魔法でもかかっているんですか？」

不意にソフィアは、男はきっと陰謀について話すつもりなのだ、と思った。爆弾について。じゃあ、この男は無政府主義者なのだろうか？

「コペンハーゲンでは天然痘が発生しているのです。蔓延《まんえん》しています。たくさんの人が街を離れましたが、当局は隠しておこうとしています。パニックが起きたり、政府の建物を焼き払ったりする人が出てくるのを恐れているのです。問題はフィンランド人です。病気はフィンランド人が持ちこんだと言われているのです。当局は人々がフィンランド人難民に対して立ち上がると困るのです。あるいは、彼らを入国させたからといって政府に対して反乱を起こされたりするとね」

汽車は止まり、ソフィアは立ち上がって荷物を確かめた。

「約束してください。約束せずにここで僕と別れたりしないでください」

「よくわかりました」とソフィアは言った。「約束します」

「フェリーでゲッサー（デンマーク、ファルスター島の港町）へ行くんですよ。切符の変更に付き添いたいのですが、僕はこのままリューゲン（ドイツ最大の島）へ行かなければならないんです」

「約束しますよ」

ウラジーミルだろうか、この男がソフィアに思い出させるのは？　昔のウラジーミル。容姿ではなく、彼女に対するこの懇願するような気遣いだ。このしっかりとした、控えめで頑固な、懇願するような気遣い。

男は片手を差し出し、彼女は握手しようと自分の手を委ねたが、男はそれだけを意図していたのではなかった。「道中が長くてうんざりなさったら、これでちょっと休めますよ」と言いながら、彼女の掌に小さな錠剤を置いたのだった。

この天然痘の大流行について、誰か然るべき人に話してみなくては、とソフィアは決心した。

だが、彼女はそうしなかった。切符を変更してくれた係官は、いかにも自分は難しい業務をこなさねばならないんだと言いたげな仏頂面で、ソフィアが考えを変えたと言ったりしたらなおさら怒りそうだった。係官は最初、彼女と同じ乗客たちが話すデンマーク語にしか答えないように思えたが、彼女の処理を終えると、これで旅程はずっと長くなるが、それを承知しているのか、とドイツ語でたずねた。それで彼女は自分たちがまだドイツにいて、彼はコペンハーゲンのことなど何も知らないかもしれないと気づいたのだ——彼女はいったい何を考えていたのだろう?

係官は、島々では雪が降っているとむっつりつけくわえた。

ゲッサーへ行く小さなドイツのフェリーはよく暖房が効いていたが、木の板の座席にすわらねばならなかった。道中うんざりしたらと言ったとき、あの医者はこういう木の座席のことを指していたのかもしれないと思い、彼女はあの錠剤を飲もうとした。それから、船酔いに備えてとっておくことにした。

彼女が乗りこんだ普通列車にはすり切れてはいるものの通常の二等席があった。しかし底冷えがして、車両の端の煙いストーヴはほとんど役に立たなかった。

ここの車掌は切符売りよりも親しみやすく、それほど慌ただしげではなかった。ここは確かにデンマーク領だと了解した上で、彼女は車掌にスウェーデン語で——ドイツ語よりはこのほうがデンマーク語に近いのではないかと思ったのだ——コペンハーゲンで病気が流行っているというのは本当かとたずねた。車掌は、いや、あなたの乗っている汽車はコペンハーゲンへは行きません、と答えた。

車掌の知っているスウェーデン語は「汽車」という言葉と「コペンハーゲン」という言葉だけらしかった。

この汽車にはもちろん仕切客室《コンパートメント》はなく、木の長腰掛けが並んだ客車が二両あるだけだった。

乗客のなかには自分でクッションや毛布を持ちこんで外套を体に巻きつけている者もいた。彼らはソフィアに目を向けず、ましてや話しかけようとはしなかった。たとえ話しかけてくれたとしても、なんの役に立つだろう？　ソフィアは何を言われているかわからず、返事もできないだろう。

車内販売のワゴンもなかった。油の染みた紙包みが開かれ、冷えたサンドイッチが取り出された。厚切りのパン、きついにおいのチーズ、厚く切った冷えたベーコン、どこかでニシンが。ひとりの女が服のひだのポケットからフォークを取り出すと、瓶に入ったキャベツの漬物を食べ始めた。それを見てソフィアは故郷ロシアを思い出した。

だが、ここにいるのはロシアの農民たちではない。誰も酔っ払ってはいないし、おしゃべりでもないし、笑ってもいない。彼らはまるっきりカチカチだ。彼らの幾人かの骨をくるんでいる脂肪でさえカチカチの脂肪だ。自尊心あるルター派の脂肪だ。ソフィアは彼らのことは何も知らない。

しかし、それを言うなら、ソフィアがロシアの農民のことについて、パリビノの農民のことについて、実際に何を知っているというのだろう？　彼らはいつも上の階級に対しては芝居をしてみせていた。

おそらくあのたったの一度をのぞいては。農奴もその所有者も皆教会へ行って布告が読み上げられるのを聞かなければならなかったあの日曜日だ。あのあと、ソフィアの母親は完全に気力がくじけてしまって、嘆き悲しんだ。「この先わたしたちはどうなるんでしょう？　わたしのかわいそうな子供たちはどうなるんでしょう?」将軍は妻を書斎へ連れて入って慰めた。アニュータは腰を下ろして本を読み、弟のフョードルは積み木で遊んでいた。ソフィアがぶらぶら台所へ行くと、内働きの農奴と、それに大勢の外働きの農奴までもがパンケーキを食べて祝っていた——だがそれはむしろ厳かな雰囲気で、聖人の日のようだった。庭を掃くだけが仕事というひとりの老人が、笑いながらソフィアのことを「小さな奥様」と呼んだ。「ほら、小さな奥様が俺たちの幸福を祈りに来てくださったぞ」すると数人がソフィアに喝采を送った。いい人たちだわ、と彼女は思った。喝采は一種のおふざけだとわかってはいたが。

すぐに暗雲が垂れこめたような顔をした女家庭教師が現れて、ソフィアを連れ去った。

その後もほとんどいつもどおりに日常は続いた。

ジャクラールはアニュータに、お前は決して真の革命家にはなれない、犯罪者である両親から金を引き出すのがうまいだけだ、と言っていた。ソフィアとウラジーミル(彼を官憲の手からかっさらったウラジーミル)はといえば、役に立たない学問を身につけて自慢気な寄生者なのだった。

キャベツとニシンのにおいでソフィアはちょっと気分が悪くなってくる。

さらに進んだところで汽車は止まり、全員降りるようにと言われる。車掌の怒鳴り声と、しぶしぶながらも従順に立ち上がる人の群から、少なくともソフィアはそう憶測する。乗客たちは膝まである雪のなかに立たされることとなる。町もプラットホームも見当たらず、周囲のなだらかな白い丘陵が、今ではチラチラと軽い降りになった雪のむこうに浮かび上がっている。汽車の前方では男たちがシャベルで鉄道の切通しに溜まった雪を取り除いている。ソフィアは動きまわって、街の通りを歩くにはじゅうぶんだがここには合わない軽いブーツを履いた足が凍えないようにする。他の乗客たちはじっと立ったままで、この状況についてなんの意見交換もしていない。

三十分後、いやもしかするとたかだか十五分だったかもしれないが、線路はきれいになり、乗客はまた汽車によじ登る。そもそもなぜ座席で待つのではなく降りなくてはならなかったのか、ソフィアにとってと同様、全員にとって謎だったはずだが、もちろん誰も文句は言わない。汽車は暗闇のなかをどんどん進み、窓には雪以外のものが吹きつけてくる。ひっかくような不吉な音。みぞれだ。

すると、村の明かりがぼんやり見えてきて、乗客の幾人かが立ち上がり、きちんと外衣を着こむと、鞄や包みを持ち、汽車から降りて姿を消す。旅は再び始まるが、ちょっとするとまた全員が降りるよう命じられる。今回は吹き溜まりのせいではない。乗客は船へと駆り立てられる。またもや小さなフェリーで、皆を乗せて暗い水面へ出ていく。ソフィアの喉は今やひどく痛んで、しゃべらなければならないとしてもとても無理だと彼女は思う。

渡るのにどのくらいかかるのか、ソフィアにはわからない。桟橋に着くと、全員が正面の壁のない建物へ入れられ、そこには小さな待合所はあるがベンチはない。ソフィアには見当のつかない待ち時間ののち、汽車が到着する。この汽車がやってきたのが、ソフィアには本当にありがたく思える。最初の汽車より暖かいということはなく、やはり同じ木の長腰掛けなのだが。わずかな慰めに対して感謝の念を抱けるかどうかは、その慰めを得るまでにどのような難儀を経験してきたかによるようだ。だけどそんなのって、とソフィアは誰かに言いたくなる。面白みのないお説教じゃない？

しばらくすると、やや大きめの町に停車し、そこには駅の食堂がある。だがソフィアはあまりに疲れていて、乗客の幾人かがやっているように、降りてそこまで行って湯気のたつコーヒーのカップを持って戻ってくる気にはなれない。ところが、キャベツを食べていた女がカップを二つ運んできたと思ったら、片方はソフィアのためのものだとわかる。ソフィアは微笑み、感謝を表明しようとできるだけのことをする。女は、そんな大騒ぎは不必要だ、それどころか見苦しいとでも言いたげに頷く。だが女はそのまま立ち続けているので、ソフィアは切符売場の係官から受け取ったデンマークのコインを取り出す。すると女は、何やら唸りながらミトンをはめたじっとりした指先でそのうちの二つを取る。コーヒーの代金だろう、きっと。その心配りや運んできた手間は、無料だ。そういうことか。女は一言も口にせずに自分の席に戻る。

新しい乗客が何人か乗ってくる。四歳くらいの子供を連れた女、子供は顔の片側に包帯をして、片腕を吊っている。事故だ。地方の病院へ来たのだ。包帯の穴から悲しげな黒っぽい目がのぞいている。子供はなんともない方の頬を母親の膝につけて、母親はショールの一部で子供の体を覆ってやる。そうする母親の動作はとくに優しくも気遣っているふうでもなく、なんとなく機械的だ。何か悪いことが起こって、母親にはさらに気苦労が増えた、それだけのことだ。

そして家には待っている子供たちがいて、もしかしたら腹にもひとり。

なんとひどい、とソフィアは思う。女たちの運命というのはなんとひどいのだろう。だが、もしソフィアが新たな苦闘のことを、投票権や大学での地位を求める女性の戦いのことを話したら、この女はなんと言うだろう？　でもそれは神のご意思ではありません、などと言うかもしれない。そしてソフィアがその神なるものを捨て去り、知性を磨けと勧めたら、女は彼女――ソフィア――にある種断固とした憐れみと、そして疲弊を浮かべた眼差しを向けて、こう言うのではないだろうか。でも神なしで、いったいどうやってこの世を生き抜くことができるのですか？

また黒い水面を渡る。今度は長い橋の上を行き、またべつの村で停まり、そこで女と子供は降りる。ソフィアは興味をなくし、誰かが親子を待ち受けているか見てみようともせず、汽車に照らされた駅の外の時計を確かめる。真夜中に近いだろうと思っていたのだが、まだ十時を過ぎたところだ。

ソフィアはマクシムのことを考える。マクシムは生涯のあいだでこんな汽車に乗ることはあるのだろうか？　彼女は彼の広い肩に心地よく頭を休ませる様を思い浮かべる――もっとも、実際は彼は公衆の面前でそんなことはしたがらないだろうが。上等で高価な布地の彼のコート、その財力と安楽のにおい。自らの祖国では歓迎されない自由主義者であるとはいえ、彼は自分には良いものを期待する権利とそれを維持する義務があると信じている。彼が持つあの見事な自信、彼女の父親も持っていた自信は、小さな女の子になって彼らの腕のなかにすり寄ると感じられ、そして一生感じていたくなる。もちろん彼らが愛してくれたならいっそう嬉しいが、たとえそれが古めかしくも気高い契約のようなものに過ぎなくとも、たとえ熱狂的なものではなくてやむを得ずなされた、こちらを守ってやろうと結ばれた約束に過ぎなくとも、慰めになる。

従順だ、と誰かに言われたら彼らは不愉快に思うだろうが、ある意味ではそのとおりなのだ。彼らは男らしい行動規範に従う。さまざまな危険や残忍さ、厄介な負担や意図的な欺瞞の伴う男らしい行動規範に従う。こちらが女として利益を得たこともあれば得られなかったこともある、そんな規範に。

今や彼女の脳裏には彼の姿があった――彼女を保護してくれたりはしないで、私生活を持つ男に相応《ふさわ》しくパリの駅を闊歩している。

彼の堂々たる帽子、優雅で落ち着いた態度。

そんなことはなかったのだ。あれはマクシムではない。絶対にそんなことはない。

ウラジーミルは、臆病ではなかった――彼はジャクラールを救ったじゃないか――が、男らしい確信を持っていなかった。だからこそ他の男たちなら与えてはくれない幾分かの平等を与えてくれたのだし、だからこそ包みこむようなぬくもりや安心は与えられなかったのだ。そしてラゴージンの影響下に入って変調をきたした――死に物狂いで、他人を真似ることで自分を救えるかもしれないと思ってのことだが――晩年には、彼女に対して、威圧感のまるでない、馬鹿げてさえいるような、尊大な態度を取るようになった。そうして彼女に彼を軽蔑する口実を与えたのだが、もしかすると彼女はずっと彼を軽蔑していたのかもしれない。崇拝されようが侮辱されようが、彼女には彼を愛することはできなかった。

アニュータがジャクラールを愛したようには。ジャクラールは自己中心的で無慈悲で不実だったが、アニュータがジャクラールを愛したように。アニュータは彼を憎んでいるときでさえ彼に夢中だった。

蓋をしておかないと、なんと醜く煩わしい思いが浮き上がってくることだろう。

目を閉じたとき、彼が——ウラジーミルが——むかいの長腰掛けにすわっているのが見えたように思ったのだが、それはウラジーミルではない、ボルンホルムの医者だ、ボルンホルムの医者の記憶に過ぎない、不安そうな様子でしつこく、独特の奇妙で控えめなやり方で彼女の人生に割りこんでくるあの医者の。

乗客がこの汽車を最後に去らねばならないときが——きっと真夜中近かったはずだ——やってくる。汽車はデンマーク国境に達している。ヘルシンゲア。陸上の国境だ、少なくとも——本当の国境はカテガット海峡の途中のどこかにあるのだろうとソフィアは思った。

そして、そこには最終のフェリーが待っていた。眩《まばゆ》い明かりがたくさんついて、大きくて活気があるように見える。ポーターがやって来て荷物を船に運びこんでくれ、ソフィアが与えたデンマークのコインに礼を言うと、急ぎ足で立ち去った。それからソフィアが船のなかの係官に切符を見せると、係官はスウェーデン語で話しかけてきた。対岸ではストックホルム行きの汽車が接続していると、係官はソフィアに請けあった。残りの夜を待合室で過ごす必要はないのだ。

「文明社会に戻ってきたような気がするわ」とソフィアは係官に言った。相手は微かな懸念を浮かべて彼女を見た。彼女の声はしわがれていた。コーヒーのおかげで喉はましになってはいたが。係官がスウェーデン人だからというだけのことだ、と彼女は思った。スウェーデン人のあいだでは、微笑んだりあれこれ言ったりする必要はないのだ。そんなことをしなくても礼儀正しさは損なわれないのだ。

海の横断は少し揺れたが、彼女は船酔いにはならなかった。錠剤のことは覚えていたが、必要はなかった。それに船は暖房してあるようで、冬の身支度の外側を脱いでいる乗客もいた。だが、彼女は相変わらず震えていた。もしかすると震えは必要だったのかもしれない。デンマークを通り抜ける旅で体のなかにうんと寒さを集めてしまったから。体のなかに貯めこまれてしまったのだ、寒さが。だから今度は身震いして寒さを放出すればいいのだ。

ストックホルム行きの汽車は、請けあってもらったとおり賑やかな港ヘルシングボリで待っていた。海のむこうの似たような名前のいとこよりはずっと活気があって大きな港だった。スウェーデン人は微笑みかけてはくれないかもしれないが、提供する情報は正しいのだろう。ポーターがソフィアの荷物に手を伸ばして持ちあげ、彼女は財布のコインを探した。彼女はかなりの数を取り出すと、相手の手にのせた。デンマークのコインだし、と思いながら。もう彼女とだ。

には必要ないのだ。

それはデンマークのコインだった。ポーターはコインを彼女に返し、スウェーデン語で「これじゃ駄目です」と言った。

「これしか持っていないのよ」と叫んだ彼女は、ふたつのことに気づいた。喉が良くなってきているように思えることと、自分は確かにスウェーデンの金をまったく持っていないということだ。

ポーターは彼女の荷物を下ろすと、歩み去った。

フランスの金、ドイツの金、デンマークの金。彼女は、スウェーデンの金のことは忘れていたのだった。

汽車は蒸気を吹き上げ始め、乗客たちが乗りこんでいたが、彼女は困り果ててその場に立ち尽くした。彼女には荷物は運べなかった。だが、運べなかったら荷物は置き去りになる。

彼女はさまざまな革紐を握ると、走りはじめた。胸と脇の下のあたりの痛みにあえぎあえぎよろよろと、脚に鞄をぶつけながら、彼女は走った。階段を上らなければならなかった。一息入れるために立ち止まったら、遅れてしまう。彼女は上った。自分が不憫で目に涙をためながら、汽車が動きませんようにと切に願った。

そして汽車は動かなかった。ドアを閉じようと身を乗り出した車掌が彼女の腕を捕まえ、それからなんとか荷物も摑んで、ぜんぶまとめて汽車に引っ張りこんでくれるまでは。

助けてもらうと、ソフィアは咳きこみはじめた。咳をして胸から何かを外へ出そうとした。

痛みを、胸から。痛みと締めつけられるような感覚を、喉から。だが彼女は車掌について仕切客室《コンパートメント》へ行かねばならなかった。そして彼女は咳の発作の合間に得々として笑っていた。車掌はひとつのコンパートメントをのぞきこんだが、そこにはもう何人かの客がすわっていた。すると車掌は彼女を空いているコンパートメントに案内してくれた。

「わたしを。迷惑にならないところに。入れてくださって、よかったわ」ソフィアはにっこりしながら言った。「お金を持っていなかったんです。スウェーデンのお金を。ほかはいろいろあるのに、スウェーデンのはなくて。走らなければならなかったんです。とても間に合わないかと――」

すわって、しゃべらないでいたほうがいい、と車掌は言った。立ち去ったかと思うと、すぐに水のコップを持って戻ってきた。ソフィアは飲みながらもらっていた錠剤のことを思い出し、最後の一口の水で飲んだ。咳は治まった。

「もうこんなことをしてはいけませんよ」と車掌は言った。「胸がぜいぜいいってるじゃありませんか。大きく上下してますよ」

スウェーデン人は非常に率直だ。打ち解けにくく、几帳面であるのと同時に。

「待って」と彼女は言った。

他にも確かめておかねばならないことがあったのだ。確かめておかないと、この汽車が正しい場所へ連れて行ってくれないような気のすることが。

「ちょっと待ってください。聞いていないかしら――？　天然痘が流行っているって聞いてませんか？　コペンハーゲンで？」

「聞いたことはありませんねえ」と車掌は答えた。彼は厳しい顔で、だが礼儀正しく会釈すると、出ていった。

「ありがとう。ありがとうございました」彼女は後ろから礼を言った。

ソフィアは今まで酔っ払ったことがない。頭を混乱させる恐れがあるような薬を飲んでも、そのような混乱が起こるよりまえに眠ってしまっていた。だから、今体に広がっているこの異常な感覚――知覚の変化――を較《くら》べる経験が何もない。最初はただほっとする感じだったのかもしれない。自分は恵まれているという、馬鹿げてはいるものの素晴らしい気持ち。なにしろ彼女はいくつもの荷物を持って階段を駆け上がって汽車にたどり着くことができたのだから。それから、咳と心臓が締めつけられるような発作も乗り越えて、喉もともかく気にならなくなったのだから。

だがさらに、まるで彼女の胸がどんどん膨らんで普通の状態を取り戻し、そのあとますます軽やかに生き生きとしてきて、彼女の行く手の邪魔物をおどけたと言っていいような調子で吹き飛ばしてしまいそうな気がする。コペンハーゲンの伝染病のことでさえ、今ではバラッドに出てくる悪疫、昔の歴史の一部になってしまいそうだ。彼女自身の人生がそうなってしまいそうなのと同じように。打撃や悲しみが幻覚となって。出来事や考えが今や新しい形となっている。くっきりとした知性を通して、変化を起こさせるガラスを通して見ると。

このことでソフィアが思い出した経験がひとつあった。それは彼女が初めて三角法に出会ったときのことで、彼女は十二歳だった。パリビノで近所に住んでいたティルトフ教授が自分の執筆した新しい教科書を置いていったのだ。砲術の知識を持つ、彼女の父である将軍の興味を引くのではないかと思ってのことだった。書斎でその本を見つけた彼女は、たまたま光学の章を開いた。読み始めた彼女は図形をしげしげと眺め、自分にはすぐに理解できるだろうと確信した。彼女はサインやコサインのことなど聞いたこともなかったのだが、円弧の弦にサインを当てはめ、そして微小角のなかではこれがほぼ一致するという幸運によって、この新しい楽しい言葉に踏みこむことができたのだった。

彼女はそのときさほど驚かなかった。ひどく幸せではあったが。

このような発見が起こるのだ。数学は自然の賜物だった。オーロラみたいなものだ。世間の他の何物とも関わりはなかった。論文とも、賞とも、同僚とも、学位とも。

汽車がストックホルムへ着くちょっとまえに、車掌が彼女を起こしてくれた。彼女はたずねた。「今日は何曜日ですか?」

「金曜です」

「よかった。よかったわ、講義ができます」

「お体を大切になさってくださいよ、奥様」

二時になると彼女は演台を前にして、巧みに理路整然と、痛みも咳もなしに講義した。彼女の体を電線を伝うように流れていた弱々しいざわめきは、声には影響しなかった。そして喉は治ってしまったようだった。終わると、彼女は帰宅して服を替え、招かれていたレセプションへと、辻馬車でグルデン家へ向かった。彼女は上機嫌で、イタリアや南フランスの印象を明るく語った。スウェーデンへ戻ってくる旅については話さなかったが。それから断りもせずに部屋を出ると、外へ向かった。白熱するような、めったにない着想で頭がいっぱいで、もはや人と話などしていられなかったのだ。

すでに暗くなって、雪が降りしきり、風はなく、街灯がスノードームのように大きくなって見えた。辻馬車がいないかと見回したが、ひとつも見当たらない。乗合馬車が通りかかったので、止めようと手を振った。ここは止まることになっている場所ではない、と御者は告げた。

「でも、止まってるじゃないの」彼女は気にせずに言い返した。

ストックホルムの通りについてはまったく知らなかったので、町の違う方へと進んでいることに彼女が気づいたのはしばらくたってからだった。御者にそう説明しながら彼女は笑い、下ろしてもらって、パーティードレスに軽い外套に舞踏靴という格好で雪のなかを歩いて帰ることとなった。舗道は素晴らしく静かで白かった。一マイルほど歩かなければならなかったが、嬉しいことに、結局道はちゃんとわかるのが判明した。足はずぶぬれだったが、寒くはなかった。風がないせいだと彼女は思った。それに、これまで覚えのない、だがこれからは確実に期待できる、心と体の大きな喜びのせいだと。ひどく手垢のついた表現かもしれないが、街はおとぎ話に出てくる街のようだった。

次の日、ソフィアはベッドから出ず、同僚のミッタク＝レフラーに、自分にはかかりつけ医がいないので、彼のかかりつけ医を寄越してくれないかと頼む手紙を届けた。ミッタク＝レフラー自身もやってきて、かなり長い時間居てくれたあいだ、彼女はひどく興奮した口調で自分が考えている新しい数学の研究について彼に話した。それは今まで彼女の頭に閃いたことがないほど野心的で、重要で、素晴らしいものだった。

問題は彼女の腎臓だというのが医者の考えで、薬を置いていった。

「訊くのを忘れちゃったわ」医者が帰ってからソフィアは言った。

「何を訊くんだい？」ミッタク＝レフラーはたずねた。

「疫病が流行ってる？　コペンハーゲンで？」

「君は夢を見ているんだよ」ミッタク＝レフラーは優しく言った。「誰がそんなことを言ったんだい？」

「目の見えない男の人よ」と彼女は答えた。それから、「違うわ、親切なって言うつもりだったの。親切な男の人よ」と言い直した。彼女は手を振り動かした、言葉で説明するよりもぴったりくる何かの形を描こうとするかのように。「わたしのスウェーデン語ったら」と彼女は言った。

「よくなるまで、しゃべらないほうがいいよ」

彼女はにっこりしてから悲しそうな顔になった。そして力をこめて言った。「わたしの夫」

「君の婚約者？　ああ、彼はまだ君のご主人じゃないじゃないか。冗談だよ。彼に来てもらいたいのかい？」

だが彼女は首を振った。「彼じゃないの。ボスウェルよ」

「違う。違う」彼女は口早に言った。「他の人」

「休まなくちゃ駄目だよ」

テレサ・グルデンとその娘のエルザが来ていた。それにエレン・ケイ（スウェーデンの教育者で女性運動家）も。交替で彼女を看病するつもりだった。ミッタク＝レフラーが去ると、彼女はしばらく眠った。目覚めるとまた多弁になったが、夫のことは口にしなかった。彼女は自分の小説についてしゃべった。それに、パリビノでの子供時代を描いた回想録のことを。今ならもっとずっといいものが書けると彼女は言い、新しい小説の案を説明し始めた。話は混乱し、あまりはっきり説明できないといって彼女は笑った。前後に行きつ戻りつするのだと彼女は言った。生活の鼓動があるのだと。彼女が願っていたのはこの作品で物事の成り行きを知ることだった。下に流れる何かを。作られたなかの作りものではないものを。

これじゃわけがわからないわね？　彼女は笑った。

いろいろな着想で頭がいっぱいなのだと彼女は言った。まったく新たな息吹で、新たな重要性を持つ、それでいて非常に自然で自明で、だから彼女は笑わずにはいられないのだった。

日曜には、容態はさらに悪化した。しゃべるのもやっとだったが、子供たちのパーティーへ着ていくことになっている衣装を身につけたフフに会うと言い張った。

それはロマの衣装で、フフはそれを着て、母のベッドの周りを踊った。

月曜、ソフィアはテレサ・グルデンにフフのことを頼むと言った。

その夜、ソフィアは調子が良く、テレサとエレンに休息をとらせるために看護師がやってきた。

朝の早い時間に、ソフィアは目を覚ました。テレサとエレンも眠りから目覚め、子供をもう一度生きている母に会わせておこうと、フフを起こした。ソフィアはほんの少ししかしゃべれなかった。

テレサは彼女が「あまりに幸せ」と言うのが聞こえたように思った。

彼女は四時頃に死んだ。検視解剖で、両肺が肺炎によって完全に損なわれ、心臓には数年にわたる不調が見られることが判明した。彼女の脳は、誰もが予想したとおり、大きかった。

ボルンホルムの医者は彼女の死を新聞で読んだが、驚かなかった。彼のような職業の者にとっては気がかりな、そして必ずしも当てになるわけではない悪い予感を、時折感じていたのだ。コペンハーゲンを避けることが彼女を守ってくれるかもしれないと彼は思ったのだった。自分が与えた薬を彼女は飲んだのだろうかと彼は考えた。そしてあの薬が、必要とあらば自分に与えてくれる慰めを彼女にももたらしただろうか、と。

ソフィア・コワレフスカヤはストックホルムの当時『新墓地』と呼ばれていたところに、会葬者や見物人の吐息が凍てつくような大気に雲となって漂う相変わらず寒い日の午後三時に葬られた。

ヴァイエルシュトラスからは月桂樹のリースが届いた。彼は妹たちに、二度とソフィアには会えないだろうと思っていたのだ、と語った。

彼はさらに六年生きた。

マクシムはビューリから、彼女が死ぬ以前にミッタク=レフラーが打った電報で呼ばれてやってきた。彼は葬儀で一言述べるのに間に合い、フランス語で、どちらかというと知人の教授ででもあったかのようにソフィアについて語り、ロシア国民を代表してスウェーデン国民に対し、彼女に数学者として生計を立てる（彼女の知識を価値ある方法で役立てて、と彼は述べた）機会を与えてくれたことを感謝した。

マクシムは結婚しなかった。しばらくのち、彼は祖国へ帰ることを、ペテルブルクで講義することを許された。彼はロシアで立憲君主制の立場を取る民主改革党を設立した。皇帝支持者は彼のことをあまりに自由主義的だと考えた。しかしながらレーニンは、彼を反動的だと非難した。

フフはソヴィエト連邦で医者となり、二十世紀の、一九五〇年代中頃にかの地で死んだ。数学にはなんの興味もない、と彼女は言っていた。

月のクレーターのひとつには、ソフィアの名前がつけられている。

# 謝辞

ある日何か他のことでブリタニカを調べていて、ソフィア・コワレフスカヤを見つけた。小説家と数学者との組み合わせにたちまち興味を引かれ、わたしは彼女に関して見つけられる限りのものを片端から読み始めた。他のどれよりも魅了された一冊があるので、ここにその著者に対し、恩義を被ったことを記し、甚大なる謝意を表しておきたい。『小さなスズメ――ソフィア・コワレフスカヤの肖像（オハイオ州アセンズ、オハイオ大学出版局、一九八三年）』の著者であるドン・H・ケネディー氏及びその妻であり、ソフィアの傍系の子孫で、ソフィアの日記や手紙やその他数多くの文書を含むロシア語から翻訳された資料を提供してくれたニナに対して、深く感謝いたします。

わたしはこの物語をソフィアが死に至るまでの短い日々に限定し、彼女のそれ以前の人生のフラッシュバックを交えた。だが、彼女に興味を持たれた方にはケネディー氏の著作を読まれることを強くお勧めする。この本は歴史について、数学について、じつに豊かに語ってくれる。

二〇〇九年六月

オンタリオ州クリントンにて
アリス・マンロー

# 訳者あとがき

前作『林檎の木の下で』(原題 *The View from Castle Rock*)が刊行された折りにあちこちのインタビューで「これがわたしの最後の本です」と言っていたアリス・マンローだが、その後もニューヨーカーを中心にときどき作品が掲載されており、二〇〇九年、本書が刊行された。どれもまさにマンローらしい磨き抜かれた作品ばかりなうえに、今回は歴史上の実在人物を題材とした作品というマンローには珍しい一篇も含まれており、創作意欲満々。まだまだ「枯れる」ことからは縁遠いようで、愛読者としてはじつに嬉しい。

カナダを代表する作家であるマンローの作品は、しばしばアメリカ文学における「南部ゴシック」にひっかけて、「南部オンタリオ・ゴシック」と評されることがある。今回の作品集にはそうした雰囲気を濃厚に漂わせた、凄惨な事件や生命を脅かされる危機を描いた数篇も収録されている。だが、そうしたものも含めてどの作品にも独特のドライヒューモアが漂い、決して安易な感傷には流されずに、覆いを引き剝がした人の心の奥底にあるものをしっかりと見せてくれる。

冒頭の「次元」は、ニューヨーカー誌に掲載されたときに、この意表を突くタイトルがストーリーとどこで嚙み合うのだろうと思いながら読んでいって、ああっと唸らされた。こういう題材をこんな具合に描くというのは、まさにマンローならでは。

邦訳の表題作とした「小説のように」は、子連れの若い女に夫を奪われた音楽教師が、人生後半ではゆたかで落ちついた暮らしを得、美人で才能豊かな自分に相応《ふさわ》しい新しい夫と地位を手に入れて昔の傷すら笑い飛ばす勢いのところへ、過去の影が差して傷が疼《うず》くという話。疼かせる道具となるのがとある短篇なのだが、主人公が自分の知る事実とその「小説」とを読み比べていくシーンが興味深い。

マンローは自らの体験をもとに多くの作品を書いていて、マンローの長女シーラが母の来歴と自分たち姉妹の子供時代を書いた *Lives of Mothers & Daughters* にはそういう例がいくつも挙げられている。「母の作品を読むとまるで自分の子供時代がちりばめられているように感じることがある」とシーラは述べているが、そんなマンローの「小説の書き方」がここでちらっと窺えるような気がする。

ちなみに、自分が手にしたのが長篇ではなく短篇集であると気づいた主人公の気持ちを、マンローは、「このこと自体がっかりだ。なんだか本の格が落ちるような気がする。この本の著者は文学の門の内側に安住している存在ではなく、門にしがみついているだけのような気が」

と記す。こういう類の言葉をさんざん投げかけられながら、マンローはひたすら短篇を書き続け、今や「文学の門の内側」に確固たる居場所を築いている。

「深い穴」では大学生の長男が行方不明になるのだが、家族と音信不通になる子供というのは、『木星の月』（原題 *The Moons of Jupiter*）の表題作や *Runaway* 収録の "Silence" などマンローの作品に散見されるモチーフ。手塩にかけて育んだつもりの我が子がいつしか得体のしれないものとなって手の届かないところへ行ってしまうというのは、親にとっては大きな悲劇だ。

「女たち」は、マンローの読者にはお馴染みの、作者自身の少女時代を色濃く反映したセッティング。第二次大戦直後の田舎の村で、白血病で死の床についている青年を巡って起きる、因習的な村人たちから反感を持たれているらしい大学教員であるその妻と、青年の継母である頑固で押しの強い老婦人、マンロー自身の継母を思わせる無学で粗野ながら女としての魅力あふれる若いマッサージ師という女三人のせめぎ合いを、早熟で頭のいい少女の目線で描く。

こんな具合に、いずれもマンローの作品らしく、大半はオンタリオの田舎の村を舞台に、厄介なことを抱えながらもそれぞれの人生を懸命に生きる人々の姿を余計な感傷や思い入れを排してリアルに描き出すこの作品集の掉尾《とうび》を飾るのが、ロシアの女性数学者ソフィア・コワレフスカヤの物語「あまりに幸せ」である。地理的にも、文化的、時代的背景の面でも、他のものとはまったく異質なはずながら、これがじつにすんなり「マンローの短篇」として読めてしまう。

作中で触れられているソフィアの書いた幼年期から少女時代までの回想録『ラエフスキ家の

姉妹――ロシアでの生活』は、数学者ミッタク＝レフラーの妹でソフィアの親友でもあったアン・シャロット・エドグレン・レフラーがソフィアとの生前の約束を守って書いた続篇と併せて、『ソーニャ・コヴァレフスカヤ――自伝と追想』として岩波文庫から邦訳が出ている（訳者はなんと野上弥生子）。訳者は序文で、この書物の魅力は、ソーニャが女性の身であのような業績を達成し栄光を勝ち得たことだけではなく、そこに「涙に濡れ、傷つき、血みどろになって嘆いている痛ましい一婦人」が見いだせるからであり、ソーニャの人となりは女学者のイメージとは正反対の優しく弱い女らしいもので、「彼女の一生を通じての内生活は、この可憐な性格の一面が、他の一面に燃え立つ焔のような創造力や、女性であるとともに卓越した人間であろうとした向上心との間で、常に苦しみ、相剋した不幸な葛藤の連続であった」と述べている。マンローが作品の題材として強く惹かれたのも頷ける。残念ながら絶版のようだが、図書館などで手に取るチャンスがあれば、マンローがどんなふうに事実からフィクションを紡いでいるか、是非読み比べていただきたい。

これまで数多くの文学賞を受賞してきたマンローだが、二〇〇九年、その受賞歴にもうひとつ大きな華が加わった。世界的に権威のある文学賞のひとつであるイギリスのブッカー賞が、二〇〇五年に国際ブッカー賞という賞を新たに設けた。イギリス連邦およびアイルランド国籍の著者によって英語で書かれた、その年に出版された最も優れた小説に毎年与えられるブッカー賞と異なり、こちらは二年に一度、英語もしくは英語に翻訳されている著作を持つ作者に、その業績全体に対して授与される。マンローは、ピーター・ケアリー、マリオ・バルガス・リョサ、アントニオ・タブッキ、リュドミラ・ウリツカヤ、V・S・ナイポールといった錚々たる候補者たちが並ぶなかから見事選ばれて、イスマイル・カダレ、チヌア・アチェベに継ぐ三人目の受賞者となった。審査員を代表して作家ジェーン・スマイリーは、マンローの作品は文字通り完璧、どんな作家もその筆さばきの玄妙さ、精密さにはぽかんと見とれるしかない、マンローは三十ページで他の作家の丸一冊分以上のことを描く、と語っている。

ちなみに、本書『小説のように』(原題 *Too Much Happiness*) はまず本国カナダとイギリスで刊行され、数カ月遅れてアメリカで刊行された。早く読みたかったのでイギリスの Chatto & Windus 社刊のものを手に入れ、翻訳作業はそれで行ったのち、見直しの際には後発のアメリカ、Alfred A. Knopf 社のものを使用、疑問のあった数カ所が訂正されているのを確認していた。その後、初校の際にひょんなことから同じ Alfred A. Knopf 社の五刷を使って見直しすることになり、びっくり。なんと、また変更が。それも単語の差し替えというレベルにとどまらず、数行ばっさり削られて、結末の景色がいささか変わっている部分まである。かのヘミングウェイの「氷山の動きの持つ威厳は、わずか八分の一しか水面に出ていないことによる」という氷山理論でいうならば、その八分の一を僅かながらさらに沈めたかった、という作者の意図が感じられるような気がした。推敲を重ね、そぎ落として書くタイプの作家だとは思っていたのだが、ここまでとは！　と、改めてマンローの作家魂に感服した。そういうわけで、本書はその Alfred A. Knopf 社刊の五刷に合わせてある。

いつもながら、新潮社校閲部の皆さんと出版部の須貝利恵子さんには大変お世話になりました。そしてなにより、こうしてマンローの三冊目を訳す機会を与えていただき、深く感謝いたします。

二〇一〇年九月二十五日

小竹由美子

# 創元文芸文庫版訳者あとがき

マンローはその後、二〇一二年に『ディア・ライフ』を刊行、翌二〇一三年四月に二度目の夫を見送ったのち、断筆を宣言。同年十月に「短篇の名手」としてノーベル文学賞を受賞した。

そして今年、五月十三日に亡くなった。断筆宣言後は一切何も発表してはいない。晩年は作品のモチーフにしたこともある認知症を患っていたという。

手に入りにくくなっていた『小説のように』を、このタイミングで文庫として刊行していただけるのは本当に嬉しい。文庫版刊行を決断してくださった東京創元社、文庫化実現に尽力なさった編集部の佐々木日向子さん、編集の労を取ってくださった毛見駿介さんに、深く感謝いたします。そしてまた、人というものへの眼差しにマンローと通じるものがあるように感じていた井上荒野さんに解説を書いていただけたのも、とても嬉しいことです。

マンローの作品は様々な読み方ができます。あなたのマンローを見つけてください。

二〇二四年六月十日

小竹由美子

# 解説

井上荒野

アリス・マンローは大好きな作家だ。私自身も小説家であり、長編より短編が得意だと自任しているので、この「大好き」にはもちろん、憧れと嫉妬と羨望《せんぼう》が含まれている。

本書には十編の短編が収録されている。どの短編も、最初の一行からドキドキさせられる。これから何が起きるのか。どこへ連れていかれるのか。もちろん予測もする。その予測は、いくつもの驚嘆とともに、たちまち裏切られていく。

たとえば冒頭の「次元」という一編は「ドーリーはバスを三つ乗り換えなければならなかった」という一文ではじまる。「乗り換えた」ではなく「乗り換えなければならなかった」ドーリーという女性は、日曜日の朝にどこへ向かっているのか。ああ、刑務所なのか。夫が収監されているのか。読み進めると、恐ろしい事実がわかってくる。でも、まだ物語の行方はわからない。

どうなるんだ。この話はどうなっていくんだ。まるでわからない。でも、ドーリーの気持ちはわかるのである。ドーリーの行動にやきもきしながらも、彼女の心に共鳴している。タイトル「次元」は、ドーリーの夫が手紙に書いた言葉で、その言葉はドーリーの人生に投じられた小石となる。ドーリーはその言葉に大きな影響を受ける——いっそ縋《すが》りつく。ここで終わるのだろうか、でも……と思いながら読んでいく。終わらない。もうひとつの出来事が起こる。その出来事にも、それが起こったことによるドーリーの心の変化にも、驚かされる。同時に深い納得がある。

マンローの短編は、長いスパンで書かれるものが多い。本書であれば「小説のように」「深い穴」「顔」「子供の遊び」「あまりに幸せ」などがそうだ。愛する夫を若い女に奪われたジョイスは、その後再婚して、若い女の連れ子が大人になって書いた小説を読んで衝撃を受ける(「小説のように」)。森のなかのクレヴァスに落ちた九歳の息子を助け上げたサリーは、成長した後に行方をくらました息子をようやく探し当てるが、「もちろん、あの子は母親を軽蔑するのを止めはしないだろう」ともの憂《う》く思う(「深い穴」)。マーリーンは、子どもの頃サマーキャンプでともに過ごしたシャーリーンからの手紙を受け取る。癌《がん》で死にかけているシャーリーンは、キャンプで起きたある出来事に関して、司祭のところへ行ってほしいとその手紙に書いている(「子供の遊び」)。

主人公たちには、何かが起きる。これはマンローの短編にかぎったことではない。私たち小説家は、何かを起こすことで——あるいは、何かを起こさないことで、という場合もあるが、これはつまり「何も起きないこと」が起きている、と言える——小説を動かしていく。

その「何か」は、マンローの、長いスパンの短編では、たいていは、物語の最初のほうで起きる。時系列で言えば、過去に。その「何か」を抱えて、登場人物たちは生きていく、そのことが書かれる。

「抱えて」と書いたけれど、「何か」は必ずしも大事件とはかぎらない。たとえば「深い穴」で、クレヴァスに落ちた少年は、ちゃんと救出されるのだ。「小説のように」で夫から捨てられたジョイスは、その後、幸福と言える生活を手に入れるし、「顔」で起きるのは、顔に生まれつきの痣《あざ》がある少年を真似て、少女が自分の顔にペンキを塗りたくるという他愛もない一件だ。もちろん、「何か」が凄惨な事件である場合もある。それぞれの出来事から受け取るものも、読者によって様々だろう。

いずれにしても、マンローは出来事のインパクトに強弱をつけて描かない。どの出来事にも、作者の特別な思い入れは感じられない——この出来事はこの登場人物にとって、あるいはこの小説にとって特別なことなのだと、読者に訴える書きかたはしない。停留所にバスがやってくるのと同じように、木々から葉が落ちて冬が来るのと同じように、それらの出来事は起きる。起きた、ということが淡々と描かれる。今日があって明日があって、また一夜明けてその翌日になる。冬が来て雪が降り、雪が解けて春になる。その日々の合間に、何かが起きる。そして日々に埋もれていくかもしれない。でも、それは間違いなく起きたのだ。起きたことは消せない。埋もれたとしても、そこにある。マンローが書くのはそういうことではないだろうか。

本書をめくる私たちが読んでいるのは小説だが、登場人物たちは、自分が「小説のように」

生きているとは思っていないのではないだろうか。同題の短編の最後、ジョイスは「もしかしたらこれはそのうち、人に聞かせるような面白い話にさえなるかもしれない。そうなったとしても不思議はないだろう」と思うけれども、この小説中に起きた偶然を、ジョイスは「小説のよう」とは思っていない。彼女が思っているのはもっとべつのことだ。

どの短編にも、迷い込む感覚があり、それはたぶん、小説内の情報が私たちに示される順番とかかわっている。時系列はシャッフルされ、同じ時制の中でも、登場人物の状況はパズルのピースをランダムに配るように読者に伝えられる。たとえば「子供の遊び」は冒頭で、「なんて痛ましい、なんてひどいこと。(わたしの母)／ちゃんと監視していればよかったんだ。カウンセラーはどこにいたんだ? (わたしの父)」という「我家で話題」にのぼったことが示される。それが何のことかわからぬまま、ただ真綿のような不穏さに包まれて、私たちはページをめくる。キャンプで、「みんなから、双子にちがいないと思われた」女の子たち(マーリーンとシャーリーン)のことを私たちは知る。それからマーリーンがもっと小さかったときのこと。それから……。

一番肝心の情報をどこで読者に手渡すか、マンローは緻密《ちみつ》に計算しているように思える(それとも天性の勘みたいなものだろうか?)。「子供の遊び」でそれがあかされるのは「湖では、モーターボートは岸からじゅうぶん離れたところを走ることになっていた」という一文ではじまる最後の独白だ。読者をびっくりさせようというのはマンローの本意ではないと思う。こうした順番は、むしろ登場人物の内面にそれが浮かび上がってくる順番、彼らの人生への対処法に依《よ》るものとして、マンローの中に必然的に浮かび上がってくるのではないか。

結局、本書について私が言いたいことは「すばらしい！」に要約されてしまう。マンローはどうしてこんな短編が書けるのか。ひとつには、卓越した技術があるだろう――先に書いた通り、その技術の一部は天分かもしれないけれど。

そうして、もうひとつは、人間、人生、運命というものへのマンローの理解、スタンスがあるのではないかと思う。唯一無二。カテゴライズの拒否。マンローの小説の根底にあるのはそれではないだろうか。

私はこの短編集を、新潮社から単行本が刊行されてすぐ読んだ。単行本の奥付の発行年は二〇一〇年――十四年前だ。すぐれた小説はすべてそうであるように、マンローの小説は何度読んでも面白い。そして読むたびに――自分が年齢を重ね、時代が変わっていくにつれ――あたらしい発見がある。たとえば今回の読書では、「次元」や、ラストの、実在の女性数学者をモデルにした「あまりに幸せ」の中に、ジェンダーへの問題意識を強く感じた。もちろんこれからも、本書を繰り返し読み返すだろうことは間違いない。

本書は二〇一〇年に新潮社より単行本が刊行された
『小説のように』の文庫化である。